Quand **Chloe Neill** n'écrit pas, elle fait des gâteaux (beaucoup), regarde vraiment trop la télévision et supporte son équipe de football américain préférée. Elle passe également du temps avec son compagnon et ses amis, et joue avec Baxter et Scout, ses chiens. Elle vit dans le Midwest, aux États-Unis.

Chloe Neill

Morsures en eaux troubles

Les Vampires de Chicago – 5

Traduit de l'anglais (États-Unis) par Sophie Barthélémy

Milady

Milady est un label des éditions Bragelonne

Titre original : *Drink Deep*
Copyright © Chloe Neill, 2011

Tous droits réservés,
y compris le droit de reproduire tout ou partie de l'œuvre.
Cet ouvrage est publié avec l'accord de NAL Signet,
une maison d'édition de Penguin Group (U.S.A.) Inc.

© Bragelonne 2012, pour la présente traduction

ISBN : 978-2-8112-0800-4

Bragelonne – Milady
60-62, rue d'Hauteville – 75010 Paris

E-mail : info@milady.fr
Site Internet : www.milady.fr

À Jeremy, tendrement.
(Tu me prêtes 20 dollars maintenant ?)

Remerciements

J'ai la chance d'avoir une équipe merveilleuse qui m'aide à écrire. Certains m'ont suggéré une phrase, d'autres m'ont empêchée de devenir folle dans les moments difficiles. Jessica, mon éditrice, et Lucienne, mon agent, m'ont donné des conseils d'une valeur inestimable. Marcel et Laurence (et bien d'autres encore) ont traduit les aventures de Merit outre-Atlantique. Sara s'est assurée de la cohérence de l'univers de Merit d'un roman à l'autre. Kevin, Brent et Miah m'ont fourni des informations sur la magie et la stratégie militaire. Krista et Lisa ont géré les forums des Vampires de Chicago (http://forums.chloeneill.com) pour que je puisse continuer à écrire à un bon rythme. Comme toujours, merci à la Team Eel et aux lecteurs dont les gentils messages et la générosité m'encouragent. Continuez à lire les aventures de Merit. Sans vous, elle n'existerait pas.

« *Rien n'est plus dangereux qu'une demi-science.*
Des eaux de l'Hippocrène il faut boire à longs traits… »

Alexander Pope

1

Défi gravitationnel

Fin novembre
Chicago, Illinois

U n vent vif soufflait en cette fraîche nuit d'automne.
Un croissant de lune se prélassait dans le ciel, si bas qu'on avait l'impression de pouvoir le toucher.

Ou peut-être m'apparaissait-il ainsi parce que j'étais perchée au huitième étage de la bibliothèque Harold-Washington, sur l'étroite grille métallique qui couronnait le bâtiment. Au-dessus de moi, l'une des chouettes en aluminium emblématiques de l'édifice – l'un des plus beaux éléments architecturaux de la ville ou l'un des plus laids, selon les avis – semblait m'observer, suivant les mouvements de l'intruse qui avait osé pénétrer sur son territoire.

Au cours des deux mois qui venaient de s'écouler, je m'étais rarement aventurée hors de ma Maison de Hyde Park si ce n'était pour manger – je vivais à Chicago, après tout – ou rendre visite à ma meilleure amie Mallory. Lorsque je jetai un coup d'œil en contrebas, je commençai à regretter ma décision de sortir ce soir-là. La bibliothèque ne valait certes pas un gratte-ciel, mais une chute de cette hauteur-là serait sans conteste fatale pour un humain.

Ma gorge se serra et chacun des muscles de mon corps m'intima de me rouler en boule et de m'agripper fermement au bord de la grille.

—Ce n'est pas aussi haut que ça le paraît, Merit.

Je considérai le vampire qui se tenait à ma droite. Jonah, celui qui m'avait convaincue de venir, gloussa et écarta une mèche de cheveux auburn de son visage aux traits délicatement ciselés.

—C'est bien assez haut, répliquai-je. Et ce n'est pas tout à fait ce que je m'étais imaginé quand tu m'as proposé de prendre l'air.

—Peut-être, mais tu dois reconnaître que le panorama vaut le coup d'œil.

Crispant les doigts sur les aspérités du mur derrière moi, je contemplai le décor qui s'étendait sous mes yeux. Jonah disait vrai : la vue sur le centre-ville de Chicago – ses bâtiments de verre, d'acier et de pierre taillée – était imprenable.

Mais tout de même…

—J'aurais très bien pu regarder par la fenêtre, lui fis-je remarquer.

—Et où est le défi là-dedans ? se moqua-t-il avant d'adoucir la voix. Tu es une vampire. La gravité ne t'affecte pas de la même façon que les humains.

Il avait raison. Les lois de la gravité étaient moins sévères avec nous, ce qui nous permettait de combattre avec brio, et aussi, d'après ce que j'avais entendu dire, de faire des chutes vertigineuses sans en mourir. Mais je ne brûlais pas d'envie de tester cette théorie. L'idée de me briser les os ne m'enchantait pas particulièrement.

— Je t'assure que si tu suis mes instructions, tu ne te blesseras pas, affirma-t-il.

Facile à dire. Jonah avait des dizaines d'années d'expérience vampirique de plus que moi ; il avait moins de raisons d'être nerveux. Pour ma part, l'immortalité ne m'avait jamais paru si fragile.

Je repoussai les mèches brunes qui voletaient devant mes yeux et risquai un nouveau coup d'œil. State Street s'étendait loin en dessous de nous, quasi déserte à cette heure de la nuit. Au moins, je n'écraserais personne si cette aventure devait mal tourner.

— Tu dois apprendre à tomber, décréta Jonah.

— Je sais, répondis-je. J'ai appris le maniement du katana avec Catcher. Il insistait beaucoup là-dessus.

Catcher était mon ancien entraîneur et sortait avec ma meilleure amie Mallory, avec qui il habitait actuellement. Il travaillait aussi pour mon grand-père.

— Alors tu sais que l'immortalité n'exclut pas la prudence, ajouta-t-il en me tendant la main.

Mon cœur bondit dans ma poitrine, cette fois davantage à cause du geste de Jonah qu'en raison de l'altitude.

J'avais vécu repliée sur moi-même au cours des deux mois précédents, étouffant mes sentiments par la même occasion. Mon travail de Sentinelle de Cadogan s'était limité à effectuer des rondes à l'intérieur de la propriété. Je devais l'admettre : j'avais peur. Mon courage de jeune Novice s'était en grande partie évaporé depuis que mon Maître, Ethan Sullivan – le vampire qui m'avait transformée, nommée Sentinelle et été mon partenaire – avait eu le cœur transpercé par un pieu lancé par mon ennemie jurée… à qui je m'étais empressée de rendre la pareille.

En tant qu'ancienne doctorante en littérature anglaise, j'étais capable d'apprécier la cruelle poésie de ces événements.

Jonah, Capitaine de la Garde de la Maison Grey, était mon contact au sein de la Garde Rouge. Cette organisation secrète avait pour mission de surveiller les Maisons d'Amérique et le Présidium de Greenwich, conseil régissant les vampires situé en Europe.

On m'avait proposé d'intégrer la GR. Si j'avais accepté, Jonah aurait été mon partenaire. J'avais décliné l'offre, mais Jonah avait eu la générosité de m'aider à affronter des problèmes qu'Ethan avait été incapable de gérer en raison des orientations politiques du Présidium.

Jonah s'était fait une joie de remplacer Ethan, tant sur le plan professionnel que pour le reste. Les messages que nous avions échangés au cours des semaines précédentes – ainsi que la lueur d'espoir qui brillait dans ses yeux ce soir-là – indiquaient qu'il n'était pas uniquement préoccupé par la résolution d'affaires surnaturelles.

Je ne pouvais nier le fait que je trouvais Jonah très séduisant. Et charmant. Et brillant, dans un étrange style excentrique. Franchement, il aurait pu jouer le jeune premier dans une comédie romantique. Mais je ne me sentais pas prête à envisager une relation sentimentale, et ne le serais sans doute pas avant un certain temps. Mon cœur n'était pas à prendre ; la mort d'Ethan l'avait brisé.

Jonah dut lire l'hésitation dans mon regard, car il esquissa un sourire, retira sa main et désigna le rebord.

— Tu te souviens de ce que je t'ai dit ? Sauter équivaut à faire un pas en avant.

Ça, il l'avait déjà dit. Deux ou trois fois. Pourtant, je n'y croyais pas une seconde.

— Un très grand pas, alors.

— C'est vrai, concéda-t-il. Mais seul le premier pas est désagréable. Évoluer dans les airs constitue une expérience inoubliable.

— C'est encore mieux qu'évoluer en sécurité au sol ?

— Bien mieux. On a la sensation de voler. Sauf qu'au lieu d'aller vers le haut on va vers le bas. Saisis ta chance de jouer au superhéros.

— On m'appelle déjà « la Justicière à la queue-de-cheval », grommelai-je en rejetant ma couette en arrière.

Le *Chicago Sun-Times* m'avait nommée ainsi quand j'avais porté secours à une métamorphe lors de l'attaque d'un bar. Comme je nouais souvent mes cheveux – à l'exception de ma frange – pour éviter une coupe malencontreuse au katana, ce surnom était resté.

— On t'a déjà dit que tu te montres particulièrement sarcastique quand tu as peur ?

— Plusieurs fois, oui, admis-je. Désolée. C'est juste que… je suis terrorisée. Ni mon corps ni mon esprit ne semblent d'accord avec l'idée de sauter du haut d'un immeuble.

— Tout ira bien. C'est justement parce que tu as peur que tu dois le faire.

Ou que je dois prendre mes jambes à mon cou et rentrer à Hyde Park, pensai-je.

— Fais-moi confiance, insista-t-il. En plus, tu dois apprendre à maîtriser cette technique. Malik et Kelley ont besoin de toi.

Kelley, ancienne garde Cadogan, occupait à présent le poste de Capitaine. Étant donné que les effectifs étaient désormais réduits à trois gardes à plein temps – y compris Kelley – et une Sentinelle, cette promotion n'avait rien de phénoménal.

Malik, qui avait été Second d'Ethan, était devenu Maître au décès de notre seigneur et la Maison lui avait été confiée à la suite d'une cérémonie d'investiture.

La mort d'Ethan avait provoqué une impressionnante partie de chaises musicales chez les vampires.

Malik avait retrouvé son nom de famille et se faisait appeler Malik Washington, conformément à la règle stipulant que les Maîtres des douze Maisons du pays étaient les seuls vampires autorisés à utiliser leur patronyme. Malheureusement, en même temps que ce privilège, Malik avait hérité des drames politiques liés à Cadogan, et ceux-ci n'avaient fait qu'empirer depuis la disparition d'Ethan. Malik avait beau travailler sans relâche, il devait consacrer une grande partie de son temps à l'homme qui nous empoisonnait à présent l'existence : Franklin Theodore Cabot, le curateur qui avait été nommé pour s'occuper de la Maison Cadogan.

Quand Darius West, le chef du Présidium de Greenwich, avait décrété qu'il n'aimait pas la façon dont la Maison était administrée, il avait décidé d'envoyer « Frank » à Chicago afin de mener une inspection. Les membres du PG avaient exprimé des doutes quant à l'efficacité d'Ethan à la tête de Cadogan ; un pur mensonge. Ils n'avaient pas tardé à charger le curateur de fouiller nos chambres, nos livres et nos dossiers. Je me demandais quel genre d'informations Frank recherchait au juste. Et pourquoi le PG s'intéressait-il tant à une Maison située de l'autre côté de l'Atlantique ?

J'ignorais la réponse, mais j'étais sûre d'une chose : Frank n'avait rien de l'invité modèle. Il se montrait odieux, despotique, et ne jurait que par le respect de règles dont je ne connaissais même pas l'existence. Bien sûr, je commençais à me familiariser avec tous ces préceptes : Frank avait tapissé un mur entier du rez-de-chaussée avec les nouveaux règlements et les sanctions encourues si ces derniers n'étaient pas respectés. D'après lui, ces mesures s'imposaient, car la Maison avait jusque-là cruellement manqué de discipline.

Bizarrement, j'avais détesté Frank dès le départ, et pas uniquement parce que c'était un bourgeois diplômé d'une école de commerce élitiste qui adorait utiliser des termes tels que «synergie» et «idées novatrices». Ces mots avaient émaillé son discours d'arrivée, au cours duquel il nous avait laissé entendre de manière assez peu subtile que le PG garderait la tutelle permanente de la Maison – ou que celle-ci disparaîtrait – si jamais l'évaluation ne lui apportait pas satisfaction.

J'avais eu la chance de naître dans un milieu social aisé, et d'autres vampires Cadogan étaient issus de familles fortunées, mais ce qui m'irritait au plus haut point chez Frank, c'était son arrogance. Ce type portait des chaussures bateau, bon sang. Non mais il se croyait où, franchement? Après tout, en dépit du rôle que lui avait attribué le PG, il n'était rien de plus qu'un Novice – riche, certes – venant d'une Maison de la côte est. Même si cette Maison avait été fondée par l'un de ses ancêtres, elle avait depuis longtemps été confiée à un autre Maître.

Pire encore, Frank s'adressait à nous comme s'il était l'un des nôtres, comme si sa fortune et ses relations constituaient un passeport lui donnant un statut parmi nous. Le fait qu'il joue au vampire Cadogan paraissait d'autant plus ridicule que son principal objectif consistait à répertorier nos écarts de conduite par rapport à la ligne du parti. C'était un élément extérieur introduit dans nos rangs pour nous labelliser «non conformes» et conclure que nous ne cadrions pas dans le décor.

Par souci de préserver la Maison et par respect de la hiérarchie, Malik lui avait laissé les rênes. Supposant qu'il était inutile de livrer bataille contre Frank, il avait préféré réserver son énergie pour d'autres conflits politiques.

Bref, Frank hantait à présent Hyde Park. Et moi, je me trouvais au Loop avec celui qui avait remplacé mon partenaire et était déterminé à m'apprendre comment sauter d'un immeuble sans tuer personne… et sans remettre en question mon immortalité.

Je jetai un nouveau regard en contrebas, ce qui eut pour effet de me nouer l'estomac. J'étais déchirée entre l'envie furieuse de me défiler et le désir de me précipiter dans le vide.

C'est alors que Jonah prononça les mots qu'il fallait pour m'inciter à prendre une décision.

— L'aube va finir par arriver, Merit.

La légende concernant l'effet des rayons du soleil sur les vampires était fondée : si je me trouvais encore au sommet de cet immeuble quand le jour se lèverait, je serais vite réduite à un tas de cendres.

— Tu as deux options, reprit Jonah. Soit tu me fais confiance et tu tentes l'expérience, soit tu retournes sur le toit et tu rentres à Cadogan sans savoir de quoi tu aurais été capable. (Il me tendit la main.) Fais-moi confiance. Et pense à garder les genoux bien souples à l'atterrissage.

La certitude qu'exprimait son regard finit par me convaincre. Il ne doutait manifestement pas de ma capacité à réussir. Par le passé, j'avais lu de la suspicion dans ses yeux. Jonah ne m'avait pas particulièrement appréciée la première fois que nous nous étions rencontrés. Les circonstances nous avaient rapprochés et, en dépit des doutes qu'il avait pu nourrir à mon égard, il semblait à présent éprouver de l'estime pour moi.

Le moment était venu de m'en montrer digne.

Je tendis à mon tour la main et m'agrippai à ses doigts comme si ma vie en dépendait.

— Les genoux bien souples, répétai-je.

— Tout ce que tu as à faire, c'est un pas en avant, affirma-t-il.

Je tournai la tête vers lui, prête à lui dire « OK », mais je n'eus même pas le temps d'ouvrir la bouche qu'il m'adressait un clin d'œil et avançait d'un pas, m'entraînant à sa suite. Sans que j'aie eu l'occasion d'émettre la moindre protestation, nous étions dans les airs.

Les premiers instants furent tout bonnement terrifiants. J'eus l'impression que le sol – et la sécurité qu'il me procurait – se dérobait sous moi. En même temps, mon estomac sembla se retourner et un désagréable frisson me parcourut le corps. Mon cœur remonta dans ma gorge, ce qui eut au moins l'avantage de m'empêcher de hurler.

Ensuite, ça devint génial.

L'inconfortable sensation de chute – très inconfortable, j'insiste – ne dura pas. J'avais à présent moins l'impression de tomber que de dévaler un escalier aux marches plus espacées que la normale. Cela ne devait pas faire plus de trois ou quatre secondes que je me trouvais dans les airs, mais le temps semblait avoir ralenti sa course. La ville défilait à vitesse réduite sous mes yeux. Je pliai les genoux quand j'atteignis le sol, une main sur le trottoir. L'impact ne me parut pas plus violent que si j'avais effectué un saut banal.

Ma transformation en vampire avait été plutôt cahoteuse, et mes capacités s'étaient révélées de manière progressive, de sorte que j'étais surprise chaque fois que je réussissais un exploit du premier coup. L'expérience que je venais de vivre m'aurait tuée un an auparavant, pourtant je me sentais revigorée. Sauter du huitième étage sans fracture ni hématome ? Voilà une performance à marquer dans les annales !

— Tu es douée, me complimenta Jonah.

Je le regardai à travers ma frange.

— C'était fantastique !

— Je te l'avais dit.

Je me redressai et rajustai ma veste en cuir.

— C'est vrai. Mais la prochaine fois que tu me pousses du haut d'un immeuble, tu me le paieras.

Il m'adressa un sourire taquin qui me troubla plus que je ne l'aurais voulu.

— Marché conclu.

— Comment ça, « marché conclu » ? Tu ne pourrais pas simplement accepter de ne plus me jeter dans le vide ?

— Ce ne serait pas drôle, se contenta-t-il de répliquer avant de tourner les talons.

Je le laissai s'éloigner de quelques pas puis le suivis, gardant à l'esprit le coup d'œil malicieux qu'il m'avait réservé.

Et dire que sauter du toit m'avait paru éprouvant…

La Maison Cadogan se trouvait à Hyde Park, un quartier situé au sud du centre de Chicago. Cette partie de la ville abritait également l'université de Chicago, où j'étudiais avant de devenir une vampire. Ethan avait commencé ma transformation quelques secondes à peine après qu'un Solitaire – un vampire non affilié – envoyé par Célina Desaulniers m'eut attaquée. Célina était la vampire narcissique qui avait tué Ethan, et à qui j'avais planté un pieu dans le cœur juste après. Elle avait chargé le Solitaire de m'éliminer dans le but de rendre mon père furax. Comme je l'avais récemment découvert, ce dernier, grand magnat de l'immobilier, avait offert de l'argent à Ethan pour faire de moi une vampire. Ethan avait refusé, et Célina avait été vexée que mon père ne daigne pas lui proposer le même marché.

Cette femme était un sacré phénomène.

Enfin bref, Ethan m'avait nommée Sentinelle de Cadogan. Afin d'assurer la protection de la Maison, et aussi pour éviter d'avoir à entendre les ébats de minuit – et de midi, de 6 heures du matin, de 18 heures… – de Mallory et Catcher, j'avais déménagé à Hyde Park.

La Maison comportait toutes les commodités essentielles : une cuisine, un gymnase, une salle des opérations d'où les gardes surveillaient la propriété, et des chambres d'internat pour environ quatre-vingt-dix des trois cents vampires Cadogan. Ma chambre était située au premier étage. Elle n'était ni immense ni particulièrement luxueuse, mais elle constituait un refuge où m'abriter des histoires de vampires. Elle comprenait un lit, une bibliothèque, une penderie et une petite salle de bains. Détail appréciable, elle s'ouvrait sur un couloir menant à une cuisine aux placards garnis de bons petits trucs à grignoter et de sang en sachet livré par notre fournisseur, très originalement dénommé *Sang pour sang*.

Je garai ma Volvo à quelques rues de Cadogan, puis gagnai la Maison à pied. La lueur émanant de l'imposante bâtisse contrastait avec l'obscurité de Hyde Park. L'éclairage provenait des nouveaux projecteurs, installés par mesure de sécurité lors des travaux de rénovation qui avaient fait suite à une attaque de métamorphes mal lunés. Les voisins avaient d'abord râlé contre ces spots, jusqu'au moment où ils s'étaient rendu compte quels services cette lumière leur rendait : les ténèbres auraient en effet offert aux rôdeurs surnaturels une protection non négligeable.

La Maison paraissait plutôt calme, ce soir-là. Je ne rencontrai qu'un petit groupe de manifestants blottis sous des couvertures, assis dans l'herbe entre le trottoir et la grille en fer forgé qui entourait Cadogan. Leur nombre s'était fortement réduit depuis que le maire, Seth Tate, avait été démis de ses fonctions, traduit en justice et emprisonné dans un endroit tenu secret. Le changement de conseil municipal avait apaisé les citoyens de la ville.

Malheureusement, cela n'avait pas calmé la classe politique. Diane Kowalczyk, la femme qui avait remplacé Tate, lorgnait la présidence des États-Unis et avait fait des surnaturels de Chicago l'un de ses thèmes de campagne. Elle appuyait la proposition de loi sur le fichage des surnaturels, qui prévoyait que chacun de nous notifie ses pouvoirs et porte des papiers d'identité. Nous serions également contraints de signaler chacune de nos entrées et sorties de l'État.

La plupart des surnats haïssaient cette idée. Ce projet de loi était contraire aux principes des États-Unis d'Amérique et puait la discrimination. D'accord, certains d'entre nous représentaient un danger, mais on pouvait en dire autant des humains. Les autres habitants de Chicago auraient-ils accepté une loi les obligeant à décliner leur identité à toute personne qui leur en ferait la demande ? J'en doutais.

Les humains convaincus que nous n'étions pas dignes de confiance consacraient leurs soirées à nous faire comprendre à quel point ils nous détestaient. C'est triste à dire, mais certains manifestants me paraissaient désormais familiers. C'était notamment le cas d'un jeune couple, un garçon et une fille qui ne devaient pas avoir plus de seize ans et qui avaient un jour scandé un chant haineux lorsque Ethan et moi étions sortis.

Certes, j'avais des crocs. La lumière du jour ou un pieu de tremble pouvaient me tuer. Me couper la tête me serait également fatal. J'avais besoin de sang, mais le chocolat et le soda m'étaient tout aussi essentiels. Je n'étais pas une non-morte ; je n'étais plus humaine, voilà tout. J'avais décidé qu'en me comportant normalement et en faisant preuve de politesse je parviendrais peu à peu à fissurer les préjugés sur les vampires.

De leur côté, les Maisons de Chicago tentaient d'améliorer leur communication de manière à contrer la désinformation. On pouvait même voir à Wrigleyville des affiches sur lesquelles figuraient quatre vampires souriants représentatifs de la diversité culturelle, sous le slogan « Venez nous rencontrer ! ». Il s'agissait d'une invitation à mieux connaître les Maisons de la ville. Ce qui expliquait que, ce soir-là, des adolescents à la mine revêche agitent des panneaux de leur propre fabrication portant l'inscription « Venez nous rencontrer… et mourez ! ».

Je leur adressai un sourire affable lorsque je passai à côté d'eux, puis soulevai les deux sacs en kraft que j'avais rapportés, qui contenaient des hamburgers et des frites.

—C'est l'heure du dîner ! annonçai-je d'une voix enjouée.

Je fus accueillie au portail par deux des fées mercenaires qui contrôlaient l'accès à la Maison. Elles me saluèrent d'un très léger hochement de tête lorsque je les croisai, puis reportèrent aussitôt leur attention sur la rue. Il était de notoriété publique que les fées détestaient les vampires, mais elles aimaient encore moins les humains. Les paiements en espèces que ces gardes recevaient de Cadogan pour assurer la sécurité garantissaient le maintien d'un certain équilibre.

Je franchis d'un bond l'escalier qui menait sous le porche et entrai dans la maison, où je découvris un groupe de vampires, les yeux rivés au mur sur lequel Frank avait placardé ses dernières instructions.

— Bienvenue dans la jungle, lança une voix derrière moi.

Je me tournai et aperçus Juliet, l'une des gardes Cadogan, le visage renfrogné. Mince, les cheveux roux, elle dégageait un certain charme elfique.

— Qu'est-ce qui se passe ? demandai-je.

— Encore de nouvelles règles, maugréa-t-elle en désignant les affiches. Trois ajouts au mur de la honte. Frank a décidé que les vampires n'avaient pas le droit de se réunir en groupes de plus de dix individus en dehors des rassemblements officiels.

— C'est un encouragement à se rebeller contre le PG ? m'étonnai-je.

— On dirait. Apparemment, la liberté de réunion n'est pas l'un des droits préférés du Présidium.

— Quelle attitude coloniale ! marmonnai-je. Quelle est la deuxième règle ?

Juliet se rembrunit.

— Il rationne le sang.

Cette annonce me stupéfia à tel point qu'il me fallut un moment pour recouvrer mes esprits.

— Nous sommes des vampires. Nous avons besoin de sang pour survivre.

Juliet jeta un regard dédaigneux en direction du mur tapissé d'affiches.

— Oh, je sais. Mais Frank, qui est d'une infinie sagesse, trouve qu'Ethan nous a bien trop gâtés en nous laissant à disposition des poches de sang. Il réduit les livraisons de *Sang pour sang*.

D'habitude, nous consommions de l'hémoglobine conditionnée en sachet plastique, même si Cadogan était l'une des rares Maisons des États-Unis — et la seule à Chicago — qui autorisait ses membres à boire directement le sang des humains ou des vampires. Les autres Maisons avaient aboli cette pratique dans le but de mieux s'intégrer aux humains. Je n'avais pour ma part goûté au sang que d'une seule personne — Ethan —, mais j'aimais avoir la liberté de choisir.

— Mieux vaut que ça nous arrive à nous plutôt qu'aux vampires Grey, avançai-je. Au moins, nous disposons d'autres sources.

— Plus maintenant, répliqua Juliet. Il a également interdit de boire le sang d'autrui.

Cette idée était tout aussi grotesque, mais pour une raison différente.

— C'est Ethan qui avait établi cette règle, protestai-je. Et Malik l'a réaffirmée. Frank n'a pas le pouvoir de…

Juliet m'interrompit d'un haussement d'épaules.

— Il a dit que ça faisait partie de son évaluation, que ça lui permettrait de tester notre résistance à la faim.

— Il nous conduit droit dans le mur, marmonnai-je en considérant le groupe de vampires qui discutaient désormais avec animation. Nous priver de sang est le meilleur moyen de nous pousser à la panique, surtout que la Maison est sous tutelle, que nous avons perdu notre Maître il y a à peine deux mois et que des manifestants se pressent à la grille. (Je me tournai de nouveau vers Juliet.) Ça lui servira d'excuse pour s'emparer de la Maison ou pour la fermer une bonne fois pour toutes.

— C'est possible. Est-ce qu'il t'a déjà fixé un rendez-vous ?

Frank avait imposé à chaque vampire Cadogan un entretien individuel, ce qui ne m'avait pas surprise outre mesure. D'après ce que j'avais entendu dire, ces entrevues étaient du genre « justifiez votre existence ». Je faisais partie des rares personnes qu'il n'avait pas encore rencontrées en tête à tête. Je ne trépignais pas d'impatience, certes, mais chaque jour qui passait me rendait plus suspicieuse.

— Toujours rien, lui répondis-je.

— Peut-être que c'est une marque de considération ? un moyen de respecter la mémoire d'Ethan en ne t'interrogeant pas parmi les premiers ?

— Je doute que ma relation avec Ethan change quoi que ce soit à la procédure d'évaluation du PG. À mon avis, ça fait partie de la stratégie de Frank : il retarde notre rendez-vous pour me faire stresser. (Je lui montrai les sacs en kraft que j'avais à la main.) Au moins, j'ai du réconfort.

— Vu les circonstances, tu as bien fait d'acheter ça.

— Pourquoi ?

— Troisième règle : Frank a banni les en-cas des cuisines.

Il avait encore frappé fort.

— Et sous quel prétexte, cette fois ?

— Il trouve que c'est de la nourriture industrielle, chère et mauvaise pour la santé. Maintenant, les placards sont remplis de pommes, de choux et de céréales.

En tant que vampire dotée d'un solide appétit, cette dernière mesure m'affectait presque plus que les autres.

Juliet consulta sa montre.

— Bon, il est temps que j'y aille. Tu vas manger dans ta chambre ?

— Luc et Malik voulaient discuter un peu, et je leur ai promis d'apporter de quoi grignoter. Qu'est-ce que tu étais en train de faire ?

Elle désigna l'escalier qui menait au sous-sol et à la salle des opérations.

— Je viens de finir une séance devant les écrans.

Elle faisait allusion au système de vidéosurveillance qui permettait de contrôler les alentours de la Maison.

— Quoi de neuf?

Elle leva les yeux au ciel.

— Les gens nous haïssent, patati et patata, ils aimeraient qu'on aille tout droit en enfer, ou alors au Wisconsin, vu que c'est plus près, et patati et patata.

— Toujours la même rengaine?

— Toujours. Si Célina pensait que révéler l'existence des vampires allait marquer le début d'un conte de fées, elle se trompait.

— Célina s'est trompée à de multiples reprises, affirmai-je.

— C'est vrai, souffla-t-elle avec une pointe de pitié dans la voix.

Comme j'avais autant de mal à supporter la pitié que la tristesse, je changeai de sujet.

— Aucune trace de McKetrick?

Je faisais référence au mystérieux militaire – je ne connaissais pas son prénom – qui avait décrété que les vampires représentaient l'ennemi public numéro un. Il se promenait en uniforme noir, possédait des armes et était fermement résolu à nous chasser de Chicago. Un soir, Ethan et moi avions eu droit à son sermon, et il avait fait la promesse que nous le reverrions. Je l'avais entraperçu à plusieurs reprises depuis lors, et Catcher m'avait fourni quelques détails sur son passé au sein de l'armée – utilisation de tactiques douteuses et problèmes de respect de l'autorité –, mais s'il fomentait un vampiricide, il ne l'avait pas encore clairement affirmé.

J'ignorais si je devais en être soulagée ou, au contraire, m'inquiéter.

—Aucune, répondit Juliet avant d'incliner la tête sur le côté. Tu reviens d'où ?

—Euh, j'étais sortie… pour m'entraîner, balbutiai-je.

Je n'avais pas confié aux gardes que je travaillais avec Jonah. Comme ce n'était pas à moi d'éventer le secret de son appartenance à la Garde Rouge, j'évitais tout simplement de parler de lui.

Et un mensonge de plus à mon actif.

—Il faut bien garder la forme, lança Juliet.

Le clin d'œil qui accompagna sa réplique suggérait que je ne m'étais pas montrée aussi convaincante que je le pensais.

—La nuit a été longue, reprit-elle. Je remonte.

—Juliet ! l'arrêtai-je avant qu'elle s'éloigne. Est-ce que tu as déjà sauté ?

—Sauté ? répéta-t-elle en fronçant les sourcils. Sauté en l'air, tu veux dire ?

—Sauté d'un immeuble.

Un éclair de compréhension traversa son regard.

—Ah ! Oui. Pourquoi est-ce que tu me demandes ça, Sentinelle ? Tu as fait ton premier vol ce soir ?

—Oui.

—Félicitations. Mais fais attention à ne pas sauter de trop haut ou tomber trop vite.

Sages conseils.

Frank avait réquisitionné le bureau du Maître, celui qui appartenait auparavant à Ethan. Malik occupait la pièce depuis deux semaines à peine lorsque Frank était arrivé et avait annoncé qu'il avait besoin de cet endroit pour mener son évaluation.

Malik, un vampire élancé au teint caramel et aux yeux verts, faisait preuve d'une grande circonspection. Il réservait son énergie aux conflits qui en valaient la peine. Il avait donc cédé et regagné son ancien bureau à l'autre bout du couloir, un local dont l'espace exigu était presque entièrement monopolisé par une table de travail et des étagères garnies de livres et de souvenirs personnels. En dépit du manque de place, c'était là que nous nous réunissions. Unis par le chagrin, nous préférions passer notre temps libre serrés comme des sardines dans cette pièce plutôt que n'importe où ailleurs dans la Maison.

Je trouvai Malik et Luc installés face à face au bureau, au-dessus d'un échiquier, tandis que Lindsey, assise par terre en tailleur, lisait un magazine.

La femme de Malik, Aaliyah – menue, sublime et très discrète –, se joignait parfois à nous, mais ce soir-là elle était absente. Aaliyah était écrivain et restait souvent dans son appartement. Je comprenais tout à fait son besoin de s'isoler des histoires de vampires.

Luc, ancien Capitaine de la Garde, à présent Second, avait des cheveux blonds en bataille et était du genre décontracté. Il était né et avait grandi dans le Far West, et je supposais qu'il avait été transformé en vampire le pistolet à la main. Il était depuis longtemps amoureux de Lindsey, ma meilleure amie à Cadogan, membre de la Garde, qui avait visiblement réussi à s'éclipser de la salle des opérations pour quelques instants.

Ils se tournaient autour depuis un moment, sans vraiment sortir ensemble. Lindsey craignait qu'une relation sérieuse avec Luc, en menant à une rupture, n'affecte leur amitié.

Malgré sa phobie initiale de toute forme d'engagement, elle avait tellement eu besoin de réconfort après la mort de notre seigneur qu'elle avait consenti à se rapprocher de Luc.

J'avais passé la semaine qui avait suivi la disparition d'Ethan à me morfondre dans ma chambre en compagnie de Mallory. Quand j'avais enfin émergé du brouillard et que Mallory était rentrée chez elle, Lindsey était apparue sur le pas de ma porte, dans tous ses états. Accablée par le chagrin, elle s'était tournée vers Luc, et l'étreinte destinée à la consoler s'était transformée en un baiser passionné qui l'avait totalement chamboulée. Du moins, d'après ce qu'elle m'en avait dit. Ce baiser n'avait pas balayé ses doutes, mais elle avait essayé de surmonter sa peur et de laisser une chance à Luc.

Ce dernier, bien entendu, n'avait pas hésité une seconde.

— Sentinelle, commença Luc, prêt à refermer les doigts sur un cavalier noir, je sens une odeur de hamburgers, et j'espère que tu en as apporté assez pour tout le monde.

Ayant arrêté son choix, il s'empara du cavalier, le positionna d'un geste décidé sur une nouvelle case, puis leva les bras en l'air en signe de triomphe.

— Ça, c'est du jeu ! s'exclama-t-il avec un coup d'œil victorieux à son adversaire. Quelle est ta réponse à ce coup de maître ?

— Attends un peu, répliqua Malik.

Il parcourut l'échiquier des yeux, calculant les probabilités et évaluant les options qui se présentaient à lui. Ces parties d'échecs étaient devenues un rituel hebdomadaire. Je supposais que c'était le moyen que Luc et Malik avaient trouvé pour garder un semblant de contrôle sur leurs existences alors que l'émissaire du PG, à l'autre bout du couloir, décidait de leur destin.

Je posai les sachets sur le bureau, en sortis des hamburgers au bacon pour Lindsey et moi, puis m'assis par terre à côté d'elle.

—Alors comme ça, le sang est rationné, maintenant ? commençai-je en déballant mon sandwich.

Luc et Malik émirent un grognement simultané. En général, Malik ne se mêlait pas des décisions de Frank, certain qu'en intervenant il ne contribuerait qu'à empirer les relations avec le PG.

—Ce type est un parfait imbécile, assena Luc avant de prendre une impressionnante bouchée de son triple hamburger.

—Malheureusement, poursuivit Malik en déplaçant une pièce sur l'échiquier avant de s'adosser à sa chaise, ce parfait imbécile a les pleins pouvoirs du PG.

—Ce qui signifie que nous devons attendre qu'il foire royalement sa mission avant d'agir, ajouta Luc, de nouveau penché sur le jeu d'échecs. Sauf votre respect, Sire, ce gars est un gros con.

—Je n'ai pas de position officielle concernant sa connerie, rétorqua Malik.

Il sortit du sachet un cornet de frites dans lequel il piocha après l'avoir arrosé d'une généreuse dose de ketchup. Au moins, contrairement à Ethan, Malik n'avait pas besoin d'être initié aux spécialités gastronomiques de Chicago. Il connaissait la différence entre un hot-dog et un italien au bœuf, avait une pizzeria préférée, et j'avais même entendu dire qu'un soir il s'était rendu jusqu'à la périphérie de Milwaukee avec Aaliyah pour aller dîner dans le petit restaurant routier réputé servir le meilleur fromage en grains du Wisconsin. Chapeau.

—Attendons qu'il se fasse prendre à son propre piège, reprit Malik. Entre-temps, veillons sur les nôtres. Nous interviendrons quand il le faudra.

Malik parlait désormais avec un ton de Maître vampire. Il avait acquis de l'assurance au cours des semaines précédentes. Ayant saisi le sous-entendu, j'abandonnai le sujet et mordis dans mon hamburger tandis que Luc utilisait une frite pour désigner différentes pièces entre lesquelles il hésitait.

—Il est vraiment consciencieux, on dirait, murmurai-je à Lindsey.

Le sourire entendu qui s'étira sur ses lèvres me mit mal à l'aise.

—Tu n'as pas idée. Il peut se montrer très… minutieux. (Elle se pencha vers moi en mordillant un morceau de bacon.) Est-ce que je t'ai déjà chanté les louanges de la vision de rêve qu'offre ce vampire au torse viril quand il ne porte rien d'autre que des bottes de cow-boy?

Prête à mordre dans mon hamburger, je me figeai et fermai les yeux, mais c'était trop tard : l'image de Luc totalement nu à l'exception d'une paire de bottes rouges sexy s'était déjà imprimée dans mon esprit.

—Tu es en train de parler de mon ancien patron, je te signale, chuchotai-je. Et là, j'essaie de manger.

—Tu l'imagines à poil, c'est ça?

—Malheureusement, oui.

Elle me tapota le bras.

—Et dire que j'hésitais à sortir avec lui. Oh, tant que j'y pense… Il est pas mal avec des chaps… Mais je n'en dis pas plus.

—Ce serait mieux, en effet.

Lindsey était en train de devenir la Mallory de Cadogan, avec tous les détails intimes qui allaient avec. Génial.

— Dans ce cas, je laisse ton imagination faire le travail. Mais je recommande vivement la fréquentation des vampires au torse viril en thérapie contre la dépression. Ça fait des miracles.

— Je suis vraiment contente de l'entendre, mais si tu ne te tais pas tout de suite, je te plante un cure-dents dans l'œil. (Je lui lançai quelques serviettes en papier à la figure.) Ferme-la et mange ton hamburger.

Parfois, il faut savoir faire preuve d'autorité.

2

BITTERSWEET DREAMS[1]

*J*e me trouvais sur un haut plateau, vêtue de mon ensemble en cuir. Un vent froid faisait voler mes cheveux et tourbillonner le brouillard, qui s'enroulait autour de mes pieds.

Si mes habits étaient d'un style moderne, le décor évoquait une autre époque. Le paysage, désertique, était sinistre, et une odeur de soufre et d'humidité flottait dans l'air.

La légère vibration du sol sous mes pieds m'avertit que quelqu'un approchait avant que j'aie entendu le moindre son.

Puis il apparut.

Tel un guerrier de retour de bataille, Ethan émergea de la brume. Il portait des bottes montantes en cuir, un pantalon ample et une longue tunique en cuir nouée par une ceinture autour de la taille, un costume incongru pour le Chicago du XXIe siècle. Une plaie rouge sombre lui barrait la poitrine. Ses cheveux blonds étaient longs et ondulés, et ses yeux d'un vert éclatant.

---

1. Jeu de mots avec *Sweet Dreams*, titre d'une chanson composée par le groupe britannique Eurythmics. « Bittersweet dreams » peut être traduit par « rêves doux-amers ». (*NdT*)

Je m'avançai vers lui. La peur m'enserrait le cœur comme un étau et m'oppressait les poumons, me coupant le souffle. J'étais heureuse de le voir vivant, mais je savais qu'il présageait la mort.

Lorsque je le rejoignis, il posa les mains sur mes bras et se pencha pour presser ses lèvres sur mon front. Un geste simple, mais d'une profonde intimité. Une précieuse marque d'affection qui provoqua en moi un douloureux afflux d'émotions. Je fermai les yeux pour mieux savourer ce moment tandis que le tonnerre grondait au-dessus du plateau, faisant de nouveau trembler le sol.

Soudain, Ethan leva la tête et scruta les alentours, l'air inquiet. Lorsqu'il posa à nouveau le regard sur moi, il se mit à parler dans une langue chantante qui semblait issue d'un autre temps, d'un autre lieu.

Je secouai la tête.

—Je ne comprends pas.

Ses traits se crispèrent, une ride apparut sur son front et son débit s'accéléra. Mais je ne saisissais toujours pas.

—Ethan, je ne comprends pas ce que tu essaies de me dire. Tu parles dans une langue étrangère.

Visiblement paniqué, il jeta un coup d'œil par-dessus son épaule, puis m'empoigna le bras et me montra quelque chose derrière lui. De gros nuages noirs menaçants roulaient dans notre direction. Le vent forcissait, et je sentais la température chuter.

—Je vois la tempête qui arrive, criai-je par-dessus le sifflement des rafales, mais je ne peux pas l'arrêter.

Ethan hurla quelques mots qui se fondirent dans le mugissement du vent. Il se mit à marcher vers la tempête en me tirant par le bras pour m'inciter à le suivre.

Je résistai.

—N'y va pas. Il ne faut pas aller par là !

Il insista, mais je refusai de céder. Certaine que le vent finirait par nous balayer et nous emporter vers la mer si nous ne trouvions pas un abri, je courus pour m'éloigner du mur de nuages... laissant Ethan derrière moi. Je ne pus résister à l'envie de jeter un dernier coup d'œil. Il était là, immobile sur le plateau, les cheveux fouettés par le vent.

Avant que j'aie pu tenter de m'approcher de lui, la tempête éclata. Une bourrasque me fit perdre l'équilibre et la pression expulsa l'air contenu dans mes poumons. Au moment où je m'effondrais à genoux, des trombes d'eau se mirent à tomber, transformant le paysage en une masse de grisaille. Le vent hurlait dans mes oreilles. Ethan disparut dans la tourmente, et je n'entendis plus que l'écho de son appel porté par le souffle.

—*Merit!*

Je me réveillai en sursaut, haletante et couverte de sueur, le son de sa voix résonnant encore dans mes tympans.

Des larmes roulaient sur mes joues. J'écartai les mèches humides de mon front et me passai les mains sur le visage, tentant d'apaiser les battements effrénés de mon cœur.

Je gardais un merveilleux souvenir de la première fois qu'Ethan m'était apparu en rêve. Nous nous étions prélassés sous le soleil, un privilège normalement interdit aux vampires.

Mais ce cauchemar était le sixième que je faisais depuis sa mort. Chaque vision semblait plus réaliste que la précédente, et, quand je me réveillais, j'avais le sentiment de sortir d'un tunnel, totalement paniquée, la poitrine oppressée. Dans chacun de ces rêves, nous vivions une sorte de crise qui aboutissait inéluctablement à la même fin : Ethan m'était arraché.

J'émergeais toujours de ces cauchemars avec l'impression de l'entendre hurler mon nom.

Je posai le front sur mes genoux, submergée par le chagrin, écrasée par l'impuissance. Non seulement parce que j'avais perdu Ethan, mais aussi parce que j'étais frustrée et épuisée par les visites de ce fantôme qui ne voulait pas partir. Je laissai libre cours à mes larmes, espérant que la brûlure du sel estomperait la douleur.

Sa voix, son odeur, sa présence me manquaient.

C'était sans doute pour cela que j'étais condamnée à rêver de lui, à le regarder mourir, encore et encore. Mon chagrin était devenu un gouffre duquel je ne parvenais pas à sortir.

Quand mon cœur eut cessé de battre la chamade, je me redressai et essuyai mes larmes du revers de la manche. Je m'emparai du téléphone posé sur la table de nuit et composai le numéro de la seule personne susceptible de me réconforter.

— Oh, fais chier, maugréa Mallory, une voix de basse masculine en fond sonore. Je fais une pause dans mes révisions, là. Catcher est à poil et on écoute Barry White. Tu sais que ça ne m'arrive pas souvent, de faire une pause?

Mallory était une apprentie sorcière dont les talents avaient été découverts sur le tard. Elle venait de terminer sa formation avec son tuteur, un type plutôt mignon dénommé Simon, et préparait ses examens finaux depuis des semaines.

Je n'avais passé que cinq minutes dans la même pièce que Simon, mais il m'avait fait assez bonne impression. Catcher, lui, ne pouvait pas le sentir. Son antipathie était sans doute liée au fait que Simon appartenait au Collège Unifié des Lanceurs de sorts et des Sorciers – l'acronyme indélicat de cette appellation justifiait que l'on fasse plus communément référence à «l'Ordre» –, organisation de laquelle Catcher s'était fait virer.

Mallory semblait tendue. Je savais qu'elle devait être hyper stressée, mais comme j'avais besoin d'elle, j'insistai :

— J'ai fait un autre rêve.

Elle garda le silence quelques instants, puis cria :

— Cinq minutes, Catch !

J'entendis des marmonnements, puis le calme sembla s'installer.

— Ça fait combien ? demanda-t-elle.

— C'est le sixième. Et le deuxième rien que cette semaine.

— De quoi tu te souviens ?

Mallory me soumettait à un interrogatoire en règle après chaque cauchemar. La combinaison de sa curiosité morbide et de son amour de l'occulte donnait lieu à une avalanche de questions. Je lui fournis les détails :

— Surtout de la fin, comme d'habitude. Ethan était habillé comme un guerrier d'une autre époque. Une tempête arrivait sur nous, et il essayait de me prévenir, mais je crois qu'il parlait suédois.

— Suédois ? Pourquoi diable aurait-il parlé suédois ? Et comment tu sais à quoi ressemble cette langue ?

— Il venait de Suède. C'est son pays d'origine. Et je n'en ai aucune idée. J'ai dû entendre du suédois sur Internet, sans doute. Bref, il tentait de m'entraîner vers la tempête, et moi, je voulais fuir.

— Ça me paraît une réaction sensée. Et ensuite ?

— La tempête a éclaté. J'ai perdu Ethan de vue, et je me suis réveillée en l'entendant crier mon nom.

— Bon, le symbolisme est évident, décréta-t-elle. Tu es avec Ethan, puis une sorte de catastrophe vous sépare. En gros, c'est ce qui s'est réellement produit.

J'émis un vague son en signe d'assentiment et ramenai mes pieds sous moi.

—Je suppose que tu as raison.

—Bien sûr que j'ai raison. D'un autre côté, quand on rêve, on ne fait pas que rêver. Il se passe autre chose. L'esprit vagabonde, l'âme s'échappe. Je te l'ai déjà dit et te le répète : Ethan et toi partagiez une sorte de lien, Merit. Pas forcément un lien très sain, mais un lien tout de même.

—Tu es en train de me dire que je rends visite à son fantôme dans mes rêves ?

Elle éclata d'un rire dénué d'humour.

—Tu crois que Dark Sullivan ne serait pas capable de trouver le moyen de te hanter après sa mort ? Je suis certaine qu'il organise des réunions dans l'autre monde, qu'il propose aux esprits des procédures d'évaluation, qu'il impose des règles.

—Ce serait bien son genre.

Mallory resta quelques instants silencieuse.

—Bon, reprit-elle, peut-être qu'on fait fausse route. Enfin… on a tenté de déterminer ce que ça signifie, et à quelle fréquence ça arrive. Mais tu m'as appelée quoi, cinq ou six fois à ce sujet ? Il est sans doute temps d'essayer de faire cesser ces cauchemars.

Au ton de sa voix, je me demandai si elle s'inquiétait de mon état mental ou si elle en avait assez que je la dérange avec ces confidences. Je décidai de mettre sa causticité sur le compte du stress, mais me promis de lui en reparler une fois que ses examens seraient terminés.

De toute manière, sa suggestion ne m'enchantait guère. Aussi pathétique que cela puisse paraître, au moins, dans mes rêves, Ethan était vivant. Présent. Je n'avais aucune photo de lui, et peu d'objets liés à lui. Je ne parvenais même plus à me représenter ses traits avec précision. Chaque fois que j'essayais de m'en souvenir, son visage semblait s'estomper davantage. Plus je me concentrais, plus l'image se brouillait, comme si je m'efforçais de détailler les contours d'une étoile à peine visible à l'horizon.

Mais dans mes rêves… je le retrouvais tel qu'il était.

— Je ne pense pas que ce soit nécessaire.

— Si tes rêves finissent par se substituer à la vraie vie, il le faut.

Sa remarque me blessa, mais je comprenais son point de vue.

— Ça n'arrivera pas. Ce n'est pas ce genre de rêves. C'est juste que… ils me permettent de me sentir proche de lui.

Au prix de terreurs nocturnes épouvantables, bien sûr.

— Bon, eh bien si ça se reproduit, tu devras en parler à Catcher, parce que moi, je commence mes examens.

— Maintenant ? m'étonnai-je. Je croyais que ce n'était pas avant la semaine prochaine.

— Simon voulait ajouter «une touche d'inattendu», déclara-t-elle en singeant son tuteur. Les tests se déroulent en plusieurs phases. Il me mettra en situation à l'extérieur et, après cette première étape, je rentrerai à la maison, où je devrai faire une préparation dans mon laboratoire de chimie, puis on ressortira pour le deuxième round. Il m'interrogera sur les Clés, et je devrai les utiliser afin de résoudre un problème. Et retour à la case départ. Ça va être un gros truc sérieux.

Les Clés constituaient les quatre divisions de la magie, que les sorciers représentaient par un cercle partagé en quadrants. Apparemment, elles revêtaient pour eux une réelle importance, car Catcher se les était fait tatouer sur le ventre.

— Bon, si tu ne peux pas être disponible pour moi vingt-quatre heures sur vingt-quatre, tu crois que Catcher serait d'accord pour porter une perruque bleue ? ironisai-je, tentant de détendre l'atmosphère.

Mallory, auparavant blonde, s'était teint les cheveux en bleu vif. Raides, ils lui arrivaient à présent quelques centimètres en dessous des épaules.

—Ça m'étonnerait, mais tu peux toujours le menacer de le priver des chaînes câblées. C'est comme ça que j'ai réussi à lui faire peindre les placards de la cuisine.

—Comment va notre fan de films à l'eau de rose ?

—Bien, tant qu'il ne sait pas que tu l'appelles comme ça.

Quoi qu'il en dise, Catcher était accro. Si un téléfilm racontait l'histoire d'une jeune femme qui tentait de s'affirmer après des années d'oppression, il ne le ratait sous aucun prétexte. Il s'agissait d'une étrange obsession pour un sorcier bourru et musclé maniant avec brio le sabre et le sarcasme, mais Mallory la tolérait. C'était le principal, sans doute.

—J'appelle un chat un chat, c'est tout, me défendis-je. Tu aimerais qu'on dîne ensemble, pour te changer les idées ? On pourrait manger des sushis.

—Je n'ai vraiment pas le temps de m'amuser en ce moment. J'ai beaucoup de travail. Mais je te conseille de ne pas t'empiffrer de gâteaux juste avant d'aller au lit.

—Je ne vois pas du tout à quoi tu fais allusion.

—Menteuse, m'accusa-t-elle.

Mon bipeur – accessoire indispensable à tout garde qui se respecte – se mit à sonner, m'évitant d'avoir à nier davantage d'évidences. Je me penchai pour l'attraper avant que les vibrations ne le fassent tomber de la table de nuit. Le message indiquait : « Sl op. Imm. »

Je ne savais malheureusement que trop bien ce que cela signifiait : nous avions une réunion. Encore une.

Kelley, notre nouvelle Capitaine de la Garde, souffrait manifestement de réunionite aiguë.

—Mallory, je dois filer, annonçai-je en sautant du lit. Mon travail de Sentinelle m'appelle. Bonne chance pour tes examens.

Elle poussa un petit cri indigné.

—La chance n'a rien à voir là-dedans. Toi, fais de beaux rêves.

Je raccrochai. Cette conversation me laissait un goût amer, mais j'étais consciente que je devais faire des efforts. Quand Mallory avait découvert qu'elle était une sorcière, j'avais été nulle. Je ne l'avais pas soutenue comme j'aurais dû le faire, ce qui s'expliquait en grande partie par le fait que je venais d'être transformée en vampire et que j'étais plongée dans les ennuis jusqu'au cou. Il fallait que je me montre compréhensive, même si la tâche n'était pas toujours facile. Ce n'était pas le moment de lui passer un savon parce qu'elle faisait des remarques désagréables. Elle avait fait preuve d'indulgence envers moi quand j'en avais eu besoin ; il était temps de lui rendre la pareille.

De plus, nous avions toutes les deux d'autres batailles à livrer.

Luc prenait son travail au sérieux, mais il avait aussi le sens de l'humour. Il avait créé une ambiance de gaie camaraderie à la salle des opérations, où il faisait partager son goût pour le jean, les jurons et le bœuf séché. Fin stratège, il savait faire preuve de capacités d'analyse. J'appréciais ces qualités.

Kelley, sa remplaçante, était intelligente et compétente… mais différente de Luc, et pas seulement parce qu'elle ne portait pas de bottes de cow-boy.

Lorsqu'elle avait accepté le poste de Capitaine, elle avait coupé ses longs cheveux noirs et soyeux ; elle arborait désormais un carré court. À l'image de la chevelure de Kelley, les gardes Cadogan avaient adopté une rigueur toute professionnelle. Nos horaires étaient devenus plus stricts, nos réunions plus formelles. Kelley nous imposait un entraînement quotidien et exigeait que nous lui remettions un rapport à la fin de notre service. La communication dans la salle des opérations s'effectuait à présent presque exclusivement de manière virtuelle, et les quelques messages papier qui s'échangeaient encore étaient soigneusement étiquetés, classés – par codes couleurs puis par ordre alphabétique – et rangés. Nous avions une pointeuse et des badges nominatifs que nous devions porter quand nous faisions des rondes nocturnes dans la propriété, par souci d'amélioration des « relations publiques ».

« Gagner la confiance du voisinage contribue à garantir la sécurité de la Maison, avait déclaré Kelley. Si les gens nous connaissent mieux, ils seront moins enclins à la violence. »

J'étais plutôt d'accord avec elle, mais bon… Franchement, des badges !

Même si je trouvais cette idée débile, je n'y opposai aucune objection. Avant qu'Ethan disparaisse et que je réintègre les effectifs de la Garde, je passais la majeure partie de mon temps en mission avec lui. À présent, j'obéissais aux ordres de Kelley. C'était elle ma supérieure directe au sein de la Maison, et je n'avais pas l'intention de me disputer avec ma patronne pour une simple histoire de badges. D'autre part, en ces temps difficiles, il fallait se serrer les coudes. Nous avions traversé assez d'épreuves les semaines précédentes.

Lorsque j'arrivai dans la salle des opérations, fraîchement douchée et vêtue de mon uniforme Cadogan – un ensemble noir moulant –, j'eus la surprise de constater qu'aucune réunion ne semblait avoir lieu. Lindsey et Juliet étaient assises devant leurs rangées d'ordinateurs respectives tandis que Kelley, debout à côté de la table, avait les yeux rivés sur son téléphone portable.

—Qu'est-ce qui se passe? demandai-je.

Sans prononcer un mot, Kelley me mit son téléphone sous les yeux. Une photo s'affichait à l'écran, ou, du moins, ce que je supposai être une photo, vu que je ne distinguais que du noir.

—Qu'est-ce que c'est?

—Le lac Michigan.

Je fronçai les sourcils, perplexe. Le lac Michigan bordait le côté est de la ville. Comme nous n'étions éveillés que la nuit, l'eau nous paraissait toujours d'un noir d'encre. Je ne comprenais donc pas vraiment où était le problème.

—Désolée, mais je ne saisis pas, m'excusai-je.

Kelley récupéra son téléphone, pianota sur les touches et me le tendit de nouveau. Cette fois, je pus observer la photo d'un verre rempli d'un liquide noir foncé.

—C'est de l'eau tirée du lac Michigan, m'expliqua-t-elle avant que je ne lui pose la question. Tout le monde ne parle que de ça sur Internet. Il y a deux heures environ, le lac est devenu totalement noir.

—Et ce n'est pas tout, renchérit Lindsey en faisant pivoter sa chaise vers nous. Il est arrivé la même chose à la Chicago River, du moins jusqu'aux limites de la ville. L'eau a pris une couleur noire et a cessé de couler.

Je luttai pour comprendre ce qu'elles étaient en train de me dire. Je saisissais la signification des mots, bien sûr, mais l'ensemble n'avait aucun sens.

—Comment l'eau pourrait-elle cesser de couler?

— Nous ne sommes sûrs de rien, mais nous pensons que ça a un rapport avec ça, déclara Kelley.

Elle fit apparaître une nouvelle image sur l'écran. Il s'agissait cette fois d'une femme menue mais plantureuse aux longs cheveux roux, vêtue d'une minuscule robe verte. Elle se tenait sur un pont au-dessus de la rivière, les bras étendus, les yeux clos.

J'avais déjà croisé une fille de ce genre. Même un certain nombre, en fait. Elle ressemblait aux nymphes qui régnaient sur les cours d'eau de Chicago. Je les avais rencontrées chez mon grand-père, le Médiateur de la ville, à l'occasion d'une dispute qu'il avait aidé à régler.

— Une nymphe des rivières, dis-je en me penchant pour observer l'image de plus près. Mais qu'est-ce qu'elle fait ?

— Nous ne savons pas exactement, avoua Kelley. Cette photo circule partout sur Internet, tout comme celles du lac. D'après les données horaires associées aux fichiers numériques, l'eau est devenue noire quelques minutes après qu'elle a fait ça.

J'esquissai une grimace.

— Une coïncidence qui n'augure rien de bon.

— En effet, concéda Kelley. Surtout avec un maire convaincu que nous sommes la source de tous les maux de cette ville.

L'ancien maire, Seth Tate, avait marqué les esprits – avant son inculpation – en soutenant la population surnaturelle de Chicago et en favorisant notre intégration à la société humaine. Il avait fondé l'Agence de médiation et, quand les vampires avaient fait leur coming out, il avait positionné Chicago à la pointe de la gestion des relations avec les surnaturels aux États-Unis.

Le maire actuel, Mme Kowalczyk, n'avait rien à voir avec Tate, et elle n'avait certainement pas l'intention de prendre le parti des surnats. La campagne qu'elle avait menée pour les élections municipales n'avait pas duré longtemps, mais elle y avait très clairement exposé son point de vue : si Chicago avait fait preuve de clémence envers les vampires et les métamorphes par le passé, à présent qu'elle dirigeait la ville ce genre de pratiques clientélistes n'aurait plus cours. Pas de « traitement de faveur » pour les surnats.

— Comme si nous n'étions pas déjà assez populaires, marmonnai-je.

Quand je vis Kelley échanger un regard avec Lindsey, je sus que j'avais des ennuis.

— Quoi ? demandai-je.

— Voilà mon idée, reprit Kelley. Je sais bien que cette histoire ne nous concerne pas directement, surtout si des nymphes sont impliquées. Je ne pense vraiment pas qu'un vampire ait quoi que ce soit à voir avec ce problème, et je suppose que l'Agence de médiation va mener une enquête, tu ne crois pas ?

— C'est fort possible.

— Mais nous représentons la partie émergée de l'iceberg surnaturel, poursuivit Kelley. Nous sommes les seuls connus du public avec les métamorphes, et Gabe encourage les siens à faire profil bas. Si les gens commencent à paniquer…

— Ils nous accuseront, finis-je à sa place. (Soudain nerveuse, je me mis à triturer l'ourlet de ma veste.) Qu'est-ce que tu veux que je fasse ?

— Contacte ton grand-père. Demande-lui ce qu'il sait, puis va dans le centre-ville. Garde les yeux ouverts, et fais ce que tu peux pour aider l'Agence de médiation, en essayant de minimiser les drames et les éventuelles répercussions politiques.

— Et vous ? Et la Maison ? Si je pars, vous serez vraiment en sous-effectif.

Elle secoua la tête.

— De toute manière, si Diane Kowalczyk trouve une raison de nous empaler, il n'y aura plus de Maison. (Son expression s'adoucit.) Je n'ai pas pensé à te demander… Ça ira ? Tu n'es pas souvent sortie de Cadogan depuis… tu sais.

Elle voulait dire « depuis la mort d'Ethan ».

Lors de ma dernière mission, deux vampires étaient morts, et un seul le méritait. Je devais l'admettre : j'avais la trouille. La plaie ne s'était pas refermée, et je redoutais que quelqu'un d'autre soit tué par ma faute. Le fait que j'aie reçu un blâme pour avoir contrarié le PG en menant une enquête sur Célina ne m'encourageait pas vraiment.

Luc m'avait rappelé qu'Ethan était mort non parce que je m'étais montrée imprudente, mais parce qu'il avait bondi au-devant d'une vampire droguée… et d'un pieu qui m'était destiné. Malheureusement, cela n'avait pas suffi à dissiper mon sentiment de culpabilité ni à me redonner confiance.

Kelley avait fait preuve de patience à mon égard. Au lieu de m'envoyer en ville, elle m'avait permis d'accomplir mon travail de Sentinelle dans l'enceinte de la Maison. Cet arrangement avait tout à fait convenu à Malik, qui souhaitait que nous nous fassions oublier un moment. Nous avions déjà vécu assez de drames ces derniers temps, sans compter l'arrivée du curateur.

D'un autre côté… Je jetai un regard circulaire dans la salle des opérations, quasi déserte. Moi exceptée, l'équipe de Kelley ne comprenait plus que Lindsey et Juliet. Il fallait bien que quelqu'un se dévoue, et j'étais la candidate idéale.

—Ça ira, assurai-je. Je parlerai des photos à mon grand-père au cas où il ne serait pas encore au courant. Je me mets en route tout de suite.

Le soulagement ne détendit les traits de Kelley qu'un court instant.

—Je sais que tu as l'habitude de travailler avec Eth… avec un partenaire, et je déteste devoir t'envoyer en ville sans équipier, mais malheureusement, nous n'avons plus assez de gardes. Il faut que tu te charges de cette mission toute seule.

J'avais anticipé ce problème et avais déjà une idée derrière la tête.

—En fait, j'ai rencontré Jonah, le Capitaine de la Garde de Grey, la nuit du fiasco au *Temple Bar*.

En résumé, le soir en question, des vampires Cadogan défoncés par la drogue avaient provoqué une bagarre qui avait attiré l'attention de toute la ville sur nous. J'avais croisé Jonah, qui était sorti constater l'étendue des dégâts, et, depuis lors, nous prétendions nous être connus à cette occasion.

—Étant donné que nous sommes en sous-effectif et que ce problème n'est pas directement lié à Cadogan, je peux lui demander de détacher un garde, poursuivis-je.

Et, bien entendu, il le ferait. Sauf qu'il viendrait lui-même.

—Oh, bonne idée! s'exclama Kelley. Ça ne m'avait même pas traversé l'esprit. Tu as du mérite d'y avoir pensé… sans vouloir faire de jeux de mots.

Je me contentai d'afficher un sourire poli, mais remarquai l'air franchement inquisiteur de Lindsey. Elle ne manquerait pas de me poser des questions sur Jonah plus tard.

—Très bien, conclut Kelley. Va jusqu'au lac et essaie de découvrir ce qui se trame par là-bas… et ce qu'il faut que nous fassions.

Je promis de faire de mon mieux. Après tout, en tant que Sentinelle, j'étais là pour ça, en dépit de toutes mes réticences.

Une mission désormais inscrite à mon programme, je montai les escaliers en sautillant jusqu'au premier étage. Une fois dans ma chambre, j'enfilai un pantalon et une veste en cuir par-dessus un débardeur gris, puis mis des bottes et fixai mon bipeur à ma ceinture. J'avais déjà mon médaillon en or Cadogan autour du cou. La plupart des Maisons d'Amérique fournissaient ce genre de pendentif en signe d'affiliation.

Je dégainai mon katana, l'arme officielle des vampires sous l'égide du PG, afin d'en inspecter la lame. Elle était aiguisée, et le dernier nettoyage au papier de riz que j'avais effectué l'avait laissée impeccable.

J'ouvris le tiroir supérieur de mon bureau, qui renfermait un poignard à double tranchant posé sur une pile de tee-shirts bien trop fins pour l'automne à Chicago. La cachette manquait peut-être de prestige pour une arme, mais cet endroit intime m'avait semblé parfaitement adapté. La tradition voulait qu'un Maître offre un poignard à sa Sentinelle. Comme la plupart des Maisons d'Amérique n'avaient pas nommé de Sentinelle depuis un bail, Ethan avait en quelque sorte remis cette coutume au goût du jour.

La lame scintillait comme du chrome. La poignée recouverte de nacre était aussi douce que de la soie, et le pommeau était orné d'un disque doré, très semblable à mon médaillon Cadogan, sur lequel ma fonction avait été gravée.

Je soulevai le poignard et fis glisser mon pouce sur les rainures formées par les lettres. Avec ma médaille, cette arme représentait l'un des rares objets liés à Ethan en ma possession. Je disposais également d'une balle de base-ball signée par les joueurs des Cubs qu'il m'avait offerte pour remplacer celle que j'avais perdue. C'était si étrange… Je vivais dans sa Maison, avec des vampires qu'il avait créés, dans un décor qu'il avait choisi, il m'apparaissait en rêve de manière incroyablement réaliste et restait toujours présent dans mon esprit, j'étais sur le point de renouer avec lui lorsqu'il était mort, et pourtant, j'avais très peu d'objets évoquant les moments que nous avions passés ensemble.

J'avais beau être immortelle, avoir l'éternité devant moi, je n'avais pas plus d'emprise sur le temps que n'importe quel mortel. Je supposais que mes souvenirs finiraient par s'estomper, et chérissais ces preuves tangibles de sa présence à mon côté.

Kelley m'avait accordé une période de deuil, mais il fallait que je me remette au travail, à présent. Je pressai mes lèvres sur le pommeau puis glissai le poignard dans ma botte. Après avoir noué mes cheveux en queue-de-cheval haute, je m'emparai de mon téléphone et composai le numéro de Jonah.

— C'est au sujet du lac Michigan ? devina-t-il.

— Oui. Ça te plairait que je t'engage en tant qu'assistant, ce soir ?

Il émit un grognement sarcastique.

— C'est moi le plus âgé et le plus expérimenté de nous deux. Ce qui fait de toi mon assistante.

— Je suis meilleure que toi au katana.

— Ça reste à démontrer. Et j'ai plus de diplômes que toi.

Il avait raison. Sur ce plan, il me battait à plate couture. Ma transformation en vampire avait mis un terme à ma thèse. En dépit de ses crocs, Jonah, lui, avait réussi à décrocher quatre doctorats. Je devais bien l'admettre : j'étais un peu jalouse de son succès académique.

—Très bien, soupirai-je en levant les yeux au ciel. Personne ne sera l'assistant de personne. On respectera l'égalité des droits, tout ça. Où est-ce qu'on se retrouve ?

—J'ai un ami qui possède un bateau, mais il est déjà en cale sèche pour l'hiver. Rendez-vous à Navy Pier dans une demi-heure. Oh… Sentinelle ?

—Oui ?

—Si le portail est fermé, n'oublie pas que tu es assez puissante pour l'escalader.

Super. Je pourrai ajouter « maîtrise des techniques d'effraction » à mon CV.

Mon poignard dans la botte et mon katana à la ceinture, je descendis l'escalier principal de la Maison, me préparant psychologiquement à entrer dans ma voiture glacée.

J'étais sur le point de sortir quand Luc et Lindsey arrivèrent au rez-de-chaussée, main dans la main, visiblement très amoureux. Leur bonheur ne diminuait en rien mon chagrin, mais, si je me forçais à faire preuve d'un optimisme béat, je pouvais dire qu'au moins la mort d'Ethan avait servi à quelque chose.

—Sentinelle, appela Luc. Tu pars enquêter sur le problème du lac ?

—Oui.

—Ça fait un moment que tu n'es pas allée en ville.

—Ça fait un moment que je ne me suis pas chargée d'une mission, je crois.

—Tu es nerveuse ?

Je réfléchis quelques instants.

—Plutôt mal à l'aise, en fait. Ethan n'était pas toujours facile à vivre. Il était exigeant, et certains jours, j'avais l'impression d'être un bloc de glaise qu'il tentait de remodeler.

— Comme si chaque sortie était prétexte à une leçon ?

— Quelque chose comme ça, oui, confirmai-je avec un hochement de tête. Mais je crois qu'il s'efforçait surtout de me cerner, d'apprendre à me connaître, et qu'il avait fini par comprendre que j'étais capable de remplir mon rôle sans qu'il ait à changer ma personnalité. (J'esquissai un sourire malgré moi.) C'était un emmerdeur tyrannique et présomptueux, mais c'était mon emmerdeur, tu vois ? Et ce soir, il ne sera pas là avec moi. Ça me fait tout drôle.

Sans prévenir, Luc me serra très fort dans ses bras, manquant de m'écraser la cage thoracique.

— Tu en es capable, Sentinelle.

Retenant mon souffle, je lui tapotai le dos jusqu'à ce qu'il me libère.

— Merci, Luc. C'est gentil.

— Tu seras seule ? demanda Lindsey.

— Jonah, le Capitaine de la Garde de la Maison Grey, s'est porté volontaire pour m'accompagner. Je dois le retrouver dans le centre-ville. Et bien sûr, je peux aussi appeler mon grand-père.

Luc passa un bras autour des épaules de Lindsey.

— Tu sais que nous sommes là si tu as besoin de nous.

— Je sais. Vous faites partie de mes vampires préférés.

— Vu que tu ne supportes pas la plupart des vampires, on n'a pas beaucoup de concurrence, ironisa Lindsey avec un clin d'œil.

Je lui tirai la langue, puis fis un signe en direction de la porte.

— Tu veux faire un bout de chemin avec moi ?

— Bien sûr. Je dois sortir faire ma ronde, de toute façon, déclara-t-elle avant de se pencher vers Luc pour l'embrasser sur la joue. Je te retrouve après le service.

— Je serai là, Boucle d'Or, répondit-il avant de lui donner une tape sur les fesses. Bonne chance, Sentinelle.

Lindsey me prit par la main et me traîna jusqu'à la porte. Elle eut tout de même la patience d'attendre d'être dehors pour démarrer son interrogatoire.

— Alors comme ça, tu vas encore retrouver Jonah ?

— Pourquoi « encore » ? lui demandai-je, préférant éviter de répondre tant que j'ignorais ce qu'elle savait.

— Je ne suis pas totalement stupide, mon chou. Je vis depuis belle lurette, et je suis l'une des meilleures gardes de cette Maison.

— Ce n'est pas un exploit, vu le nombre, me moquai-je.

Elle me donna un petit coup sur l'épaule avant de poursuivre :

— Ne change pas de sujet. Je suis certaine que c'est à cause de lui que tu étais rayonnante la nuit dernière.

— Je n'étais pas rayonnante.

Avais-je eu l'air aussi heureuse qu'elle le disait ? Et comment avait-elle su que j'avais vu Jonah ? Et depuis quand est-ce que j'alimentais les potins de cette Maison, au fait ?

— Tu étais rayonnante, je t'assure, insista-t-elle en posant une main sur mon bras. Et c'est chouette. C'est super si tu as un ami… ou un petit ami ?

Une note d'espoir transparaissait dans sa voix. Je choisis de ne pas me laisser attendrir par sa réaction.

— C'est un ami. Un collègue, rien de plus.

— Et il le sait ? (Me voyant froncer les sourcils, elle secoua la tête.) Enfin, Merit… D'après ce que je comprends, il passe du temps avec toi. Tu peux prétendre que c'est pour le travail ou ce que tu veux, mais les mecs ne s'investissent pas comme ça sans arrière-pensées.

— Fais-moi confiance, il n'y a rien entre nous, affirmai-je.

Même si je plaisais peut-être un peu à Jonah, il essayait de me recruter au sein de la GR ; il avait tout intérêt à veiller sur moi.

— Et il n'y aura jamais rien ?

Je détournai le regard, gênée par cette question. Ethan n'était mort que depuis deux mois. Je savais bien que Lindsey souhaitait me voir revivre, mais entamer une relation me paraissait prématuré. J'aurais l'impression de manquer de respect à la mémoire d'Ethan.

— Tu ne te sens pas prête à en parler, c'est ça ?

— Qu'est-ce que tu veux que je te dise ?

Lindsey soupira et passa un bras autour de mes épaules.

— Tu sais ce qu'il faudrait ? Que tu t'endurcisses un peu, que tu aies une cuirasse plus épaisse. Tu trouveras la vie vachement plus facile quand tu seras devenue une vampire sans cœur.

— Super, lançai-je sans enthousiasme en levant mon pouce. Je me réjouis d'avance.

— Il y a de quoi. Tu auras droit à une carte de membre et un abonnement à vie à *Vampires sans cœur magazine*.

— Est-ce que j'aurai aussi un sac fourre-tout en cadeau ?

— Et un grille-pain, assura-t-elle avant de désigner l'arrière de la Maison. Bon, je vais retourner au travail et jeter un coup d'œil à la propriété. Bonne chance.

Si seulement il ne s'agissait que de chance…

3

Voyage en eaux troubles

C ette ville offrait de formidables possibilités. Une promenade en bateau sur la rivière au coucher du soleil. Le musée Field un jour de pluie. Les gradins de Wrigley Field… n'importe quand. Les amateurs de gastronomie pouvaient même déguster une trentaine de plats de cuisine moléculaire – pas pour moi, merci – ou alors avaler d'excellents hot-dogs – ça oui, sans hésiter.

Il existait toutefois certains aspects moins attirants. Les hivers à Chicago avaient le charme d'un lève-tard au petit matin. La situation politique était explosive. Et comble de l'ironie : malgré les transports publics, les embouteillages, les travaux, les difficultés pour se garer, presque chaque habitant possédait une voiture. Il fallait même se procurer des vignettes pour avoir le droit de stationner devant chez soi, et je ne parle pas des gens qui entreposaient des chaises sur les places de parking pour se les approprier.

Étant donné que se garer relevait du parcours du combattant, je m'apprêtais à envoyer un texto à Jonah pour le prévenir que je serais en retard à Navy Pier : je comptais vingt minutes pour conduire jusque-là, et quarante minutes pour dénicher une place de parking et terminer à pied.

Par chance, même si Chicago grouillait de monde à peu près toute la journée, c'était légèrement plus calme aux heures où sortaient les vampires. Les hommes d'affaires étaient en train de quitter le quartier du Loop quand j'arrivai, ce qui me permit de trouver assez vite une place libre dans la rue. Je courus vers l'entrée de la jetée en tenant mon sabre afin que celui-ci ne batte pas contre ma jambe.

J'avais préféré éviter de passer par Lake Shore Drive au cours du trajet, certaine que les curieux s'y étaient amassés. Par conséquent, je n'avais pas eu l'occasion de voir le lac jusque-là. Retarder le moment fatidique ne rendit pas le choc moins violent. Certes, d'ordinaire, l'eau paraissait sombre, la nuit, à tel point qu'on avait parfois l'impression que la terre s'arrêtait à la rive et que Chicago représentait le dernier bastion avant le néant. Toutefois, on finissait toujours par apercevoir la crête écumante d'une vague ou un reflet de lune scintillant sur l'eau, indiquant qu'au lever du soleil le lac réapparaîtrait.

Ce soir-là, c'était différent. Je ne détectais ni remous ni miroitement lumineux. Pas le moindre signe de vie. Aucune vague ne venait se briser sur la jetée, et la lune se réfléchissait sur la surface noire et lisse comme s'il s'agissait d'une plaque de vernis.

Cette vision n'était pas seulement étrange ; elle provoquait un malaise.

Les vampires n'étaient pas des créatures magiques par nature. Nous étions le résultat d'une mutation génétique qui nous rendait un peu plus puissants que les humains, avec toutefois quelques points faibles non négligeables, dont la vulnérabilité aux pieux de tremble et à la lumière du soleil. Nous pouvions cependant percevoir la magie autour de nous grâce au léger crépitement électrique qu'elle générait.

À cet instant, non seulement je ne captais pas ce bourdonnement familier, mais c'était comme si le lac agissait à la manière d'un trou noir, aspirant toute la magie alentour. Je sentais un courant surnaturel me traverser, comme une brise d'hiver glaciale et desséchante. J'avais la désagréable sensation qu'un souffle glissait sur ma peau, alors qu'il n'y avait pas de vent.

— Qui serait capable de transformer le lac Michigan en une sorte de siphon magique ? murmurai-je.

— Je crois que c'est ce qu'il faut découvrir.

Je sursautai. Lorsque je jetai un coup d'œil derrière moi, je vis Jonah, qui portait un jean, des chaussures montantes et un tee-shirt gris à manches longues sur lequel était écrit « Université de minuit ». L'université en question n'existait pas : cette inscription servait de signe de reconnaissance aux membres de la GR lors d'opérations délicates.

Le fait que Jonah ait choisi de mettre ce vêtement n'augurait sans doute rien de bon.

— Tu le sens aussi ? lui demandai-je.

— Maintenant, oui. À la Maison, je ne sentais rien. Je n'aime pas ça, ajouta-t-il en scrutant l'étendue sombre. Allons sur la jetée. J'ai envie de voir l'eau de plus près.

Je hochai la tête. Je m'apprêtais à le suivre quand je me rendis compte que les curieux affluaient vers le lac. Je suppose que tout le monde voulait observer le phénomène de ses propres yeux. Malheureusement, cette masse de silhouettes emmitouflées avançant dans la nuit m'évoquait un peu une horde de zombies. Je frissonnai malgré moi et emboîtai le pas à Jonah.

Comme il l'avait prédit, le portail de trois mètres de haut au début de la jetée était fermé. Il attendit que les quelques vigiles qui rôdaient soient passés pour sauter par-dessus, visiblement sans effort. Il se tourna ensuite vers moi et m'invita à l'imiter d'un geste.

J'avais déjà escaladé une grille par le passé, mais n'avais pas vraiment envie de renouveler l'expérience devant Jonah. Nerveuse, j'expirai, reculai de quelques pas et m'élançai. Mon bond me permit de m'élever de presque deux mètres. Je grimpai jusqu'en haut du portail, mais, juste au moment où je m'apprêtais à sauter de l'autre côté, la poche de ma veste s'accrocha dans les barreaux. Je m'emmêlai les pinceaux, et, déséquilibrée, atterris sur les fesses, blessant mon *ego* en même temps que mon derrière.

— Pour la grâce, on repassera, ricana Jonah.

Je grommelai quelques commentaires bien sentis puis saisis la main qu'il me tendait et me redressai.

Une fois debout, je me dépoussiérai l'arrière-train.

— Je suis capable d'escalader une grille. Je l'ai déjà fait.

— Alors quel est le problème ?

Le public, pensai-je.

— Le stress, sans doute.

Jonah hocha la tête.

— Pour utiliser toute l'étendue de tes talents, tu dois abandonner tes idées préconçues d'humaine et faire confiance à ton corps.

Avant que j'aie pu riposter par un quelconque sarcasme, Jonah me tira par la main derrière l'angle d'un immeuble juste au moment où un garde arrivait, équipé d'un talkie-walkie qui retransmettait en crachotant une discussion au sujet du lac.

Lorsque l'homme eut disparu, Jonah risqua un coup d'œil.

— C'est bon, la voie est libre.

Je le suivis dans la direction opposée à celle que le vigile avait prise. L'endroit était désert : les guichets, restaurants et snacks étaient fermés la nuit, et les bateaux de tourisme avaient été placés en cale sèche pour l'hiver. Imitant Jonah, j'essayai de me montrer discrète en rasant les immeubles, puis courus sur plus d'un kilomètre, jusqu'au bout de la jetée.

Celle-ci se terminait par un espace dénué de constructions. Après avoir vérifié qu'aucun garde n'était en vue, on dépassa en hâte la rangée de drapeaux plantés dans le bitume pour atteindre le bord. Je m'agenouillai pour observer l'eau. Comme nous l'avions déjà constaté, elle était d'un noir d'encre et parfaitement immobile. La surface, lisse et figée, ressemblait à une couche de glace noire. La nappe sombre ne dégageait aucune odeur, aucun bruit. Il n'y avait aucun signe de vie. Le silence total. Pas de vagues. Pas de mouettes qui criaient. Autour de nous régnait un calme irréel.

Tout aussi irréel que le phénomène d'aspiration de la magie. La force d'attraction exercée par l'étendue d'eau semblait plus puissante à cet endroit, les courants plus intenses.

Les habitants de Chicago avaient toujours eu avec le lac une relation ambivalente, mêlant étroitement amour et haine. Nous nous amassions sur ses rives en été et maudissions les bourrasques de vent glacé qu'il nous envoyait en hiver. Mais ce qui se passait ce soir-là allait provoquer une réaction d'une tout autre ampleur. Auparavant, les humains nous craignaient, nous les surnaturels, en raison de ce que nous étions. À présent, ils redouteraient ce dont nous étions capables.

Je regrettai une nouvelle fois qu'Ethan ne soit pas là pour me faire part de ses réflexions. Il aurait déjà été en train d'élaborer une stratégie pour que les humains n'accusent pas les vampires d'être la cause de ce mystère.

Je tournai la tête vers Jonah.

—Ça va mal se passer.

—C'est aussi ce que je me dis. Et je suis complètement perdu.

Un sourire espiègle aux lèvres, il ajouta :

—Malgré mes quatre doctorats.

Comme il pouvait s'y attendre, je levai les yeux au ciel.

—Bon, essayons de tirer parti de ce que nous voyons. Nous pouvons peut-être trouver l'origine du problème.

La première étape de notre enquête consistait sans doute à toucher l'eau. Après avoir repéré une échelle qui menait au lac, je scrutai la jetée à la recherche d'un objet susceptible de me servir d'intermédiaire. Je n'avais en effet aucune intention de plonger mon orteil dans une sorte de trou noir surnaturel.

Je prospectai en vain quelques secondes, puis Jonah me tendit ce qui ressemblait à un cierge magique – un de ces bâtonnets censés produire des étincelles – usagé.

—Des touristes ont dû le laisser, suggéra-t-il d'un ton morne alors que j'observais la baguette avec perplexité.

—Certainement, convins-je. Ça devrait faire l'affaire.

J'ôtai mon katana, que je confiai à Jonah, puis entrepris de descendre l'échelle. Une fois assez proche de la surface, je plongeai le bâton dans l'eau.

Celle-ci me paraissait si opaque que je m'attendais presque à ce que le bâtonnet ne s'y enfonce pas. En fait, je ne sentis aucune résistance. Lorsque je ressortis l'objet, aucune ride ne se forma ; les quelques gouttes qui retombèrent dans le lac d'un noir d'encre ne produisirent aucun effet.

—Tu as vu ça ? demandai-je en me retournant vers Jonah.

—Oui, mais je n'ai aucune idée de ce que ça signifie, avoua-t-il avant de me tendre la main. Monte. Ça me rend nerveux.

Je hochai la tête et, après avoir abandonné le bâtonnet dans l'eau, je gravis l'échelle. Jonah me rendit mon katana, que je passai de nouveau à ma ceinture, puis je contemplai quelques instants le lac en silence.

—Bon, résumons, proposai-je. Le lac et la rivière sont devenus noirs, absorbent la magie et n'obéissent plus aux lois de la physique. Du moins, c'est ce que nous avons pu constater. Il se passe peut-être d'autres phénomènes étranges sous la surface.

—Les questions à se poser sont « pourquoi ? » et « comment ? ».

—Est-ce que tu as vu la photo de la nymphe des rivières ? On aurait dit qu'elle jetait un sort depuis le pont.

—J'ai vu, répondit-il. Mais les nymphes n'ont pas pu faire une chose pareille. Elles adorent l'eau. Même si elles s'étaient disputées, elles n'auraient jamais fait quoi que ce soit susceptible de nuire au lac ou à la rivière.

—Pas volontairement, avançai-je. Mais comme nous le savons, il existe des moyens de manipuler les surnaturels.

Après tout, Tate avait inventé le V, une drogue stimulant la soif de sang et l'agressivité des vampires dont il s'était servi pour contrôler Célina. Peut-être n'était-il pas le seul en ville à avoir eu envie d'asservir des surnaturels.

—C'est vrai, reconnut Jonah. Mais pourquoi choisir de manipuler les nymphes ? Elles règnent sur les cours d'eau. Elles n'ont pas un pouvoir démesuré. Et même si ton hypothèse était juste, dans quel but s'en prendre au lac ?

— Pour déstabiliser la ville, suggérai-je. Le lac représente une partie des réserves d'eau potable de Chicago. Peut-être veut-on faire peser des menaces sur notre alimentation en eau ?

— L'objectif serait de nous faire mourir de déshydratation ?

— Ou de provoquer des émeutes.

Un silence s'ensuivit, que Jonah brisa :

— On a donc deux théories, résuma-t-il. Soit ce qui se passe a quelque chose à voir avec les nymphes, comme semble le montrer la photo, soit quelqu'un essaie de nuire au lac. Malheureusement, on n'est pas beaucoup plus avancés.

— Au moins, on a un point de départ.

Je sortis mon téléphone de ma poche. J'avais déjà rencontré des nymphes par le passé, et connaissais deux personnes qui s'entendaient bien avec elles : mon grand-père, et l'un de ses employés, Jeff Christopher. Ce garçon savait s'y prendre avec les femmes.

Justement, c'est ce dernier qui répondit à mon appel.

— Salut, Merit.

— Je suis au bord du lac. Tu as vu ça ?

— Oui. On est à Dusable Harbor. On voulait voir de nos propres yeux. Et maintenant qu'on est là… C'est fou, hein ?

— C'est incroyable. Tu as une idée de ce qui se passe ?

— On en a parlé, mais aucun d'entre nous n'a jamais assisté à un phénomène pareil. Même Catcher est sous le choc, c'est pour dire.

Il semblait désemparé, un peu comme un enfant qui constate pour la première fois l'impuissance de ses parents ; une expérience plutôt désagréable.

— Jeff, une photo circule sur Internet. On y voit une nymphe au-dessus de la rivière, et on a l'impression qu'elle jette un sort ou un truc comme ça. Tu penses que les nymphes pourraient être impliquées dans cette histoire ? Ou que quelqu'un aurait intérêt à nous le faire croire ?

— Les nymphes ne jettent pas de sorts, donc quoi qu'elle ait pu faire, ce n'était pas ça.

— Alors ce serait un coup monté ?

— Ou bien un touriste a pris une photo au mauvais moment.

— C'est possible, concédai-je. Quoi qu'il en soit, ce serait sans doute utile de parler aux nymphes pour connaître leur point de vue. Nous sommes à Navy Pier. Est-ce qu'on peut vous retrouver quelque part ?

Jeff marqua une pause, certainement pour discuter logistique avec Catcher ou mon grand-père.

— On vous rejoint devant la jetée dans dix minutes, annonça-t-il.

Ce qui nous laissait tout juste le temps de retourner au portail… si aucun vigile ne nous surprenait en chemin.

— Nous y serons, promis-je.

Je fis demi-tour, Jonah à mon côté.

Je marchai en silence avec Jonah jusqu'au point de rendez-vous sans rencontrer aucun garde. Ils avaient sans doute abandonné leur ronde pour contempler le lac. Les problèmes commencèrent quand Jonah eut franchi la grille. Quelques mètres derrière lui, je me préparai psychologiquement à effectuer un nouveau saut. À ma grande surprise, je réussis cette fois un bond gracieux. Alors que j'entreprenais la descente, j'entendis des cris, juste assez forts pour me déconcentrer et me faire perdre l'équilibre. J'atterris avec maladresse, trébuchai, mais, au bout de quelques pas, parvins tant bien que mal à me stabiliser. Je scrutai les alentours afin de repérer l'origine du vacarme.

Plus facile à dire qu'à faire. Un étrange écho se répercutait entre les immeubles voisins et Lake Point Tower, la tour en forme de trèfle qui se dressait entre Navy Pier et Streeterville.

Jonah situa la source du tapage avant moi et désigna une sorte de parcelle herbeuse devant la jetée. Une dizaine de personnes hurlaient dans le silence de la nuit. D'après le crépitement que je sentais dans l'air – crépitement aussitôt aspiré par le trou noir derrière nous –, nous avions affaire à du grabuge surnaturel.

Jonah se mit à courir dans cette direction. Je lui emboîtai le pas et faillis le percuter quand il s'arrêta net, les yeux écarquillés devant la scène qui s'offrait à nous. Il balbutia avec peine :

— J'en avais vu en photo, mais jamais en vrai. Elles sont… Ouah ! Il y en a tellement… Et elles sont si… avec leurs robes et leurs cheveux…

Il avait raison. Elles étaient nombreuses et, vu leur allure, on ne pouvait manquer de les remarquer. Menues et plantureuses, les cheveux longs, elles portaient toutes des robes minuscules de différentes couleurs correspondant aux bras de la Chicago River dont elles étaient responsables.

L'une d'elles – la rousse de la photo que m'avait montrée Kelley – était cernée par les autres. Elles se contentaient pour l'instant de hurler des obscénités, mais semblaient prêtes à livrer bataille.

J'avais déjà assisté à une bagarre de nymphes, et n'avais aucune envie de renouveler l'expérience. Elles griffaient et se tiraient les cheveux. Je préférais un bon coup de pied à ce genre de crêpage de chignon.

— Ce sont des nymphes des rivières, confirmai-je à Jonah avant de le pousser en avant. Allons-y.

Elles remarquèrent à peine notre arrivée, quelques secondes plus tard, tant elles étaient occupées à houspiller la rousse emprisonnée dans le cercle qu'elles formaient. Elles avaient beau être toutes mignonnes, menues, bien faites et manucurées, elles juraient comme des charretiers. Même Jonah tiqua quand une blonde accusa en des termes plutôt crus la mère de la rousse d'arpenter les trottoirs.

— Ce n'est pas très distingué, marmonna-t-il.

— Bienvenue dans le monde merveilleux des nymphes, ironisai-je avant d'intervenir comme j'avais vu Jeff le faire par le passé. Mesdemoiselles, voudriez-vous vous calmer, s'il vous plaît ?

Trop excitées pour obéir à mon appel ou insensibles à ma présence, elles ne me prêtèrent aucune attention. Alors qu'elle tapait du pied pour ponctuer son insulte verbale, une petite brune coinça son talon dans l'herbe et trébucha en avant. Croyant qu'il s'agissait d'un passage à l'action, les autres nymphes cédèrent aussitôt à la violence, leurs piaillements stridents de volatiles se mêlant au bruit du tissu qui se déchirait et au claquement des talons aiguilles qui s'entrechoquaient.

Malheureusement, je m'étais approchée si près que je fus happée par la mêlée.

Me couvrant la tête d'un bras, je me frayai un chemin jusqu'au centre du cercle afin d'essayer de sortir la rousse de cette échauffourée. Je plissai les yeux pour me protéger des ongles de nymphes qui fendaient l'air et grimaçai sous les coups de leurs petits coudes pointus. Étant donné que je m'étais introduite dans leur dispute, leur taper dessus n'aurait pas été politiquement correct. Mais je n'avais pas non plus l'intention de perdre un œil dans cette rixe de chattes en furie.

Je venais tout juste d'attraper un pan de la robe de la rousse quand je reçus un talon aiguille sur la tempe. Je laissai échapper un juron et m'effondrai à genoux sous l'effet de la douleur qui me vrillait le crâne. Je touchai prudemment le point d'impact et constatai que mes doigts étaient couverts de sang.

Je n'étais pas la seule à saigner. Les nymphes s'entaillaient à grand renfort d'ongles manucurés et de chaussures de luxe à talons aiguilles, chaque plaie dégageant un parfum de sang, piquant et chargé de magie, aux fragrances de cannelle. En tant que jeune vampire, je ne me contrôlais encore pas très bien. Je sentis mes crocs surgir et devinai que mes yeux – bleus en temps normal – avaient viré à l'argenté sous l'effet de la faim.

Je me demandai s'il valait mieux que je m'enfuie en rampant ou que je me relève pour tenter de nouveau de séparer ces corps entremêlés quand un coup de sifflet strident retentit.

La bataille cessa aussitôt. Les nymphes lâchèrent leur prise et se tournèrent en direction du bruit.

Jeff Christopher s'approchait de la mêlée avec la démarche nonchalante et l'assurance de James Bond, bénéficiant de l'entière attention de chacune des nymphes présentes.

J'ignorais si ce miracle était dû au fait qu'il était un métamorphe, ou parce que c'était Jeff, tout simplement, mais c'était la deuxième fois que je le voyais manipuler ces créatures en véritable virtuose, et je trouvais toujours ce spectacle aussi impressionnant. Si Jeff passait souvent pour le jeune assistant maigrichon mordu d'informatique de Catcher, je n'avais aucun doute : il était en train de devenir quelqu'un.

Jeff me tendit la main et m'aida à me relever, grimaçant devant l'aspect de ma blessure.

—Ça va ? s'inquiéta-t-il.

—Ne t'en fais pas pour moi, assurai-je en essuyant le filet de sang du revers de la main. Elles s'étaient liguées contre la rousse. J'ai voulu essayer de la tirer de là, et voilà. Je me suis mise à saigner, et tu es arrivé.

—Va te soigner, me conseilla-t-il d'une voix plus grave que d'habitude, tout à son rôle de sauveur macho. Je m'en occupe.

Plutôt soulagée qu'il prenne le relais, je m'écartai et me tins immobile tandis que Jonah me tamponnait la tempe à l'aide d'un mouchoir en papier. Toutefois, je ne quittai pas Jeff des yeux, impatiente de le voir à l'œuvre.

Je n'étais pas la seule à m'intéresser au spectacle : Catcher traversait la bande de gazon, suivi de près par mon grand-père. Catcher était du genre bourru, même si son imposante musculature, ses yeux verts ainsi que le fait qu'il aimait et respectait ma meilleure amie permettaient de compenser ce défaut. Conformément à son style habituel, il était vêtu ce soir-là d'un tee-shirt sur lequel était écrit « Ça craint un max », d'un jean foncé et de grosses chaussures. Il avait récemment adopté un nouvel accessoire, des lunettes noires à monture épaisse, qu'il ôta en arrivant.

Mon grand-père, quant à lui, portait des habits qui reflétaient son âge : un pantalon en velours côtelé et une chemise à carreaux sous une veste confortable munie d'élastiques aux poignets et à la taille. Ses traits se crispèrent lorsqu'il m'aperçut, mais je balayai ses inquiétudes d'un geste.

—Tu vas bien ? s'enquit-il.

—Maintenant que Superman est arrivé, oui.

Je désignai Jeff qui, les bras croisés, promenait un regard sévère sur la troupe de nymphes. Ces dernières semblaient honteuses, comme si elles regrettaient à la fois de s'être crêpé le chignon devant lui et de ne pas avoir eu le temps de se refaire une beauté. Certaines d'entre elles se faisaient bouffer les cheveux et rajustaient leur robe, ignorant de toute évidence que Jeff sortait avec Fallon, une métamorphe au caractère bien trempé qui n'hésitait pas à en découdre.

— Combien de fois devrai-je te répéter de ne pas t'approcher trop près ?

Je me tournai vers Catcher qui, comme à son habitude, me considérait avec une expression mi-amusée mi-irritée, et je lui tirai la langue.

— J'ai voulu intervenir. Elles se liguaient contre l'une des filles. Et puis j'ai reçu un coup sur la tête.

— Un talon aiguille, précisa Jonah. Elle a reçu un talon aiguille sur la tempe.

Je me forçai à sourire.

— Oh, et je te présente Jonah, annonçai-je à mon grand-père. C'est le Capitaine de la Garde de la Maison Grey. Étant donné que nous sommes en sous-effectif à Cadogan, il a proposé de m'accompagner. Jonah, voici mon grand-père, Chuck Merit, qui est aussi Médiateur, et Catcher Bell.

Jonah et Catcher s'étaient déjà rencontrés, mais je préférais tout de même procéder à des présentations formelles. Ils se saluèrent d'un hochement de tête viril, du genre « enchanté de te connaître, mais je ne t'accorde qu'un tout petit signe de tête parce que c'est ce que font les vrais hommes ».

Mon grand-père, lui, m'observait avec perplexité.

— Merit, je connais Jonah, voyons.

— Ah bon ? m'étonnai-je en les regardant tour à tour.

Mon grand-père et Jonah échangèrent un coup d'œil suggérant que ce dernier m'avait caché certains détails de son histoire. Ou alors, j'avais oublié quelque chose d'important.

Mon cœur bondit dans ma poitrine lorsque je me rendis compte de ce que cela pouvait signifier.

— C'est toi l'informateur secret ! m'exclamai-je en pointant Jonah du doigt. L'employé vampire de mon grand-père !

— Si c'est le cas, je ne suis pas au courant, déclara calmement Jonah. Et il me semble que ça n'aurait pas pu m'échapper. J'aurais au moins vu passer une fiche de paie ou quelque chose du style. (Il se tourna vers mon grand-père.) Vous recrutez, en ce moment ?

— Pas vraiment, répondit-il. Merit, c'est une hypothèse intéressante, mais tu te trompes. Tu ne te souviens pas de Jonah ?

Je fronçai les sourcils.

— Me souvenir de Jonah ? Comment ça ?

Je n'eus pas le temps de résoudre ce mystère, car l'action reprenait au pays des nymphes.

— Non mais qu'est-ce qui vous est passé par la tête ? s'exclama Jeff. Vous battre en plein milieu de Navy Pier Park ! C'est un lieu public, bon sang ! L'ambiance est électrique en ville et vous, vous vous disputez comme des enfants ! Vous pensez vraiment que ça va arranger les choses ?

Les nymphes étaient toutes penaudes. Je jetai un coup d'œil alentour, curieuse de connaître la réaction des badauds. Jonah et moi avions entendu les cris de loin et, vu l'état du lac, nous n'étions pas les seuls à nous promener dehors.

Jeff dardait son regard sévère sur les nymphes, à l'instar d'un général mécontent de ses troupes.

— Bon, expliquez-moi tout, leur intima-t-il.

— À cause d'Alanna, nous sommes maudites, proclama une nymphe prénommée Melaina que j'avais déjà rencontrée la dernière fois que ces créatures s'étaient battues. (Elle pointa la rousse du doigt.) Tu as vu la photo? Elle a attiré le malheur sur nous!

— C'était donc de la magie? demandai-je. Alanna a prononcé une sorte de sortilège?

Même si l'idée que les nymphes des rivières s'amusaient à ensorceler la ville ne me plaisait guère, au moins, j'avais une réponse. C'était déjà ça.

Alanna bondit en avant, manquant de faire jaillir ses attributs de sa petite robe verte.

— Je n'ai jamais fait une chose pareille! s'indigna-t-elle.

Jeff se tourna vers moi.

— Melaina parle de manière métaphorique, expliqua-t-il.

— Je te l'avais dit, me murmura Jonah à l'oreille.

— Que faisiez-vous à la rivière alors? demandai-je à Alanna.

Elle ferma les yeux et laissa les larmes rouler sur ses joues.

— Je la serrais contre moi. Je la sentais changer, elle était en train de mourir. Elle avait besoin de moi.

Comme si ces paroles avaient ravivé leur douleur, les nymphes entonnèrent un chant funèbre en l'honneur de l'eau ensorcelée, leurs voix graves et tristes.

En dépit de leur chagrin, elles ne semblaient pas prêtes à pardonner à Alanna.

— Elle nous a fait du tort, glapit une petite brune. À cause d'elle, les gens croient que nous avons envoûté la rivière, et la ville nous accuse d'être responsables de ce qui se passe.

— Qui a pris la photo? demandai-je à Alanna.

Elle haussa les épaules.

— Je ne sais pas. Il y avait de jeunes humains sur le pont en face de moi. (Elle esquissa un petit sourire.) Ils ont dit que j'étais jolie.

Et ils ont emporté un souvenir, pensai-je.

—Maintenant, on a mal, gémit une nymphe qui ressemblait à une pin-up avec sa robe rouge et ses longs ongles recouverts de vernis carmin.

—Vous avez mal? répéta Jeff.

—La magie quitte notre corps, expliqua-t-elle en se frottant les bras, comme si elle souffrait subitement du froid. Quelque chose aspire la magie, et on se sent… vides.

Je m'aperçus soudain qu'en effet les nymphes paraissaient plus fatiguées que d'habitude. Malgré l'obscurité qui régnait dans le parc, je constatai qu'elles avaient les yeux cernés et les traits tirés.

—Est-ce que tu peux y faire quelque chose? demandai-je à Catcher.

Il secoua la tête.

—Il y a de la magie à l'œuvre, dans cette histoire. Je ne peux pas contrôler ce genre de phénomène. Moi, je suis capable de travailler sur l'univers.

Remarquant ma confusion, il précisa:

—Là, ce n'est pas l'univers. On a affaire à de la magie. De la magie opérée par quelqu'un d'autre, et ce n'est pas mon domaine.

—Est-ce que tu reconnais ce style de magie? insistai-je, prête à me raccrocher à toutes les branches. Ça ne te rappelle rien? Peut-être un sort que tu as déjà rencontré, un bourdonnement familier, quelque chose comme ça?

—Je n'ai jamais vu une chose pareille. J'ai déjà assisté à un sort d'emprunt classique: ça consiste en fait à utiliser de manière temporaire les pouvoirs de quelqu'un d'autre. Mais dans ce cas, c'est celui qui lance le sortilège qui attire la magie. Ici, la magie est aspirée par le lac, et un lac ne jette pas de sorts.

On considéra tous deux l'étendue d'eau en silence.

—Depuis que je suis arrivé, j'ai l'impression que mes forces diminuent, ajouta-t-il à voix basse. Je suis maintenant à peut-être quatre-vingts pour cent de mes capacités, mais je n'ai pas la moindre idée de ce qu'il faut faire.

—Et que va-t-il se passer si on ne parvient pas à résoudre ce problème ? m'inquiétai-je.

Le regard qu'il m'adressa ne me laissa pas beaucoup d'espoir.

—Je suppose que, si ça continue, les pouvoirs des nymphes disparaîtront et qu'alors elles perdront le lien qui les unit à l'eau. En ce qui me concerne, je récupérerai sans doute mes forces en m'éloignant, mais elles ne peuvent pas rester loin de l'eau bien longtemps.

Même si Catcher avait parlé à voix basse, les nymphes avaient dû l'entendre, car leurs pleurs redoublèrent. Leur accablement indiquait manifestement qu'elles n'étaient pas responsables de ce qui arrivait.

—Est-ce que toutes les nymphes sont là ? demandai-je à Catcher. (Il les compta rapidement puis hocha la tête.) Vu leur tristesse, aucune d'entre elles n'est coupable, affirmai-je. Je crois que nous pouvons les rayer de la liste des suspects.

—Je suis d'accord, renchérit Jonah. Malheureusement, ça veut dire que nous nous retrouvons dans une impasse.

—Peut-être pas, avançai-je avant de m'adresser aux nymphes. Mesdemoiselles, il semble évident que vous ne nuiriez jamais à la rivière ni au lac.

Leur mélopée funèbre cessa pour laisser place à un léger fredonnement.

—Toutefois, il se passe quelque chose d'étrange, poursuivis-je. Quelqu'un a transformé le lac en une sorte de trou noir qui aspire la magie. Soit pour lui faire du mal, soit pour déstabiliser la ville, ou encore pour vous blesser, vous. Est-ce que vous avez une idée des personnes qui pourraient être impliquées dans cette histoire ?

Comme si elles n'étaient qu'une seule et même personne, toutes les nymphes se turent et braquèrent leur regard sur moi, une lueur malveillante dans les yeux.

—Lorelei, lança une blonde avec assurance. La sirène.

4

CHICAGO A DONNÉ, CHICAGO A REPRIS

J'appris que chaque cours et étendue d'eau avait son protecteur. Il existait ainsi des nymphes des sources, des nymphes des fontaines, des nymphes des océans et des nymphes des cascades. Les Grands Lacs, eux, étaient contrôlés par des sirènes.

À Chicago, les nymphes régnaient sur la rivière et ses berges. Lorelei, la sirène, gouvernait les flots du lac Michigan. Elle habitait seule sur une île déserte de huit kilomètres carrés couverte de forêt au milieu de l'étendue d'eau.

Je compris surtout que les nymphes la détestaient. Elles la dénigrèrent hargneusement durant une vingtaine de minutes, énonçant tout ce qu'elles lui reprochaient. Un vrai lynchage en règle. La liste de ses principaux vices :

1. Lorelei avait pactisé avec le diable, qui vivait sur l'île avec elle ;

2. Elle exerçait la magie noire et monnayait les mauvais sorts ;

3. Elle mangeait des bébés, humains ou non ;

4. C'était une asociale excentrique qui s'habillait en noir et avait des penchants gothiques.

Bref, le portrait type de l'ennemie jurée pour de mignonnes petites nymphes.

L'imagination nourrie par les nombreux contes de fées et romans fantastiques que j'avais lus quand j'étais adolescente, je me représentais à présent Lorelei sous les traits d'une vieille sorcière bossue affublée de haillons de couleur noire, devant le lac, dans une attitude similaire à celle d'Alanna, les bras étendus, les lèvres tordues en un cruel rictus sous un nez crochu, prononçant des incantations destinées à tuer le lac pour une raison qui restait à déterminer.

Apparemment, brosser le portrait peu reluisant de la sirène avait réussi à apaiser mes jolies interlocutrices, qui s'étreignaient, rajustaient leurs minuscules robes et séchaient leurs larmes dans une sorte de gigantesque embrassade nymphique.

Dans ce contexte, les garçons avaient bien du mal à se concentrer. Un petit raclement de gorge les rappela à la réalité.

— Nous pourrions lui rendre visite, suggéra Jonah.

Pour être honnête, cette proposition ne m'enchantait pas vraiment. Malheureusement, mes états d'âme n'entraient pas en ligne de compte face à un problème de cette envergure. Les nymphes étaient en train de s'affaiblir, et Dieu seul savait comment se portaient les autres surnats.

— C'est sans doute une bonne idée, confirma mon grand-père. Si par chance elle est impliquée dans cette histoire, le jeu en vaut la chandelle. D'après mes souvenirs, il n'existe aucun moyen de communication sur l'île, donc, de toute façon, nous ne pouvons pas lui téléphoner.

Il me considéra d'un air inquisiteur.

Je poussai un soupir.

— Pourquoi moi ?

— Parce que tu es une fille, répondit Catcher.

Il me fallut un moment pour bredouiller une réponse.

— Pardon ?

— C'est une sirène, expliqua-t-il. Tu sais, une de ces créatures qui séduisent les marins et les condamnent à mort en leur chantant des chansons si belles qu'elles les font pleurer, les envoûtent et les piègent dans une extase éternelle.

L'air ébahi de Jonah me fit lever les yeux au ciel.

— Et pourquoi est-ce que ce serait une mauvaise idée que j'y aille ? demanda ce dernier.

— Parce que tu ne reviendrais pas, répliqua Catcher d'un ton sec. Ses pouvoirs magiques l'obligeraient à te séduire, à t'ensorceler, et tu resterais prisonnier de l'enchantement de cette sirène pour l'éternité.

— Je ne suis toujours pas convaincu.

— Tu le seras quand tu ne supporteras pas d'être séparé d'elle, au point d'en oublier de boire et de manger. Mourir de faim n'a rien d'agréable.

— D'accord, concéda Jonah en esquissant une grimace. Cet argument me touche davantage.

— C'est pour ça qu'on envoie les roberts ici présents.

Je tournai lentement la tête pour fusiller Catcher du regard.

— Non mais franchement, tu as quoi, là, douze ans ?

— Le truc, c'est que, en tant que mecs, on ne peut pas rendre visite à une sirène. Elle serait obligée de nous charmer, ce qui ne nous aiderait pas vraiment à résoudre cette affaire.

— Donc, je suppose que c'est décidé, m'inclinai-je. Nous irons ensemble, mes roberts et moi. Mais la perspective de traverser le lac en bateau ne me dit rien qui vaille. Quelqu'un aurait un autre moyen de transport à me proposer ?

— Je m'en occupe, intervint mon grand-père. Je vais donner quelques coups de fil pour voir si je peux trouver un pilote d'hélicoptère disposé à se rendre sur une île isolée au beau milieu d'un lac chargé de magie. Bien sûr, j'aurai besoin de remplir quelques formalités auparavant. Il faudra donc attendre demain pour passer à l'action.

— Et entre-temps, qu'est-ce qu'on fait au sujet du lac ? demandai-je au groupe.

Ma question raviva la détresse des nymphes. Lorsque Jeff s'agenouilla pour tapoter le dos de sa voisine, celle-ci lui sauta au cou et le serra contre elle en sanglotant avec un talent dramatique impressionnant.

— Bien joué, vampire, marmonna Catcher.

— C'était une question légitime, me justifiai-je. La crise n'est pas résolue, et une autre journée va s'écouler avant que nous puissions parler à la sirène.

— La première chose à faire, c'est emmener les nymphes ailleurs, proposa Jeff au-dessus de l'épaule de celle qui était accrochée à son cou. Nous devons les éloigner de l'eau et de ce qui s'y trame. Peut-être que ça les aidera à regagner quelques forces. (Et vlan, nouvelle vague de sanglots.) Je sais, ma puce, la réconforta-t-il en lui caressant le dos d'un geste fraternel. Mais il faut attendre que le lac guérisse avant d'y retourner, d'accord ?

Elle hocha la tête et renifla, toujours fermement agrippée à Jeff.

— Je vais diriger les opérations, décréta Catcher. Peut-être que les fées seront d'accord pour héberger une partie des nymphes cette nuit.

— Les Breckenridge ont une immense maison à Naperville, dit Jeff, mais ce n'est certainement pas une bonne idée de rassembler sous le même toit des nymphes et des métamorphes.

À cet instant, je vis la nymphe mettre une main aux fesses de Jeff et les serrer sans façon. Il glapit et la repoussa poliment, mais elle ne se départit pas de son sourire satisfait. Soit elle ignorait que Jeff avait une petite amie, soit elle s'en fichait.

— Je suppose qu'il vaut mieux écarter l'idée des Breck, grommela Catcher.

— Et que fait-on au sujet des humains ? demanda Jonah en observant les curieux qui ne cessaient de s'amasser au bord du lac. Ils vont paniquer.

Je ne pouvais pas les blâmer. Nous avions affaire à un événement paranormal particulièrement déconcertant qui nous touchait tous au plus profond de nous-mêmes. Chicago s'étendait autour du lac, et la rivière coulait au cœur de la ville. Un lien indéfectible unissait ces éléments, et les humains allaient forcément considérer ce qui se passait comme une violation de ce lien. Je n'étais pas pressée d'assister au tollé qui s'ensuivrait.

— Je vais préparer un rapport pour Mme Kowalczyk, annonça mon grand-père, même si je ne sais vraiment pas comment expliquer ce phénomène.

— Insiste sur le fait que ce n'est pas l'apocalypse, suggérai-je en dépit de la peur qui m'oppressait encore la poitrine. Et tâche de faire en sorte qu'elle n'accuse pas tout de suite les vampires. Nous avons déjà assez de problèmes à gérer.

Il me tapota le dos.

—Nous allons continuer à travailler et mener des recherches. Vous, les enfants, rentrez chez vous. Je sais que les gardes sont en sous-effectif à Cadogan. Je t'appellerai quand nous aurons organisé le transport.

Je hochai la tête, même si je détestais devoir ainsi abandonner l'enquête pour la soirée. Rester assise à anticiper les ennuis susceptibles de survenir ne constituait pas mon passe-temps préféré. Je pensai que fouiller la bibliothèque bien garnie de la Maison me permettrait sans doute de m'occuper l'esprit. S'il existait des informations au sujet de cette mystérieuse sirène, je les trouverais là-bas.

Je saluai Jeff, qui avait toujours une nymphe pendue à son cou, et attirai Catcher à l'écart.

—Comment se passent les révisions ? lui demandai-je.

Il leva les yeux au ciel.

—Elle dit qu'elle n'a pas autant stressé depuis l'épisode mémorable de « la présentation Meisner-Moxner », même si je n'ai aucune idée de ce que ça peut être.

Je grimaçai. Quand elle était encore cadre dans la pub, Mallory avait travaillé d'arrache-pied pendant deux semaines afin de préparer une campagne de communication du tonnerre pour Meisner-Moxner, une entreprise de produits ménagers, tout ça pour que son patron lui annonce, trois jours avant la présentation, qu'il « ne le sentait pas ».

Elle avait passé les soixante-douze heures qui avaient suivi dans un épais brouillard provoqué par l'abus de caféine et le manque de sommeil. Elle n'avait pas quitté son bureau, s'alimentant uniquement à l'aide de sodas et de boissons énergisantes, dans une euphorie créatrice qu'elle avait plus tard qualifiée d'« épique ». Une fois le projet bouclé, l'agence avait signé le contrat et Mallory avait dormi deux jours d'affilée.

La campagne Meisner-Moxner avait marqué l'histoire de la publicité en constituant le lancement de produits ménagers le plus réussi du siècle. Malheureusement, Junior Moxner avait dépensé les bénéfices réalisés en call-girls et cocaïne, et l'entreprise Meisner-Moxner Home Brands avait fait faillite peu après. Lorsqu'elle avait appris la nouvelle, Mallory avait de nouveau dormi pendant deux jours.

Si ses révisions étaient comparables à l'épisode Meisner-Moxner, je compatissais avec elle… et avec Catcher.

— Je te plains, mon pauvre. L'avantage, c'est que Simon doit gérer la plus grande partie de son stress, vu qu'il la voit souvent.

Catcher se rembrunit.

— C'est sûr, il la voit bien assez souvent.

Sa façon de plisser les yeux évoquait sans conteste le petit ami jaloux. Mais comment était-ce possible ? C'était Catcher, bon sang. Catcher, le brillant magicien aux abdominaux en plaquettes de chocolat et au corps de rêve, qui ne laissait personne lui marcher sur les pieds. Peut-être que je me trompais, et qu'il n'aimait pas Simon, tout simplement. J'avais déjà eu cette impression auparavant. La curiosité est certes un vilain défaut, mais je ne prétendais pas être une sainte. Je m'engageai donc dans la brèche :

— C'est tendu, entre Simon et toi ?

— Je me méfie de lui.

Constatant qu'il ne s'étendait pas sur le sujet, je faillis lui demander s'il se méfiait de Simon ou des intentions de ce dernier envers Mallory, mais je me ravisai. Catcher était un homme, un vrai, et souligner sa jalousie ne lui plairait sans doute pas.

Je me contentai de lui tapoter le dos en signe de soutien.

—Quand toute cette histoire sera derrière nous et que Mallory aura obtenu son diplôme officiel de sorcière, je vous offrirai un coup à boire.

Catcher marmonna quelque chose que je ne compris pas, mais je supposai que ses grommellements étaient liés à la haine qu'il éprouvait envers l'Ordre. Après avoir été exclu de l'organisation des sorciers, voir Mallory s'échiner pour en faire partie devait lui peser. Ce que Chicago donne, Chicago le reprend.

Je saluai Catcher, puis retournai avec Jonah vers ma voiture.

—Tu dois être déçu de ne pas pouvoir rendre visite à la sirène, demain, avançai-je.

—Je suis au bord de la dépression, reconnut-il. Tu crois qu'elle porte une robe aussi courte que les nymphes ?

Je levai les yeux au ciel, mais ne pus réprimer un sourire. Je le trouvais très drôle. Je ne comptais cependant pas lui en faire la remarque : son *ego* était déjà bien assez développé.

—Étant donné que nous en avons terminé pour cette nuit, ça te dirait de manger quelque chose ?

Même si ses intentions demeuraient sans doute purement platoniques, sa question fit déferler en moi une vague de panique. D'un autre côté, si je dînais avec Jonah, j'aurais l'occasion de l'interroger sur sa relation avec mon grand-père. Depuis que j'avais appris que mon père avait soudoyé Ethan pour faire de moi une vampire, je me méfiais des liens existant entre les créatures à crocs et les membres de ma famille.

—Tu me raconteras d'où tu connais mon grand-père ?

—Peut-être. Tu aimes manger épicé ?

—Genre explosion nucléaire, ou sauce mexicaine de supermarché ?

— Ce que tu préfères. Je te laisse le choix.

— Je devrais refuser. Tu n'as pas hésité à me trahir.

— Comment ça ?

— Tu leur as dit qu'on m'avait frappée avec un talon aiguille.

Me faire mettre au tapis par un coup de Jimmy Choo ne resterait pas dans les annales de mes exploits de Sentinelle. Je n'avais pas vraiment envie que cette nouvelle se répande.

Jonah feignit d'être choqué.

— Merit, tu aurais préféré que je mente à ton grand-père ?

— Tout dépend depuis combien de temps tu le connais.

Malheureusement, il ne mordit pas à l'hameçon.

— Donnant-donnant. Le dîner d'abord, les détails ensuite.

Je soupirai, acceptant ma défaite.

— D'accord. Mais je veux la vérité.

— Oh, tu l'auras, Merit. Tu l'auras.

Bizarrement, je ne me sentis pas du tout soulagée par sa réponse.

Le *Thaï Mansion* se trouvait en plein milieu d'un centre commercial, coincé entre un pressing et une pizzeria spécialisée dans la vente à emporter.

Un carillon tinta quand Jonah ouvrit la porte. Une petite radio, perchée sur un comptoir en verre entre un bouddha doré, une vieille caisse enregistreuse et un seau en plastique rempli de pastilles à la menthe, diffusait *El Paso* de Marty Robbins.

Le décor ne payait pas de mine. Les murs, constitués de simples parpaings recouverts d'une couche de peinture, étaient tapissés d'un assortiment hétéroclite de posters de films de série B des années 1970 et de notes manuscrites interdisant aux clients de se garer sur les places réservées au pressing ou de régler autrement qu'en espèces. Apparemment, au *Thaï Mansion*, on n'aimait pas les cartes de crédit.

— Tu es sûr que c'est le meilleur restaurant thaïlandais de Chicago ? m'étonnai-je.

— Fais-moi confiance, répliqua Jonah avant de saluer une petite serveuse aux cheveux noirs.

Cette dernière nous adressa un sourire chaleureux puis hocha la tête quand Jonah désigna une table libre.

Je m'installai et consultai le menu plastifié rédigé à la main. Hormis quelques traductions douteuses, je ne comprenais pas les noms de la plupart des plats, ce qui était sans doute de bon augure dans un restaurant thaïlandais.

— Tu viens souvent ici ?

— Plus que je ne le devrais, avoua Jonah. Je ne veux pas dire du mal de la cafétéria de la Maison Grey, mais Scott a certaines lubies en matière de cuisine. On a déjà eu des repas sur le thème du beige de l'entrée au dessert.

J'imaginai une assiette de pain, de purée, de beignets de pomme de terre, de dinde farcie et de quatre-quarts.

— Ça ne me paraît pas si mal que ça.

— De temps en temps, ça va. Mais un vampire qui aime la vie apprécie la variété.

— Et tu aimes la vie ?

Il haussa modestement les épaules.

— Le monde a beaucoup à offrir. Il y a énormément de choses à découvrir, et je n'ai pas envie de passer à côté.

— Alors tu dois trouver l'immortalité bien pratique, non ?

— On peut dire ça comme ça.

Une serveuse aux longs cheveux noirs, des baskets blanches aux pieds, traversa la moquette verte du restaurant en trottinant.

—Vous choisi ?

Jonah posa les yeux sur moi et, quand je hochai la tête, passa commande :

—Pad thaï aux crevettes.

—Niveau épices, aujourd'hui ?

—Neuf, annonça-t-il avant de lui tendre son menu.

Une fois leur échange terminé, la serveuse se tourna vers moi.

Je supposai que les plats étaient notés de un à dix du moins au plus épicé. J'avais beau aimer le piment, je n'avais pas l'intention de commander du niveau neuf dans un restaurant que je n'avais jamais testé. Dieu seul savait ce que réservait du neuf.

—La même chose pour moi. Du sept, peut-être ?

La serveuse me toisa d'un regard morne.

—Vous déjà venue ici ?

Je la considérai un instant puis me tournai vers Jonah.

—Euh… non.

Elle me retira le menu des mains en secouant la tête.

—Pas sept. Vous pouvoir avoir deux.

Sur cette sentence, elle pivota et disparut derrière le rideau qui séparait la salle des cuisines.

—Deux ? Je me sens insultée.

Jonah émit un rire grave.

—C'est parce que tu n'as pas encore goûté à un plat noté deux.

Je restai dubitative, mais ne disposais pas de suffisamment d'éléments pour répliquer. En parlant d'éléments manquants…

— Bon, tu m'as promis : donnant-donnant. Comment se fait-il que tu connaisses mon grand-père ? Je sais que tu faisais partie du cercle d'amis de Charlotte. Tu me l'as déjà dit. C'est ça, le lien ?

Charlotte était ma sœur aînée. J'avais également un frère, Robert, qui suivait les traces de mon père en s'emparant de toutes les propriétés qu'il pouvait.

— Je connais Charlotte, en effet, reconnut Jonah. Et je te connaissais aussi.

Je ne voyais pas du tout ce qu'il voulait dire.

— Comment ça, tu me connaissais ?

— J'ai accompagné Charlotte au bal de fin d'année de l'université.

Je me figeai.

— Quoi ?

— J'étais le cavalier de Charlotte au bal.

Je fermai les yeux pour tenter de rassembler mes souvenirs. J'étais rentrée à la maison pour les vacances de printemps et avais assisté à la crise de larmes de Charlotte quand elle s'était disputée avec son petit ami de l'époque, qui n'était autre que son mari actuel, Major Corkburger. Oui, oui, Major Corkburger, sans blague. Elle était allée au bal avec un type prénommé Joe à la place.

Soudain, les connexions s'établirent dans mon cerveau.

— Oh, mon Dieu ! m'exclamai-je en pointant Jonah du doigt. C'était toi, Joe ! Je ne t'ai même pas reconnu.

Joe n'était resté que le temps d'une courte phase de rébellion. Je ne l'avais revu qu'une ou deux fois après le bal. Un mois plus tard, Charlotte et Major s'étaient réconciliés, et Joe avait disparu.

—Tu avais les cheveux frisés, lui rappelai-je. Et pour aller au bal, tu portais un de ces sweats à capuche qui ressemblent à des tapis.

—J'arrivais tout juste de Kansas City, avança-t-il en guise d'explication, comme si cette ville se trouvait dans un pays étranger à la culture complètement différente de la nôtre. Même les vampires avaient un autre rythme de vie, là-bas. C'était un peu plus tranquille.

—Et Charlotte t'a présenté à mon grand-père ?

Malgré la lumière tamisée, je vis les joues de Jonah s'empourprer.

—Oui. Je crois que c'était surtout pour rendre Major jaloux. Je terminais un de mes doctorats, à l'époque. Un jour, une fille superbe m'a accosté sur le campus et m'a demandé de sortir avec elle. (Il haussa les épaules.) Je n'allais pas dire non. Et tu n'avais aucune idée de qui j'étais quand on s'est rencontrés par le biais de Noah.

Ce qui expliquait la froideur dont Jonah avait fait preuve le soir où Noah m'avait donné rendez-vous près de la fontaine Buckingham.

—C'est pour ça que tu étais si distant avec moi, déduisis-je. Pas parce que tu pensais que je ressemblais à Charlotte, mais parce que tu croyais que je t'avais oublié.

—Tu m'avais vraiment oublié, et tu ressembles beaucoup à Charlotte, que ça te plaise ou non.

Je m'apprêtais à protester, convaincue qu'il avait l'intention de me taquiner en me parlant de soirées mondaines, de marques de luxe ou de vacances d'hiver à Palm Beach, sujets qui ne m'intéressaient absolument pas, mais je lui accordai le bénéfice du doute et posai la question qui s'imposait :

—Et en quoi est-ce que je ressemble à Charlotte ?

Il sourit.

—Tu es loyale. Vous accordez toutes les deux une grande valeur à la famille, même si vous ne la définissez pas de la même façon. Major et les enfants forment la sienne. La tienne, c'est la Maison Cadogan.

Ça n'avait pas toujours été le cas, mais il avait raison.

—Je vois.

Quelques minutes plus tard, la serveuse reparut avec deux assiettes de nouilles fumantes.

—Neuf, déclara-t-elle en posant l'un des deux plats devant Jonah avant de me servir le mien. Et deux.

Je déballai une paire de baguettes et regardai Jonah, impatiente.

—Tu es prêt?

—Et toi? me demanda-t-il, visiblement amusé.

—Ça ira, lui assurai-je en plongeant les baguettes dans mon assiette. Je portai à ma bouche une généreuse quantité de nouilles et de germes de soja… et regrettai aussitôt ma témérité.

Apparemment, «deux» était un euphémisme pour «les flammes de l'enfer». Je sentis les larmes me monter aux yeux tandis que la légère sensation de chaleur que je ressentais au fond de la gorge se propageait jusqu'au bout de ma langue, où elle se transforma en véritable incendie. J'étais prête à jurer que des flammes me sortaient des oreilles.

—Oh, la vache, c'est fort! crachotai-je d'une voix rauque avant de boire la moitié de mon verre d'eau d'un trait. Et ça, c'est deux? C'est de la folie.

—Et dire que tu voulais sept, dit Jonah avec nonchalance tout en savourant ses nouilles comme si elles n'étaient assaisonnées qu'avec de la sauce soja.

—Comment tu peux manger ça?

— J'ai l'habitude.

Je pris une nouvelle bouchée, que j'avalai presque sans mâcher pour que les épices n'aient pas le temps de m'enflammer le palais, remarquant à peine le goût du plat dans ma hâte.

La serveuse revint, une carafe d'eau à la main. Elle remplit le verre de Jonah, puis me considéra :

— Deux ?

— C'est déjà trop fort pour moi, admis-je en me jetant sur le reste de mon verre d'eau. Qu'est-ce qu'il y a dedans ? Des piments thaïlandais ?

La serveuse remplit mon verre en haussant les épaules.

— Cuisinière faire pousser dans son jardin. Très fort.

— Très très fort, soulignai-je. Est-ce qu'il arrive que des clients commandent du dix ?

— Clients habitués, dit-elle. Ou pari.

Sa carafe vide, elle s'éloigna en trottinant.

Je regardai Jonah avec des yeux larmoyants sous l'effet des épices.

— Merci de ne pas m'avoir défiée de manger du dix.

— Ça n'aurait pas été du jeu, répliqua Jonah en avalant une grosse bouchée de nouilles.

Quelques gouttes de sueur perlaient à présent sur son front, et il s'était mis à renifler.

— Je croyais que ça ne te faisait pas d'effet, m'étonnai-je, un petit sourire satisfait aux lèvres.

Il s'essuya le front du revers de la main puis m'adressa un sourire.

— Je n'ai pas dit que je ne trouvais pas ça fort, juste que j'avais l'habitude. L'immortalité ne vaut pas le coup si elle ne comporte pas quelques défis.

Je n'en étais pas convaincue, mais j'avais la désagréable impression qu'il ne faisait pas allusion à la nourriture. Je pris une autre bouchée et me concentrai sur la sensation de brûlure.

— Parle-moi d'Ethan.

Surprise, je dévisageai Jonah.

— Pardon ?

Il haussa les épaules d'un air désinvolte et avala ses nouilles.

— Tu m'as dit que vous n'étiez pas ensemble. C'est peut-être vrai, mais j'ai le sentiment que tu ne m'as pas raconté toute l'histoire.

Il continua à manger, le sourire aux lèvres, et je le regardai quelques instants en réfléchissant à ce que j'allais lui répondre. Mes rapports avec Ethan avaient été houleux, avec plus de bas que de hauts, et les bas m'avaient traumatisée. Ethan avait disparu avant que nous ayons pu construire une relation solide, ce qui n'en rendait pas mon chagrin moins accablant, et difficile à expliquer.

— Nous avons passé de bons moments tous les deux, avouai-je. Nous ne formions pas vraiment un couple, même si nous aurions sans doute fini ensemble si Ethan n'était pas…

Je ne parvins pas à terminer ma phrase.

— Si Célina n'avait pas fait ce qu'elle a fait, finit Jonah avec tact.

Je hochai la tête.

— Il comptait beaucoup pour toi.

Nouveau hochement de tête.

— Oui.

— Merci de me l'avoir dit, déclara-t-il.

Il n'insista pas, mais j'avais l'impression qu'il avait autre chose à me demander. En dépit de la délicatesse dont il avait fait preuve, une certaine gêne flotta entre nous le reste du dîner. J'entretins la conversation – n'abordant que des sujets légers – jusqu'au moment de régler la note. C'est en retournant vers nos voitures qu'il se décida à aborder le cœur du sujet.

—Tu avais des sentiments pour Ethan, commença-t-il. Tu étais proche de lui, ce qui affectait ta perception de la Garde Rouge. Mais maintenant, tu as conscience que le Présidium ne se trouve pas toujours du bon côté de la justice. La Maison Grey sait parfaitement qui dit la vérité sur Célina et la mort d'Ethan. Le PG aurait dû soutenir ce que tu faisais en faveur de Chicago, mais, au lieu de proposer leur aide quand le V est apparu, ils ont choisi de ne pas tenir compte du problème et t'ont fait porter la responsabilité de ses retombées. La Garde Rouge ne s'oppose pas aux Maisons, mais au PG.

—J'ai prêté serment.

—En travaillant avec nous pour t'assurer que le PG ne détruira pas ta Maison, tu ne romprais pas ton serment, bien au contraire.

Je réfléchis à sa remarque en silence. Il marquait un point : le PG n'était pas un allié de la Maison Cadogan. D'un autre côté, si je rejoignais la Garde Rouge, ne serait-ce pas infliger une gifle à Malik ? Cela impliquerait de lui cacher mes faits et gestes, même si c'était pour œuvrer dans « l'intérêt général ».

—Pourquoi ? demandai-je.

Jonah fronça les sourcils.

—Pourquoi quoi ?

—Pourquoi voudrais-tu que j'intègre la GR ? Quels seraient les avantages ? Nous savons déjà que les membres du PG sont égoïstes et plus intéressés par les apparences que par le reste. Ils nous laissent accomplir tout le travail et ont toujours des reproches à nous faire, alors à quoi bon ? Être membre de la GR ne changerait rien, sauf qu'ils nous cloueraient au pilori s'ils venaient à le découvrir.

— « Nous » ?

Quand je posai les yeux sur lui, je constatai qu'il affichait à présent un sourire satisfait, ce qui ne m'enchantait pas vraiment.

— Tu as dit « nous », insista-t-il.

— C'était juste une façon de parler. Tu sais bien ce que j'ai voulu dire.

Je m'efforçai de me montrer désinvolte, mais il avait raison. Comme nous l'avions déjà fait par le passé, Jonah et moi travaillions ensemble pour assurer la pérennité des Maisons. Faisais-je déjà implicitement partie de la GR ?

— En fait non, Merit, je ne le sais pas, objecta-t-il. Ce que je sais, c'est que tu viens de confesser que tu considérais faire déjà le travail de la GR. (Il me barra le passage et baissa les yeux sur moi.) Tu veux que je te dise pourquoi tu devrais devenir membre ? Parce que, pour la première fois de ta vie, tu aurais un partenaire. Quelqu'un à ton côté, disponible vingt-quatre heures sur vingt-quatre, prêt à t'aider, quelle que soit la tâche.

Il se trompait. J'avais déjà eu un partenaire : Ethan.

— Je travaille avec toi en ce moment, lui fis-je remarquer.

— Je suis là parce que tu n'as pas de meilleure option. Si Ethan était encore en vie, ou si les gardes Cadogan étaient plus nombreux, tu ne m'appellerais pas.

Je ne pouvais pas le contredire.

— Mais réfléchis, Merit, reprit-il. Pour la première fois de ton existence, tu aurais le choix. Tu es devenue vampire contre ton gré. On t'a nommée Sentinelle sans te demander ton avis.

Il avait incliné la tête et effleurait presque mes oreilles de ses lèvres ; un contact intime, mais sans connotation érotique. Jonah n'essayait pas d'abaisser les barrières que j'avais érigées ; il me démontrait à quel point nous nous étions déjà rapprochés.

—Tu ferais toi-même le choix de servir au sein de la GR.

Il avait raison. Je n'avais pas eu mon mot à dire jusqu'à présent, mais là, j'avais le choix. Je devais admettre qu'il avait des arguments convaincants.

Il en était manifestement conscient, lui aussi, car il se redressa et tourna les talons sans rien ajouter.

—C'est tout ?

Il me jeta un coup d'œil par-dessus son épaule.

—C'est tout. Cette fois, Merit, c'est à toi de décider, et à toi seule.

Il monta dans sa voiture. Une fois qu'il se fut éloigné, j'expirai. Être ou ne pas être membre de la GR, telle était la question.

Comme le lac n'avait pas changé d'aspect, je n'étais pas vraiment impatiente de faire mon rapport à Kelley. Mais au moins, nous avions un plan, et si une personne à Chicago était capable de dénicher un hélicoptère, c'était bien mon grand-père.

Quand je me garai devant la Maison, je constatai que les manifestants étaient plus nombreux et plus bruyants qu'en début de soirée. Ils brandissaient des panneaux aux slogans plus violents que d'habitude, promettant tous les tourments de l'enfer et autres damnations. Comme nous l'avions craint, des mots tels qu'« apocalypse » et « Armageddon » s'étaient glissés dans les banderoles. Et pour être honnête, je comprenais un peu. Je ne savais pas non plus pourquoi le lac était devenu noir et s'était mis à aspirer la magie ; je supposais donc que la fin du monde figurait sur la liste des possibilités. En bas de la liste, certes, mais sur la liste tout de même.

Les manifestants n'étaient pas les seuls à être sortis en force. Nous étions pourchassés par des paparazzis avides d'images – et d'argent – depuis déjà un certain temps. D'habitude, une troupe de photographes campait au coin de la rue, près de la Maison. Ce soir-là, des camionnettes que je n'avais encore jamais vues étaient garées le long du trottoir, abritant des journalistes impatients de couvrir les derniers méfaits des vampires. Tous les événements inquiétants de cette ville, rattachés de près ou de loin au paranormal, les conduisaient droit à notre porte. Ce phénomène constituait un argument de poids pour inciter les autres surnats à dévoiler leur existence : au moins, nous aurions quelqu'un avec qui partager les ennuis.

Les reporters m'interpellèrent. J'en avais rencontré certains en effectuant des rondes autour de la propriété. D'autres me connaissaient depuis l'épisode de la Justicière à la queue-de-cheval.

Je n'avais aucune envie de contribuer à leur journalisme provocateur, mais je pensai que, si je ne tenais pas compte de leur présence, ils échafauderaient d'abominables théories. Je m'approchai donc de leur groupe et leur adressai un tiède salut.

— Vous avez beaucoup de travail, cette nuit, non ?

Certains s'esclaffèrent, d'autres se mirent à m'assaillir de questions.

— Est-ce que ce sont les vampires qui ont empoisonné le lac ?

— Est-ce que c'est bientôt la fin de la ville de Chicago ?

— S'agit-il de la première plaie ?

Je dus fournir un gros effort pour garder une expression neutre et ne pas lever les yeux au ciel. Le fait que je n'aie aucune idée de ce qui se passait me facilitait la tâche.

— J'espérais que vous me le diriez ! rétorquai-je avec un petit sourire. Nous essayons nous aussi de comprendre.

— Ce ne sont pas les vampires qui ont lancé un sort ?

— Les vampires ne lancent pas de sorts, annonçai-je en déchiffrant le nom inscrit sur le badge de mon interlocuteur. Peut-être que c'est Matthew ici présent qui a rendu l'eau du lac noire. (La foule éclata de rire, mais les questions continuèrent à fuser.) Croyez-moi, nous souhaitons autant que vous que le lac redevienne normal, et nous nous posons les mêmes questions que tous les habitants de Chicago. Le problème, c'est que nous n'y sommes pour rien, donc nous ne savons même pas dans quelle direction chercher.

— Merit, pensez-vous que ce soit le début de l'apocalypse ? lança un reporter dans le fond.

— J'espère sincèrement que non. Mais si jamais je devais mourir bientôt, autant que ce soit à Chicago, avec un hot-dog à la main. Vous n'êtes pas d'accord avec moi ?

Bon, d'accord, je versais dans la démagogie, et j'étais sûre que certains journalistes s'en étaient rendu compte. Mais que pouvais-je faire d'autre ? Si l'animosité des habitants de Chicago restait braquée sur les vampires, la situation allait très vite s'envenimer. Alors que les questions pleuvaient toujours, je fis un salut de la main et me dirigeai vers la Maison après avoir échangé un regard exaspéré avec les fées postées à la grille.

Mon cœur se serra lorsque je me demandai ce qu'Ethan, expert en relations publiques, leur aurait répondu. Même si je n'avais peut-être pas agi comme il l'aurait fait, j'espérais avoir réussi à apaiser les esprits pour quelque temps.

Je me rendis aussitôt dans la salle des opérations, où je trouvai Kelley et Juliet. Elles levèrent des yeux pleins d'espoir à mon entrée, mais leur optimisme retomba lorsqu'elles virent mon expression.

— Pas de bonnes nouvelles ?

— Pas vraiment, répondis-je en m'asseyant à la table de conférence à côté de Kelley. Les nymphes des rivières n'arrêtent pas de pleurer, et je doute franchement qu'elles soient pour quoi que ce soit dans cette histoire. Elles ont pointé leurs petits doigts manucurés en direction de Lorelei, la sirène. Elle vit sur une île au milieu du lac. L'Agence de médiation organise le transport, mais rien ne sera possible avant demain. J'espère que nous tenons une piste.

Kelley fronça les sourcils et hocha la tête. Comme tous les chefs, elle aurait certainement aimé résoudre cette crise aussi vite que possible, de manière à se concentrer sur d'autres problèmes ; par exemple, le recrutement de nouveaux gardes ou la présence d'un curateur dans la Maison.

— Si c'est le mieux que nous puissions faire, nous devons nous en contenter, affirma Kelley. Cela n'enlève rien à la pression qui pèse sur la Maison, mais je n'aurais pas non plus aimé t'envoyer sur une île au beau milieu du lac quelques heures avant l'aube.

Je lui parlai du plan de mon grand-père et de ma discussion avec les paparazzis.

Elle m'apparut soudain très fatiguée, et je me demandai si tous ces drames avaient fini par l'épuiser, ou si les restrictions de sang ordonnées par Frank commençaient à avoir raison de ses forces. Les nouilles thaïlandaises avaient beau avoir en partie satisfait mon appétit, je sentais ma faim s'éveiller, prête à exploser. Je devrais vérifier dans les cuisines s'il restait encore des poches de sang.

—Continuons à mener l'enquête et espérons que nous sortirons de cette crise avant que la prochaine ne nous tombe dessus.

—Tu l'as dit, renchérit Juliet derrière son écran d'ordinateur.

Kelley poussa un soupir.

—Et puisqu'on parle de sujets désagréables, on m'a dit que tu étais la prochaine à passer en entretien avec Frank.

—Super, répliquai-je sans enthousiasme. Je meurs d'impatience.

—Je pourrais te demander de passer le reste de la soirée à la bibliothèque pour faire des recherches sur les forces et les faiblesses de la sirène du lac. Après tout, je ferais preuve de négligence si je t'envoyais sur cette île sans que tu y sois préparée. Et au milieu de tous ces livres, Frank aurait certainement du mal à te mettre la main dessus…

—Rusé, fis-je remarquer avec un sourire appréciateur. J'aime beaucoup.

—Ce n'est pas de la ruse. Je me contente d'utiliser les outils dont je dispose, et à cet instant, tu es l'un de ces outils. J'ai besoin de toi pour enquêter sur ce problème et empêcher les humains de nous sauter à la gorge. Te faire interroger par un gratte-papier du PG ne va pas nous aider à avancer. (Elle se leva puis marcha jusqu'à son bureau, où elle s'assit derrière son ordinateur.) Apprends tout ce que tu peux, et tiens-moi au courant.

Je la saluai et remontai au rez-de-chaussée.

5

Des montagnes de papiers

La bibliothèque était située au premier étage de la Maison, pas très loin de ma chambre. Elle s'étendait sur deux niveaux : la majeure partie des livres se trouvait au premier, le reste au second, sur un balcon entouré d'une grille en fer forgé. Elle renfermait un cortège d'ouvrages soigneusement ordonnés, des pupitres cloisonnés ainsi que quelques tables de travail. C'était mon refuge.

Je pénétrai à l'intérieur et restai quelques instants immobile pour respirer l'odeur de papier et de poussière, les parfums du savoir. L'endroit semblait désert, mais j'entendais le grincement régulier d'un chariot quelque part dans les rayons. Je suivis le son jusqu'à ce que je tombe nez à nez avec un vampire aux cheveux bruns qui rangeait des livres sur les étagères avec une précision mécanique. Je ne le connaissais que sous le nom de « bibliothécaire ». C'était une mine d'informations, et il adorait laisser des ouvrages sur le pas de ma porte.

Je me raclai la gorge afin d'attirer son attention. Il leva la tête, les yeux plissés, sans doute prêt à me reprocher d'avoir fait du bruit dans l'enceinte de la bibliothèque. Il avait affiché à l'entrée une série de règles préconisant notamment aux visiteurs à la gorge sensible de prendre du sirop pour la toux. Le bibliothécaire ne tolérait aucune nuisance auditive sur son domaine.

Lorsqu'il m'aperçut, il leva la main et se baissa au niveau du plateau inférieur de son chariot. Il se redressa les bras chargés de plusieurs volumes, qu'il me tendit.

— C'est pour toi, déclara-t-il.

J'examinai les titres. Il s'agissait malheureusement de nouveaux ouvrages traitant de politique vampire. Il m'avait déjà fourni quantité de livres sur le sujet, et j'avais l'impression que ce que j'avais lu ne représentait qu'une infime proportion de ce qui avait été écrit. Nous formions une communauté férue de politique et, apparemment, nous aimions nourrir cette obsession.

Cependant, le bibliothécaire étant sans doute en mesure de m'aider, je ne voulais pas risquer de le froisser.

— Merci, dis-je en m'emparant des documents. J'ai une question pour toi : que sais-tu au sujet de la sirène du lac ?

Après un grognement dédaigneux, il abandonna son chariot pour s'éloigner dans le rayon.

Je déposai mes livres sur une étagère et le suivis tandis qu'il gravissait les marches menant au balcon. L'escalier était si raide et étroit que mon nez arrivait presque au niveau du creux des genoux du bibliothécaire. Une fois à l'étage, il dépassa quelques allées, puis s'arrêta devant une rangée de volumes grand format. Il en sortit un.

Je constatai avec soulagement qu'il ne s'agissait pas d'un traité de politique, mais d'un ouvrage sur l'art qui renfermait des peintures représentant de jolies jeunes femmes rousses à côté de rivières et d'étangs.

— Ce sont des nymphes et des sirènes, expliqua le bibliothécaire en feuilletant le livre. Les nymphes habitent dans les rivières, les sirènes dans les lacs. Ce sont les surnaturelles qui règnent sur ces territoires. Elles incarnent les essences des cours et étendues d'eau. Elles sont liées à eux, font partie d'eux.

— Et les trolls des rivières font respecter les décisions des nymphes, c'est ça ?

— Très bien, Sentinelle, me félicita-t-il avant de froncer les sourcils, l'air absent. Les sirènes n'ont à ma connaissance aucun serviteur. Nymphes et sirènes ont tendance à ne pas se mêler aux autres, à l'exception des métamorphes, avec qui elles entretiennent une étrange relation.

— Explosive, suggérai-je.

— Il existe certainement une sorte de réaction chimique entre eux, en effet. En tout cas, si les nymphes sont d'une certaine manière liées aux métamorphes, elles ne le sont pas aux sirènes. On peut dire qu'il s'agit d'un problème de concurrence. Les nymphes sont persuadées que les rivières valent mieux que les lacs : l'eau y coule en permanence, elles servent de support au commerce, etc. Les sirènes croient en la supériorité des lacs : ils contiennent un plus grand volume d'eau, ils permettent davantage d'activités récréatives, on y pêche plus que dans les rivières.

— L'opposition entre lacs et rivières me semble représenter un problème mineur. J'ai eu l'impression que les nymphes haïssaient Lorelei.

— Ce n'est pas un problème mineur quand on est un être surnaturel lié à l'eau. La forme prise par cet élément revêt une grande importance.

— Et si cette eau était en train d'aspirer toute la magie de la ville ?

— Alors les surnaturels de Chicago auraient de graves ennuis.

Il ne m'apprenait rien de nouveau.

— Je dois rendre visite à Lorelei demain. À quoi dois-je m'attendre ?

Le bibliothécaire referma le livre d'art et le glissa à sa place sur l'étagère. Il fit ensuite quelques pas pour ouvrir un large et mince tiroir contenant des feuilles de grand format, parmi lesquelles il fouilla quelques instants avant de me faire signe de le rejoindre. Il me montra alors une carte de la région des Grands Lacs. À la différence des cartes habituelles, seul le réseau hydrographique était légendé.

— Il paraît que son île est très boisée, déclara-t-il en montrant du doigt un point vert situé au milieu du lac Michigan. On doit forcément trouver de l'eau près de sa maison. Un étang, une cascade, etc. Pour une sirène, l'eau ne constitue pas seulement un élément important, c'est vital.

— Peut-être des aquariums ? suggérai-je.

Je m'imaginais un gigantesque aquarium rempli de poissons tropicaux multicolores, ou alors un bassin japonais abritant des carpes ornementales dans le jardin.

Le bibliothécaire secoua la tête.

— Jamais d'aquariums. Les esprits de l'eau sont convaincus que les animaux doivent vivre dans leur habitat naturel.

— Est-ce qu'elles ont des forces ? des faiblesses ?

— Les deux, liées à l'eau. Les nymphes et les sirènes ont besoin d'être en contact étroit avec cet élément, tant d'un point de vue géographique que chronologique.

— Tu veux dire qu'elles peuvent rester un moment sans avoir de contact avec l'eau, ou s'éloigner un peu, mais pas très longtemps.

Il acquiesça.

— Exactement. Quant à leurs pouvoirs, comme elles régulent l'eau, elles la comprennent. Elles savent si elle est en bonne santé ou si elle a des problèmes.

—Donc, si la rivière est polluée, ça affecte les nymphes?

—Oui. Je suppose que ce qui se passe les touche beaucoup.

Je hochai la tête.

—Elles sont très agitées, et elles perdent des forces. Leur faiblesse semble s'aggraver lorsqu'elles s'approchent de l'eau.

—Mauvaise nouvelle.

J'étais d'accord, mais n'avais encore aucune solution à proposer.

—Rien d'autre?

—Les sirènes ont les pouvoirs typiques des créatures féminines aquatiques, répondit-il en arquant les sourcils de manière suggestive.

—Séduire et capturer les hommes? Mouais, je pense que je ne crains pas grand-chose de ce côté-là. C'est pourquoi j'y vais seule.

Avec un hochement de tête machinal, il referma le tiroir puis désigna l'étagère contenant les ouvrages d'art.

—Prends-en quelques-uns. Fais attention aux caractéristiques des femmes représentées sur les peintures. Leurs expressions. Leurs vêtements. Leurs armes, éventuellement.

—Mais il s'agit de livres d'art. Peut-on s'y fier?

Le bibliothécaire grommela.

—Tous les artistes ont des modèles, Merit. Si tu étais un esprit de l'eau, à qui te dévoilerais-tu, sinon à un artiste prêt à t'immortaliser? Garde juste une chose en tête.

—Quoi donc?

—Si l'eau met trop longtemps à redevenir normale, il y a de gros risques qu'aucune d'entre elles ne s'en sorte vivante.

Comme si je ne subissais pas déjà assez de pression.

Je consacrai les heures suivantes à faire ce que tout adulte mature aurait fait à ma place: je me cachai dans la bibliothèque de manière à échapper au curateur. Ce n'était pas que j'essayais d'éviter de jouer à « justifiez votre existence » avec Frank ; je n'avais pas envie de jouer à ce jeu-là avec l'homme chargé de répertorier les erreurs d'Ethan.

Je ne me sentais pas prête à franchir ce seuil, à traverser le pont qui reliait ma vie avec Ethan et ma vie sans lui, et pas seulement en raison de mon état émotionnel. Ethan avait fait de moi une Initiée Cadogan et m'avait assigné la mission de Sentinelle.

Frank, lui, était un intrus, un perturbateur. Une fois que je l'aurais rencontré, je ne pourrais plus nier à quel point les choses avaient changé. Et je n'étais pas prête à l'admettre.

Je n'avais pas non plus envie de parler de la nuit au cours de laquelle Célina et Ethan étaient morts. Je me doutais que Frank, en tant que membre du PG, aborderait le rôle que j'avais joué dans la disparition de deux Maîtres vampires. J'attendais le jour où le Présidium rejetterait la faute sur moi et me blâmerait pour ce qui s'était passé, même si, à ce moment-là, Tate contrôlait Célina et que celle-ci avait tué Ethan. La perspective d'avoir à expliquer le déroulement de ces événements à Frank ne m'enchantait pas vraiment.

Je préférais rester là où je me trouvais, à l'abri des regards derrière le dernier pupitre cloisonné de la rangée, entre deux rayons garnis de livres ; une cachette presque parfaite.

J'étais en train de prendre des notes sur les esprits de l'eau en examinant des peintures de Waterhouse quand j'entendis le « clip-clap » déterminé de chaussures à semelles de plastique qui semblaient se rapprocher.

Je levai la tête.

J'aperçus Helen, l'agent de liaison chargée d'accueillir les nouveaux vampires Cadogan. Elle portait ce soir-là un tailleur gris austère, des chaussures à talons plats et des boucles d'oreilles classiques en forme de croix qui devaient coûter une fortune. Une tenue adaptée à son statut de cheftaine tyrannique. Vu qu'elle me dévisageait, je supposai qu'on l'avait chargée d'une mission.

— Oui ? l'encourageai-je.

— M. Cabot est prêt à te parler. Il t'attend dans son bureau.

Sur cette déclaration, elle tourna les talons et se dirigea vers la sortie.

Gloups. Je m'étais fait avoir.

Helen était du genre à se montrer chaleureuse ou glaciale, sans température intermédiaire, et rien ne permettait de prédire son humeur du moment. Elle pouvait s'extasier devant votre nouvelle paire de chaussures un jour et à peine daigner remarquer votre présence le lendemain, comme si vous étiez une parfaite étrangère. C'était un drôle de numéro, mais, étant donné que j'avais très rarement affaire à elle, je ne m'en souciais pas vraiment.

De toute évidence, elle était devenue la coursière de Frank.

J'appuyai le front contre la table, m'armant de courage pour une réunion qui s'annonçait plutôt désagréable. Au bout de quelques instants, je refermai mon livre, me levai et rangeai ma chaise sous le pupitre. Je saluai le bibliothécaire d'un hochement de tête en sortant puis descendis l'escalier en direction du bureau de Frank, au rez-de-chaussée.

Pourquoi faisais-je tout cela ? Parce que certains jours, surtout chez les vampires, les drames étaient inévitables. Dans ces moments-là, il fallait bien se résigner.

J'ignore pourquoi, mais, quand j'étais petite, j'adorais jouer à l'école. Sauf que le rôle de la maîtresse ou de l'élève ne m'intéressaient pas. Je prétendais être directrice. Je mettais des autocollants « très bien ! » sur des devoirs fictifs. J'écrivais les noms des enfants et établissais des listes de présence dans de vieux cahiers à spirale. Je classais les documents en petits tas, y compris les billets d'avion et les notes d'hôtel que mon père rapportait de ses voyages d'affaires.

À l'époque, j'adorais les feuilles et les crayons, les marqueurs et les tampons, peut-être pour leur côté éphémère. À l'âge adulte, ce penchant s'était mué en passion pour les stylos fantaisie et les carnets aux pages de papier glacé. Cependant, mon amour démesuré pour le papier n'était rien comparé à celui de Frank.

Il avait rempli le bureau d'Ethan de piles de documents dont la vue aurait fait fondre des arbres en larmes. Je me demandai si Frank s'imaginait que la paperasse constituait une source secrète de pouvoir, ou que sa capacité à noircir des feuilles – et à les empiler soigneusement – lui fournirait les clés du royaume de Cadogan.

Je me tenais sur le seuil, les yeux rivés sur cette forêt blanche, lorsque Frank, assis à la table de conférence qui occupait tout le fond de la pièce, me fit signe d'entrer.

Il était plutôt séduisant, mais avait des traits pincés d'aristocrate, comme si le fait d'avoir grandi dans l'opulence avait durci son visage. Ses cheveux bruns étaient courts et soigneusement coiffés. Il était vêtu d'une chemise blanche, qu'il avait rentrée dans la ceinture de son pantalon de coton, et portait au poignet droit une montre en or luxueuse. J'étais sûre que, si je jetais un coup d'œil sous la table, je découvrirais une paire de mocassins en cuir ornés de glands.

— Entrez, m'invita Frank. Asseyez-vous.

J'obtempérai et m'installai sur une chaise en face de lui. Il ne tourna pas autour du pot.

— Vous avez quitté la Maison ce soir sur l'ordre du Capitaine de la Garde afin d'enquêter sur… (il marqua une pause pour examiner une feuille posée devant lui) le lac Michigan, qui est devenu noir. C'est bien ça ?

— Oui, répondis-je. On craignait que les humains n'accusent aussitôt les populations surnaturelles de Chicago.

Il se contenta d'émettre une sorte de grognement indiquant qu'il trouvait cette idée ridicule.

— Il me semble que Darius vous avait expressément demandé de ne pas vous mêler des affaires de la ville.

— Ce n'est plus seulement l'affaire de la ville si les vampires sont accusés, lui fis-je remarquer. Et Darius avait donné cet ordre avant que les gardes perdent un de leurs éléments. Ils sont en sous-effectif, et, en tant que Sentinelle, je dois leur apporter mon aide.

Il répéta son vague grommellement.

— Merit, comme vous le savez, le PG m'a confié la mission d'évaluer la stabilité et l'intégrité de la Maison Cadogan, tant du point de vue de ses finances que de son personnel. Dans ce cadre, je m'entretiens avec tous ses membres afin de mieux comprendre le rôle de chacun.

Frank fourragea dans ses papiers, puis en tira un document sur lequel était agrafée ma photo. Il l'examina quelques instants puis le reposa sur la table et joignit les mains.

— Vous êtes Sentinelle, reprit-il d'un ton clairement désapprobateur.

— En effet.

— Et vous êtes devenue vampire au mois d'avril cette année ?

— Oui.

Je ne voyais aucune raison d'entrer dans les détails.

— Mmm, poursuivit-il. Et vous avez été nommée Sentinelle lors de la Recommandation, alors que vous étiez une vampire depuis quoi, une semaine ?

— Environ.

— Aviez-vous reçu une formation militaire avant d'occuper cette fonction ?

Il me posait des questions auxquelles il connaissait sans l'ombre d'un doute les réponses. Il ne cherchait pas à en savoir davantage sur ce que j'avais fait avant d'être nommée Sentinelle ; il collectait des preuves de l'incompétence d'Ethan. Malheureusement, j'ignorais comment échapper à son petit jeu.

— Non, répondis-je. Je travaillais sur ma thèse en littérature anglaise.

Il fronça les sourcils, feignant la confusion.

— Pourtant vous occupez le poste de Sentinelle, vous assumez un rôle de guerrier chargé de défendre la Maison, de la protéger. Pourquoi Ethan n'a-t-il pas confié cette mission à une personne entraînée et prête à relever le défi ?

Frank pencha la tête sur le côté. Il fronçait toujours les sourcils, mais son regard brillait d'un éclat victorieux qui clamait « je t'ai eue ! ».

Il était temps d'entrer dans les détails… et de répliquer à cette farce.

— Vous avez sans doute lu mon dossier. Vous devez donc savoir que j'ai été évaluée très forte en Physique, forte en Strat et forte en Psy parce que je suis capable de résister au charme vampire. J'ai démontré ma force dès ma transformation, et je n'ai fait que m'améliorer depuis. Je me suis exercée au combat au katana, je dispose de relations dans les milieux politiques et économiques de cette ville, et j'ai montré ma puissance en remportant un duel contre

Ethan à l'entraînement. J'ai un bon niveau d'études et je prends au sérieux les serments qui me lient à la Maison. Que vous faut-il de plus ?

— Vous n'êtes pas un soldat. Vous n'avez pas l'habitude de vous battre.

— Je suis la Sentinelle de Cadogan, chargée de protéger la Maison en tant qu'entité. Je ne suis pas Capitaine de la Garde ; ce n'est pas mon rôle d'élaborer des stratégies militaires. Je ne me bats qu'en dernier recours, quand je n'ai plus le choix. Il me semble que ceux qui sont prompts à livrer bataille ont généralement une idée derrière la tête.

Frank se carra dans le fauteuil d'Ethan, l'air soucieux, se préparant à porter le coup suivant.

— Le fait que vous connaissiez le maire, Seth Tate, n'a pas vraiment rendu service à cette Maison.

— Le maire avait l'intention d'utiliser les vampires à ses propres fins. Il a organisé un trafic de drogue en se servant du pouvoir que lui conférait sa position. Je n'aurais rien pu faire pour l'en empêcher, mais je l'ai démasqué et j'ai mis un terme à ses agissements. Grâce à mon intervention, il ne produit plus de substances destinées à manipuler les vampires.

— Votre action a conduit à la mort de deux Maîtres.

Toute une série de réactions possibles me traversa l'esprit : piquer une crise ; lui clamer mon innocence et affirmer que j'avais fait tout ce que je pouvais ; me plaindre du manque de soutien du PG alors que la situation s'envenimait à Chicago. Mais j'écartai chacune de ces options.

J'étais persuadée que les membres du PG savaient aussi bien que moi ce qui s'était produit dans le bureau de Tate. Ils avaient beau avoir soutenu Célina et espéré que les vampires s'intégreraient discrètement à la population de

Chicago, ils n'étaient pas stupides. Je n'avais pas l'intention d'entrer dans leur jeu en leur donnant le pieu avec lequel me transpercer le cœur.

— Je suis sûre que vous avez été parfaitement informé de ce qui s'est passé dans la résidence du maire, rétorquai-je poliment. Y aurait-il d'autres détails que vous aimeriez connaître ?

Frank me dévisagea un long moment. « Dévisager » n'est pas le terme approprié. Il me jaugea du regard, me jugea, estimant qui j'étais et ce dont j'étais capable.

Il n'évaluait pas seulement les Maisons, mais aussi les vampires.

— Merit, je vais être franc. (Je dus me mordre les lèvres pour ne pas faire une blague malvenue sur son prénom.) Le rôle du PG est de s'assurer qu'aucun vampire, aucune Maison ne nuise à l'ensemble de notre communauté. La Maison Cadogan est un élément perturbateur. Votre dossier comporte déjà un blâme, ce qui signifie que vous connaissez parfaitement la position du PG au sujet du chaos que cette Maison a provoqué.

J'avais « gagné » ce blâme en intervenant dans une bagarre causée par des vampires drogués qui avaient mis la Maison Cadogan sous le feu des projecteurs. Je ne me trouvais sur les lieux que par pure coïncidence, mais le PG avait cherché un bouc émissaire. Et n'était-ce pas encore le cas ?

— J'imagine que le PG ne considère pas d'un très bon œil le fait que l'existence des vampires ait été rendue publique, avançai-je. Mais c'est la faute de Célina, pas celle de la Maison Cadogan ni celle d'Ethan. Si vous cherchez des responsables, allez voir du côté de la Maison Navarre.

— Ah, mais je ne peux plus vraiment parler avec Célina, si ?

La gorge serrée, je lançai aussitôt une contre-offensive :

— Étant donné que je lui ai enfoncé un pieu dans le cœur après qu'elle a tué mon Maître, ce sera difficile de lui parler, en effet.

— C'est votre version des faits, bien entendu.

Je sentis mes cheveux se dresser sur ma tête.

— Comment ça, « ma » version des faits ? C'est ce qui s'est passé.

Frank s'agita sur sa chaise, les sourcils froncés.

— On nous a fourni des informations contradictoires.

— Qui ça, « on » ? Seules cinq personnes étaient présentes, et deux d'entre elles sont mortes.

Il me considéra un moment, juste assez longtemps pour que les pièces du puzzle se mettent en place.

— Vous avez parlé avec Tate.

— En effet. Et ce qu'il dit est intéressant. D'après lui, vous avez fait irruption dans son bureau pour les menacer, lui et son associé. Il affirme que tout ce qui est arrivé est votre faute, et que vous êtes responsable de ces deux morts.

Empruntant le tic d'Ethan, j'arquai un sourcil, l'air sardonique.

— Tate abritait un suspect et contrôlait Célina grâce à la drogue et la magie. Célina a essayé de m'enfoncer un pieu dans le cœur. (La suite était plus difficile à dire, et plus difficile à admettre.) Ethan s'est interposé pour me sauver, et comme Célina s'apprêtait à faire une seconde tentative, je l'ai tuée. C'était de la légitime défense.

— Voilà une explication bien commode. J'imagine que vous avez l'intention de gravir les échelons de la hiérarchie de cette Maison ?

Il me fallut un moment pour me ressaisir. Je braquai ensuite de nouveau les yeux sur Frank.

— Je ne prévois pas de devenir Maîtresse de Cadogan, si c'est ce que vous insinuez.

— Ce n'est pas ce qu'a affirmé Tate. Il nous a dit que vous aviez un plan destiné à écarter vos supérieurs.

Mon sang ne fit qu'un tour. Seth Tate ne perdait rien pour attendre.

— Il vous a menti. J'éprouve une grande estime pour Malik. C'est Tate qui a de mauvaises intentions. Et sauf votre respect, Ethan est mort il y a deux mois. Si le PG avait le moindre doute sur les événements qui se sont déroulés cette nuit-là, il m'aurait fait empaler ou m'aurait excommuniée depuis longtemps.

Les traits de Frank se durcirent et il plissa les yeux, visiblement mécontent. Je l'avais mis au pied du mur, le contraignant à dévoiler ses cartes. Il avait beau appartenir au PG, peut-être avait-il encore moins d'éléments que ce que je pensais contre Ethan, la Maison et moi.

— Le PG agira de la manière qu'il jugera appropriée.

Je ressentis un soudain élan de sympathie envers Jonah, Noah et tous ceux qui s'étaient engagés dans la Garde Rouge. L'attitude de Frank représentait tout ce contre quoi ils se battaient : la certitude qu'avait le PG d'être infaillible, et l'absence de contre-pouvoir.

— Je n'en doute pas, répliquai-je.

Frank crispa la mâchoire quelques instants puis reporta son attention sur les documents étalés devant lui. Il rassembla les feuilles, les tapota contre le bureau avant de les ranger sur le côté, formant un nouveau tas de papiers.

— Le PG nourrit de grandes inquiétudes au sujet de cette Maison et des actions qu'elle a entreprises. Sous mon autorité, elle rentrera dans le rang des douze Maisons d'Amérique, comme elle aurait toujours dû le faire. Cadogan ne se donnera plus en spectacle. Me suis-je bien fait comprendre ?

— Parfaitement.

— Nous nous reverrons, m'affirma-t-il avant d'agiter la main avec dédain.

Considérant qu'il venait de me congédier, je me levai, repoussai ma chaise et me dirigeai vers la porte.

— Merit.

Comme je l'avais déjà fait maintes fois par le passé, debout sur le seuil du bureau qu'occupait auparavant Ethan, je jetai un coup d'œil en arrière. Avec les montagnes de papiers qui cachaient un usurpateur ignare, cette pièce avait bien changé.

— D'une manière ou d'une autre, la vérité sortira au grand jour, assena Frank.

— Je l'espère, répliquai-je. Je l'espère vraiment.

L'aube n'allait pas tarder, mais le soleil ne pointait pas encore à l'horizon. Je trouvai les livres que j'avais laissés à la bibliothèque devant ma porte et les emportai dans ma chambre. En dépit du pad thaï, j'avais à présent un petit creux. Je me rendis donc dans la cuisine en quête de quelque chose à grignoter parmi les en-cas bio ou germés autorisés par Frank.

Par curiosité, j'ouvris le réfrigérateur, habituellement plein de poches de sang. Cette fois, il ne renfermait que trois pauvres sachets de *Sang pour sang*, posés sur l'étagère supérieure. La colère m'envahit à l'idée que Frank pense qu'il était juste de restreindre nos apports d'hémoglobine, nous rappelant chaque fois que l'on inspirait à quel point il nous tenait en son pouvoir. C'était tout simplement sadique.

Je me mordis les lèvres, envisageant de me jeter sur l'une des poches. Même si la faim ne me dévorait pas encore, elle commençait à se faire sentir. Je devrais affronter la sirène du lac le lendemain, et Dieu seul savait ce qui m'attendait. J'avais besoin de sang, mais ne voulais surtout pas priver l'un de mes camarades. D'un autre côté, une Sentinelle affamée ne serait d'aucune utilité pour personne.

Je sortis une poche du réfrigérateur et me mis à la recherche d'un autre type de nourriture susceptible d'apaiser mon envie. J'ouvris un placard au hasard et fis la grimace : comme Lindsey l'avait affirmé, Frank avait remplacé toutes les bonnes choses bourrées de sucres et de graisses saturées par des en-cas aux céréales complètes biologiques et autres ingrédients sains.

— Ça fait peine à voir, hein ?

Je me tournai, pour découvrir Margot, la cuisinière en chef de la Maison, qui se tenait sur le seuil, la mine renfrognée. Elle portait sa toque et son tablier blancs, ainsi que des sabots en caoutchouc. Ses cheveux noirs lisses et brillants étaient coupés au carré, sa frange formant un « V » dont la pointe arrivait pile entre ses yeux de chat couleur d'ambre. Je lui trouvai le regard légèrement fiévreux et remarquai qu'elle avait de larges cernes.

S'agissait-il d'un effet du rationnement ?

— Tu l'as dit, confirmai-je.

Margot poussa à l'intérieur de la cuisine un petit chariot chargé de produits diététiques et de légumes crus que je n'acceptais de manger qu'une fois trempés dans une sauce bien crémeuse.

Je savais bien que mon régime alimentaire n'était pas un exemple, mais j'avais fait attention à ma ligne toute ma vie. À présent, du fait de mon métabolisme de vampire, je ne prenais pas un gramme. Je considérais cela comme un défi à relever.

— J'aime cuisiner, déclara Margot en ouvrant un placard, qu'elle commença à remplir, et j'adore les fruits et les légumes, mais ça ne veut pas dire que je n'apprécie pas de temps à autre quelques cochonneries hyper caloriques en emballage sous vide.

— Je suis sûre qu'il croit bien faire.

Margot se figea, prête à refermer la main sur un paquet de fruits secs bio qui avaient probablement le goût de polystyrène, et me dévisagea.

— Tu le penses franchement?

— Malheureusement, oui. À mon avis, il est persuadé d'agir conformément aux souhaits du PG.

Elle baissa d'un ton.

— Alors, peut-être que c'est avec le PG que nous devrions discuter.

J'émis un son en guise d'assentiment.

Après avoir garni les étagères du placard, Margot ouvrit le réfrigérateur.

— Il n'y a plus beaucoup de sang, fit-elle remarquer.

— Je suppose que c'est le but de la politique de rationnement de Frank.

— Tu as raison. Il a réduit les livraisons de *Sang pour sang* de quarante pour cent.

— À mon avis, il espère que l'un de nous va péter les plombs, avançai-je à voix basse. Que quelqu'un saute à la gorge d'un humain ou devienne fou furieux devant les caméras.

—Comme ça, il pourrait prouver au PG à quel point la Maison est gangrenée et les convaincre de la lui confier afin de reprendre la situation en main.

Je hochai la tête. J'échangeai un regard inquiet avec Margot, puis son visage s'éclaira subitement.

—En fait, je crois que j'ai un petit quelque chose qui te rendra le sourire, lança-t-elle en s'agenouillant pour fouiller parmi les produits du plateau inférieur du chariot.

Lorsqu'elle se releva, elle tenait une boîte recouverte de plastique brillant.

—Des Mallocakes! soufflai-je.

Mes yeux s'étaient sans doute illuminés comme un sapin de Noël. Je n'aurais pas été surprise de sentir mes crocs surgir sous l'effet de l'excitation. J'adorais ces gâteaux constitués d'une délicieuse génoise au chocolat fourrée d'une crème à la guimauve.

—Des Mallocakes de contrebande, précisa Margot.

Elle ouvrit la boîte et en sortit un gâteau, qu'elle me tendit avec révérence.

—Je n'ai pas encore le courage de faire entrer plus d'un paquet à la fois, avoua-t-elle à voix basse avant de cacher de nouveau la boîte sur le plateau inférieur du chariot. Mais on a tous besoin d'un petit remontant au cours de la journée. Si ça doit se passer comme ça, alors tant pis. Viens me voir quand il te faudra ta dose.

Ainsi commence la révolte contre l'oppression, à coups de sirop de glucose et de chocolat, pensai-je.

—Merci beaucoup, répondis-je. Je garderai le secret, promis.

Tandis que Margot faisait rouler son chariot dans le couloir, je regagnai ma chambre, où je bus aussitôt toute la poche de sang. Je contemplai le Mallocake posé au creux de ma paume durant quelques instants, puis finis par le ranger dans un tiroir. Je préférais le conserver pour le manger au moment où j'en aurais le plus besoin, ce qui ne manquerait pas d'arriver.

Chicago semblait fonctionner ainsi, du moins pour les vampires.

6

Nul homme (et nulle femme) n'est une île

Le message de mon grand-père arriva dans la journée, alors que je dormais à poings fermés, d'un sommeil heureusement dénué de cauchemars. Je m'emparai du téléphone dès que le soleil se fut couché et lus le texto que j'avais reçu : « Héliport de Streeterville, 21 heures ».

Comme prévu, mon grand-père avait réussi à dénicher un hélicoptère. Il avait apparemment aussi développé une certaine obsession pour la ponctualité.

En cette fin d'automne, les jours raccourcissaient. Les longues nuits nous permettaient de rester plus longtemps actifs, ce qui signifiait que j'avais le temps de m'habiller et m'occuper de quelques affaires avant de partir pour l'île. Première tâche sur ma liste : parler aux personnes qui rendaient ce voyage possible.

Je composai le numéro de l'Agence de médiation. Jeff me répondit dès la première sonnerie.

— Merit !

— Salut, Jeff. Je suppose que l'état du lac ne s'est pas amélioré tout seul ?

— Je dirais que non, vu qu'il n'a pas changé d'aspect et qu'il aspire toujours la magie comme un Hoover.

— Génial.

Si nous n'agissions pas rapidement, il ne resterait bientôt plus aucune trace de magie à Chicago.

— Comment vont les nymphes ? demandai-je.

— Pas super, mais ça pourrait être pire. Il a fallu trouver un endroit à peu près équilibré. Trop loin du lac, elles perdent leurs forces, et trop près, le phénomène d'aspiration les affaiblit. On les a finalement logées dans des appartements gérés par ton père. Ton grand-père s'est arrangé avec lui.

Voilà un acte charitable de la part de mon père, mais il s'agissait sans aucun doute d'un énième stratagème. Soit il désirait gagner les faveurs d'un groupe de surnaturels qu'il ne connaissait pas encore… soit il voulait s'attirer les miennes. Je ne lui avais toujours pas pardonné d'avoir tenté de soudoyer Ethan pour faire de moi une vampire. Le fait que ce dernier n'avait pas accepté n'atténuait en rien la douleur d'avoir été trahie.

— Est-ce que tu as découvert quelque chose de nouveau ?

Jeff bâilla.

— Non. Pourtant on a cherché toute la journée. La meilleure théorie que nous ayons élaborée, c'est qu'il s'agit d'un sort d'un nouveau genre.

— Nous savons que Catcher n'a rien à voir dans cette histoire, et Mallory est totalement prise par ses examens. Simon est le seul autre sorcier en ville. Tu penses qu'il pourrait être impliqué dans cette affaire ?

— Simon ? Je ne sais pas. Il ne me semble pas avoir le profil. Catcher a enquêté sur lui quand il a appris qu'il serait le tuteur de Mallory. D'après ce que j'ai compris, il a eu une enfance difficile et s'est assagi en faisant son apprentissage au sein de l'Ordre. Je ne crois pas que Catcher ait trouvé de faille chez Simon, mais ça ne change rien : il ne l'aime pas.

— J'ai remarqué, déclarai-je.

— Bon, en résumé, nous sommes dans une impasse. Peut-être que ta rencontre avec Lorelei apportera du nouveau. Tu te sens prête ?

— Je me sentirais mieux si j'allais sur son île déserte pour une simple visite de courtoisie et non pour résoudre un problème magique qu'elle est susceptible d'avoir causé.

— Ce sera du gâteau, affirma Jeff.

— On verra ça. Mais en fait, ce n'est pas pour ça que j'appelle. J'ai besoin d'un service.

— En plus de l'hélicoptère ?

— Oui. Il faut que je parle à Tate.

Silence.

— Tu es sûre que c'est une bonne idée ?

Je devinais ce qu'il n'osait pas me demander : « Tu es sûre que c'est une bonne idée de rencontrer l'homme responsable de la mort de ton amant ? » J'y avais déjà réfléchi.

— Bien sûr que non, ce n'est pas une bonne idée, répliquai-je. Mais il a parlé au PG et il répand de fausses rumeurs sur ce qui s'est passé cette nuit-là. Il n'est pas du genre à dépenser son énergie pour rien. Il doit avoir un objectif, et je veux découvrir lequel.

— Peut-être qu'il essaie simplement de t'appâter pour que tu ailles le voir.

— Sans doute, mais ça n'enlève rien à l'utilité d'une petite visite.

— D'accord. Je vais en parler à Chuck et Catcher. Je suppose qu'il y a une procédure à suivre.

— J'imagine. Mais il cause du tort à la Maison. Je ne peux pas rester les bras croisés. Fais de ton mieux.

Je dis au revoir à Jeff puis raccrochai. Je ressentais une certaine inquiétude. La perspective de rencontrer Tate ne m'enchantait pas vraiment. J'étais persuadée qu'il n'était pas humain, et j'allais déjà affronter une créature magique inconnue dans la soirée. Deux, cela faisait beaucoup.

— Tu es une grande fille, murmurai-je pour me donner du courage. Tu es une grande fille.

Puisque j'avais décidé de me comporter en adulte, je composai le numéro de Mallory.

Elle m'avait paru un peu grognon la dernière fois que je lui avais parlé, mais, en tant que super copine, je devais prendre de ses nouvelles. Comme je n'étais pas particulièrement attachée à ma famille âpre au gain – à l'exception du patronyme, que j'aimais beaucoup et que j'avais adopté pour prénom –, je considérais Mallory comme ma nouvelle famille. En fait, nous étions des sœurs l'une pour l'autre. La perte d'Ethan m'avait rappelé à quel point j'avais besoin d'elle.

Je ne fus pas très surprise de tomber sur son répondeur.

— Salut, c'est moi, dis-je. Je t'appelais juste pour te souhaiter bonne chance pour tes examens. Tu vas impressionner Simon, faire un carton, et tu deviendras une super sorcière, tu verras. Allez, Mallory! Maintenant que je me suis fait passer pour une ado survoltée, ce qui ne me correspond pas du tout, je te laisse. Rappelle-moi quand tu auras le temps.

Je raccrochai. J'espérais qu'elle allait réussir. J'avais vu Mallory complètement stressée quelques semaines auparavant. La pression – et la douleur physique – qu'elle subissait pendant son apprentissage l'avait fait fondre en larmes. Apparemment, se servir de son corps pour canaliser le pouvoir de l'univers n'était pas de tout repos. Je n'avais même pas envie d'essayer. Gérer les affaires des vampires me suffisait amplement.

Une fois ces tâches accomplies, je me douchai et m'habillai. J'ignorais quels vêtements étaient appropriés pour accuser une sirène d'empoisonner l'eau de Chicago, mais j'avais l'impression que mon ensemble en cuir paraîtrait un peu agressif. Je gardai la veste, mais l'assortis à un jean et un tee-shirt léger à manches longues. Je complétai ma tenue avec mon médaillon Cadogan, des bottes ainsi que mon poignard. J'imaginais qu'il ne serait pas très diplomate de ma part de sauter de l'hélicoptère avec un sabre de près d'un mètre à la main.

Je me rendis ensuite dans la salle des opérations afin de voir Kelley. Je la trouvai assise à la table de conférence, où elle lisait les informations qu'affichait une tablette numérique. Lindsey était installée derrière sa rangée d'écrans. Juliet, apparemment, était absente.

—Quoi de neuf, les filles ?

Kelley détourna les yeux de son gadget.

—Salut, Merit. Est-ce que Frank a fini par te mettre la main dessus ?

—Malheureusement, oui, soupirai-je en vérifiant le contenu de mon dossier.

D'habitude, nous recevions des informations quotidiennes sur les visiteurs de la Maison et les derniers événements en date. Comme nous étions à présent en sous-effectif, les nouvelles n'arrivaient généralement plus qu'une fois par semaine, et Kelley nous bipait si elle avait une annonce urgente à nous faire.

—Il a mis en doute mon aptitude à remplir ma mission, le choix qu'a fait Ethan en me nommant Sentinelle, et toutes les autres décisions qu'il a prises en tant que Maître de cette Maison.

—Ah…, lâcha-t-elle avec un sourire forcé. La routine, quoi.

—Comme tu dis, confirmai-je en m'asseyant à la table. Il m'a aussi posé des questions sur ce qui s'est passé la nuit où Ethan a été tué.

Du coin de l'œil, je vis Lindsey raidir les épaules. Elle me lança un regard inquiet et je la remerciai de sa sollicitude par un hochement de tête.

—Il se trouve que Tate a donné au PG une version différente des faits, précisai-je.

—Pourquoi diable le PG parlerait-il de ce soir-là avec Tate ? Il existe des enregistrements qui démontrent que Tate était impliqué dans le trafic de drogue. Pourquoi le croiraient-ils ?

—Parce qu'il n'est pas moi, et que, pour je ne sais quelle raison, ils ne me font pas confiance.

—Les crétins, marmonna Lindsey.

—Tout à fait d'accord. Mais on sait de la bouche de Darius, de Charlie, et maintenant de Frank, que le PG est persuadé que nous créons nos propres problèmes. Ils ont l'air de croire que nous nous amusons à semer le trouble parmi les humains, comme des cow-boys dans le Far West.

—C'est sans doute plus pratique que de rejeter la faute sur Célina, avança Kelley.

—C'est exactement ce que je pense. On ne peut pas vraiment réussir à s'intégrer discrètement à la société quand quelqu'un nous a sortis du placard pour nous balancer tout de suite sous le feu des projecteurs.

Kelley poussa un soupir et tapota la table avec ses ongles recouverts de vernis rouge.

— Mais que pouvons-nous y faire ? Chaque fois que le PG a un problème sous le nez, il décide de ne pas en tenir compte.

— On pourrait désavouer nos engagements envers eux, suggéra Lindsey.

Kelley braqua le regard sur elle.

— Ne dis pas ça à voix haute, l'avertit-elle. Avec Frank dans les parages, il vaut mieux faire attention.

— C'est possible ? demandai-je doucement.

Je possédais une version courte du *Canon* – compilation des lois qui régissaient les vampires d'Amérique du Nord –, mais ne me rappelais pas avoir lu quoi que ce soit au sujet de l'éventualité d'une défection. Quoique le PG ne diffuserait certainement pas ce genre de renseignement.

— Ça n'est arrivé que deux fois dans toute l'histoire du PG, déclara Kelley. Et jamais en Amérique du Nord.

— Il ne faut jamais dire jamais, grommela Lindsey.

— Lindsey ! avertit de nouveau Kelley, cette fois de manière autoritaire.

Lindsey détacha son regard de son ordinateur en haussant les sourcils.

— Quoi ? Je n'ai pas peur de le dire à voix haute. Cette Maison est gouvernée par le PG. Les membres du Présidium sont censés assurer notre stabilité et préserver la Maison. Est-ce que c'est ce qu'ils font ? Pas vraiment. Ils se contentent de nous critiquer et d'enquêter sur nous alors qu'ils devraient s'efforcer de nous protéger de ces humains timbrés.

Elle pointa du doigt l'un des écrans. Je m'approchai en même temps que Kelley. L'ordinateur montrait l'entrée de la

Maison, où le nombre de manifestants semblait avoir triplé depuis l'aube. Ils arpentaient le trottoir en brandissant des pancartes sur lesquelles ils accusaient les vampires Cadogan d'avoir transformé le lac. À croire que nous avions créé ce problème, alors que nous nous efforcions de l'élucider.

—Ils rejettent la faute sur nous, conclus-je. Ils n'ont aucune preuve démontrant que nous ayons fait quoi que ce soit, mais ils ne savent pas qui d'autre accuser. C'est la seule raison de leur présence ici.

—Oh, non, me contredit Kelley. Ce n'est pas la seule raison.

Elle alla rechercher sa tablette numérique. Après avoir tapoté sur les touches, elle me la tendit.

Sur l'écran s'affichait une image de Mme le maire, judicieusement vêtue d'un tailleur rouge qui lui conférait un air autoritaire et confiant. Le visage encadré par des cheveux bruns bouffants, elle se tenait sur une estrade.

—Une conférence de presse ? demandai-je.

—Tout juste, confirma Kelley en lançant la vidéo.

« Vous savez quoi ? s'exclama Diane Kowalczyk en se penchant sur son pupitre. *Ça m'est égal. Vous ne m'avez pas élue pour que je serve les intérêts particuliers de certains groupes de pression. Et je vous assure, mes chers concitoyens, que ces vampires forment un véritable groupe de pression. Ils veulent un traitement de faveur. Ils souhaiteraient que les règles qui s'appliquent à nous tous, elles ne s'appliquent pas à eux. »*

—C'est grammaticalement correct, ça ? maugréai-je.

Faute de langage ou pas, elle poursuivit :

« Cette poignée de fauteurs de troubles à crocs ne représente pas dignement cette ville. Je pense aux gens honnêtes et travailleurs qui savent que les vampires ne sont pas le centre du monde. Nous avons sous les yeux un exemple parlant. C'est

notre lac. Notre rivière. Ils sont utiles à la pêche, au tourisme. Je ne laisserai pas Chicago se faire manipuler. Et je vais vous dire une chose : la loi sur le fichage est l'une des meilleures décisions jamais prises pour cette ville. »

— Gnagnagna, marmonna Lindsey. C'est ça, accuse les vampires au lieu d'essayer de résoudre le problème.

Kelley appuya sur « pause ».

— Mme Kowalczyk s'adresse à ses électeurs, affirma-t-elle. Elle a une vision très différente de la situation.

— Pff, une vision naïve, grommela Lindsey.

— Quoi qu'il en soit, c'est la vision qu'elle transmet aux citoyens de Chicago, repris-je. Ils la croiront. C'est pourquoi nous devons absolument agir.

Tandis que je fusillais du regard notre nouvelle ennemie politique par écran interposé, un détail me frappa.

— Kelley, agrandis l'image.

Malgré sa confusion, elle obéit. Et là, derrière Diane Kowalczyk, vêtu de son éternel treillis noir, je découvris McKetrick dans toute sa splendeur.

— C'est McKetrick, annonçai-je en le pointant du doigt.

— Tu en es sûre ? demanda Kelley en inclinant la tête.

— Certaine. Difficile d'oublier un type qui vous a braqué une arme sur la tempe. Ou qui a ordonné à l'un de ses sous-fifres de vous braquer une arme sur la tempe. Bref.

— Merde ! s'exclama Kelley, qui n'utilisait pourtant jamais ce genre de vocabulaire. Alors comme ça, notre militaire s'est acoquiné avec une politicienne.

— Ce qui expliquerait d'où elle tient ses idées les plus atroces, suggérai-je.

En pensant que McKetrick et la haine qu'il nous vouait trouveraient un écho politique à Chicago, je sentis mon estomac se nouer.

—Ajoute ça à sa fiche de renseignements, intima Kelley à Lindsey. Il a Kowalczyk pour alliée, et assez d'influence pour monter à côté d'elle sur l'estrade.

—Cette nuit s'annonce de mieux en mieux, grommelai-je avant de me tourner vers Kelley. Et tant qu'on parle d'idées atroces, je vais rendre visite à Tate. On va discuter un peu du PG et de ce qui s'est passé à Creeley Creek.

—Il est possible que ça fasse partie de son plan. Peut-être qu'il a menti au PG pour t'attirer là-bas.

Elle était du même avis que Jeff. Ils devaient tous les deux avoir raison.

—Je m'en doute, affirmai-je. Mais je crois que plus tôt je le rencontrerai, plus vite nous saurons ce qu'il mijote.

—Ça m'étonnerait qu'il te fasse part de ses projets, avança Lindsey.

—C'est un fait, reconnus-je, mais on verra bien. Et après cette visite, si Tate ne m'a pas transformée en zombie, je vais voir la sirène.

Kelley hocha la tête.

—Que Dieu te garde, Sentinelle.

Je n'étais pas sûre que Dieu, s'il existait, s'intéressait à ce qui se passait à Chicago. Juste au cas où, je prononçai une petite prière. Ça ne pouvait pas faire de mal.

J'écoutai mon répondeur en montant l'escalier.

J'avais un message de Jeff, qui me laissait des instructions. Il était prévu que je retrouve Catcher et mon grand-père dans un bâtiment appartenant à la police de Chicago, près du lac, dans un quartier industriel où se dressaient de vieilles tours rouillées et des usines en brique tombant en ruine. Pas vraiment un environnement accueillant pour une conversation, mais il était certain que Tate aurait constitué une plus grande menace pour la population s'il avait été incarcéré dans le centre-ville. J'avais conseillé aux officiers qui l'avaient emmené pour l'interroger de se montrer prudents. Depuis, je n'avais pas entendu dire que Tate avait soumis des policiers ou des gardes à sa volonté. Peut-être m'avait-on écoutée.

J'étais persuadée que Tate n'était pas humain. Il me l'avait pour ainsi dire avoué. Il avait beau avoir asservi Célina grâce à la drogue, il avait également fait appel à certains de ses pouvoirs. Mais quels pouvoirs? De quoi était-il capable, au juste?

Franchement, nous n'en avions aucune idée. Ce constat n'était pas très rassurant, mais que pouvions-nous faire?

Dès que je sortis dans le froid de cette nuit d'automne, je fus assaillie par les cris des manifestants, qui formaient à présent une véritable foule. Amassés devant la Maison, ils brandissaient des pancartes me promettant la damnation éternelle et vociféraient des épithètes bien choisies. Comment des humains pouvaient-ils adopter un tel comportement?

Comme je n'étais plus humaine, je décidai d'obéir aux règles de la bienséance vampire. En dépit des bordées d'insultes qu'ils me lançaient, je parvins à marcher jusqu'à ma Volvo sans leur adresser de geste obscène. Ma satisfaction n'atténua en rien la peine que je ressentais.

Une fois dans ma voiture, je me dirigeai vers le sud-est et, suivant les indications de Jeff, m'engageai sur un chemin de gravier qui s'arrêta devant une grille de trois mètres de haut.

Je sortis de mon véhicule avec prudence et m'avançai.

Une alarme retentit aussitôt, et le portail se mit à coulisser.

Je m'armai de courage, regrettant qu'Ethan ne soit pas à mon côté, et pénétrai à l'intérieur de l'enceinte.

La grille entourait un complexe de bâtiments en brique. J'en dénombrai six, de tailles diverses, disposés sans organisation évidente. Je supposai qu'il s'agissait d'une usine désaffectée. Quelle qu'ait pu être l'utilité de ces édifices par le passé, ils semblaient désertés depuis un bon moment.

J'avais déjà eu l'occasion de visiter les bureaux de la police au Loop. Les suspects qui y restaient en garde à vue ne passaient sans doute pas un bon moment, mais au moins ils se trouvaient dans un environnement agréable. Les locaux étaient récents, propres et fonctionnels, comme il se doit dans un poste de police digne de ce nom.

Cet endroit, par comparaison, inspirait le désespoir. Ce décor me rappelait une photo d'un bâtiment décrépit en Russie, laissé à l'abandon à la chute du régime qui l'avait imaginé et construit.

Tate, habitué au luxe et à la grande cuisine, ne devait pas être ravi de se trouver là.

Je me tournai en entendant du gravier crisser sur ma gauche. Catcher et mon grand-père arrivaient dans une voiturette de golf. Catcher maniait le volant avec une agressivité reflétant sa forte personnalité. Il semblait ne pas avoir dormi depuis la nuit dernière. Mon grand-père, blanc comme un linge, s'accrochait désespérément à la barre fixée au-dessus de sa tête. De toute évidence, il n'appréciait pas la façon de conduire de son employé.

—C'est ici que vous avez emprisonné Tate ? demandai-je avant de monter sur le siège arrière, orienté dans le sens opposé à la route.

Catcher démarra en trombe et décrivit un cercle étroit, manquant de m'éjecter du véhicule. Ayant compris la leçon, j'agrippai moi aussi la barre.

—Nous préférons prendre le maximum de précautions tant que nous n'en savons pas plus sur qui il est ou ce qu'il est, expliqua mon grand-père par-dessus le ronflement du moteur miniature et le crissement du gravier.

J'observai en chemin les détritus, décombres, monceaux de briques cassées et carcasses de métal rouillées – sans doute des vestiges des machines ayant appartenu à l'usine – qui jalonnaient notre chemin.

— Vous n'aviez pas d'endroit plus isolé que celui-ci ?

— Chicago est la troisième plus grande ville du pays, répliqua Catcher. On a pris ce qu'on a pu.

— C'est-à-dire ?

— Un terrain que la municipalité a récupéré quand les locataires ont quitté les lieux, précisa mon grand-père. Il s'agit d'une ancienne usine de céramique. On y moulait et cuisait des briques et des tuiles.

— Ce qui suppose des bâtiments aux murs épais, bien isolés et résistants au feu, devinai-je.

— Exactement, confirma mon grand-père.

Catcher contourna le complexe – sans doute au double de la vitesse autorisée – puis s'arrêta brutalement devant une longue rangée de portes jaunes marquées de larges chiffres peints en noir.

— C'est ici que se trouvaient les anciens fours à bois, expliqua mon grand-père tandis que nous descendions de la voiturette.

— Intéressant, dis-je.

« Glauque » aurait été un terme plus approprié.

Je les suivis en silence sur un étroit sentier longeant le bâtiment, qui nous mena à une petite mais élégante construction de brique qui se dressait au centre du cercle formé par les autres édifices. De forme carrée, elle ne devait pas excéder douze mètres de côté. Des fées étaient postées à la porte ainsi qu'à chacun des angles, ne laissant pas le moindre doute sur la fonction actuelle de cette partie du complexe.

Mon estomac se contracta sous l'effet de l'appréhension. Je regardai mon grand-père.

— Il est là ?

— Oui. C'est l'ancien bureau du directeur de l'usine. Il est divisé en deux pièces. Tate en occupe une.

Le téléphone de Catcher bipa. Il le sortit de sa poche, consulta l'écran et sourit.

— Tu crois vraiment que c'est le moment de lire tes messages tendancieux ?

Il leva les yeux au ciel puis me tendit son téléphone, qui montrait l'image d'une pièce aux murs de brique ne comportant rien d'autre qu'un lit de camp et un petit évier sur le côté.

— La cellule de Tate, expliqua-t-il. Comme il n'y est pas en ce moment, j'ai demandé à ce qu'on la fouille.

— Bonne idée, le félicita mon grand-père.

— Sauf qu'on n'a rien trouvé, déplora Catcher en rangeant son téléphone. Sa cellule est vide, mais ce n'est pas parce qu'il n'a pas de lame de rasoir qu'il n'est pas dangereux. Mieux vaut nous confier les armes que tu portes pour qu'elles ne tombent pas entre ses mains. Et si tu as besoin d'aide, nous sommes dehors.

Après un moment d'hésitation, je soulevai le bas de mon pantalon et sortis le poignard de ma botte. La perspective de jouer au chat et à la souris avec un surnaturel de la trempe de Tate sans aucun moyen de défense ne m'enchantait guère, mais je comprenais le point de vue de Catcher. Si Tate parvenait à me battre et à s'emparer de mon poignard, il deviendrait une grande menace pour moi, les fées et quiconque se trouverait dans les parages.

Catcher hocha la tête. Son regard glissa sur le message gravé sur le pommeau lorsqu'il prit mon arme.

— Ça va aller, mon bébé ? s'enquit mon grand-père. Tu es sûre de vouloir entrer ?

Une pointe d'inquiétude perçait dans sa voix, mais je ne crois pas qu'il se faisait du souci pour moi. Tate l'angoissait davantage. Après tout, sans les manigances de l'ancien maire, Ethan serait toujours en vie.

Je pris quelques instants pour réfléchir à sa question. Honnêtement, j'ignorais si tout irait bien. Je savais que j'avais besoin de parler à Tate. Je savais aussi qu'il était dangereux. Pendant qu'il jouait le rôle d'un homme politique soucieux des intérêts de Chicago, il tirait les ficelles d'un trafic de drogue en coulisse. Et il avait pratiquement écrit le scénario du drame qui s'était déroulé dans son bureau deux mois auparavant.

La peur et la colère se mêlaient en moi. J'étais assez intelligente pour redouter Tate et ce qu'il était capable de faire. Ses motivations demeuraient mystérieuses, quoique sans doute purement égoïstes, et j'étais certaine qu'il n'hésiterait pas à m'éliminer s'il lui en prenait soudain l'envie. À cette pensée, un nœud se forma dans mon estomac.

Toutefois, sous la peur brûlait une terrible fureur.

J'étais furieuse d'avoir perdu Ethan à cause du jeu puéril de Tate. Furieuse qu'Ethan soit parti, alors que Tate était toujours en vie, même s'il croupissait dans une prison d'un autre âge. Furieuse d'avoir été incapable d'arrêter la tragédie que Tate avait inventée avant la dernière scène. Furieuse qu'il essaie encore de compromettre ma position au sein de la Maison.

Mais je n'étais plus une enfant, et ne m'appelais pas Célina. Je ne le tuerais pas par désir de revanche, pour venger la mort d'Ethan ou parce que j'étais furax qu'il m'ait privée d'un être cher. Que récolterais-je à l'agresser, à part m'attirer des ennuis et mettre mes proches en danger ?

Non. Tate avait déjà provoqué assez de drames, et je n'avais pas l'intention de lui donner satisfaction en lui répondant par la violence. Je lui parlerais du PG et des manigances auxquelles il se livrait. Je priai pour qu'au moment où je croiserais de nouveau son regard – pour la première fois depuis la mort d'Ethan –, je garde à l'esprit cette sage conclusion.

— Oui, je suis sûre de vouloir entrer, affirmai-je à mon grand-père. Tate ne raconterait pas de mensonges au PG s'il n'avait pas un plan, et je dois découvrir ce qu'il trame. La dernière fois, nous sommes intervenus trop tard. Il ne m'aura plus. Ça va aller.

Je croisai les doigts, espérant ne pas lui mentir… et ne pas me mentir à moi-même.

Avec un sourire contrit, il sortit de la poche de sa veste un objet enveloppé dans de la soie indigo.

— Ceci t'aidera peut-être un peu, déclara-t-il en défaisant le paquet niché au creux de sa paume.

Avec cette mise en scène – l'emballage en soie, l'effeuillage précautionneux –, j'avais imaginé quelque chose de bien plus sophistiqué que la babiole qu'il me montra. Sur l'écrin de tissu reposait un rectangle de bois de huit centimètres de long strié de veines, si soigneusement poli qu'il brillait. L'objet semblait composé de bois plus foncé sur l'une des moitiés, comme si deux pièces avaient été unies et leurs bords arrondis jusqu'à l'obtention d'une forme fluide, presque organique.

— Qu'est-ce que c'est ? demandai-je.

— C'est une amulette qui bloque la magie, répondit mon grand-père. Nous ne savons pas exactement de quoi Tate est capable, mais, ajouté à ton immunité contre le charme, cet objet te protégera contre n'importe lequel des sorts qu'il est susceptible de jeter.

— Les fées en portent aussi, précisa Catcher.

Mon grand-père tendit la main, et je m'emparai de l'amulette. Elle était plus chaude et plus lisse que ce à quoi je m'attendais. Le bois avait été travaillé de façon à obtenir une surface douce au toucher mais en même temps assez inégale pour laisser la sensation d'une matière naturelle et non d'une sorte de plastique. Elle épousait parfaitement la paume de ma main. Les bords étaient incurvés de manière à ménager un creux confortable pour mon pouce.

Étrangement, toucher cet objet me rassurait, me procurant un réconfort sans doute proche de celui qu'offraient des perles de prière. Je glissai l'amulette dans ma poche, convaincue que j'avais intérêt à la dissimuler aux yeux de Tate aussi longtemps que possible.

Mon grand-père hocha la tête en me voyant faire puis replia le carré de soie, qu'il rangea dans sa veste. Une main dans mon dos, il m'escorta jusqu'à la porte, où les fées m'examinèrent du regard.

— Nous serons juste dehors si tu as besoin de nous, me répéta-t-il.

— D'accord, répondis-je. (J'expirai.) Je suis prête.

C'est le premier pas le plus difficile, me rappelai-je. Je franchis le seuil.

La beauté permet à de nombreuses personnes de connaître le succès : acteurs, rock stars, mannequins... Toutefois, tout aussi nombreux sont ceux qui gâchent leur potentiel génétique en cédant à la drogue, au crime, à la luxure, à l'avarice et autres péchés capitaux.

Tate, malheureusement, appartenait à la dernière catégorie.

Il avait très vite gravi les échelons du pouvoir politique grâce à son physique avantageux, qui l'avait aidé à gagner les faveurs des électeurs de Chicago. Mais ce succès fulgurant ne lui avait pas suffi. Il avait pris le risque de tout remettre en cause en essayant de manipuler les vampires de la ville, ce qui lui avait valu de troquer son costume Armani pour une combinaison orange bien moins seyante.

Malgré tout, Seth Tate n'avait rien perdu de son charme.

Assis à une table en aluminium, les jambes croisées, un coude sur le dossier de sa chaise, il inspectait la pièce d'un regard alerte… qu'il braqua aussitôt sur moi.

Il semblait avoir maigri depuis la dernière fois que je l'avais vu ; ses pommettes me paraissaient un peu plus saillantes. Cependant, ses cheveux noirs étaient toujours impeccablement coiffés, et il avait gardé ses yeux bleus perçants et sa silhouette élégante.

Seth Tate était beau comme un dieu. Il était vraiment dommage qu'un homme aussi séduisant croupisse dans ce quartier délabré.

Enfin, si on oubliait que c'était un salaud et un criminel.

Je sentis dans l'air des effluves suaves de citron qui semblaient associés à sa présence. Cette odeur n'avait rien de déplaisant, au contraire. C'était juste qu'on ne s'attendait pas à ce qu'un type insensible de la trempe de Tate dégage un parfum si doux.

La magie qui crépitait autour de lui, par contre, lui correspondait tout à fait. Ce n'était que la deuxième fois que je percevais la puissance surnaturelle de Tate. Il avait parfaitement réussi à la dissimuler auparavant. Je détestais la sensation de cette magie lourde, huileuse et ancienne, comme de l'encens brûlant dans une vieille église gothique.

— Mademoiselle la ballerine, me salua Tate.

J'avais pratiqué la danse classique quand j'étais plus jeune, et Tate m'avait déjà vue en pointes et tutu roses. Il avait décidé de me surnommer « ballerine ». Bien entendu, vu qu'il avait causé la mort de mon amant et Maître, je n'accueillis pas avec joie cette marque de familiarité.

— Je préférerais que vous m'appeliez Merit, répliquai-je en prenant place en face de lui.

Une fois sur la chaise en aluminium glacée, je croisai les bras, tant sous l'effet du froid que pour me protéger de la magie qui flottait dans l'air.

À peine m'étais-je assise que la porte en acier se referma dans un claquement métallique qui fit trembler les murs. Je sentis mon estomac se contracter tant j'étais nerveuse.

Le silence s'installa quelques instants tandis que Tate me dévisageait, l'air concentré.

L'atmosphère s'épaissit subitement alors que l'odeur s'intensifiait, à la fois très sucrée et assez acide pour me faire saliver. J'avais l'impression que la pièce s'était mise à tanguer. Je n'avais jamais rencontré ce genre de magie auparavant. Elle était d'un tout autre calibre que ce que j'avais pu voir. D'un autre âge, peut-être. Comme si elle provenait du passé, d'une époque révolue.

Je m'agrippai d'une main au-dessous de ma chaise pour ne pas tomber tandis que, de l'autre, je serrais l'amulette glissée dans ma poche. Je gardai les yeux rivés sur Tate, à la manière d'une danseuse s'efforçant de caler son regard durant une pirouette afin de ne pas attraper le tournis, et refermai les doigts si fort sur le talisman en bois que je craignis de le mettre en pièces.

Au bout de quelques secondes, le roulis cessa et le calme retomba.

Tate se carra de nouveau dans sa chaise, les sourcils froncés. C'est à cet instant que je pris conscience de ce qu'il avait tenté de faire.

—Est-ce que vous venez d'essayer de me charmer ?

—Sans succès, apparemment. Vous avez une amulette ?

Je souris modestement, m'efforçant de conserver mon sang-froid. J'ignorais si c'était cet objet ou ma résistance naturelle au charme qui m'avait permis de déjouer sa tentative de manipulation, mais je n'avais aucune intention de partager ces doutes avec lui. Je sortis la main de ma poche.

—Une femme ne révèle jamais ses secrets.

Il poussa un soupir dédaigneux en s'agitant sur sa chaise. Les bras croisés, il m'étudia du regard, la tête penchée. Chaque fois qu'il bougeait, il dégageait un peu de magie. Il ne se donnait manifestement plus la peine de dissimuler ses pouvoirs. J'ignorais si je devais en être rassurée ou me sentir menacée.

—Je me demandais quand vous viendriez enfin me rendre visite.

—Je m'en doutais. Mais pour être honnête, je ne savais pas trop de quoi vous parler. (Je me penchai en avant et croisai les mains sur la table.) Dois-je commencer par la mort d'Ethan ? Ou par le mensonge que vous avez raconté au PG en m'accusant de votre crime et en insinuant que j'avais l'ambition de devenir Maîtresse de Cadogan ? Ou dois-je vous rappeler que vous m'avez menti à propos de mon père ? Vous m'avez dit qu'il avait payé Ethan pour faire de moi une vampire.

— Je tenais mes informations de source sûre. (J'arquai les sourcils d'un air interrogateur.) Sauf qu'à ce moment-là elle parlait peut-être sous l'influence de la drogue, reconnut-il.

— On ne peut pas vraiment qualifier Célina de « source sûre », d'autant plus que vous l'aviez soumise à votre volonté grâce à la magie.

Tate leva les yeux au ciel.

— Est-on vraiment obligés d'aborder ce sujet tout de suite ? Ça ne vous intéresse pas de savoir comment je vais ? Ou à quoi ressemble la vie en prison ? Sommes-nous devenus vulgaires au point d'oublier les politesses d'usage ?

— Vous avez produit de la drogue, rendu des vampires accros et causé la mort de deux Maîtres. Sans compter le fait que vous en avez rejeté toute la responsabilité sur moi. Pourquoi serais-je polie avec vous ?

— J'ai passé une très mauvaise semaine, se contenta-t-il de me répondre.

Malgré son apparente insensibilité, son ton était sincère. J'avais le sentiment qu'il ne plaisantait pas. Peut-être traversait-il une période difficile, lui aussi.

— Vous avez dit au PG que j'avais manigancé les meurtres de Célina et d'Ethan pour prendre la direction de la Maison, repris-je. Ils cherchent un prétexte pour se débarrasser de moi, et vous le leur apportez sur un plateau.

— Vous ne vous êtes jamais demandé ce que deviendrait Cadogan si vous en étiez la Maîtresse ? Et je n'ai jamais dit que vous aviez manigancé les meurtres de Célina et d'Ethan, ajouta-t-il avec nonchalance. J'ai dit que vous étiez responsable de leur mort, ce qui est le cas. Si Célina ne vous avait pas haïe, elle ne vous aurait jamais jeté ce pieu. Si Ethan n'avait pas tenté de vous sauver, il serait toujours vivant. Et si vous n'aviez pas à votre tour lancé un pieu, Célina serait toujours vivante. Par conséquent, vous êtes responsable de leur mort à tous les deux.

Il parlait avec une telle désinvolture que je me demandais s'il croyait à ce qu'il disait ou s'il essayait de me faire sortir de mes gonds. Je m'efforçai de garder mon calme.

— Cette analyse ne tient pas compte de votre propre rôle, bien entendu. Sans vos machinations, rien de tout cela ne serait arrivé.

Il haussa les épaules.

— J'ai ma version des faits. Vous avez la vôtre.

— Une seule est vraie.

— Voilà une vision bien naïve, non ? Merit, ne soyez pas vexée quand j'insinue que vous êtes responsable de leur mort. Et si cette explication pèse en faveur de ma relaxe, alors tant mieux. (Tate se pencha en avant.) La véritable question, bien entendu, c'est : pourquoi êtes-vous ici ? J'imagine que vous n'avez pas pris la peine de venir dans ce quartier au milieu de la nuit juste pour me dire tout le bien que vous pensez de moi ou vous plaindre que j'aie mouchardé.

Il marquait un point. Ce n'était pas comme si je pouvais le convaincre d'appeler le PG pour se rétracter. Il ne le ferait jamais et, de toute manière, les membres du Présidium ne le croiraient pas. Alors, pourquoi étais-je venue ? Qu'avais-je espéré ? Avais-je tout simplement envie de le contraindre à s'expliquer sur ce qui s'était passé cette fameuse nuit ?

Peut-être que le PG n'avait rien à faire dans cette histoire, qu'il ne s'agissait que de moi. Peut-être avais-je peur que Tate ait raison lorsqu'il affirmait que j'avais en partie provoqué la mort de Célina et d'Ethan.

— Je vous entends penser jusqu'ici, déclara Tate. Si vous ne pouvez rien faire de mieux que votre mea culpa en silence, c'est que vous êtes moins intéressante que ce que je croyais.

— Deux vampires sont morts.

— Est-ce que vous savez combien d'êtres vivants sont morts depuis l'origine de ce monde, Merit ? Des milliards. Plusieurs milliards. Pourtant, vous ne leur accordez que peu d'importance, tout simplement parce que vous ne les connaissiez pas. Soudain, deux vampires ayant eu la chance de mener une longue existence finissent par mourir, et vous n'arrivez pas à vous en remettre ? (Il fit claquer sa langue.) Qui de nous deux n'est pas raisonnable ?

Je me levai et repoussai ma chaise.

— Vous avez raison, répondis-je. Peut-être qu'éprouver de la peine revient à se montrer égoïste, mais je n'ai pas l'intention de m'excuser.

— Que de grands mots, lança-t-il.

Avant d'atteindre la porte, je me retournai vers ce play-boy en combinaison de prisonnier orange.

— Peut-être qu'au fond de moi j'espérais vous entendre avouer ce que vous aviez fait et admettre que vous aviez menti au PG. Peut-être que je voulais que vous assumiez la responsabilité de leur mort.

— Ce n'est pas à moi de vous donner l'absolution.

— Je sais.

J'étais sincère. Je savais bien que m'énerver contre Tate n'allait rien changer. Je me sentirais toujours coupable de la mort d'Ethan. Après tout, si je n'avais pas été là…

Il existait plusieurs vérités correspondant aux événements de cette nuit-là, et Tate ne me soulagerait pas du sentiment de culpabilité que je ressentais. Mais j'étais sûre d'une chose : j'étais entrée dans son bureau pour mettre un terme au trafic de drogue, dans le but d'aider les Maisons et les vampires de la ville. Quelle que soit la décision finale du PG, je savais ce qui s'était passé dans cette pièce et n'avais pas l'intention de me faire accuser d'un crime que je n'avais pas commis.

Lorsque je dirigeai de nouveau le regard sur Tate, je me sentais en partie libérée du poids qui pesait sur ma poitrine.

Son visage s'illumina.

— Enfin, lâcha-t-il d'une voix grave, ses yeux bleus pétillant de satisfaction. Je vous retrouve. Vous êtes venue parce que vous n'aviez pas peur. Même si vous êtes intimement persuadée de dépendre de Sullivan, vous n'avez besoin de personne. Je l'ai toujours su. Que ça vous plaise ou non, votre père a façonné la femme que vous êtes aujourd'hui. Vous le trouvez peut-être distant et insensible, mais c'est grâce à lui que vous êtes indépendante.

Une nouvelle vague de magie épaissit l'atmosphère tandis qu'il déclamait son discours, tel un maître dispensant son savoir à l'un de ses étudiants. Sa réaction ne fit qu'accroître ma confusion.

— Que voulez-vous de moi ?

Ses yeux brillaient.

— Rien du tout, Merit, à part que vous restiez vous-même.

— C'est-à-dire ?

— Une adversaire à ma hauteur. (Devant mon air médusé, il s'appuya au dossier de sa chaise, une expression suffisante sur le visage.) Et j'ai le sentiment que je vais beaucoup aimer le prochain round.

J'avais la conviction que ce ne serait pas mon cas.

— Je n'ai pas l'intention d'entrer dans votre jeu, Tate.

Il claqua la langue.

— Vous ne voyez donc pas que la partie est déjà engagée, Merit ? Et je crois que c'est à moi de jouer.

Entendre le gravier crisser sous mes pas et sentir la fraîcheur de l'air de la nuit me procura un certain réconfort. J'étais soulagée d'avoir quitté cette pièce à l'atmosphère oppressante, où la magie de Tate me déroutait. Je pris quelques profondes inspirations et tentai d'apaiser les battements effrénés de mon cœur.

Catcher et mon grand-père, postés à quelques mètres de la porte, se dirigèrent vers moi lorsqu'ils me virent sortir.

— Ça va ? s'inquiéta mon grand-père.

On s'éloigna d'une dizaine de mètres, puis je jetai un coup d'œil à la prison de Tate. À cette distance, le bâtiment paraissait banal : une simple construction en brique qui renfermait autrefois des factures et des cartes de pointage. Sauf qu'à présent elle abritait un être surnaturel dont nous ne connaissions pas les pouvoirs.

— Ça va, lui assurai-je. Je suis contente d'être de nouveau dehors. L'air était lourd de magie, à l'intérieur.

— C'est de la magie sournoise, expliqua Catcher. Quand on la sent, il est déjà trop tard. Est-ce que tu as appris quelque chose d'intéressant ?

— Non. Il n'a pas été très bavard, mais il semble persuadé que c'est moi la responsable de ce qui s'est passé cette nuit-là.

Ce résumé parut les satisfaire tous les deux. On remonta en silence dans la voiturette de golf pour retourner au portail. Le vent se levait. Je m'emmitouflai dans ma veste. J'ignorais si c'était dû au froid presque hivernal ou à l'expérience que je venais de vivre, mais j'étais glacée jusqu'aux os.

Il se trouve que je connaissais l'héliport où mon grand-père avait fait affréter l'hélicoptère qui devait m'emmener sur l'île de Lorelei.

Mon père, membre du Conseil de croissance de Chicago, s'était battu pendant deux ans pour faire construire un héliport à Streeterville – un quartier situé en bordure du lac, au nord du centre-ville –, en dépit du fait que les nombreux gratte-ciel qui se dressaient dans le secteur compromettaient la sécurité de ce mode de transport. Cette affaire avait occupé l'espace médiatique pendant quatre mois, le temps que les hommes politiques déterminent s'ils risquaient de perdre plus d'électeurs en interdisant l'héliport ou en l'autorisant. Comme souvent quand de l'argent était en jeu, le Conseil de croissance avait eu gain de cause, et l'héliport avait été aménagé.

Je me garai dans la rue, devant l'élégant immeuble argenté qui abritait la plate-forme d'atterrissage. Je pénétrai à l'intérieur. Après m'avoir demandé mon nom, le vigile posté à l'entrée m'indiqua un ascenseur.

Je sortis de la cabine sur le toit de l'édifice, où se trouvait un immense cercle de bitume au centre marqué d'un « H ». La femme chargée du pilotage me salua d'un signe de la main. Elle ne pouvait communiquer autrement que par gestes à cause du souffle et du bruit provoqués par les rotors du petit engin.

Elle m'invita à entrer dans l'habitacle, m'indiquant qu'elle me donnerait un casque une fois à l'intérieur. Je hochai la tête et m'élançai. Je me baissai sans doute plus que nécessaire pour éviter l'hélice, mais pourquoi prendre des risques inutiles ? Lorsque je fus installée, eus bouclé ma ceinture et mis mon casque sur les oreilles, l'hélicoptère décolla et s'éleva au-dessus de la ville.

Quarante-deux minutes de vrombissement plus tard, on approchait de l'île. Je ne m'attendais pas à la voir avant l'atterrissage, mais les phares de l'hélicoptère éclairèrent des formes sur lesquelles les vagues se brisaient : les carcasses des embarcations qui s'étaient échouées sur les rives de l'île de la sirène.

Heureusement que nous n'avions pas opté pour le bateau.

L'île était entièrement boisée à l'exception de deux petites clairières. L'une d'elles comportait une construction, probablement la maison de Lorelei. On se posa sur la seconde, plus petite, située plus près du rivage. La pilote éteignit le moteur et enleva son casque.

—C'est lugubre, déclara-t-elle en scrutant les ténèbres avant de se tourner vers moi. J'ai un autre vol à assurer dans deux heures. Vous pensez que ça vous suffira ?

—J'espère bien, répondis-je. (Je descendis de l'hélicoptère puis me retournai.) Si je ne suis pas revenue à temps, appelez mon grand-père pour lui dire d'envoyer des renforts.

Elle éclata de rire, comme si je venais de faire une bonne plaisanterie. Malheureusement, ce n'était pas le cas.

À la vue du chemin qui s'enfonçait dans les bois, je ne pus m'empêcher de penser à Dorothy, au Petit Chaperon rouge et à tous les personnages qui s'étaient trouvés dans une situation terrifiante de ce genre. Mais comme ma pilote avait un emploi du temps à respecter, je décidai de m'attaquer aux choses sérieuses.

Je fis un pas en avant, puis un autre, jusqu'à ce que la clairière disparaisse derrière moi, laissant place à une épaisse forêt de laquelle émanait un bruit incessant. Toutes sortes d'animaux, encore actifs en dépit de l'hiver qui approchait, se déplaçaient dans le sous-bois. La lumière de la lune filtrait à travers la voûte végétale au-dessus du chemin, formant au sol un ensemble de motifs complexes.

Me rappelant que j'étais une vampire – une prédatrice –, je déployai mes sens exacerbés. Ma vision nocturne s'aiguisa. Je percevais à présent l'odeur de la terre humide et les effluves musqués des animaux qui s'abritaient dans les arbres. Des relents de fumée âcres accompagnés d'un parfum frais de résine me parvenaient depuis ce qui devait être la maison de Lorelei. Peut-être quelqu'un avait-il coupé du bois.

La nuit vibrait d'une vie dont la plupart des humains n'avaient pas conscience. Un monde nouveau s'éveillait pendant leur sommeil. S'ils apprenaient tout ce qui se passait à leur insu, seraient-ils effrayés ?

Je marchai durant une petite dizaine de minutes. Le chemin qui montait en pente douce déboucha bientôt sur un plateau qui devait offrir, dans la journée, une superbe vue sur le lac. C'était une bonne chose que mon père ne connaisse pas l'existence de cette propriété : il aurait déjà rasé la résidence de Lorelei pour construire un hôtel de luxe.

La maison illuminait le centre de la clairière. D'une hauteur modeste, elle avait des murs constitués d'une alternance de verre ondulé et de bois. Elle semblait émerger de la terre, comme si elle avait poussé là et était susceptible de se fondre de nouveau dans le sol pour peu qu'on tourne le dos. Un chemin de terre battue traversait la prairie jusqu'à une énorme porte en bois. Je supposai qu'il s'agissait de l'entrée principale.

Je restai quelques instants à la lisière de la forêt et savourai l'ironie de la situation : quelques minutes plus tôt, je redoutais de pénétrer dans ces bois, et à présent, j'avais peur d'en sortir. Certes, le chant de Lorelei n'était pas censé m'atteindre, mais je ne m'en sentais pas moins nerveuse. J'avais vu les bateaux échoués sur la rive. Qu'était-il advenu de leurs capitaines ?

Soudain, dans le silence de la nuit, j'entendis une mélopée mélancolique, exécutée par une femme à la voix juste et sensuelle.

La sirène.

Je fermai les yeux et attendis, mais rien ne se produisit. Je ne mourais pas d'envie de la rejoindre ou de passer le restant de mon immortalité sur cette île. À part un léger vertige dû au manque de sang – merci Frank –, tout allait bien.

J'expirai, avançai jusqu'à la porte et frappai.

Moins d'une seconde plus tard, une femme imposante qui devait avoir cinquante ou soixante ans ouvrit, les yeux plissés.

— Qu'est-ce que c'est ?

Je me demandai si cette matrone en tee-shirt et short moulant – visiblement taillé aux ciseaux dans un pantalon – armée d'un plumeau pouvait être la sirène. Étant donné que le chant résonnait encore dans la maison, ce ne devait pas être elle.

— Je m'appelle Merit. Je suis venue voir Lorelei. (De toute évidence indifférente à ma requête, la femme me dévisagea d'un regard morne.) Je suis une vampire de Chicago, précisai-je. Je dois m'entretenir avec Lorelei au sujet du lac.

Sans un mot, elle me claqua la porte au nez. Je clignai des yeux, abasourdie, puis me mordis la lèvre en réfléchissant aux choix qui s'offraient à moi.

Je pouvais faire irruption dans la maison, mais ce serait une entorse à l'étiquette vampire, qui exigeait que l'on attende d'être invité avant d'entrer quelque part. Il valait sans doute mieux éviter d'énerver l'esprit du lac en enfreignant le protocole.

Sinon, j'avais la possibilité de retourner à l'hélicoptère et annoncer à ma pilote qu'elle aurait tout son temps pour le rendez-vous suivant.

Comme aucune de ces options ne me permettrait de résoudre le problème pour lequel j'étais venue, j'optai pour une troisième voie : patienter tout en collectant un maximum d'informations. Je traversai le petit perron à pas de loup et jetai un coup d'œil par une fenêtre.

Je n'eus que le temps d'entrevoir du bois et de la pierre avant qu'une voix s'élève derrière moi.

— Hum hum.

Je sursautai puis me retournai, pour découvrir la femme qui m'avait ouvert la porte. Elle agitait son plumeau de manière menaçante, une expression suspicieuse sur le visage.

— Charmante maison, hasardai-je en me redressant. J'étais curieuse de voir comment c'était aménagé à l'intérieur. Avec le bois…, les meubles… (J'émis un raclement de gorge coupable.) Tout ça.

La femme leva les yeux au ciel puis décrivit un arc de cercle à l'aide de son plumeau, à l'instar d'un chef d'orchestre brandissant sa baguette.

— J'ai reçu l'autorisation de vous inviter à pénétrer dans la demeure de Lorelei, la sirène du lac. Bienvenue.

Elle avait parlé avec la chaleur d'un iceberg, mais le message était passé. Je la suivis.

L'intérieur de la maison faisait tout aussi organique que l'extérieur. La fenêtre par laquelle j'avais regardé donnait sur un salon qui s'étendait sur deux étages. L'un des murs était constitué de galets sur lesquels ruisselait un filet d'eau.

Celui-ci s'écoulait ensuite à travers la pièce grâce à un étroit canal menant à une vasque à débordement.

Une femme à la silhouette harmonieuse était assise par terre à côté du ruisselet, les doigts trempés dans l'eau, pieds nus. Ses cheveux noirs étaient coiffés en chignon haut et elle portait une tenue assez simple composée d'un tee-shirt gris brillant et d'un jean. Les yeux fermés, elle chantait d'une voix mélodieuse et cristalline.

Je me retournai, mais la matrone au plumeau avait disparu, son devoir accompli.

—Êtes-vous Lorelei ? demandai-je doucement.

La femme se tut, ouvrit les paupières et posa sur moi ses yeux chocolat.

—Ma chérie, si vous êtes sur mon île, vous savez très bien que je ne peux être qu'une seule personne. Bien sûr que je suis Lorelei.

Dans sa voix perçait un léger accent espagnol ainsi qu'une bonne dose de sarcasme.

Je réprimai un sourire.

—Bonjour Lorelei. Je suis Merit.

—Bonjour. Qu'est-ce qui vous amène ?

—J'aimerais vous poser quelques questions.

—À quel sujet ?

—À propos du lac.

Elle plissa les yeux.

—Vous pensez que j'ai quelque chose à voir avec ce qui arrive à l'eau ?

—Je l'ignore, avouai-je en m'agenouillant à côté du canal face à elle. J'essaie de comprendre ce qui se passe, et vous rencontrer semblait un bon point de départ. Le lac n'est pas le seul en jeu, vous savez. La rivière est également touchée.

Elle leva brusquement la tête.

—La rivière ? Elle est morte, elle aussi ?

Ni sa question ni la détresse que je lus dans ses yeux ne me parurent de bon augure.

—Oui, répondis-je. De plus, la rivière et le lac sont en train d'absorber toute la magie de Chicago. Les nymphes s'affaiblissent.

Grimaçant comme si elle était en proie à une intense douleur, Lorelei pressa les doigts contre ses tempes.

—Elles ne sont pas les seules. J'ai l'impression d'avoir fait la fête pendant deux jours après une semaine de travail harassante. Je me sens faible. Épuisée. J'ai des vertiges. (Elle dirigea le regard vers moi.) Je ne suis pas responsable. J'espérais que les nymphes auraient la réponse. Je me disais que, peut-être, elles s'étaient essayées à une forme de magie qui ne leur était pas familière, mais que ce qu'elles avaient fait était réversible.

—Elles pensent la même chose à votre sujet.

—Ça ne m'étonne pas, lança-t-elle d'un ton sec.

—Vous ne vous entendez pas avec elles ?

Elle éclata d'un rire sardonique.

—Je viens de Paseo Boricua. Je suis née et j'ai grandi à Chicago, mais mes parents sont originaires de Porto Rico. Les nymphes n'aiment pas vraiment la diversité. Elles me considèrent comme une bizarrerie. Une intruse dans leur joli petit monde magique.

—Comment ça ?

Elle me regarda avec curiosité.

—Vous ne savez donc pas ?

Je secouai la tête, et elle marmonna quelque chose en espagnol.

— Le lac devient noir et on m'envoie une vampire qui vient à peine de faire ses crocs, souffla-t-elle avant de me lancer un regard contrit. Sans vouloir vous vexer.

— Ne vous en faites pas.

Lorelei poussa un soupir et trempa de nouveau sa main dans le ruisselet. Ses traits se détendirent un peu, comme si le contact de l'eau avait sur elle un effet apaisant.

— Les sirènes et les nymphes sont différentes, reprit-elle. Les nymphes sont nées comme telles. Leurs mères étaient nymphes avant elles. Le pouvoir d'une sirène ne fonctionne pas de la même manière.

Elle désigna une table de l'autre côté de la pièce, sur laquelle était posé un disque en fer de couleur sombre d'une quinzaine de centimètres de diamètre. Il portait une inscription que je ne parvenais pas à déchiffrer à cette distance.

— *Piedra de Agua*, précisa-t-elle. La pierre d'eau. Elle contient la magie de la sirène.

Je fronçai les sourcils.

— Je ne comprends pas.

— Celle qui possède la pierre devient sirène, expliqua-t-elle. Si on souhaite utiliser la magie de la *Piedra de Agua*, il faut lui en faire la requête, mais c'est elle qui désigne sa propriétaire. Une fois qu'on est en sa possession, on la garde jusqu'à ce que la prochaine sirène arrive.

— Donc vous avez choisi de devenir une sirène ?

Lorelei détourna le regard et se concentra sur l'eau.

— En théorie, j'avais le choix d'accepter ou refuser la pierre et le fardeau qu'elle implique, même si je n'avais pas beaucoup de marge de manœuvre.

— Et les bateaux sur la rive ?

Elle me regarda de nouveau, une lueur de fierté dans les yeux.

—J'ai accepté la pierre, mais je fais les choses à ma façon. En tant que sirène du lac, je dois chanter, mais j'ai choisi l'endroit le plus isolé possible. Rosa et Ian, mon mari, aident les marins à retrouver leur chemin. Je ne peux pas grand-chose pour les bateaux endommagés. (Elle esquissa un timide sourire.) Mais tout le monde a une assurance.

Sa logique était irréprochable.

—Combien de temps devez-vous rester sirène ?

—Avant moi, Lorelei – nous empruntons toutes ce nom de manière à conserver le mythe – a vécu ici quatre-vingt-seize ans. Étant donné qu'elle est devenue sirène à quarante-deux ans, elle s'en est bien sortie, poursuivit-elle avec un sourire.

Ayant le sentiment que cela serait utile, je lui racontai ma propre histoire :

—J'ai été transformée en vampire contre mon gré. Ça m'a permis d'avoir la vie sauve, mais je ne l'avais pas prévu. C'est arrivé brusquement.

Elle me considéra avec intérêt.

—Alors vous savez ce que c'est de réécrire sa vie. De concilier l'être que vous étiez et celui que vous devez devenir.

Je pensai à tout ce que j'avais vu et vécu au cours de l'année qui venait de s'écouler : la mort, la douleur, la joie. Les commencements… et les fins.

—Oui, soufflai-je. Je sais ce que c'est. (Cette réflexion me rappela l'objectif de ma visite.) Lorelei, si vous n'êtes pas responsable de ce qui se passe, qui pourrait l'être, à votre avis ?

—Si les nymphes n'ont rien fait, en d'autres termes si aucun esprit de l'eau n'est impliqué, je crois que vous devriez élargir vos recherches.

—C'est-à-dire? (Elle détourna les yeux, l'air coupable.) Lorelei, il faut que je sache. Les nymphes ne sont pas les seules concernées. Nos Maisons sont en péril. Les humains accusent déjà les vampires, et si ça continue, je suis certaine que la loi sur le fichage sera entérinée.

—Un seul groupe de surnaturels est lié à la nature autant que nous le sommes, dit-elle finalement. Nous puisons force et réconfort dans l'eau. Dans son flux, sa puissance, son aptitude à purifier et détruire. (Elle ferma les yeux.) Eux trouvent leur pouvoir dans la terre. Ils chérissent les forêts, les étendues sauvages.

Mon estomac se noua.

—Vous parlez des métamorphes?

—La Meute est à Chicago, non?

—Parce que nous leur avons demandé de rester. Ils n'auraient jamais pu faire une chose pareille.

—Est-ce que vous pensiez qu'ils attaqueraient votre Maison?

En fait, seule une poignée de métamorphes rancuniers s'en étaient pris à Cadogan, mais je comprenais le point de vue de Lorelei.

—Bien sûr que non.

—Vous ne pouvez pas fermer les yeux sur ce qu'ils sont ou ce dont ils sont capables. Vous avez déjà eu l'occasion de constater le magnétisme qui existe entre les nymphes et les métamorphes?

—Difficile de manquer ça.

—Il est dû à l'alchimie qui existe entre l'eau et la terre, expliqua-t-elle. Une sorte d'union élémentaire. Peut-être que l'eau est malade parce qu'il y a trop de nymphes et de métamorphes dans la même ville.

Certes, je n'avais pas de meilleure théorie, mais accuser les métamorphes, avec qui les nymphes et les sirènes avaient une relation tumultueuse, paraissait un peu trop facile.

Soudain, un homme pénétra dans la maison, les bras chargés de bûches.

Il portait un jean crasseux et, malgré le froid, était torse nu et trempé de sueur. Il sourit et traversa le salon. Ses habits sales n'ôtaient rien à son charme. Grand et bien bâti, les cheveux ondulés coupés court, il avait une mâchoire carrée couverte d'une barbe d'un jour et des yeux ténébreux sous de longs sourcils noirs. Ses lèvres étaient délicatement ourlées et son menton marqué d'une fossette.

Quand il franchit la porte qui se trouvait à l'opposé, je me tournai vers Lorelei. Elle m'adressa un sourire entendu.

—Comme vous l'avez sans doute deviné, c'est Ian. Nous sommes mariés depuis quatre ans. Comme il me connaissait avant que je devienne une sirène, les chants n'ont pas d'effet sur lui. Il a eu la gentillesse de me suivre jusqu'ici, au milieu de nulle part. J'essaie d'accepter mon sort et de me montrer reconnaissante.

À peine avait-elle prononcé ces paroles qu'elle porta les mains à son front et se pencha en avant, manifestement en proie à une vive souffrance. La femme qui m'avait ouvert la porte fit irruption dans la pièce, marmonnant quelques mots en espagnol. Elle s'agenouilla à côté de Lorelei et passa un bras autour de ses épaules.

—Ça va aller, *niña*, lui dit-elle avant de murmurer quelque chose que je ne compris pas.

Pensant qu'il était temps de partir, je me redressai.

— Merci de m'avoir consacré un peu de votre temps. Je ne vous dérange pas plus longtemps.

— Merit.

Je jetai un coup d'œil en arrière. Lorelei avait levé vers moi son visage baigné de larmes.

— Si ça ne s'arrange pas très bientôt, ce sera trop tard.

Je lui promis de faire de mon mieux… en espérant être en mesure de remplir mes engagements.

Je sortis et regagnai le chemin. Dehors, l'air était chargé d'une odeur de résine. Je rencontrai Ian, la hache à la main, qui se tenait devant une souche sur laquelle il avait placé un morceau de bois à la verticale. Il souleva la hache au-dessus de sa tête, les muscles bandés, puis l'abaissa d'un coup. Le bois se fendit net en deux morceaux qui tombèrent au sol. Ian posa une autre bûche sur la souche puis leva le regard vers moi. Il exhalait un panache de vapeur dans le froid de la nuit.

— Vous êtes venue à cause du lac ? demanda-t-il en essuyant la transpiration qui perlait à son front.

— Oui.

— Ce n'est pas sa faute, vous savez. Elle n'y est pour rien. Elle porte un fardeau qui la rend malade… ou pire encore.

Il brandit de nouveau sa hache puis coupa le deuxième morceau de bois en deux.

— Je ne l'ai pas accusée, affirmai-je. J'essaie simplement de comprendre ce qui se passe.

Il positionna une nouvelle bûche sur la souche.

— Alors, faites en sorte de réussir. Sinon, nous resterons ici à regarder le monde s'écrouler autour de nous.

Comme je ne trouvais rien à lui répondre, je m'éloignai en direction de l'hélicoptère.

7

Changement de paradigme

Le voyage du retour ne fut pas une partie de plaisir. Le vent s'était levé et nous malmenait avec une violence telle que la pilote agrippait le manche de toutes ses forces. Elle passa la moitié du trajet à marmonner des prières.

Je suis sûre que je devais avoir le teint verdâtre en arrivant à l'héliport. Je réussis à regagner ma voiture sans incident, mais dus rester assise quelques minutes avant de pouvoir conduire sans prendre le risque d'abîmer les sièges. Ma grosse Volvo, qui avait déjà vécu plus de vingt ans, n'avait vraiment pas besoin d'être imprégnée d'une odeur nauséabonde.

Une fois remise de mes émotions, je consultai mon répondeur. J'avais un appel manqué de Jonah, et Kelley m'avait laissé un message demandant des nouvelles. Je décidai d'accomplir mon devoir en premier, et la rappelai.

Elle répondit en poussant un cri aigu.

—Tu es épatante!

—Hein…, quoi?

—Toi! Le lac! Je ne sais pas comment tu as fait, mais c'est un miracle!

Je secouai la tête pour essayer de m'éclaircir les idées.

— Kelley, je viens de revenir, et je ne vois pas du tout de quoi tu parles.

— Merit, tu as réussi ! Le lac est redevenu normal. D'un coup, paf ! L'eau est de nouveau claire et il y a des vagues, comme si rien ne s'était passé. Je ne sais pas ce que tu as dit à Lorelei, mais ça a marché du tonnerre. C'est important, Merit. Et c'est toi qui l'as fait. Tu te rends compte du bien que ça fait à la Maison ? Les manifestants sont même rentrés chez eux, ce soir. Peut-être que le PG nous laissera tranquilles une bonne fois pour toutes.

J'étais sortie de l'hélicoptère depuis quinze ou vingt minutes maximum, et n'avais remarqué aucun changement en observant le lac, ni en vol ni à l'atterrissage. Même si j'appréciais les éloges et me serais réjouie d'avoir contribué à soulager la Maison d'une partie du fardeau qui pesait sur elle, je restais sceptique. Je croyais Lorelei. Rien sur cette île n'indiquait qu'elle ait fait quoi que ce soit susceptible de nuire au lac, et, de toute manière, il était fort peu probable qu'elle ait pu rétablir la situation quelques heures à peine après ma visite. Quelque chose d'autre avait dû se passer.

— Kelley, je ne suis pas sûre que l'explication soit si simple. Je suis contente que le lac soit de nouveau comme avant, bien entendu, mais je n'y suis pour rien, et Lorelei non plus, à mon avis. En fait, je crois qu'elle n'a rien à voir avec cette affaire. Elle est aussi faible que les nymphes.

— Principe du rasoir d'Ockham, Merit : la solution la plus simple est souvent la bonne. Le lac était noir, tu as parlé à Lorelei et il est redevenu normal. Peut-être que tu lui as fait peur. À cheval donné on ne regarde pas les dents, tu n'es pas d'accord ?

Je fronçai les sourcils. Ce n'était pas parce que les événements s'étaient déroulés dans cet ordre qu'ils étaient liés. Lorelei n'avait pas fait appel à la magie pendant que je me trouvais sur son île. Aurait-elle eu le temps de le faire après mon départ?

Ce n'était pas la première fois que j'étais confrontée à un dénouement qui semblait trop facile. Célina avait avoué son implication dans le trafic de V en plein milieu d'un festival bondé. Nous avions cru pendant un bref instant que sa confession miraculeuse marquait la fin des drames liés à la drogue, jusqu'à ce que nous découvrions qu'elle agissait sous la coupe magique de Tate.

Rien n'était aussi simple. Mais peut-être que, pour l'instant, Kelley avait besoin de croire que notre action avait eu de l'effet, que nous avions vraiment réussi à résoudre ce problème. Toute la Maison avait probablement besoin de le croire. De temps à autre, il est préférable d'embellir la vérité. Je lui dis donc ce qu'elle avait envie d'entendre.

—Tu as certainement raison, concédai-je. Autrement, ce serait une drôle de coïncidence.

—Ah, tu es d'accord? Bon, va t'amuser un peu, maintenant! Tu es en congés pour le restant de la nuit. Je suis tellement contente! Tu as fait un excellent travail, Sentinelle. Je vais faire en sorte que Cabot soit au courant.

Elle raccrocha. Cet appel n'avait en rien diminué mon inquiétude. Si je ne pouvais pas discuter de mes découvertes avec mes camarades de Cadogan, il me fallait trouver un public plus réceptif. Le problème, c'était que mon meilleur public – l'Agence de médiation – ne se montrerait sans doute pas plus sensible à mes arguments. La perspective d'apprendre à Jeff que Lorelei accusait les métamorphes ne m'enchantait pas vraiment. Je préférais le lui annoncer de vive voix. Il ne prendrait certainement pas très bien le fait de se retrouver sur la liste des suspects.

En route pour le bureau du Médiateur, j'appelai Jonah. Il répondit dès la première sonnerie.

—Bien joué, me félicita-t-il.

—Merci pour le compliment, mais je n'y suis pour rien. Du nouveau au sujet des nymphes ?

—J'ai entendu dire qu'elles reprenaient très vite des forces et qu'elles étaient devenues tes plus grandes fans.

—Merde.

—Ce n'est pas la réaction que j'attendais.

—Au risque de ruiner ma réputation, je dois avouer que je n'ai rien fait. J'ai juste parlé avec Lorelei.

—Vous n'avez fait que parler ?

—Eh oui. Elle aussi était très faible. Elle a nié toute implication dans ce qui est arrivé au lac, et j'ai envie de la croire.

—Et je suppose que tu n'es pas satisfaite de voir que la situation est rétablie ?

J'ignorais si je devais me sentir flattée ou insultée par sa remarque, mais, de toute manière, il avait raison.

—En effet. Je vais rendre visite à mon grand-père pour lui demander ce qu'il en pense. Tu aimerais venir ?

—Impossible. Je suis occupé. On pourrait se retrouver plus tard pour en discuter ?

—D'accord. Je t'appelle quand j'ai terminé.

—J'apporterai du pop-corn, promit-il avant de raccrocher.

Je me mordis la lèvre si fort pendant le trajet jusqu'au bureau de mon grand-père, dans le South Side, que je finis par sentir dans ma bouche le goût métallique du sang. Le lac avait beau avoir cessé d'agir comme un immense trou noir aspirant la magie, j'étais convaincue que cette histoire n'était pas terminée. Si j'avais raison, quelqu'un dans la Ville des vents pratiquait une magie d'une puissance phénoménale. J'avais le sinistre pressentiment que nous n'allions pas tarder à savoir en quoi consistait le petit jeu de Tate.

Comme la circulation était plutôt fluide, il ne me fallut pas longtemps pour arriver à l'Agence. Le bureau du Médiateur se trouvait à l'intérieur d'un modeste bâtiment en brique, au milieu d'un quartier populaire résidentiel. Je me garai dans la rue puis me dirigeai vers l'entrée, où j'actionnai l'interphone afin d'avertir Jeff, Catcher, mon grand-père ou Marjorie de mon arrivée.

Marjorie, la secrétaire, toujours aussi efficace, m'accueillit de la même façon qu'au téléphone : elle s'empressa de me confier à quelqu'un d'autre.

— Bonsoir, dis-je quand elle eut composé le code permettant de déverrouiller la porte.

Elle me laissa entrer, mais à peine l'avais-je saluée qu'elle avait refermé la porte et repartait vers son bureau. Sans doute croulait-elle sous la paperasse, avec toutes ces affaires de diplomatie surnaturelle.

La décoration des lieux, d'un goût douteux, semblait dater des années 1970. Catcher et Jeff partageaient une pièce tout aussi hideuse au bout du couloir. Des bureaux métalliques, sûrement achetés d'occasion, occupaient le modeste local, dont les murs étaient tapissés de posters à l'effigie des nymphes des rivières.

Je trouvai Jeff et Catcher assis à leurs bureaux. Entièrement absorbés par leur conversation, ils ne m'entendirent pas entrer.

— Elle a des cheveux plus foncés que moi, affirma Jeff en tapotant sur l'un des nombreux claviers qui recouvraient son bureau. Je suis quasiment certain que nos enfants auront des cheveux foncés.

— Pas forcément, le contredit Catcher en transformant un post-it en une figure d'origami indéterminée. Ils

163

pourraient très bien hériter de tes gènes. Et tu as les cheveux plutôt châtains. Tu es aussi plus grand que Fallon.

—C'est vrai, c'est vrai, reconnut Jeff.

Je rêvais, ou quoi? Ces deux durs à cuire habitués à résoudre toutes sortes de problèmes surnaturels étaient vraiment en train de se demander à quoi ressemblerait leur progéniture?

Jeff se pencha en avant afin de proposer des pistaches à Catcher, qui, un grand sourire aux lèvres – même pas sarcastique, apparemment –, abandonna son origami pour plonger sa main dans le sachet. Jeff décortiqua une pistache, qu'il se mit à mâchonner.

—Quand vous aurez des enfants, Mallory et toi, tu comptes leur apprendre le base-ball ou ce genre de trucs? Tu sais, jouer au papa poule qui initie ses gamins au foot, tout ça.

Catcher lança en l'air une pistache qui retomba dans sa bouche.

—S'ils ne font pas cramer l'univers dès leur naissance, ouais. (Il se redressa et regarda Jeff.) Tu imagines une petite fille avec les cheveux de Mallory? Blonde, je veux dire.

—Trooop craquante! s'exclama Jeff. Tu devras garder un fusil près de la porte pour éloigner ses prétendants. Enfin, tu pourras certainement demander à Mallory de le faire pour toi.

—C'est vrai, reconnut Catcher, qui leva la tête et me fusilla du regard lorsqu'il se rendit compte de ma présence. Je lui en parlerai juste après lui avoir demandé de botter les fesses de cette sale petite espionne de Merit.

Je souris et m'avançai en les saluant d'un geste de la main.

—Salut, les papas tout fiers de leurs enfants pas encore conçus.

164

Les joues de Jeff s'enflammèrent.

— Tu aurais pu nous dire que tu étais là.

— Au risque de manquer cette discussion ? Non merci. Voir deux gamins de votre genre papoter comme deux pères de famille, c'était trop mignon.

— La sirène ne t'a pas noyée, finalement ? demanda Catcher d'un ton sec qui me ramena aux choses sérieuses.

— Elle n'a même pas essayé. En fait, elle a été très sympathique.

— Sûrement, puisque tu as réussi à la convaincre de faire ce qu'il fallait, renchérit Jeff avec un sourire. Le lac est redevenu normal.

— Heureusement, dit Catcher. Est-ce que ça valait le coup de faire le trajet ? Elle a avoué avoir foutu le lac en l'air ?

— Il se trouve que non, révélai-je en tirant une chaise pour m'asseoir. Appelons mon grand-père. Ce que j'ai à dire l'intéressera sans doute aussi.

Je n'avais pas l'intention de dramatiser, mais préférais qu'ils soient tous présents pour entendre ce que m'avait appris la sirène du lac.

Quelques minutes plus tard, mon grand-père entra dans la pièce. Il me sourit et me serra dans ses bras, mais l'éclat de joie qui illuminait ses yeux disparut pour laisser place à sa gravité professionnelle.

— Lorelei est la sirène du lac depuis qu'elle a en sa possession la *Piedra de Agua*, la pierre d'eau, commençai-je. Cet objet transmet en quelque sorte son pouvoir à sa propriétaire. Lorelei est faible – elle a même l'air vraiment mal en point – et elle semble souffrir. Elle espérait apprendre que les nymphes étaient responsables de ce qui se passe. Le retour à Chicago s'est déroulé sans encombre, et quand je suis arrivée, on m'a annoncé que le lac était brusquement redevenu normal. Comme par magie.

Le silence s'abattit sur la pièce.

—Elle n'y était pour rien, conclut mon grand-père.

—À moins qu'elle n'ait menti et qu'elle n'ait jeté un sort très vite.

Les sourcils froncés, Catcher se mit à se balancer sur sa vieille chaise métallique, qui grinçait à chacun de ses mouvements.

—Alors on nage dans l'inconnu.

—Par contre, elle avait une théorie, avançai-je en adressant à Jeff un regard contrit. Elle pense que c'est la présence des métamorphes et des nymphes en ville qui provoque ce phénomène. D'après elle, leurs magies élémentaires se renforceraient mutuellement ou s'opposeraient, et le résultat serait concentré en un endroit précis.

Jeff paraissait abasourdi.

—Ça, c'est nouveau.

—Est-ce que c'est possible? s'interrogea mon grand-père. Il suffirait d'un grand nombre de surnaturels pour générer de la magie?

Jeff fronça les sourcils et se gratta distraitement la tête.

—Je suppose qu'en théorie il est possible que nous émettions de la magie, mais il en résulterait une augmentation de la quantité de magie, et non pas une diminution par phénomène d'aspiration.

—À moins que ça n'agisse comme un tsunami, suggéra Catcher. Est-ce que la concentration de métamorphes en un endroit pourrait produire une quantité de magie telle que le lac se mette à l'absorber?

Jeff secoua la tête.

— Si c'était le cas, nous inverserions les courants marins chaque fois que nous nous réunissons à Aurora ou ailleurs. (Il tourna le regard vers moi.) Je n'ai jamais entendu dire que la présence de nombreux métamorphes ait déjà entraîné l'apparition d'un trou noir aspirant la magie. Ce serait une première.

En dépit de son ton poli, l'expression qu'il affichait indiquait clairement qu'il ne croyait pas à la théorie de Lorelei.

— Je ne suis pas vraiment convaincue non plus, affirmai-je, même si le fait de ne trouver aucune explication à un phénomène d'une telle ampleur ne me plaît pas du tout.

— Peut-être n'a-t-on aucune explication, poursuivit mon grand-père, mais au moins, nous bénéficions d'un sursis. Je sais que la Maison traverse une période difficile. Pour le reste de l'enquête, laisse-nous faire le plus gros du travail.

Je retroussai les lèvres à l'évocation implicite de Frank.

— Je ne peux pas programmer mon emploi du temps en fonction de ce que les membres du PG sont susceptibles de penser. Ils vont me critiquer, de toute manière, donc il vaut mieux que je fasse en sorte d'aider la ville et la Maison. Et si jamais ça devait mal tourner…

— Merit, intervint Jeff avec douceur, tu ne voudrais tout de même pas te faire expulser de Cadogan ?

— Non, convins-je. Mais je ne compte pas faire comme si de rien n'était alors que, de toute évidence, il se passe quelque chose d'étrange. Je ne vais pas rester les bras croisés à regarder la ville courir à sa perte juste parce que notre curateur est con comme ses pieds. Pardon, grand-père, ajoutai-je pour me faire pardonner mon langage.

Il me tapota le dos.

— Laisse-nous nous en occuper, insista-t-il. Toi, fais ton travail et garde profil bas. Je sais à quel point c'est difficile, pour toi, en ce moment. À quel point ça doit être dur, sans Ethan. C'était quelqu'un de bien, un bon Maître pour les siens. Mais toute épreuve a une fin, et Malik aura besoin de toi quand il sera enfin débarrassé du curateur.

C'était un sage conseil, qu'il ne serait toutefois pas facile de suivre. Ethan ne m'avait pas vraiment habituée à rester les bras croisés devant un problème. Il m'avait appris à élaborer une stratégie et à enquêter. À agir en soldat. Et quel genre de soldat fuit quand la pression est trop forte ? Certes, il est important d'obéir aux ordres, mais il faut aussi écouter sa conscience, non ?

Marjorie jeta un coup d'œil dans le bureau et frappa pour attirer notre attention, le visage empreint d'inquiétude.

— Chuck, je crois que vous devriez venir, déclara-t-elle.

Les sourcils froncés, mon grand-père se leva et se dirigea vers la porte. J'échangeai un regard avec Jeff et Catcher, puis on le suivit. Sans dépasser le seuil, on passa chacun la tête dans le couloir à une hauteur différente, comme des enfants dans une comédie burlesque.

Mon grand-père se tenait dans le corridor à côté de Marjorie, les yeux rivés sur la porte principale. Un 4 × 4 noir banalisé était garé dehors. Le genre de véhicule qui se fond dans la nuit et qu'on ne remarque qu'une fois que les passagers sont sortis, des armes à feu à la main… ou pire.

— McKetrick ? demandai-je.

— Si seulement, lâcha Marjorie. Au moins, je verrais un peu d'action.

Tous les regards convergèrent vers elle.

— Désolée, désolée, s'excusa-t-elle avec un accent marqué de Chicago qui faisait passer ses « o » pour des « a ». Tous ces formulaires sur les surnats, c'est un peu répétitif, vous comprenez ? Mais non, ce n'est pas McKetrick qui, d'après ce que j'ai entendu dire, est quelqu'un de malintentionné. D'horrible. (Elle fit un signe de croix.) Que Dieu nous garde. C'est Mme Kowalczyk.

— Débranchez la sécurité, ordonna mon grand-père.

Catcher sortit du bureau, avança jusqu'au clavier numérique et composa le code qui permettait de déverrouiller la porte.

— Vous saviez qu'elle devait venir ? demandai-je à voix basse.

Mon grand-père secoua la tête.

— Pour moi, c'est une surprise.

On attendit son arrivée dans un silence angoissant. Une visite inopinée du maire à l'Agence de médiation ne présageait rien de bon.

Deux gardes du corps baraqués escortèrent Diane Kowalczyk jusqu'à l'entrée. Quand ils eurent ouvert la porte, elle pénétra à l'intérieur et parcourut les lieux du regard. Elle était vêtue d'un tailleur-pantalon bordeaux et affichait une expression dédaigneuse. Ses cheveux ondulaient de manière peu naturelle. De gros bijoux fantaisie ornaient son cou et son poignet, et elle portait aux doigts des bagues énormes.

Après avoir examiné les locaux avec mépris durant quelques instants, elle se tourna vers mon grand-père.

— Monsieur Merit.

— Madame le maire, la salua-t-il.

— J'ai entendu dire que vous et vos… employés utilisiez des fonds publics pour effectuer des trajets privés en hélicoptère.

Il cligna des yeux, abasourdi.

— Madame, si vous avez des inquiétudes concernant le budget, nous pouvons en discuter dans mon bureau.

— Je suis pressée, monsieur Merit. Je préférerais que vous me répondiez tout de suite.

Mon grand-père s'humecta les lèvres puis poursuivit :

— Comme je l'ai spécifié dans le formulaire de demande, nous avions besoin de nous rendre à Bear Island. Nous soupçonnions la personne qui y habite d'être impliquée dans l'affaire du lac.

— Est-ce le cas ?

Choisis soigneusement tes mots, lui conseillai-je de manière muette. *Il ne faudrait pas lui donner le pistolet en plus des munitions.*

— Vous avez sans doute constaté que le lac était redevenu normal, répondit mon grand-père.

Elle fronça les sourcils, ce qui eut pour effet de l'enlaidir. Diane Kowalczyk n'apparaissait à son avantage – et encore, c'était beaucoup dire – que lorsqu'elle avait un sourire de fervente politicienne plaqué sur le visage.

— Monsieur Merit, déclara-t-elle finalement, mon travail ne consiste pas à dilapider l'argent des contribuables afin de faire plaisir à des espèces de croque-mitaines. Je dois m'assurer que les ressources de cette ville sont utilisées à bon escient.

— Je vous présente mes excuses, madame le maire, dit mon grand-père avec diplomatie. Si vous le souhaitez, nous pouvons déduire le coût de l'hélicoptère de notre budget annuel. Comme toujours, nous aurons un excédent que nous pourrons reverser à la municipalité.

Diane Kowalczyk esquissa un mince – et cruel – sourire.

— Ce ne sera pas nécessaire, monsieur Merit, car à compter de ce jour vous ne disposez plus d'aucun budget.

Je restai bouche bée, tout comme Jeff, Catcher et Marjorie. Le couloir s'emplit de magie, trahissant notre malaise. Mme Kowalczyk et ses gardes du corps semblèrent ne rien remarquer. Elle nous toisa, un éclat de triomphe diabolique dans les yeux.

Mon grand-père eut le mérite de réussir à garder une expression impassible.

— Qu'est-ce que cela signifie, madame le maire ?

— Cela signifie que je supprime le poste de Médiateur. Vos employés sont temporairement suspendus, et votre bureau restera fermé jusqu'à nouvel ordre.

— Vous ne pouvez pas…, commença Jeff, aussitôt interrompu par mon grand-père, qui leva la main.

Il me rendit ensuite très fière de lui.

— J'ai tenu ma langue, déclara-t-il. À de nombreuses reprises et sur de nombreux problèmes. J'arpentais déjà les rues de cette ville alors que vous n'étiez même pas née. Chaque homme, chaque femme sur cette terre doit tracer son chemin. Je crois que vous pensez agir comme il convient. Mais vous vous trompez lourdement. Les populations surnaturelles de Chicago ont plus que jamais besoin de soutien. C'est le moment d'encourager la compréhension mutuelle, pas de laisser dériver les surnaturels dans une mer hostile.

— Ils sont responsables de cette hostilité, répliqua-t-elle. Ils en ont fait le lit. Qu'ils l'assument.

— Seth Tate en a fait le lit, la corrigea-t-il.

Diane Kowalczyk leva les yeux au ciel.

— Cette ville ne tolère plus le favoritisme, quel que soit le nom que vous lui donnez et le succès avec lequel vous vendez ce concept aux groupes d'intérêts concernés.

Son ton démagogue et l'éclat qui brillait dans ses yeux clamaient « future candidate à la présidence ».

—Et si les humains nous attaquent ? lui demandai-je. S'ils s'emparent de leurs pieux, de leurs fourches ou de leurs fusils et se soulèvent contre les Maisons, le tolérerez-vous ? Resteront-ils impunis ?

Elle tourna le regard vers moi, pauvre petite chose insignifiante qui avait osé lui poser une question concrète.

—C'est exactement à cause de ce genre d'exagération que notre ville est devenue la risée du pays. Ceci est le monde réel. Savoir si les vampires méritent un traitement de faveur est le moindre de nos soucis.

—Nous ferons appel auprès du conseil municipal, protesta Jeff. Nous parlerons aux adjoints.

—Ils vous diront la même chose que moi. Il est temps d'établir des priorités, monsieur Merit. Je commence dès maintenant. Vous avez vingt-quatre heures pour libérer vos bureaux, et vous devriez recommander à vos employés de porter sur eux des papiers d'identité en règle. Bonne nuit.

Sur ces paroles, elle tourna les talons et sortit, suivie de ses gardes du corps.

—Je n'utilise pas souvent ce genre de langage, intervint Marjorie, mais cette femme est une vraie salope.

Cependant, s'il y avait eu un concours de jurons, mon grand-père aurait battu Marjorie à plate couture. Il laissa échapper un chapelet de gros mots que je n'avais jamais entendus auparavant. D'ailleurs, je me demandais où il avait bien pu les apprendre.

—Si elle pense que je vais me laisser faire, elle se fourre le doigt dans l'œil, finit-il par lâcher, les dents serrées. Je ne compte pas renoncer à tous les progrès réalisés en faveur des surnats de la ville pour assurer le succès de sa campagne présidentielle.

— Elle n'a pas le droit de faire ça, dit Jeff. Pas de manière unilatérale. Ce n'est pas juste.

— Cette femme ne sait pas ce qu'est la justice, assena mon grand-père. Mais je ne m'avoue pas vaincu.

Entre nous cinq s'installa un silence, que Catcher brisa.

— Je crois que cette histoire n'a pas que des mauvais côtés.

— Comment ça? demanda mon grand-père.

Catcher le regarda, une étincelle au fond des yeux.

— Chacune des décisions que tu as prises ces quatre dernières années a été conditionnée par le maire. Nous dépendions de lui et, par conséquent, tous ceux avec qui nous travaillions dépendaient de lui. Nous n'avons peut-être plus le soutien des autorités, mais nous ne subissons plus leur pression non plus. Nous avons démarré avec moins que ça. Il y a quatre ans, nous n'avions aucun contact, aucun allié, aucune légitimité. Les surnats se méfiaient de nous. Si Kowalczyk a le pouvoir de supprimer nos financements, elle n'a pas celui de remonter le temps.

L'ébauche d'un sourire se forma sur les lèvres de mon grand-père.

— Monsieur Bell, vous avez peut-être raison.

Je laissai Jeff, Catcher, Marjorie et mon grand-père faire leurs cartons et envisager l'avenir, et regagnai ma voiture. Étant donné l'éclat que j'avais vu briller dans les yeux de mon grand-père, je ne doutais pas qu'il trouverait une solution. Il dénicherait certainement un nouveau bureau pour eux quatre – et leur informateur secret vampire – avant le lever du soleil. Je me demandai s'il leur cuisinerait du pain de viande pour fêter l'événement. Il le réussissait à merveille.

Une image de plat appétissant dans la tête, je sortis mon téléphone de ma poche pour appeler Kelley. Je l'informai que mon grand-père allait enquêter sur le problème du lac.

J'avais également promis un débriefing à Jonah. Certes, je ne ferais pas le gros du travail, mais je ne comptais pas rester les bras croisés ; ce n'était pas le moment.

— Tu as fini ce que tu avais à faire ? demandai-je à Jonah lorsqu'il décrocha.

— Oui. On peut se retrouver pour discuter. Tu es où ?

— À South Side. Je viens de sortir du bureau de mon grand-père. Et toi ?

— À la Maison Grey. On ne peut pas se donner rendez-vous ici, et je n'ai pas envie d'aller à Cadogan. Il y a trop de manifestants. (Il garda le silence quelques instants.) Que penses-tu du Midway ? Nous y serions tranquilles.

Le Midway Plaisance Park était un espace vert qui s'étendait sur plus d'un kilomètre dans un axe est-ouest, près du campus de l'université de Chicago. Il avait été conçu pour l'exposition universelle de 1893, la foire internationale à l'issue de laquelle Chicago avait été baptisée « la Ville blanche ».

— D'accord, répondis-je. J'y serai dans un quart d'heure.

— À tout de suite.

Je raccrochai et jetai le téléphone sur le siège passager, où je le contemplai un moment. En de telles circonstances, j'aurais normalement appelé Ethan pour lui faire un rapport. Peut-être n'aurait-il pas exactement su comment agir, mais il aurait au moins eu quelques suggestions à me faire. Il avait plusieurs siècles d'expérience en tant que vampire et maîtrisait sur le bout des doigts l'art de la politique et de la stratégie, même si cela lui avait parfois valu quelques ennuis.

J'étais persuadée que Jonah serait également de bon conseil. Sinon, je n'aurais pas consenti à ce rendez-vous. Mais Ethan et moi avions développé une certaine complicité. Un style. Nous avions appris à travailler ensemble. Partager des épreuves nous avait rapprochés. Avec Jonah, ce n'était pas le cas. Si, dans un improbable futur, je finissais par accepter l'offre de la GR et devenais sa partenaire, peut-être cela changerait-il. Mais en attendant…

En attendant, Ethan me manquait.

Cherchant à me vider la tête, je détachai mon regard du téléphone et allumai la radio. Les haut-parleurs beuglèrent aussitôt un morceau des Snow Patrols. Je baissai le volume à un niveau un peu moins agressif pour les tympans, mais assez fort toutefois pour chasser les pensées désagréables qui m'encombraient l'esprit. Le chanteur disait qu'il fallait être courageux et faire face aux épreuves que l'on rencontrait en chemin, même si on avait peur. Je prétendis que l'univers me mettait au défi d'affronter cette nouvelle vie avec courage, comme je l'avais déjà fait par le passé, quand j'avais dû abandonner mon existence d'étudiante pour devenir guerrière au service de la Maison Cadogan. Cette fois, je devais renoncer à être la partenaire attitrée de mon Maître pour…

Pour quoi ?

Tandis que je conduisais dans la nuit et que la chanson montait en crescendo, je me dis que c'était la question cruciale. Qu'allais-je devenir sans Ethan ? Qui serais-je sans lui ?

Il était sans doute temps de le découvrir.

Le Midway était situé entre Washington Park à l'ouest et Jackson Park à l'est. Parmi les œuvres d'art qui en marquaient les limites figurait la statue de Masaryk, représentant un soldat à cheval. La sculpture, qui se trouvait à l'extrémité orientale du parc, se dressait sur un socle rectangulaire au sommet d'une volée de marches en béton. C'est là que je découvris Jonah, qui contemplait le cavalier, les bras croisés.

— Tu es en admiration ? lançai-je en montant l'escalier.

Il se tourna vers moi.

— Tu t'es déjà demandé si, un jour, on finira par nous considérer comme des citoyens de Chicago à part entière ? m'interrogea-t-il avant de désigner la statue. Je veux dire, au point d'ériger un monument à l'effigie de l'un d'entre nous ? D'être fier de ce que nous avons fait ?

Lorsque je m'assis sur une marche, il s'approcha et s'installa à côté de moi.

— Cette ville a traversé de nombreuses phases depuis la conférence de presse de Célina, répondis-je. L'incrédulité. La haine. L'adulation.

— Et maintenant, on en revient à la haine, c'est ça ?

J'émis un son en signe d'assentiment.

— Il faudra un profond changement avant que les humains nous considèrent comme leurs égaux. En parlant d'égalité…

Je lui rapportai la visite de Mme Kowalczyk.

Jonah écarquilla les yeux.

— Ils ne peuvent pas fermer l'Agence de médiation. La ville en a besoin. Les surnats en ont besoin. Ils font confiance à ton grand-père. Ils pensent qu'il leur permet de faire entendre leur voix. Sans lui, les gens ne connaîtraient que les fauteurs de troubles, comme Célina et Adam Keene.

— Je suis d'accord avec toi, mais ne panique pas tout de suite. Quand je suis partie, ils réfléchissaient déjà à un plan de secours. Ils continueront à faire leur boulot, mais sans l'argent du contribuable.

Le silence flotta entre nous quelques instants. Mes bras finirent par se couvrir de chair de poule au contact de l'air frais.

— Je suppose que tu es convaincue que ce n'était pas la sirène qui était responsable de la transformation du lac, reprit Jonah.

— En effet. Ce serait trop facile. J'étais sur l'île avec elle, Jonah, et elle n'a pas utilisé ses pouvoirs.

— Donc nous devrions continuer à mener des recherches.

— Discrètement, précisai-je. En laissant mon grand-père faire le gros du travail, comme il dit. Je subis trop de pression pour prendre une part plus active à l'enquête. Frank ne voit pas d'un bon œil le fait que je sois Sentinelle. Ça ne m'étonnerait pas qu'il essaie de me virer.

— Il n'a pas le pouvoir de faire une chose pareille.

Je lançai à Jonah un regard sévère.

— Peut-être qu'aucune règle dans le *Canon* ne l'y autorise explicitement, mais qui va l'arrêter ? Il nous tient à la gorge, et s'il faut choisir entre la Maison et moi, Malik choisira la Maison. Comment pourrait-il faire autrement ?

Mon estomac se noua à cette pensée, non seulement parce que je redoutais d'être démise de mes fonctions de Sentinelle, mais aussi parce que, quand Ethan avait eu à choisir entre la Maison et moi, je lui avais reproché sa décision. Je lui avais fait comprendre que je considérais qu'il commettait une erreur rien qu'en hésitant à me choisir, moi. Peut-être m'étais-je montrée trop dure. Même si je restais convaincue qu'il avait eu tort, la décision était plus difficile à prendre que ce que je pensais.

— Tu es toujours avec moi ?

Je posai les yeux sur Jonah.

— Je réfléchissais, répondis-je.

— À quoi ?

Lorsque je détournai de nouveau le regard, Jonah se rendit compte de mon malaise.

— Ah…, lâcha-t-il.

— Ah…, répétai-je en hochant la tête.

— Je peux te dire quelque chose ?

— Vas-y.

J'ignorais ce qu'il avait à dire, mais il lui fallut quelques secondes pour se lancer.

— Je sais qu'on ne s'est pas tout de suite bien entendus, toi et moi, et c'était en grande partie dû à mes préjugés infondés sur toi.

— Et au fait que j'avais oublié que tu t'étais fait passer pour un humain dans le but de sortir avec ma sœur de vingt-deux ans.

— Ça a joué aussi, reconnut-il. Mais il faut bien se rendre à l'évidence.

— C'est-à-dire ?

— C'est-à-dire que vous êtes une femme assez fascinante, Merit, Sentinelle de la Maison Cadogan.

— Merci, répondis-je, préférant toutefois éviter son regard.

Jonah m'incita à tourner la tête en posant son index sous mon menton, m'obligeant à le regarder dans les yeux. À son contact, j'entendis un crépitement électrique, et une vague de chaleur me parcourut l'échine.

— Qu'est-ce que c'était que ça ?

L'air surpris, Jonah retira ses doigts, qu'il observa avant de me considérer.

— De la magie complémentaire, murmura-t-il. J'en avais entendu parler, mais je ne l'avais encore jamais vue de mes propres yeux. Les vampires ne sont pas vraiment des êtres magiques, tu comprends. Nous percevons la magie. Nous la sentons. Nous savons qu'il y en a autour de nous. Nous rompons son équilibre quand nous sommes en colère.

Ce qu'il me révélait ne correspondait pas tout à fait à ce que j'avais appris.

—Je croyais que nous diffusions la magie quand nous étions en colère ?

Jonah secoua la tête.

—La magie n'émane pas de nous. Elle flotte autour de nous. Les émotions fortes telles que la peur, la colère ou le désir provoquent des vagues, modifient la manière dont nous interagissons avec elle. Nous ne produisons pas la magie et ne la diffusons pas non plus. Nous en altérons les courants.

—Je vois, dis-je.

—Mais ça, poursuivit-il en s'emparant de ma main pour faire glisser un doigt sur ma paume, ce qui déclencha en moi de nouveaux frissons de magie, c'est inattendu. Il existe une théorie selon laquelle certains vampires affectent la magie de manière complémentaire, comme s'ils étaient sur la même fréquence. Apparemment, c'est notre cas.

Ce scoop représentait une complication dont je n'avais pas besoin. Et pourtant, il suffisait qu'il me frôle du doigt pour me faire frémir et réduire mon cerveau au silence.

—Très bien, décréta-t-il soudain en sautant sur ses pieds. Retournons au travail.

Cet abrupt changement de conversation me surprit.

Mon visage dut trahir mon étonnement, car Jonah m'adressa un sourire.

—Cette ville est plus importante qu'un phénomène magique de ce genre. Plus importante que trois Maisons, deux vampires ou un conseil d'emmerdeurs. Je n'ai pas l'intention de me prendre la tête avec des détails.

Je me sentis soulagée par son ton désinvolte.

—Alors maintenant, je suis un détail ?

Un large sourire fendit son visage.

— Et je viens de te trouver un surnom. « La naine », ça t'irait bien.

— Je mesure un mètre soixante-quinze sans talons.

— C'est un surnom, pas une description. Fais-toi une raison, la naine.

On resta ainsi un moment, attendant que la tension se dissipe. Quand ce fut le cas, on échangea un sourire.

— Ne m'appelle pas « la naine », le menaçai-je.

— D'accord, la naine.

— Sans blague. C'est vraiment puéril.

— Comme tu voudras, la naine. Bon, allez, ça suffit pour aujourd'hui.

— Tout à fait d'accord.

Je m'inquiéterais de cette humiliation au réveil.

8

LITTLE MISS SUNSHINE

Je me trouvais au sommet du John Hancock Center, l'un des plus hauts gratte-ciel de Chicago. Le vent tourbillonnait autour de moi. La lune brillait d'un éclat jaune dans le ciel, énorme disque en équilibre juste au-dessus de l'horizon, comme si elle était trop lourde pour s'élever plus haut.

Ethan se tenait à mon côté, dans son costume Armani noir, ses cheveux blonds noués en queue-de-cheval, ses yeux verts scintillants.

—Regarde, me dit-il, elle disparaît.

Je levai la tête et suivis la direction qu'il indiquait. La lune, plus haute à présent, me semblait plus petite et plus blanche, et un quartier était devenu noir.

—Une éclipse, avançai-je en observant l'ombre de la Terre s'étendre sur la Lune. Qu'est-ce que cela signifie ?

—Les ténèbres, répondit Ethan. Le chaos. La destruction. (Il se tourna vers moi et pressa ma main si fort qu'il me fit mal.) Le monde est en train de changer. Je ne sais pas comment. Je ne sais pas pourquoi. Je suis toujours… évanescent. Tu dois découvrir ce qui se passe.

—Ce n'est rien, me moquai-je avec un sourire. C'est juste une éclipse. Ça arrive souvent.

Mais quand je regardai de nouveau la Lune, les contours du disque qui l'obscurcissait s'étaient brouillés, et la douce courbe de la Terre avait laissé place à des sortes de tentacules qui ondulaient, tels les bras monstrueux d'une créature avide.

Une bouffée de panique m'envahit, et je serrai la main d'Ethan aussi fort qu'il avait serré la mienne.

—Est-ce que c'est la fin du monde ? lui demandai-je, incapable de détacher mon regard des formes mouvantes.

Il ne me répondit pas, ce qui ne fit qu'accroître mon angoisse.

Ensemble, nos doigts entrelacés, on regarda la lune s'effacer, rongée par l'ombre du monstre. En même temps, un vent froid se mit à souffler et la température chuta brutalement.

— Tu dois arrêter ça, dit-il, troublant le silence.

—Je ne sais pas comment faire.

—Alors tu dois trouver quelqu'un qui sait.

Je me tournai vers lui. Ses cheveux étaient balayés par le vent. Tandis que les bourrasques devenaient de plus en plus fortes, je le regardai disparaître à son tour derrière l'ombre du monstre, jusqu'à ce qu'il ne reste plus rien de lui.

Jusqu'à ce que je sois seule dans le vent glacial sous un ciel obscur.

Je n'entendais aucun bruit à l'exception du mugissement du vent dans mes oreilles et des cris d'Ethan, qui m'appelait.

—Merit !

J'ouvris brusquement les paupières. J'étais encore dans mon lit, sous les couvertures, protégée du froid de ma chambre.

Je cachai mon visage dans un oreiller pour hurler. La frustration mettait mes nerfs à si rude épreuve que je me sentais prête à craquer. Je ne supportais plus ces cauchemars.

J'avais toujours été du genre à arracher les pansements d'un coup sec. Je préférais affronter une douleur vive mais fugace plutôt qu'endurer l'équivalent d'une multitude de petites blessures. Ces rêves représentaient une torture. Revoir les yeux verts d'Ethan, son visage, alors que je savais que l'homme qui hantait mon sommeil n'était qu'une pâle copie de celui que j'avais connu, m'anéantissait.

Peut-être avais-je besoin de dormir davantage, de manger plus de légumes, de faire plus d'exercice. Peut-être avais-je besoin de plus de Mallory et de moins de vampires, plus de Wicker Park et moins de Hyde Park.

Quoi qu'il en soit, il fallait que je me change les idées. Je repoussai les couvertures et sautai hors du lit, puis enfilai un tee-shirt à manches longues et un pantalon de yoga. Après avoir noué mes cheveux, je descendis l'escalier pour une séance d'entraînement aussi longue et brutale que possible. J'espérais que ce traitement me permettrait d'oublier mon chagrin.

Les vampires pratiquaient traditionnellement un art martial mêlant maniement du sabre, postures défensives et manœuvres offensives. Nous nous exercions dans la salle d'entraînement de la Maison, un vaste espace du sous-sol dédié au combat. Les murs lambrissés étaient couverts d'armes antiques, et des tatamis étaient disposés au sol.

D'un coup de pied, je me débarrassai des tongs que j'avais mises pour descendre l'escalier et posai les pieds sur le matelas. Me trouver seule au milieu de cette gigantesque pièce plongée dans le silence me procurait une étrange impression. En perdant Ethan, j'avais perdu mon partenaire d'entraînement, et je ne m'étais plus exercée avec Catcher depuis qu'Ethan avait pris le relais quelques mois auparavant. Je m'entraînais de temps en temps avec les gardes de la Maison, mais, comme nous étions en sous-effectif, les occasions se présentaient rarement.

Je décidai très vite que le silence ne me conviendrait pas ce soir-là. J'allumai la chaîne stéréo installée dans un coin de la pièce et changeai de fréquence jusqu'à ce que je trouve une station diffusant un morceau de rock alternatif agressif – Rage Against the Machine – et montai le son. Je retournai ensuite au centre du tatami, roulai des épaules, fermai les yeux et me mis au travail.

Les katas, de courtes combinaisons de coups de pied, de coups de poing et autres mouvements de combat, formaient la base de notre art martial. En les enchaînant, on obtenait une démonstration plutôt féroce de nos capacités. Au rythme des pulsations de la musique, je lançai des coups, tournoyai et effectuai des sauts de main pour oublier mon chagrin.

Certains jours, l'entraînement me paraissait facile, d'autres moins. Parfois, je me sentais aussi légère que l'air, parfois aussi lourde que du plomb. Ce soir-là, je me situais quelque part entre les deux. Bouger me faisait du bien, mais la faim commençait à me tenailler.

Je m'efforçai de la surmonter. Inutile d'espérer faire mon boulot de Sentinelle si je n'étais pas en forme. Étant donné les ennuis que je ne manquais jamais de m'attirer, j'avais intérêt à m'assurer que mes muscles étaient toniques et ma technique était bien rodée.

Au bout d'une vingtaine de minutes, la porte s'ouvrit, et Luc entra. J'écartai les mèches moites qui me tombaient dans les yeux.

—J'ai entendu de la musique en traversant le couloir, déclara-t-il. Tu fais un peu d'exercice ?

Lorsque je confirmai d'un hochement de tête, Luc s'avança jusqu'au bord du tatami et baissa le regard.

— Certains soirs, son absence pèse encore plus.

La tristesse qui perçait dans sa voix me fit aussitôt monter les larmes aux yeux. Je détournai la tête pour ne rien laisser paraître, mais j'avais moi aussi le cœur serré.

— Certains soirs, le monde semble fonctionner totalement de travers parce qu'il n'est plus là, renchéris-je.

Les bras croisés, Luc observa les objets qui décoraient les murs de la salle. Il désigna du menton un bouclier orné de glands.

— Il appartenait à Ethan quand il était en Suède.

Quatre cents ans auparavant, Ethan, alors soldat dans l'armée suédoise, avait été transformé en vampire au cours d'une bataille sans merci.

— Ce sont les armoiries de sa famille ?

Luc hocha la tête.

— Je crois. Ethan était un sacré guerrier, du moins jusqu'à ce que la mort l'emporte. Je suppose qu'il n'avait droit qu'à deux vies, et non sept. (Il émit un rire sans joie puis garda les yeux rivés au sol, comme s'il avait honte d'avoir fait une plaisanterie.) Bon, je ne te dérange pas plus longtemps.

— Il manque à chacun d'entre nous, lui assurai-je.

Il posa de nouveau le regard sur moi.

— Je sais, Sentinelle, répondit-il avant de tourner les talons.

Une fois qu'il fut sorti, je fermai les yeux, immobile au milieu du tatami, et me laissai submerger par la musique. Pour oublier mon chagrin, c'était raté.

Un entraînement, une douche chaude et une minuscule brique de sang de groupe A plus tard, je me dis que m'intéresser à quelqu'un d'autre qu'à moi-même me permettrait certainement de me changer les idées. Dans mon cas, Mallory – qui était en train de passer ses examens de fin d'apprentissage – me paraissait une excellente option.

Une fois habillée, je pris la voiture pour me rendre dans une épicerie fine très sympa de la zone commerciale de Hyde Park, où je remplis un sac en kraft d'un assortiment de petites surprises : une jolie bougie ; une coupe gravée de la lettre « M » ; un mélange de noix et de fruits secs ; une bouteille d'eau et des barres chocolatées.

En fait, le chocolat était superflu : quand j'avais déménagé, j'en avais laissé un plein tiroir dans la cuisine de la maison de grès brun. Il était peu probable que Mallory ait déjà tout mangé. Mais ceux que je venais de choisir contenaient du bacon. Si si, du bacon, je vous assure.

Quand je jugeai que j'avais toutes les réserves nécessaires à une pause digne de ce nom, je posai mes achats sur le comptoir.

Je décidai de sonder le caissier qui enregistrait mes emplettes.

— Vous êtes très proches de la Maison Cadogan, ici. Vous avez beaucoup de vampires parmi vos clients ?

La machine émit un « bip » lorsqu'il fit passer les barres chocolatées sur le scanner.

— De temps en temps, oui.

— Est-ce qu'ils sont aussi dangereux que tout le monde le prétend ?

— Les vampires ? Non, ils sont très sympas. Certaines filles sont plutôt agréables à regarder, si vous voyez ce que je veux dire.

Un large sourire s'épanouit sur ses lèvres.

— Merci, lui lançai-je en le payant avant de m'emparer de mon sac. Je le répéterai à mes collègues de la Maison Cadogan.

Je lui adressai un clin d'œil et le laissai seul dans le magasin, les joues cramoisies.

J'arrivai chez Mallory juste au moment où Simon, son tuteur, en sortait. Il marchait d'une démarche décontractée tout à fait assortie à son charme simple. Les cheveux blond foncé coupés très court et les yeux bleu clair, de taille moyenne, il semblait être un garçon sympathique et sociable, du genre à avoir été délégué de classe au lycée.

— Salut, lança-t-il en plissant légèrement les yeux. Tu es Merit, une amie de Mallory, c'est ça ?

— Oui, confirmai-je en lui montrant mon sac en kraft. Je lui apporte des petites gâteries. Elle n'est pas en plein examen, au moins ?

— Oh, non. Pas ce soir. Elle révise, simplement. Je suis venu l'aider sur un point un peu complexe.

— Je vois.

Mallory trouvait Simon bizarre, et, de toute évidence, Catcher ne le portait pas dans son cœur. Il ne me faisait pas particulièrement mauvaise impression, mais le fait qu'il s'intéresse davantage aux examens de Mallory qu'au problème du lac me paraissait étrange. Après tout, il était le représentant officiel de l'Ordre à Chicago.

— Que pense l'Ordre de ce qui arrive au lac et à la rivière ? Vous avez une explication ?

Il cligna des yeux, comme s'il ne comprenait pas la question.

— Le lac et la rivière ? Tout s'est arrangé, non ?

— Oui, mais c'est tout de même inquiétant, tu ne crois pas ?

Il consulta sa montre avec nervosité.

— Je ne voudrais pas paraître impoli, mais je dois filer. J'ai un rendez-vous. Content de t'avoir revue.

Il se précipita vers une voiture de sport allemande garée plus loin dans la rue.

Je regardai le véhicule disparaître, étonnée de la réaction de Simon. Il n'avait pas semblé le moins du monde préoccupé par l'affaire du lac, qu'il considérait comme résolue. C'était un sorcier, et, visiblement, nous affrontions un problème d'ordre magique. N'était-il donc pas curieux d'en connaître les causes ?

Peut-être qu'il était tout simplement heureux que tout se soit arrangé et se consacrait à présent aux examens de Mallory.

Ou alors il savait parfaitement ce qui se passait et cachait bien son jeu.

Quoi qu'il en soit, je trouvais son comportement suspect. En attendant d'en découvrir davantage, je sautai sur le perron et frappai à la porte. Catcher m'ouvrit, des pantoufles brunes aux pieds, des lunettes sur le nez et un programme télé à la main. Il prenait peut-être son congé forcé au sérieux.

— La nuit a été longue ? demandai-je.

— J'ai passé les dernières quarante-huit heures plongé dans des livres pour essayer d'expliquer ce qui est arrivé à l'eau. J'ai consulté tous les forums Internet auxquels j'ai pensé dans l'espoir d'y trouver mention de sorts, de créatures ou de prophéties susceptibles de nous aider à comprendre. Résultat : rien. Je n'ai pas dormi. J'ai à peine mangé. Mallory est dans tous ses états, et Simon appelle chez moi toutes les cinq minutes. Bordel ! Si je ne me repose pas un peu, je vais péter un plomb.

Sa voix tendue et les cernes qui soulignaient ses yeux confirmaient ses propos.

Dans l'espoir de détendre l'atmosphère, je pointai ses pantoufles du doigt. Je ne me serais jamais attendue à voir de tels chaussons aux pieds de Catcher Bell.

— Et les charentaises ? demandai-je avec un sourire moqueur.

— Je fais ce que je veux chez moi. Il se trouve que ces charentaises sont très confortables. Si vous vous baladiez à poil dans la maison avec des arcs et des flèches avant que j'emménage, ça ne me regarde pas.

Malgré sa repartie sarcastique, il s'écarta pour me laisser entrer.

— Comment ça va dans l'ère post-Agence de médiation ? demandai-je tandis qu'il fermait la porte.

Il afficha un mince sourire.

— Comme je te l'ai dit, c'est épuisant, mais nous sommes étonnamment bien organisés. Tu connais la pièce que Chuck utilise comme grenier, chez lui ?

Je la connaissais. C'était là que ma grand-mère entassait tous ses trésors, autrefois. Elle adorait les brocantes, où elle dénichait toujours un objet pour l'un d'entre nous. Un jouet en bois à tirer pour Olivia, la fille de Charlotte. Un sous-main d'époque pour Robert. Un recueil de poésies pour moi. Elle rangeait soigneusement ses trouvailles dans des boîtes ou des sacs en papier et les distribuait lors de ses visites à la manière d'un Père Noël. Depuis la mort de ma grand-mère, mon grand-père n'avait pas touché à la pièce ni aux trésors qu'elle renfermait. Du moins jusqu'à présent…

—Eh bien, il a tout réorganisé, poursuivit Catcher. Maintenant, c'est le siège de l'École de diplomatie surnaturelle Chuck-Merit.

—Dis-moi que ce n'est pas comme ça que vous vous appelez.

—Ce n'est qu'un nom temporaire, m'assura Catcher. Le truc, c'est que des gens ont toujours besoin de notre aide.

—Et ces gens se fichent probablement de savoir si vous travaillez dans un bureau luxueux ou un grenier.

—Exactement.

Catcher s'installa dans le canapé dans sa position fétiche : les jambes croisées, les pieds sur la table basse, le programme télé dans une main, la télécommande dans l'autre, les yeux rivés sur l'écran par-dessus ses lunettes. Un soda au citron et un saladier de bonbons gélifiés en forme de tranche d'orange étaient posés sur la table. J'avais devant moi un homme prêt à passer une soirée de détente sans être interrompu par la nécessité d'aller chercher des en-cas dans la cuisine.

Je supposai qu'il me signifiait par son attitude qu'il était temps de partir.

—Mallory est là ?

—Dans la cave.

Voilà qui me surprenait. La cave était un antre plein d'araignées digne de la maison d'Amityville. Je n'aurais jamais cru que Mallory oserait y descendre, encore moins pour y faire ses révisions.

—Sans blague ?

—Ce soir, c'est chimie. Elle avait besoin de calme et d'espace pour tout son bazar. Je n'avais pas envie qu'elle détruise la cuisine.

— Je vais à la cave, alors, déclarai-je avant de me diriger vers les pièces du fond.

La porte qui menait au cellier crasseux se trouvait dans la cuisine, là où Mallory stockait ses sodas light glacés. Je pris deux canettes dans le réfrigérateur et ouvris la porte du sous-sol.

L'odeur de vinaigre qui flottait dans l'escalier me fit instantanément monter les larmes aux yeux.

— Mallory ? appelai-je.

L'escalier était plongé dans le noir, mais un filet de lumière provenant de la cave en éclairait le coin inférieur.

— Tout va bien, en bas ?

J'entendis un bruit métallique, comme si on entre-choquait des poêles et des casseroles, puis Mallory se mit à brailler avec enthousiasme les paroles d'une chanson de hip-hop.

Je considérai cela comme un feu vert et commençai à descendre les marches.

Je n'avais jamais aimé les caves. Avant d'emménager dans le cube de béton moderne où vivaient à présent mes parents à Oak Park, nous habitions une maison gothique à Elgin, dans l'Illinois. La demeure, qui avait plus d'un siècle, aurait pu servir de décor à un film d'horreur. Elle était belle, mais oppressante. Luxueuse, conformément au goût de mes parents, mais isolée.

La maison comprenait un sous-sol où ma mère avait entreposé le four à poterie qu'elle avait acheté quand la céramique était devenue sa nouvelle lubie. Elle faisait en sorte que le four soit toujours impeccable, mais c'était le seul objet propre dans la cave par ailleurs sombre, froide, humide et peuplée d'araignées.

— Un peu comme celle-ci, marmonnai-je alors que je descendais la dernière marche.

Je jetai un coup d'œil par la porte.

La pièce était éclairée par une unique ampoule à incandescence. Je ne vis rien qui soit susceptible de produire la senteur de vinaigre que j'avais perçue, mais l'odeur était indéniablement plus forte qu'en haut. Mallory était assise à une immense table de travail constituée d'un panneau de contreplaqué posé sur des tréteaux. Elle y avait empilé un nombre impressionnant de livres et de bols contenant des morceaux de matière non identifiée, à côté de diverses variétés de végétaux en pot. Certains ressemblaient à des plantes d'intérieur ordinaires. D'autres possédaient des feuilles affreusement pointues à l'extrémité rouge sang ou des feuilles épaisses qui semblaient gorgées d'eau.

Mallory avait noué ses cheveux bleu vif – dont les racines blondes étaient à présent visibles – en queue-de-cheval, et portait des écouteurs noirs sur les oreilles. Elle avait les yeux cernés et les joues un peu plus creusées que d'habitude. Ses examens devaient l'épuiser.

Elle scandait les paroles de sa chanson à toute vitesse en feuilletant un livre imposant. Je m'aventurai dans le labyrinthe formé par les cartons, les vieux meubles et les sacs de sel de déneigement qui jonchaient le sol sans qu'elle se rende compte de ma présence. Elle sursauta quand je posai une canette de soda à côté d'elle.

— Bon sang, Merit! s'écria-t-elle en arrachant ses écouteurs. Qu'est-ce que tu fais ici? Encore un peu et je t'envoyais dans le futur.

— Désolée. Tu étais en pleine conversation intime avec Kanye. C'est quoi, cette odeur?

Mallory désigna une étagère fabrication maison calée dans un coin en face de la table. Elle mesurait probablement deux mètres cinquante de haut, et sur chaque niveau étaient alignés des bocaux de fruits et légumes. J'identifiai des cornichons, des pommes et du coulis de tomate. Les autres conserves restaient un mystère. Par contre, l'odeur de vinaigre n'en était plus un : il y avait un espace vide dans la rangée des cornichons.

—Il manque un bocal ?

—J'ai fait exploser un des bocaux de cornichons de tante Rose, expliqua Mallory en baissant de nouveau les yeux sur son livre.

Elle avait hérité de la maison et des biens que celle-ci contenait à la mort de sa tante, quelques années auparavant. Étant donné que, depuis lors, Mallory n'avait pas touché aux conserves, je supposai qu'elle n'en raffolait pas.

—Je ne savais même pas que ces trucs se trouvaient là.

—Je n'en ai jamais remonté aucun, dit-elle d'un air détaché. Ce n'est pas terrible. Les pommes sont aromatisées à l'ail.

Je fis la grimace.

—Beurk.

—Méga-beurk. J'ai goûté une fois, et après ça, je n'ai plus jamais ouvert aucun bocal. Jusqu'à hier soir, et je ne l'ai pas fait exprès.

—C'est marrant, ces cornichons ne sentent pas l'aneth.

—Il n'y a pas d'aneth, répondit Mallory. Juste du vinaigre. Je crois que tante Rose avait en partie perdu le sens de l'odorat. Dommage qu'elle n'y ait pas mis un peu d'ail. Ça ne t'aurait même pas dérangée, vu que tu n'y es pas sensible.

Elle avait raison : contrairement à ce que racontait le mythe, l'ail ne repoussait pas les vampires. D'un autre côté, l'idée de pénétrer dans une cave embaumant l'ail et le vinaigre ne me faisait pas particulièrement envie.

— C'est vrai, confirmai-je en laissant tomber mon sac en kraft sur un coin libre de la table. Et en parlant de manger, c'est pour toi.

Sans prononcer un mot, elle ferma son livre, jeta un coup d'œil au contenu du sachet et sortit le paquet de noix et de fruits secs, qu'elle ouvrit avec les dents. Elle en versa un peu dans sa main – qui était sévèrement crevassée, comme j'avais déjà pu le constater la dernière fois que je l'avais vue – et m'en proposa. Je fouillai un peu parmi les fruits jusqu'à ce que je trouve deux noix de cajou entières.

— Merci, dis-je, me délectant du craquement des noix sous mes dents. Comment se déroulent tes examens ?

— C'est difficile. Il y a beaucoup de maths. Ce n'est pas le genre d'épreuves que Catcher a passées, ajouta-t-elle d'un ton hargneux. Il ne fait plus partie de l'Ordre depuis des années. Il est largué en ce qui concerne la procédure de recrutement des sorciers.

Elle devait s'être disputée avec Catcher au sujet des tests.

— Je vois, avançai-je avec prudence.

Soudain, un petit cri retentit. J'entendis quelque chose trottiner par terre et faillis me réfugier sur la table, imaginant une araignée de la taille d'un ballon de foot.

Mais un petit chat noir avec un collier rose en strass sortit de sous la table. Il s'assit à côté de Mallory et posa sur moi ses yeux verts.

— C'est ton familier ? demandai-je.

Mallory acquiesça. Simon lui avait suggéré d'adopter un chat noir pour l'aider à accomplir ses tours de sorcellerie.

— Je te présente Elvis.

— Tu as appelé ton familier Elvis ?

— Ils ont la même coupe de cheveux, répondit-elle sèchement.

En effet, le chaton avait des poils bouffants sur le dessus de la tête.

— Oh. Avec ce que tu en as dit la dernière fois, je l'imaginais bien plus agité que ça.

Je me baissai pour gratter Elvis entre les deux oreilles. Il vint se frotter contre ma paume en chancelant un peu, comme s'il avait bu.

J'interrogeai Mallory du regard.

— Qu'est-ce qu'il a ?

Elle regarda le chaton puis fronça les sourcils.

— Elle, pas il. C'est à cause de la marinade fermentée des cornichons. Quand je suis arrivée, c'était trop tard : elle lapait déjà le jus.

— La pauvre.

— Je sais. Encore une bourde de tante Rose. En plus, je me demande si elle aimait vraiment les cornichons.

Visiblement lasse de notre compagnie, la chatte s'éloigna en titubant.

— Est-ce que ce que tu dois faire te gêne moins, maintenant ?

Mallory m'avait fait part du trouble qu'elle avait ressenti quand Simon l'avait initiée à la magie noire. Même si un sort l'avait empêchée d'entrer dans les détails, il était clair qu'elle se posait des questions d'ordre éthique. Je l'avais alors encouragée à en parler à Catcher. Je savais qu'elle l'avait fait, mais peut-être que leur conversation ne s'était pas bien passée ou avait eu des conséquences fâcheuses.

Elle tapota du doigt la couverture en cuir rouge du livre qu'elle était en train de lire. Il portait des inscriptions en lettres dorées. Franchement, il ressemblait vraiment à un grimoire de sorciers.

—Le monde est ce qu'il est, déclara-t-elle. Ce n'est pas parce qu'un truc me met mal à l'aise que c'est mauvais, tu vois? Il faut parfois du temps pour comprendre. J'ai juste été un peu paranoïaque.

J'attendis qu'elle développe, mais elle n'en dit pas plus. Pour être honnête, sa réponse ne m'enchantait pas vraiment. S'accommoder d'une expérience désagréable était une chose. Décréter qu'après tout, ce n'était pas si désagréable en était une autre.

—Juste un peu paranoïaque?

Ses mains à vif et crevassées étaient un effet secondaire de la magie qu'elle avait pratiquée. Pour moi, la paranoïa n'avait rien à voir là-dedans. Il s'agissait d'une relation de cause à effet.

—Tout va bien, affirma-t-elle en abattant la main si brutalement sur la table que celle-ci trembla.

Le bruit me fit sursauter. Si elle voulait me faire taire, elle avait réussi.

—J'avais besoin du chat pour m'aider à canaliser la magie. Et il m'en faudrait trois de plus pour tout finir. Il y a trop à faire, trop à apprendre pour une seule personne.

Je ne reconnaissais pas Mallory. Cette attitude ne lui ressemblait pas. Simon portait sans doute la responsabilité de ce changement : il avait passé plus de temps avec elle que quiconque, dernièrement. Mais à cet instant, nous n'étions que toutes les deux, et je n'avais pas du tout envie qu'une période de stress mette notre amitié en péril.

—Si tu le dis, cédai-je. Tu sais que si tu as besoin de parler tu peux m'appeler n'importe quand. De jour comme de nuit.

—Et tu répondras au téléphone en plein jour? lança-t-elle d'un ton sarcastique.

Pas si tu continues à te comporter comme ça, pensai-je. *Elle a été là pour moi,* me serinai-je jusqu'à ce que ma colère soit retombée.

—S'il le faut, oui, répondis-je.

Elle poussa un soupir et se remit à feuilleter son livre.

—Je dois me remettre au travail. Merci pour la bouffe.

Les sourcils froncés, je m'efforçai d'écarter la désagréable impression que je venais de me faire envoyer paître, en vain.

—De rien. Prends soin de toi, d'accord?

—Ne t'inquiète pas. Si jamais je tombais malade, il suffirait que je le souhaite pour guérir aussitôt.

Étant donné qu'elle ne me prêtait visiblement plus aucune attention, je la laissai en compagnie de ses livres, de ses plantes et de son sachet de surprises, priant pour qu'elle tienne le coup.

J'avais le désagréable sentiment qu'elle me cachait des choses, mais je comprenais qu'elle ne s'intéresse qu'à ses examens. J'en avais passé des dizaines au lycée et à l'université; je savais que les révisions nécessitaient une concentration particulière. J'avais dû imprimer dans ma mémoire personnages de roman, intrigues, détails de l'histoire, ainsi que courants littéraires, métaphores et comparaisons. On devait se plonger entièrement dans les livres pour s'en imprégner afin d'être en mesure de répondre à des questions pendant des heures. Au vu de l'attitude de Mallory, je supposais que les examens de magie exigeaient une immersion similaire.

Une fois remontée de la cave, je décidai de faire un rapide arrêt ravitaillement dans la cuisine et ouvris le long tiroir plat qui renfermait ma collection de chocolats. J'éprouvai une certaine tristesse en découvrant qu'elle était intacte, ou tout comme. J'aurais préféré savoir que Mallory grignotait un peu de chocolat en rentrant du bar ou d'une séance de sport, comme elle en avait auparavant l'habitude, ou qu'elle avait utilisé mes plaques de chocolat amer pour faire ses fameuses truffes. Au lieu de quoi, le tiroir paraissait figé dans le temps, comme si Catcher et Mallory n'avaient pas réussi à intégrer cette partie de moi à leurs vies.

Eh bien, s'ils n'avaient pas l'intention de manger ces chocolats, moi, je ne m'en priverais pas. Je fourrageai dans ce trésor pour dénicher quelques pépites – de délicieux brownies commandés tout spécialement à une pâtisserie de New York, une mini-barre de chocolat noir qui faisait partie de mes péchés mignons et une barre chocolatée contenant mes céréales préférées – que je glissai dans les poches de ma veste. Puisque Frank bannissait de la Maison toutes les bonnes choses de ce genre, j'allais en avoir besoin.

Après avoir fait mes réserves, je refermai le tiroir et regagnai la porte d'entrée. Catcher, toujours dans le canapé, plissait les yeux en direction de la télévision branchée sur la chaîne féminine.

—C'est quoi, l'intérêt? demandai-je tandis qu'à l'écran, une femme se faisait relooker par ses amies, probablement après une rupture très difficile.

—La normalité, me répondit-il. Les histoires sont mélodramatiques, d'accord, mais les thèmes restent ordinaires. Ça parle d'amour, de maladie, d'argent, de méchants voisins et d'horribles ex-petits-amis.

— Et pas de magie, d'insupportables vampires et d'affreux politiciens, c'est ça?

— Exactement.

Je hochai la tête en signe de compréhension.

— J'ai pris des trucs dans le tiroir à chocolats, mais ça ne vous manquera sûrement pas. Dis donc, tu n'as rien remarqué de bizarre chez Mallory? Elle semble… vraiment concentrée. Et de manière pas très positive.

— Elle va bien, se contenta-t-il de répondre.

J'attendis qu'il poursuive, mais n'obtins pour toute réaction que de la tension dans l'air et un léger crépitement de magie. Il avait beau m'avoir affirmé que tout allait bien, rien dans son attitude corporelle ne l'indiquait.

— Tu en es sûr? Est-ce que tu as parlé de Simon à Mallory? De ce qu'il lui fait faire? J'ai l'impression qu'elle fait des trucs qui la mettent mal à l'aise.

— Ce n'est pas vraiment ton domaine.

Je ne m'attendais pas à cette brusquerie. Même si Catcher était du genre bourru, il se montrait habituellement plutôt patient quand il s'agissait de problèmes surnaturels.

— C'est vrai, convins-je. Mais je connais Mallory. Et quand elle évite un sujet, je le sais.

— Tu crois que moi, je ne la connais pas?

— Bien sûr que tu la connais, mais d'une manière différente de la mienne.

Il tourna lentement la tête pour me décocher un regard noir.

— Ce qui se passe entre nous dans cette maison ne te regarde pas, d'accord?

Sa réplique cinglante me fit cligner des yeux, mais je décidai de lui accorder le bénéfice du doute. Après tout, il venait de perdre son boulot et sa copine était une vraie boule de nerfs.

— D'accord, conclus-je, la main sur la poignée. Très bien. Bonne nuit.

— Merit. (Je me retournai.) Avant que tu partes…

Il s'humecta les lèvres et détourna le regard. Je ne l'avais pas souvent vu hésiter à faire part de son opinion. Son attitude me rendit nerveuse.

— J'ai entendu dire que tu passais beaucoup de temps avec Jonah, dernièrement, poursuivit-il. Je dois avouer que ça ne me plaît pas trop.

Comment la rumeur pouvait-elle avoir circulé si vite? J'avais l'impression de me retrouver au lycée.

— On travaille ensemble, répliquai-je. Il m'aide.

— C'est tout?

Je lui rendis le regard suspicieux qu'il venait de m'adresser.

— Comment ça, c'est tout?

— Je sais que ce n'était peut-être pas toujours évident, mais j'étais proche d'Ethan.

— Je peux dire la même chose.

— Et tu penses respecter sa mémoire?

Sa question, aussi brutale que surprenante, me fit l'effet d'une gifle.

— Ce ne sont pas tes affaires, mais oui, je respecte sa mémoire. Cela dit, j'ai le droit de vivre ma vie, même s'il n'est plus là.

Mon cœur battait la chamade sous l'effet de l'adrénaline, de l'irritation… et de la peine. C'était Catcher, le petit ami de ma meilleure amie. Je le considérais pratiquement comme mon beau-frère, et il m'accusait de ne pas respecter la mémoire d'Ethan?

— C'est vraiment nul de ta part de dire une chose pareille, lançai-je, furieuse.

Silence.

— C'était un vrai emmerdeur, poursuivit Catcher. Mais je m'y étais habitué, tu comprends ?

Ma colère s'atténua un peu.

— Je comprends.

Une minute s'écoula avant qu'il reprenne la parole.

— Est-ce que je t'ai déjà raconté comment Ethan et moi nous sommes rencontrés ? (Je secouai la tête.) L'Ordre était convaincu qu'il ne fallait plus de sorciers à Chicago. Mais je savais – tout le monde savait – que c'était dans cette ville que les problèmes surnaturels surviendraient en premier. J'avais toujours cru que l'Ordre ne voulait pas se salir les mains. Maintenant, je pense qu'ils avaient peur. J'avais prononcé une prophétie, et je leur en ai parlé. Je leur ai dit que Chicago avait besoin de sorciers. Qu'il était impératif que l'Ordre en envoie.

— Et ils ne t'ont pas cru ?

— Ou n'ont pas voulu me croire. Quand j'ai décidé de venir à Chicago malgré tout, ils ont considéré que j'avais manqué de respect à la hiérarchie et m'ont expulsé. Ils m'ont abandonné, sans aucun soutien, en m'accusant d'être arrogant et d'essayer d'usurper le pouvoir de l'organisation. Par politesse, j'ai appelé les Maisons pour les prévenir de mon arrivée. Je préférais ménager les susceptibilités. Scott a refusé de me parler. Il ne voulait rien avoir à faire avec l'Ordre. Célina m'a reçu, mais notre entrevue a plus ressemblé à une séance d'autocongratulation qu'à autre chose.

— Ça ne m'étonne pas vraiment.

Il grogna en signe d'assentiment.

—Quand j'ai appelé Ethan, il m'a invité. Nous avons parlé de Chicago, de l'Ordre, des Maisons. Nous avons discuté pendant des heures. Et à la fin de cette conversation, il m'a proposé de rester à la Maison Cadogan en attendant de m'établir à Chicago.

Catcher garda le silence quelques instants, peut-être pour me permettre de digérer cette révélation. Sauf que je n'étais pas franchement surprise. Ethan était un fin stratège et un homme loyal. C'était tout à fait son genre de récompenser Catcher pour avoir respecté les règles de bienséance en lui offrant généreusement de s'installer à la Maison.

—C'était il y a longtemps, dit-il finalement. Des années avant que tu reviennes à Chicago, que tu rencontres Mallory et que tu deviennes vampire. Des années avant que la ville se retourne contre les siens.

—Des années avant que nous perdions Ethan. Mais nous l'avons perdu.

—Je sais. Je sais qu'il est parti, et que votre relation a connu des hauts et des bas jusqu'à la fin. Mais au fond, c'était vraiment quelqu'un de bien.

—Je sais.

Catcher hocha la tête, puis le silence régna quelques instants.

Avant que je ne reprenne la parole, la sonnerie de mon téléphone retentit. Je le sortis de ma poche et consultai l'écran : c'était Jonah.

—Salut, qu'est-ce qui se passe ?

—Est-ce que tu as été dehors, récemment ?

—Pas depuis deux heures, pourquoi ?

—Va voir.

—C'est une blague ? lui demandai-je. Je suis plutôt occupée, là.

—C'est aussi sérieux qu'un pieu de tremble. Va dehors. Regarde le ciel et la lune.

—Je te rappelle, lui assurai-je. (Je rangeai mon téléphone et me tournai vers Catcher.) Excuse-moi un instant.

J'ouvris la porte et jetai un coup d'œil à l'extérieur. Je me pétrifiai.

—Oh, mon Dieu, murmurai-je, attirant l'attention de Catcher, que j'entendis se précipiter vers moi.

Le ciel était rouge rubis. Pas rose comme au lever ou au coucher du soleil, mais rouge. Un rouge sombre et riche, genre Coca à la cerise ou acajou patiné. Une lune rouge sang brillait bas dans le ciel, traversée à une fréquence alarmante par des éclairs blancs.

Mallory avait un jour énoncé une prophétie parlant d'une lune rouge et des «rois de la Ville blanche». Autrefois, la «Ville blanche» désignait une partie de Chicago. S'agissait-il de la lune qu'elle avait mentionnée? Si c'était le cas, qui étaient ces rois censés tomber?

L'angoisse me noua l'estomac. J'avais rêvé d'une lune, mais ce devait être une coïncidence. Si ce n'en était pas une, et si le reste de mon rêve n'était pas un hasard non plus…

Je secouai la tête. Ces pensées, dictées par mon chagrin, représentaient une ridicule perte de temps et ne feraient au final qu'accentuer mon malaise et mon impression d'être stupide.

—Oh, merde, marmonna Catcher lorsqu'il me rejoignit sur le seuil. Qu'est-ce qui se passe, bon sang?

—Si tu veux mon avis, commençai-je en sortant mon téléphone pour rappeler Jonah, c'est notre deuxième crise de la semaine.

Après un lac noir, un ciel rouge.

Au moins, nous n'avions à gérer qu'une seule crise à la fois.

9

Conte de fées

Il s'avéra que nous avions à gérer plusieurs crises en même temps. Je parvins à joindre Jonah en rentrant à la Maison : la rivière et le lac étaient de nouveau noirs et aspiraient toute la magie de la ville. Ce qui signifiait non seulement que ce problème n'avait pas été résolu, mais que la situation empirait. Je ressentais une véritable terreur. Je me demandais où tout cela allait nous mener.

Quand Jonah me retrouva à Cadogan, on rejoignit les dizaines de vampires qui observaient le ciel depuis la pelouse derrière le bâtiment. Nous n'étions pas les seuls. Devant presque toutes les maisons de Hyde Park que j'avais dépassées, j'avais vu des gens qui pointaient le doigt vers le ciel ou se couvraient la bouche des mains, effarés.

Alors qu'il n'y avait aucun nuage, des éclairs déchiraient le ciel avec des coups de tonnerre retentissants qui étouffaient tous les autres bruits de la ville. Je devinais ce que devaient penser les habitants de Chicago : *« On ne voyait jamais des choses pareilles avant l'arrivée des vampires. »*

Ce qu'ils oubliaient, bien sûr, c'est que les vampires et les autres surnats vivaient à Chicago depuis aussi longtemps qu'eux. Nous n'étions pour rien dans ce qui se passait, mais, malheureusement, j'ignorais comment le leur prouver.

J'avais envoyé un texto à Malik afin de l'informer que j'amenais un vampire de la Maison Grey en terrain Cadogan. Il serra la main de Jonah quand on le retrouva dans le jardin en compagnie de Luc.

— Est-ce qu'il existerait des nymphes de la lune susceptibles d'avoir provoqué ça ? demandai-je. Ou alors des sorcières du vent ? des gremlins atmosphériques ?

— Pas que je sache, répondit Malik.

— Je ne crois pas, ajouta Jonah. Mais on ne peut nier que nous avons affaire à une puissance supérieure.

— La question est de savoir ce qu'il convient de faire, intervint Luc. Surtout maintenant que nous avons une marge de manœuvre limitée.

À peine avait-il prononcé ces mots qu'un éclair zébra le ciel. Tout le monde se coucha à terre, et, au même moment, la foudre tomba sur la girouette du toit de la Maison avec le coup de tonnerre le plus fort que j'avais jamais entendu.

Le quartier fut plongé dans le noir. Les lumières de la Maison vacillèrent avant de s'éteindre puis revinrent sous forme d'une lueur orangée blafarde. L'éclairage de secours, que je n'avais jusque-là vu allumé qu'en cas d'alerte, s'était déclenché. Nous disposions dans la cave de quelques groupes électrogènes destinés à assurer le fonctionnement des lampes de secours, des systèmes de sécurité et de réfrigération du sang pendant les pannes d'électricité.

Le silence qui suivit fut rompu par des cris d'humains un peu plus loin et par le hurlement des sirènes des véhicules de pompiers qui arrivaient déjà.

À côté de moi, Malik soupira.

—Nous n'avons vraiment pas besoin de ça. Ni de la panique ni du danger.

Alors qu'un nouvel éclair illuminait le jardin, Malik lança un regard inquiet de l'autre côté de la pelouse. Les vampires s'écartaient pour laisser passer quelqu'un. Au bout d'un moment, Frank émergea de la foule. Il scruta le ciel d'un air suspicieux puis toisa Malik avec un mépris ostensible. Ses pensées se devinaient aisément : « *Maudits vampires de Chicago. Incapables de gérer leurs affaires.* »

— Qu'est-ce que c'est que ça ? demanda-t-il d'un ton impérieux quand il nous eut rejoints.

Je ne pris pas la peine de lui présenter Jonah. Frank ne semblait pas du genre à s'intéresser aux autres, et je ne voyais pas la nécessité de mêler Jonah à nos problèmes.

—Les vampires n'y sont pour rien, affirma Malik. C'est tout ce que nous savons.

—Ça ne va pas contribuer à améliorer la réputation des Maisons, fit remarquer Frank.

—Non, en effet, convint Malik. C'est pourquoi nous allons mener l'enquête. Déterminer les causes de ce phénomène permettra d'en limiter les conséquences.

Je pouvais presque voir les engrenages tourner dans la tête de Frank. Au moins, il faisait appel à son cerveau. En tant qu'homme de main du PG, c'était à ce moment-là qu'il était censé nous accuser d'être responsables de ce qui se passait, quelle que soit notre implication réelle, et nous faire jurer de rester à la Maison sans tenter d'intervenir.

Nous ne pouvions pas gagner.

Frank paraissait toutefois considérer le problème et les options qui se présentaient à nous. Peut-être qu'il était capable de penser de manière indépendante et ne se contenterait pas d'accuser Cadogan de tous les maux de la terre.

— Il y a un groupe que vous pourriez contacter, suggéra Frank, qu'on regarda tous avec curiosité. Les reines du ciel.

Malik secoua aussitôt la tête.

— Non, décréta-t-il.

— Qui sont les reines du ciel ? chuchotai-je.

— Les fées, me répondit Jonah dans un murmure. Les fées mercenaires.

— Ce n'est pas pour rien qu'on les appelle « mercenaires », argumenta Malik. Notre relation avec elles peut au mieux être qualifiée de tendue, et c'est uniquement parce que nous rétribuons généreusement leur travail que nous parvenons à cohabiter.

— Quoi qu'il en soit, ce problème entre indubitablement dans leur champ de compétences. Ce sont elles les mieux placées pour avoir une réponse. D'ailleurs, ce sont les seules susceptibles d'en avoir une. Je vous suggère d'envoyer une équipe les interroger. Immédiatement.

Pour être franche, je trouvais son idée stupide. Nous avions déjà parlé avec des représentants de deux groupes de surnaturels – les nymphes et la sirène –, et personne n'était impliqué dans les événements qui frappaient la ville. Rendre visite à une communauté qui nous haïssait déjà servirait-il à quelque chose, à part raviver les vieilles rancœurs ?

Malik, toujours aussi diplomate, parvint à adresser un hochement de tête respectueux à Frank avant de porter son regard sur nous.

— Pénétrez dans le monde des fées avec prudence. Ce sont des surnaturels à part, sans vouloir paraître raciste. Elles ont des coutumes, des aspirations différentes. Mais elles savent beaucoup de choses. Il a raison : ça vaut le coup de les rencontrer. Cherchez la reine. Rendez-lui visite et demandez-lui qui est responsable de ce qui se passe.

— Et ne renoncez pas avant d'avoir trouvé les coupables, ajouta Frank.

Malik se tourna ensuite vers Luc.

— Fais rentrer tout le monde à l'intérieur. Personne n'est en sécurité dehors.

J'échangeai un hochement de tête avec Jonah et me dirigeai vers la Maison. L'angoisse me nouait déjà l'estomac, mais les derniers mots que prononça Malik déclenchèrent en moi une véritable panique.

— Et que Dieu nous vienne en aide.

Même si les éclairages de secours ne créaient pas vraiment une ambiance chaleureuse, ils me fournirent assez de lumière pour monter l'escalier et trouver mon sabre et mon poignard.

Jonah me suivit jusque dans ma chambre, ce qui me surprit. Je ne pensais pas qu'il m'emboîterait le pas et, d'ailleurs, je ne le lui avais pas proposé. Mais quand je me rendis compte qu'il gravissait les marches derrière moi, je n'osai pas lui dire de m'attendre.

Il resta sur le seuil tandis que j'envoyais un message à Catcher. Même si mes rapports avec ce dernier n'étaient pas au beau fixe, je préférais avertir quelqu'un qui n'appartenait pas à la communauté des vampires que j'allais pénétrer sur le territoire des fées. Sa réponse me parvint presque immédiatement : « C ton problème ».

Charmant.

Je glissai mon poignard dans ma botte puis retirai le fourreau contenant mon katana du support mural dont Luc m'avait fait cadeau. Il en avait installé un dans la chambre de Lindsey par un samedi pluvieux, et elle avait trouvé ça tellement génial qu'elle avait décidé qu'il m'en fallait un aussi. Elle avait raison : cette présentation mettait vraiment le sabre en valeur. Même dans son fourreau, l'arme était de toute beauté. L'étui laqué, fin et scintillant, délicatement incurvé, épousait la forme de la lame, tout aussi fine mais mortelle.

—Vos chambres ne sont pas aussi luxueuses que les nôtres, fit remarquer Jonah.

—Vous avez plus de place et moins de vampires, fis-je remarquer en passant mon katana à la ceinture.

Jonah s'écarta quand je sortis, et je fermai la porte.

—C'est vrai.

Il me suivit jusqu'en bas de l'escalier, mais m'arrêta avant que nous franchissions la porte principale.

—En fait, je ne sais pas où habite la reine. C'est un secret que les fées gardent jalousement. Pour obtenir cette information, il faudra leur offrir quelque chose.

Et moi qui pensais que les surnats de Chicago allaient se serrer les coudes.

—Quel genre de chose ?

—Des pierres précieuses ou du métal noble. (Un sourire s'étira sur ses lèvres.) Elles fonctionnent encore à l'étalon-or. Tu n'aurais pas d'or sur toi, par hasard ?

—De l'or ? Non, désolée. Tous mes lingots sont dans ma chambre.

—Petite maligne, dit-il, un sourire aux lèvres.

Tandis que je réfléchissais, je touchai machinalement le médaillon Cadogan que je portais autour du cou… et j'eus une idée.

—Suis-moi, lui ordonnai-je.

Je traversai le couloir principal de la Maison, où étaient situées les pièces réservées à l'administration. Les vampires étaient tous en train de rentrer, et je trouvai Helen dans son bureau rose Barbie.

Éclairée par des bougies, elle était assise à sa table de travail, habillée d'un survêtement rose. Aucun de ses cheveux gris ne rompait l'ordre de son impeccable coupe au carré. Elle écrivait dans un carnet à l'aide d'un antique stylo à plume. Elle leva la tête à notre entrée et trempa la pointe de sa plume dans un encrier.

— Oui, Sentinelle?

— Est-ce qu'il vous resterait quelques médaillons Cadogan?

Une lueur d'inquiétude traversa ses yeux. Je m'attendais un peu à cette réaction. En effet, nous nous étions déjà fait voler un médaillon par un ancien vampire Cadogan qui s'en était servi pour compromettre la Maison dans une série de meurtres. Je comprenais qu'Helen se montre réticente à les distribuer, depuis cet épisode.

— Le PG et Malik nous ont chargés de rencontrer les fées, expliquai-je. Pour savoir où les trouver, il faut que nous parlions avec les gardes à l'entrée.

Helen hocha la tête.

— Et ils exigent de se faire payer en échange de leurs informations.

Elle se leva et se dirigea vers une armoire à dossiers dont elle déverrouilla le tiroir supérieur. Toutefois, avant de l'ouvrir, elle dévisagea Jonah d'un air suspicieux.

— C'est le Capitaine de la Garde de la Maison Grey, lui expliquai-je. Il nous aide à gérer ces problèmes. Vous savez, au nom de la coopération entre Maisons et tout ça.

Elle acquiesça avant d'ouvrir le tiroir, duquel elle sortit deux médaillons Cadogan vierges, qu'elle me tendit.

— Fais de ton mieux, me dit-elle d'une voix tremblante. Je ne sais plus quoi faire ni comment réagir... Je ne comprends pas ce qui se passe.

— Je crois que tout le monde est dans le même cas, répondis-je.

Je lui assurai ensuite que nous ferions tout ce qui était en notre pouvoir, même si le poids de notre responsabilité me rendait nerveuse. Cependant, je ne me déroberais pas. Il restait tout juste assez de gardes à Cadogan pour patrouiller dehors. Qui d'autre que moi pouvait se charger de cette mission ?

Les médaillons à la main, je retournai vers la porte principale, suivie de Jonah, et on resta un moment sous le porche à regarder les fées postées à la grille... tout en nous efforçant de nous concentrer sur la tâche que nous devions accomplir et non sur le chaos qui nous entourait.

— Je crois que tu en sais plus que moi sur les fées, déclarai-je à Jonah. Tu veux bien t'en charger ?

Il hocha la tête.

— Je m'en occupe, mais je n'ai encore jamais rencontré Claudia.

— Claudia ?

Il esquissa un sourire.

— La reine des fées. Celle pour qui toutes les autres seraient prêtes à mourir.

— Génial, marmonnai-je avant de lui tendre les médaillons.

Je lui emboîtai le pas dans l'allée.

Deux fées mâles montaient la garde devant le portail. Leurs longs cheveux noirs et raides soigneusement tirés en arrière accentuaient leurs traits émaciés. Grandes et minces, elles étaient toutes deux vêtues de noir et, lorsqu'elles se rendirent compte que nous approchions, elles échangèrent un regard peu flatteur pour nous.

Jonah alla droit au but.

— Nous avons besoin d'un renseignement, et nous avons un trésor à vous offrir.

Impossible de manquer la lueur d'intérêt qui illumina leurs yeux. On pouvait sans conteste appeler cela de la convoitise. Elles affichaient une expression aussi avide que celle d'un joueur invétéré devant un casino.

— Quel genre de trésor ? demanda l'une d'elles.

— De l'or, leur répondit Jonah.

Il frotta les médaillons l'un contre l'autre dans sa poche, provoquant un tintement métallique qui fit légèrement tressaillir les fées.

— Que voulez-vous ? reprit la fée.

— Nous désirons parler à la reine.

Silence.

— Et si la reine ne souhaite pas vous parler ?

Jonah leva lentement la tête vers le ciel rouge vif.

— Le ciel est en feu, dit-il. Vous régnez sur lui ; c'est votre domaine. Si vous êtes responsables de ce qui se passe…

Jonah s'interrompit devant le regard menaçant que lui lançait l'une des fées. L'expression qu'elles affichaient l'indiquait sans équivoque : elles seraient prêtes à tout pour protéger leur honneur.

Toutefois, Jonah ne se laissa pas décontenancer.

— Si vous êtes responsables de ce qui se passe, répéta-t-il, votre reine doit avoir une bonne raison d'agir. Pour apaiser les humains, nous devons les en informer. Et si votre reine n'est pas impliquée dans cette histoire, elle aura sans doute son mot à dire. Nous cherchons à savoir. C'est tout.

Les fées échangèrent un regard.

—Montrez-nous l'or, ordonna la plus bavarde.

D'un geste lent, comme pour entretenir le suspense, Jonah sortit les médaillons de sa poche. Devant les disques dorés qui tournoyaient doucement sur leurs chaînes, les yeux des gardes s'éclairèrent d'une étincelle farouche.

—Vous la trouverez dans la tour de la fortune, déclara la fée en tendant la main.

Jonah fit osciller les médailles au-dessus de sa paume.

—Dites-en davantage, leur intima-t-il. Chicago est une grande ville.

—C'est l'unique cime restante de ce qui s'élevait autrefois fièrement.

La fée tenta une nouvelle fois de s'emparer des médaillons, mais Jonah les mit hors de sa portée.

—Le Loop compte des centaines de gratte-ciel, objecta-t-il. Il y a des tours isolées partout. Cette information ne vaut pas l'or que nous vous offrons.

Les fées devenaient tendues et fébriles, au point que je sentais la magie qu'elles diffusaient dans l'air.

—Il y a l'eau, la terre et le ciel, ajouta-t-elle.

—Encore une fois, dit Jonah d'un ton ferme au bout de quelques instants, ce pourrait être n'importe où à Chicago. Ça ne signifie rien pour nous.

Je touchai le bras de Jonah.

—C'est bon. Je crois savoir où c'est.

—Tu en es sûre?

Je me tournai vers la fée.

—S'agit-il de la tour où le roi humain de la ville a vécu?

Quand elle hocha la tête, je pris les médaillons des mains de Jonah pour les placer dans sa paume.

— Merci de votre collaboration, conclus-je avant d'entraîner Jonah derrière moi. Allons-y.

Sans qu'il émette la moindre objection, on marcha jusqu'à nos voitures respectives et on se mit en route.

On se gara au coin de la rue puis on sortit en observant d'un œil suspicieux les éclairs qui déchiraient le ciel, éclairant le parc d'une lumière stroboscopique.

De nombreux manoirs avaient abrité des familles célèbres à Chicago. Durant l'âge d'or de la ville, les entrepreneurs avaient construit des résidences cossues le long de Lake Shore Drive, dans le quartier de Gold Coast – là où se trouvait d'ailleurs à présent la Maison Navarre –, offrant aux personnalités en vue un panorama sur le lac et la proximité des plus grandes fortunes de Chicago.

Si certaines de ces bâtisses avaient été rasées, on pouvait encore en admirer quelques-unes. L'une des plus célèbres, Potter Mansion, érigée par des ancêtres de l'ancien maire, avait été démolie quand ce dernier avait emménagé à Creeley Creek.

Du moins, presque totalement démolie.

La famille Potter avait fait don de la propriété à la municipalité, qui y avait aménagé un espace vert baptisé fort à propos Potter Park. L'unique vestige de l'habitation – une tour en brique de trois étages – se dressait au centre du parc à la manière d'une flèche.

— C'est ça ? demanda Jonah.

Je me livrai à un bref historique des lieux :

— La tour a été construite par une famille de riches industriels. C'est tout ce qui reste de leur manoir. Elle s'élève vers le ciel, elle est entourée de verdure et se trouve à deux cents mètres du lac.

—Bien joué, Sherlock.

—Je fais de mon mieux. Je me demande comment les gérants du parc peuvent ignorer que la reine des fées vit dans cette tour.

—Un effet de la magie, sans doute. Je suis quand même surpris que les fées tolèrent que leur reine habite une demeure construite par des humains.

—J'ai entendu dire qu'elles haïssaient les humains.

—Et elles ont d'excellentes raisons pour ça, précisa Jonah. Tu connais le mythe des *changelings* ?

Je le connaissais. Il s'agissait d'une histoire récurrente en littérature médiévale, racontant que les fées volaient de temps à autre des bébés humains, qu'elles remplaçaient par des bébés fées malades. En fait, on accusait tous les humains présentant des caractéristiques inhabituelles d'avoir été échangés à la naissance. Les humains appelaient ces enfants les *changelings* et les abandonnaient dans les bois dans l'espoir de retrouver leur véritable progéniture.

—Oui, je connais, répondis-je.

Jonah hocha la tête.

—En fait, ce n'est pas un mythe. Ces histoires sont vraies. Ce sont des contes de fées au sens littéral, sauf qu'on se trompe de protagonistes. C'étaient les fées qui se faisaient voler leurs bébés par les humains, et non le contraire. Parfois par des parents qui souhaitaient échanger leur enfant malade, parfois par des gens qui ne pouvaient pas avoir d'enfants.

—Et comme les fées étaient au mieux des créatures de légende, au pire des monstres, personne ne considérait cela comme un enlèvement.

Jonah acquiesça.

—Tu as tout compris. Les surnaturels subissent des discriminations depuis des siècles. Quoi qu'il en soit, notre présence ici ne va pas les réjouir. Garde ton sabre à la main, un doigt sur l'acier en permanence. L'acier comme le fer permettent de tenir les fées à distance.

—Je croyais que notre objectif était de leur demander de l'aide.

—Notre objectif est de découvrir si elles sont responsables de ce qui se passe. L'objectif de Frank, en nous envoyant chez elles, est sans doute de les énerver au point de déclencher une guerre.

—Et en quoi une guerre avec les fées lui serait-elle utile ?

—Chicago est la seule ville d'Amérique comportant trois Maisons. Même New York et LA ne peuvent pas en dire autant. C'est ici qu'est centralisé le pouvoir vampire des États-Unis, et Frank le sait. La Maison Cabot est petite, et son caractère élitiste lui impose de le rester. S'il réussit à réduire l'importance de Chicago…

—Il accroît relativement l'influence de la Maison Cabot, terminai-je.

Je savais que cette sale fouine cachait quelque chose.

—Exactement. À mon avis, il cherche à s'emparer de la Maison Cabot. Victor Garcia en est aujourd'hui le Maître. C'est quelqu'un de bien, un chef solide. Il était le bras droit de Cornelius Cabot, ce qui irritait Franklin au plus haut point. Même si Franklin n'était rien de plus qu'un cousin éloigné, il était persuadé d'avoir des droits sur la Maison. Il était convaincu qu'elle lui revenait de par sa naissance.

—Et Cornelius n'était pas d'accord ?

—D'après ce que j'ai entendu dire, le vieil homme pensait que Franklin était trop impliqué dans les affaires des humains pour gérer la Maison de manière efficace.

Apparemment, il était trop intéressé par le prestige, les belles voitures et les jolies humaines, ce qui ne correspond pas vraiment à l'image de cette Maison discrète et aux valeurs traditionnelles de la côte est.

— Laisse-moi deviner, intervins-je. Comme le PG pense que Frank est prêt à tout pour réaliser ses ambitions, y compris nuire à une autre Maison, ils l'ont nommé curateur de Cadogan. Frank s'est dit que, s'il parvenait à renverser les Maisons de Chicago et à obtenir le soutien du PG, il serait en bonne position pour accéder au sommet.

— C'est comme ça que je vois les choses.

Je soupirai. Sur tous les drames que nous avions à affronter, la Maison Cadogan n'en avait provoqué que très peu. Le PG et le système des Maisons, en dépit de ce qu'avaient pu être leurs objectifs initiaux, servaient à présent les intérêts de gens narcissiques et manipulateurs. Peut-être Jonah avait-il raison au sujet de la Garde Rouge.

— Si nous entrons avec des armes, les fées ne vont-elles pas le prendre comme une menace ?

— Si nous avons de la chance, non, répliqua-t-il. Allons-y.

Alors que les éclairs illuminaient les alentours, on courut en direction de la tour. De l'extérieur, la construction étroite donnait l'impression d'être sur le point de s'effondrer. À l'entrée, une arche donnait sur un vieil escalier en colimaçon taillé dans la pierre, tout aussi délabré que le reste. Je posai le pied sur la première marche et attendis afin de m'assurer qu'elle n'allait pas s'écrouler sous mon poids.

— On monte tout en haut ?

— Oui. Je suppose qu'elles préfèrent vivre au-dessus des humains.

Jonah commença à gravir l'escalier. J'agrippai la rampe et entamai à mon tour la laborieuse ascension. Après quelques minutes de montée, on atteignit le palier supérieur, les cuisses en feu.

Nous nous trouvions devant une porte massive constituée de longues planches disposées horizontalement, fixée au mur par deux énormes gonds cylindriques finement ouvragés.

— Jolie porte, fis-je remarquer.

— Les fées sont réputées pour leur amour des belles choses, expliqua Jonah avant de poser le regard sur moi. Tu te sens prête ?

— Je pars du principe que ça va très mal se passer. Si nous sortons entiers et sans pieux de tremble plantés à des endroits inappropriés, je considérerai cela comme une victoire.

— Bien dit.

Il prit une profonde inspiration pour se donner du courage puis frappa à la porte.

Au bout de quelques instants, elle s'ouvrit dans un grincement métallique. Un homme en noir, dont la tenue et l'allure rappelaient les fées qui gardaient la Maison, apparut dans l'encadrement. Il posa une question dans une langue rapide et gutturale que je ne compris pas, mais que je supposai être du gaélique.

— Nous souhaitons savoir si la reine daignerait nous recevoir, déclara Jonah.

Le mercenaire nous toisa d'un œil mauvais.

— Des saigneurs, cracha-t-il.

Dans sa bouche, ce qualificatif avait manifestement valeur d'insulte.

— Nous sommes ce que nous sommes, répliqua Jonah. Nous n'essayons pas de le cacher. Nous sommes venus en tant qu'émissaires des vampires.

Le mercenaire retroussa les lèvres en entendant ce dernier mot.

—Attendez, lança-t-il avant de nous claquer la porte au nez.

—Comme si nous avions le choix, marmonna Jonah.

—Ça ne te dit pas de pénétrer de force dans l'antre des fées, ce soir ?

—Ça ne fait pas partie de mes projets, répondit-il. Même si tu ne ferais d'elles qu'une bouchée, bien entendu.

—Bien entendu, confirmai-je.

La porte s'ouvrit de nouveau, interrompant notre échange, et le garde posa sur nous son regard noir.

Une fraction de seconde plus tard, son katana était pointé sur ma gorge, et une deuxième fée – une femme –, s'était postée derrière Jonah et le menaçait de son sabre.

—Elle vous invite à pénétrer dans Sa demeure, déclara la fée. Et il serait très malpoli de décliner Son invitation.

10

LE THÉ DU CHAPELIER FOU

On leva les mains en l'air.

— Difficile de refuser une invitation formulée si gentiment, riposta Jonah d'un ton sec.

La fée à la porte baissa légèrement son sabre pour nous laisser passer tandis que, derrière nous, l'autre nous piquait de la pointe de son arme pour nous inciter à avancer, comme si nous n'étions que du vulgaire bétail. Une fois à l'intérieur, elles refermèrent et verrouillèrent la porte puis se postèrent à côté de nous, katana à la main.

J'ignorais ce que je m'attendais à trouver dans la demeure d'une fée, au sommet d'une tour. De vieux meubles ternes couverts d'une épaisse couche de poussière et de toiles d'araignée ? un miroir brisé ? un rouet ?

La pièce circulaire, anormalement grande étant donné l'étroitesse de la tour, était propre et décorée de meubles en bois au style simple. Au centre trônait un lit à baldaquin à colonnes cannelées sur lesquelles s'enroulait une plante grimpante dont les fleurs embaumaient l'air d'un parfum de gardénia et de rose. Une imposante table de bois grossier éclairci par le soleil était disposée à côté. Les murs étaient ornés de soieries bleu lavande, mais il n'y avait aucune fenêtre.

Je me rendis compte que ce que j'avais pris au premier abord pour un élégant chandelier suspendu au plafond était en réalité un nuage de papillons monarques. Bien que dépourvu d'ampoules, ce lustre particulier dégageait une lumière dorée et éthérée.

Nos hôtes, de toute évidence, maniaient d'autres armes que les katanas. Au moment où me parvenait l'écho d'une berceuse jouée sur un antique instrument pour enfant, la pression à l'intérieur de la pièce se modifia. Un rideau d'étoffe légère s'écarta sur le lit à baldaquin… et elle apparut.

Pâle et voluptueuse, la reine des fées avait des cheveux blond vénitien ondulés qui lui arrivaient en dessous des épaules et des yeux bleu-gris. Elle était pieds nus et portait une robe blanche transparente qui ne cachait pas grand-chose de sa silhouette aux courbes harmonieuses. Une couronne de feuilles de laurier reposait sur son front, et un pendentif en or richement ouvragé pendait entre ses seins.

Elle s'avança vers nous, le dos droit, le port royal. J'eus soudain envie de faire une révérence, mais j'ignorais les règles de bienséance. Était-il approprié pour un ennemi des fées, un saigneur, de se prosterner devant la reine ?

Lorsqu'elle s'arrêta à quelques mètres de nous, j'éprouvai une brutale sensation de vertige. Je me maîtrisai en concentrant mon attention sur son visage.

Elle nous jaugea du regard puis, au bout d'un moment, elle leva la main. Obéissant à ce signal, les gardes baissèrent leurs sabres.

— Vous êtes… ? demanda-t-elle avec un léger accent irlandais.

— Jonah, de la Maison Grey. Et Merit, de la Maison Cadogan.

Elle joignit les mains.

—Cela fait de nombreuses années que nous n'avons pas autorisé des saigneurs à franchir le seuil de notre porte. Peut-être les énigmes sont-elles moins difficiles qu'avant, la magie moins protectrice et les gardiens moins prudents.

Ses yeux s'assombrirent de manière menaçante, et je conclus qu'il valait mieux éviter de contrarier Claudia.

—Nous devons vous parler, ma Dame, commença Jonah. Et sachez que ceux qui nous ont posé l'énigme au sujet de votre demeure ont été généreusement récompensés.

Durant un bref instant, je vis briller dans ses yeux la même étincelle de convoitise que j'avais décelée dans ceux des gardes.

—Très bien, reprit-elle. Venez-vous nous proposer des contrats ? Il semble que l'argent soit l'unique sujet de conversation que partagent les vampires et les fées, à notre époque.

—Ce n'est pas la raison qui nous amène, répondit Jonah. Nous souhaitons discuter avec vous des derniers événements survenus en ville.

—Ah, oui, dit-elle avec une lenteur délibérée.

Elle traversa la pièce jusqu'à la table, puis nous jeta un coup d'œil par-dessus son épaule.

J'avais l'impression d'assister à une scène merveilleuse. Claudia semblait sortir tout droit d'une illustration de conte fantastique : la mystérieuse reine des fées, à la fois irréelle et tangible, priant les mortels de pénétrer à l'intérieur de ses bois, une expression d'innocente invitation dans le regard.

J'avais déjà connu des femmes qui usaient de leurs charmes pour parvenir à leurs fins. Célina, par exemple, était du genre à faire preuve d'une sensualité provocante afin de convaincre les hommes de se plier à sa volonté. Claudia, elle, les piégeait de manière différente. La sensualité ne constituait pas un outil ; c'était un fait. Elle n'avait aucune raison d'essayer de vous séduire : vous étiez séduit de toute façon. Et si c'était le cas, il ne restait plus qu'à vous souhaiter bonne chance. À mon avis, si vous succombiez au charme de la reine des fées, accidentellement ou non, vous n'en sortiez pas indemne.

Je jetai un coup d'œil à Jonah pour vérifier s'il subissait cette attraction. Une lueur admirative brillait dans ses yeux, mais, lorsqu'il se tourna vers moi, je sus que son cerveau fonctionnait encore. Il m'adressa un hochement de tête.

—J'ai d'autres moyens que la séduction à ma disposition, mon enfant, déclara-t-elle d'un ton réprobateur avant de prendre place sur l'une des hautes chaises en bois patiné installées autour de la table. Nous parlerons de bien des choses, mais d'abord, asseyez-vous. Vous vous joindrez à moi pour le thé.

Une bouffée de panique m'envahit. D'après le mythe, ne fallait-il pas éviter de consommer nourriture et boissons offertes par les fées ?

—Ma Dame, intervint Jonah avec prudence, nous devons…

—Silence ! ordonna-t-elle, instillant assez de pouvoir dans ce simple mot pour me donner la chair de poule. Nous parlerons de cela en temps voulu. Si vous demandez une faveur, vous devez en accorder une. Asseyez-vous à ma table, saigneurs. Asseyez-vous, et bavardons aimablement. Je n'ai pas offert l'hospitalité à vos semblables depuis de nombreuses lunes.

Cet imprévu ne m'enchantait pas vraiment, mais les deux mercenaires à l'air mauvais postés à la porte ne toléreraient sans doute pas le moindre affront.

— Nous serions honorés de nous joindre à vous, déclarai-je.

Elle éclata d'un rire cristallin.

— Ainsi, elle parle, dit Claudia d'un ton malicieux. Je suis ravie de savoir que vous n'êtes pas que son garde et protecteur, mon enfant.

— Je suis moi-même heureuse que vous vous en rendiez compte, répondis-je.

On s'avança vers la table et, au moment où on s'assit, un plat en argent garni de nourriture – des tranches de pain frais, des pyramides de grains de raisin, des carafes de vin – apparut en son centre. Le plat était disposé sur un lit de pétales de rose aux teintes jaunes et roses si pâles que les couleurs étaient presque indiscernables.

J'examinai le plat d'un œil suspicieux, et pas seulement parce que Claudia avait envie d'un en-cas alors que le ciel était en train de brûler.

Elle se versa du vin dans un gobelet en argent puis fit de même pour nous.

— Buvez à longs traits, car mon hospitalité est dépourvue d'enchantement. Si je désirais votre éternelle compagnie, je n'aurais pas besoin de recourir à de tels stratagèmes pour l'obtenir.

Elle posa sur moi ses yeux bleu-gris et me laissa entrevoir les pouvoirs qu'elle avait cachés jusque-là. Ce que j'aperçus me fit froid dans le dos. La sensualité elfique de Claudia masquait une magie dure, ténébreuse et avide. Provoquer la reine des fées serait une erreur stratégique.

— Vous êtes sage, déclara-t-elle, brisant le silence.

Savoir qu'elle s'était introduite dans mon esprit me fit rougir, mais je gardai mon calme. Pourtant, le fait qu'elle soit capable de lire dans les pensées me terrifiait. Personne ne m'en avait informée, et le *Canon* ne le mentionnait pas, j'en étais certaine. Une sirène régnait sur le lac Michigan, Tate possédait un étrange pouvoir issu d'une autre époque, et les fées lisaient dans les pensées. Peut-être que l'intello passionnée de littérature anglaise en moi s'était réveillée, car un vers d'*Hamlet* me revint en mémoire : « *Il y a plus de choses sur la terre et dans le ciel, Horatio, qu'il n'en est rêvé dans votre philosophie.* »

Jonah tendit la main vers le plat pour s'emparer d'une petite prune. Je choisis un grain de raisin, me disant que plus un fruit était petit, moins il devait contenir de magie. Je dus reconnaître que je n'avais jamais mangé de raisin aussi bon. Son goût, délicieusement sucré, évoquait le printemps et les rayons de soleil qui caressaient la peau. Si c'était un enchantement, alors je signais tout de suite.

Claudia nous regarda tour à tour.

— Vous êtes amants, je crois.

— Nous sommes amis, précisa Jonah en s'agitant sur sa chaise, mécontent d'avoir à faire cet aveu.

— Mais vous désirez davantage, objecta-t-elle.

J'évitai de croiser le regard de Jonah, aussi mal à l'aise que lui.

Claudia prit une grande gorgée de vin, puis me considéra.

— Vous hésitez, car vous avez perdu votre roi.

Du coin de l'œil, je vis Jonah se rembrunir. Le grain de raisin me parut soudain amer.

— Le Maître de ma Maison, la corrigeai-je. Il a été assassiné.

— J'ai connu le vrai Maître de votre Maison. Peter de Cadogan. Il a rendu service à mon peuple et a été récompensé à notre manière. Nous lui avons donné un joyau précieux très réputé, serti dans l'œil d'un dragon.

J'avais vu ce présent dans les appartements d'Ethan. Il s'agissait d'un œuf en émail autour duquel était enroulé un dragon endormi. L'œil de la bête était un magnifique rubis étincelant. Ethan gardait ce trésor dans une vitrine.

—L'œuf de dragon est revenu à Ethan à la mort de Peter. Il y tenait beaucoup.

Ce souvenir me noua l'estomac. Je me forçai à parler en retenant mes larmes.

—Mais je croyais que c'était la famille royale de Russie qui l'avait offert à Peter, poursuivis-je.

Un léger sourire se dessina sur les lèvres de Claudia.

—Les royaumes des fées ne sont pas limités par les frontières humaines. Quel que soit le lieu où nous nous trouvons, nous gardons notre couronne. Nous sommes tour à tour rois ou tsars, reines ou tsarines. J'en ai connu beaucoup par le passé.

—Ça devait être fascinant, intervint Jonah.

Sa remarque ne sembla pas toucher Claudia.

—Nous nous intéressons peu à la politique, aux alliances ou aux passations de pouvoir entre gardiens. Elles ne servent pas la longévité, la loyauté ni l'honneur.

Elle détourna la tête, le regard perdu dans le vide.

Au même instant, le plat posé sur la table disparut. Seul resta le lit de pétales de rose. Je tendis la main pour en caresser un du doigt. J'ignorais ce qu'il en était de la nourriture, mais les pétales, eux, étaient bien réels.

—Les humains sont éphémères, reprit-elle. Si vous vous liez à eux, vous devez vous attendre à le devenir, vous aussi.

—C'est pourquoi nous sommes ici, lui rappela Jonah. Je suppose que vous avez vu ce qui est arrivé au ciel.

Je remarquai qu'il s'efforçait de garder un ton léger et évitait soigneusement de mentionner le fait que celui qui remplaçait mon Maître nous avait envoyés accuser Claudia d'avoir causé ces transformations.

—Ce qui se passe dans le ciel ne vous concerne pas.

—Ça nous concerne quand le ciel est en feu et que les humains en croient les vampires responsables. Et maintenant, l'eau est devenue noire pour la deuxième fois.

Elle arqua un sourcil délicat.

—Les problèmes des humains n'ont rien à voir avec le ciel. D'ailleurs, ils ne se manifestent pas ici.

J'échangeai un regard avec Jonah. Ne savait-elle donc pas ? N'avait-elle pas regardé dehors ? En y pensant, je n'avais entendu aucun coup de tonnerre depuis que nous étions entrés dans la tour. Étrange.

J'observai les gardes à la dérobée. Ils affichaient un air un peu coupable, et peut-être aussi légèrement malveillant. Il était possible qu'ils aient dissuadé Claudia d'ouvrir la porte, qu'ils la tiennent à l'écart de ce qui se passait à l'extérieur, un peu comme Raiponce dans sa tour.

—Ma Dame, insista Jonah, sans vouloir vous manquer de respect, je vous conseille de regarder dehors afin de constater le phénomène par vous-même. Le ciel n'est pas normal, et nous ne savons pas pourquoi.

Une ombre d'hésitation traversa son regard, fugace, mais bien réelle. Elle se demandait sans doute s'il valait mieux croire ce vampire et se ridiculiser, ou ne pas tenir compte de sa requête, au risque de découvrir plus tard qu'il avait raison.

—Ce n'est pas si facile que cela, répondit-elle. Je ne peux pas regarder dehors. Les lois de votre monde ne s'appliquent pas ici. Pas à moi.

—Quelles lois ? m'étonnai-je.

Elle me décocha un regard dédaigneux.

—Je suis âgée, mon enfant. J'ai vécu plus d'existences que ce que vous pouvez imaginer. Toutefois, les fées ne sont pas immortelles. Je survis dans ma tour car j'y suis protégée.

Ça me rappelle l'histoire de Dorian Gray, pensai-je.

Voilà qui expliquait son ignorance au sujet du ciel.

—Néanmoins, reprit-elle, j'ai des compagnons qui m'avisent des problèmes que je dois connaître.

Elle adressa un regard mauvais aux gardes, puis traversa la pièce à grandes enjambées et s'arrêta devant une table.

Elle s'empara d'un globe de verre transparent de la taille d'un pamplemousse qu'elle leva devant elle à hauteur de poitrine. Elle ferma les yeux puis murmura quelques mots dans une langue que je n'avais jamais entendue auparavant. La pièce fut aussitôt envahie par une magie poussiéreuse évoquant les vieux livres et les tapisseries antiques.

Elle écarta lentement les mains, et la boule flotta en l'air en tournoyant doucement sur un axe invisible. La reine rouvrit les paupières et la regarda tourner. J'ignore ce qu'elle y vit, mais, de toute évidence, cela ne lui fit pas plaisir.

Elle écarquilla les yeux et poussa un hurlement strident. L'enchantement rompu, le globe tomba au sol, où il se brisa en mille morceaux.

—Le ciel saigne ! s'écria-t-elle avant de tourner son visage encadré de mèches vénitiennes vers les gardes, qu'elle fusilla du regard.

Ils tressaillirent devant la fureur assassine qu'exprimaient ses traits.

—Je l'ai vu, lança-t-elle. J'ai vu le ciel en train de saigner, l'eau noire. La ville déborde de magie élémentaire, et vous ne m'avez rien dit ?

Les gardes échangèrent un regard.

—Ma Dame, commença l'un d'eux avec prudence, nous venons tout juste de l'apprendre, et nous ne voulions pas vous inquiéter.

—Vous ne vouliez pas m'inquiéter ? Nous sommes le peuple du ciel. Nous contrôlons la lune et le soleil. Vous n'avez pas jugé utile de m'avertir ?

Je sentis un nœud se former dans mon ventre, et pas uniquement à cause de la magie qui s'accumulait dans la pièce. C'était le troisième groupe de surnaturels que nous tentions de relier à cette énigme, et nous n'avions toujours rien appris. Non seulement les fées n'avaient pas modifié le ciel, mais la reine n'était même pas au courant des événements.

—Ma Dame…, osa l'autre garde, que Claudia interrompit aussitôt en levant la main.

Elle ferma les yeux, le visage empreint de souffrance.

—Est-ce qu'elle jette un sort pour tout arranger ? chuchotai-je, pleine d'espoir.

Jonah secoua la tête.

—Je ne crois pas.

Au bout d'un moment, elle rouvrit les yeux.

—Autrefois, les fées étaient libres d'aller et venir à leur guise, déclara Claudia. Avant que la magie soit interdite. Quand le monde était vert. Le monde a changé, et je suis cloîtrée dans ma tour. Les fées ont oublié cette époque et se rappellent à peine à quoi ressemblait le monde, alors. À présent, elles se mêlent des affaires humaines, tout comme vous. Elles croient savoir comment survivre. Ne suis-je pas tout autant à blâmer ? Le temps s'écoule lentement, ici, et parfois, j'oublie les prés et les champs.

Sans cérémonie, elle traversa vivement la pièce en direction des gardes, le tissu vaporeux de sa robe bruissant contre la pierre à chacun de ses pas. Quand elle atteignit l'homme, elle lui prit son arme des mains et, avant que j'aie pu saisir la poignée de mon sabre, elle fendit l'air de son katana.

Une longue trace écarlate apparut sur la joue du garde.

—Vous m'avez trahie! lança-t-elle d'une voix rauque.

Quand l'odeur du sang parvint à mes narines, la tentation fut si grande que je roulai des yeux. Certes, j'aimais l'hémoglobine, que ce soit en sachet ou prélevée directement à la veine, mais jamais je n'avais connu une sensation comparable à celle qu'éveillèrent ces quelques gouttes de sang de fée, pourtant versées à l'autre bout de la pièce.

Mes crocs surgirent. Je luttai afin de contrôler ma faim et réprimer l'envie de sauter sur le garde blessé pour m'offrir un petit en-cas. En raison des restrictions de Frank, je n'avais bu que très peu de sang au cours des jours précédents, et mon estomac réclamait son dû.

Je serrai les doigts autour de la poignée de mon katana jusqu'à ce que mes ongles s'enfoncent dans ma paume, certaine que, si je ne parvenais pas à me maîtriser, nous perdrions les fées… et probablement la vie.

—Tu as osé défier ta reine, cracha Claudia. Tu porteras la cicatrice de cet affront.

Elle laissa tomber le sabre à terre, où il rebondit dans un tintement métallique, acier contre pierre, avant de s'immobiliser, une goutte écarlate pendant encore à la lame affilée.

Claudia s'approcha de l'autre garde, s'empara de son arme et répéta son geste. L'air, déjà chargé de magie, était à présent imprégné de l'odeur du sang.

Je tremblais.

—Jonah.

— Merit, dit-il, les dents serrées. Retiens-toi.

Il parlait cependant d'une voix rauque et, quand je me tournai vers lui, je constatai que ses yeux étaient devenus argentés.

Personne n'avait donc prévu cette réaction ? Personne n'avait jugé utile de nous prévenir que si les fées mercenaires se mettaient à saigner – alors qu'elles étaient réputées violentes –, nous aurions des ennuis ?

Le second sabre percuta le sol. La reine se tenait devant les deux fées blessées, les instruments de sa colère gisant à terre.

— Tu porteras toi aussi cette cicatrice, lâcha-t-elle, car tu as sciemment oublié que moi, et moi seule, suis ta reine, et que tu me dois la loyauté. Tu ne décides pas à ma place !

Sa voix monta en crescendo. Tandis que le pouvoir emplissait la pièce, les gardes s'effondrèrent au sol.

Je m'efforçai de maîtriser l'assaut de panique qui m'envahissait. L'appel du sang était trop fort.

Je fis un pas en avant. Une fois ce premier pas franchi, le deuxième me parut plus facile, puis j'en fis un troisième et un quatrième. Je m'approchais des fées et de l'odeur délectable qui s'en dégageait…

— Merit ! Non ! hurla Jonah.

Je traversai la pièce si vite que la fée n'eut pas le temps de réagir.

Elle se contenta de se débattre dans mes bras alors que j'avançais la bouche vers son cou.

Les lèvres retroussées, je m'apprêtais à planter mes crocs dans sa gorge. Et loin de constituer une insulte, une menace ou un danger pour elle, mon geste était plutôt flatteur, une forme de compliment adressé au sang qui courait dans ses veines, ce liquide aussi précieux que de l'or... Mais Claudia n'était pas de cet avis.

— Saigneur! cria-t-elle.

Je me trouvai soudain projetée dans les airs. Mon dos percuta le mur en pierre avec une telle force que le choc me coupa la respiration... et m'ôta la soif de sang.

Mes oreilles bourdonnaient, tout mon corps me faisait souffrir et j'avais des difficultés à respirer. Je posai une main au sol et parvins à lever la tête, juste assez pour voir Claudia se diriger vers moi à grands pas.

— Comment osez-vous essayer de boire le sang des fées dans ma demeure? dans ma tour?

Claudia me fustigeait d'un regard assombri par la fureur, et sa démarche exprimait une colère telle que je ne me faisais pas beaucoup d'illusions sur le traitement qu'elle me réserverait quand elle m'atteindrait.

Elle disparut soudain de mon champ de vision; Jonah s'était interposé entre nous, brandissant son katana.

— Si vous la touchez, je n'hésiterai pas à vous frapper, quelles qu'en soient les conséquences.

Si je n'avais pas déjà eu du mal à respirer, j'en aurais eu le souffle coupé.

— Tu me défies, saigneur?

— Je défierai quiconque cherchera à lui faire du mal. Nous vous avons appris des choses que les vôtres vous avaient cachées, et vous vous êtes amusée à nos dépens. Nous sommes à égalité. Merit et moi sommes des vampires. En tant que tels, elle et moi sommes amis et parents. Vous réagiriez – et avez d'ailleurs réagi – de la même façon pour protéger les vôtres.

La douleur qui me vrillait le crâne prouvait la pertinence de cette dernière phrase.

— Elle a attaqué mon garde, insista Claudia.

— Parce que vous avez fait couler du sang et fait preuve d'une violence qui a attisé sa faim. Vous l'avez attaquée en retour. Nous sommes quittes. En tant que reine du ciel, vous savez ce qu'est la justice.

Après un moment de silence, elle hocha la tête.

— J'épargnerai votre vie aujourd'hui, car vous dites la vérité. Je n'ai rien contre vous et les vôtres, souvenez-vous-en.

Sur ces paroles, Jonah me tendit la main et m'aida à me relever. La douleur tiraillait chacun de mes muscles et de mes os, et j'avais encore le vertige, mais j'ignorais si c'était dû à la soif, au choc que j'avais subi ou à la magie qui crépitait dans la pièce.

Il examina mon visage pour vérifier que je n'étais pas blessée.

— Ça va ?

— Ça va.

— Écoutez-moi bien, saigneurs, reprit Claudia. Il n'y a eu aucun enchantement. Le ciel ne s'est pas modifié parce que quelqu'un l'a souhaité, ou lui a jeté un sort par vengeance, amour ou pouvoir. En regardant le ciel, vous voyez un symptôme du mal, et non le mal lui-même.

— Alors quel est le mal ? s'enquit Jonah.

— Il faudrait poser la question aux responsables, non ?

Comme j'avais pu le constater avec les gardes, Jonah se montrait sympathique, mais pas particulièrement patient. Aussi, je décidai d'intervenir :

— Avez-vous une idée de qui cela pourrait être ? Les humains commencent à s'agiter et le maire cherche à nous punir pour des crimes que nous n'avons pas commis.

— Les problèmes des saigneurs ne me concernent pas.

— Les vampires ne sont pas les seuls affectés, insista Jonah. Le lac absorbe la magie d'autres surnaturels de la ville. Des nymphes. Des sorciers. Tout le monde est en danger.

— Je suis la reine des fées, saigneurs, pas un parasite qui survit en buvant le sang des autres. Je connais le ciel et règne sur lui. J'ai des légions de fées sous mes ordres et des walkyries qui chevauchent à leurs côtés. Ne me dites pas ce qui est ou n'est pas dangereux.

Elle soupira, regagna la table et s'assit sur une chaise.

— Le ciel ne brûle pas par ma faute ni celle des miens. Il y a de la magie à l'œuvre. Une magie ancienne, venue du passé. Et nous ne resterons pas les bras croisés à regarder cette magie réduire le monde à néant.

Mon cœur se mit à battre la chamade. Elle venait de me donner un indice.

— Ce qui veut dire ? demanda Jonah.

Claudia sourit d'un air grave.

— Ce qui veut dire que nous choisirons de détruire nous-mêmes les prés et les champs plutôt que d'assister à leur lente destruction.

— Vous ne pouvez pas détruire la ville sous prétexte que la direction qu'elle prend ne vous plaît pas.

— Si nous décidons de la détruire, ce sera que nous aurons jugé cette issue inéluctable. Nous préférons un enfer clément à une longue décadence. Partez, maintenant, ordonna-t-elle en se levant avant de retourner s'asseoir sur son lit. Je suis lasse de votre présence.

Les gardes s'avancèrent vers nous, les yeux brillant d'une lueur mauvaise. J'avais offensé leur reine, et il était temps de payer. Mais Claudia reprit la parole avant que nous ayons fait le moindre geste.

— Vampires.

On se tourna vers elle.

— La ville a perdu son équilibre, affirma-t-elle. L'eau et le ciel révèlent cette instabilité. Si vous voulez sauver Chicago, vous devez découvrir le mal qui la ronge et rétablir son équilibre. (Son regard redevint sombre et glacial.) Si vous ne le faites pas, nous devrons nous en charger. Et je pense que vous n'aimerez pas le traitement que nous administrerons.

Je n'en doutais pas.

11

Cher John

S uivie par Jonah, je franchis la porte et descendis l'escalier.
J'avais encore mal à la tête, mais, grâce à ma capacité de
guérison ultra rapide, je ne ressentais presque plus aucune
douleur ailleurs. Être un vampire comportait certains
avantages, si on mettait de côté l'animosité des fées à notre
égard.

De gros nuages noirs traversaient à présent le ciel rouge
sang zébré de grands éclairs aveuglants. Préférant éviter de
nous faire foudroyer, on décida de discuter de notre visite
dans ma voiture.

On marcha dans l'air frais de la nuit et l'herbe humide
jusqu'à ma Volvo. Un lourd silence planait entre nous en
raison de la réaction qu'il avait eue et des émotions contradictoires que celle-ci m'inspirait. J'étais heureuse d'être en
vie, bien sûr, mais j'avais déjà des antécédents en matière de
sacrifice. Ethan avait été transpercé d'un pieu qui m'était
destiné parce qu'il avait des sentiments pour moi. Jonah
avait-il les mêmes motivations ?

Je décidai de me concentrer sur mon attitude inconsi-
dérée plutôt que sur ses actes héroïques.

—Je suis vraiment désolée, m'excusai-je en montant dans la voiture. Frank rationne le sang, mais même sans cela, je ressentais une faim irrésistible. Je n'ai jamais rien connu d'aussi fort.

Même la Première Faim, qui m'avait poussée à sauter sur Ethan, n'avait pas été aussi puissante. Le garde avait bien failli se retrouver avec la marque de mes crocs dans le cou.

—Le curateur a décidé de réduire vos apports de sang ? Il veut provoquer une rébellion, ou quoi ?

—Ou alors il essaie de nous rendre cinglés pour qu'on attaque les premiers surnaturels qui passent.

—Mission accomplie, grogna Jonah.

—Si les vampires ont toujours réagi de la même façon au sang de fée, je comprends qu'elles ne nous aiment pas plus que les humains.

—En effet, reconnut Jonah.

—Et ça explique aussi qu'elles gardent leurs distances et exigent une telle somme pour surveiller la Maison, ajoutai-je.

—Ce genre de pouvoir est dangereux. Malheureusement, nous ne sommes pas plus avancés après cette visite.

—Tu veux dire que nous ne savons toujours pas ce qui se passe ?

—Exactement. Claudia a affirmé à plusieurs reprises que l'eau et le ciel n'étaient pas directement concernés, mais qu'ils reflétaient les symptômes d'un problème plus large.

Je hochai la tête.

—Je crois qu'elle a mentionné quelque chose d'inté-ressant, avançai-je. Elle a reproché aux gardes de lui avoir caché que de la magie élémentaire était en jeu. Et s'il fallait le comprendre de manière littérale ?

—Qu'est-ce que tu veux dire ?

—Jusqu'à présent, le ciel et l'eau ont été affectés. L'eau et l'air, insistai-je.

J'observai la compréhension s'afficher sur le visage de Jonah.

—L'eau, l'air, la terre, le feu, énuméra-t-il. Les quatre éléments.

—Exactement. Deux ont déjà été atteints. Si elle a raison et que ce ne sont que des symptômes…

—Alors quelqu'un utilise une forme de magie qui a des répercussions sur les éléments, termina Jonah.

J'ignorais ce que cela signifiait au juste et qui pouvait bien tirer les ficelles, mais mon instinct me disait que nous étions sur la bonne voie. Et après la semaine que nous venions de vivre, j'étais prête à savourer la moindre victoire.

—Elle a également mentionné une magie ancienne, reprit Jonah. Une magie du passé. Est-ce que tu as une idée de qui cela pourrait viser ?

—En fait, oui. Que sais-tu au sujet de Tate ?

—Seth Tate ? répéta-t-il en haussant les épaules. Je sais qu'il est suspecté d'avoir des pouvoirs et que tu les as déjà sentis, mais que tout le monde en ignore la nature exacte. Pourquoi ?

—Parce que, quand je lui ai rendu visite, j'ai eu l'impression d'être en présence d'une magie ancienne. Différente. Plus proche de ce qui émane de Claudia que de ce que j'ai rencontré chez les vampires.

—D'accord, mais c'est la troisième fois que nous abordons un groupe de surnaturels en espérant découvrir l'origine de notre problème et, chaque fois, nous avons eu tort.

—Je sais. Notre taux de réussite n'est pas terrible. Mais comme Claudia l'a dit, nous nous sommes intéressés aux symptômes, pas au mal lui-même. D'ailleurs, il faut bien que nous tentions quelque chose. Si ces événements ne sont pas liés à un surnaturel doté de pouvoirs magiques, à quoi d'autre?

—À des radiations? à une nouvelle arme? au réchauffement climatique? Ou alors, si aucun surnat n'a volontairement provoqué ces incidents, ce pourrait être une sorte de magie non intentionnelle?

Je pensai à Lorelei, qui avait justement suggéré que des métamorphes réunis en grand nombre au même endroit perturbaient l'équilibre du monde de manière accidentelle. D'un autre côté, lorsqu'elle avait accusé les métamorphes, le problème ne concernait que l'eau. Cette fois, l'air était également touché.

—Si Claudia a raison et que l'équilibre de la ville est rompu, poursuivit Jonah, peut-être que la question à se poser n'est pas « qui », mais « quoi ». Quelle forme de magie serait assez puissante pour atteindre à la fois l'eau et l'air? Celle des sorciers?

—Je me porte garante pour Mallory et Catcher. Il travaille tellement pour résoudre ce mystère qu'il est épuisé, et elle se consacre entièrement à ses examens. En plus, si on le leur demandait, ils piqueraient une crise.

Et je n'avais vraiment pas besoin d'une crise supplémentaire.

—En fait, je pensais au seul sorcier de cette ville appartenant à l'Ordre, précisa Jonah.

—Simon? Pour tout te dire, quand je lui ai parlé de ce qui était arrivé à l'eau, j'ai eu l'impression qu'il se dérobait. Il m'a paru un peu louche, d'accord, mais il avait surtout une attitude de déni. Il jouait peut-être la comédie pour dissimuler le fait qu'il pratique la magie en secret, mais je n'ai pas eu ce sentiment. D'ailleurs, en tant qu'unique sorcier de l'Ordre en ville, il a une position en or. Pourquoi risquer de tout perdre ? Quels bénéfices en tirerait-il ? à quel prix ?

— Quoi qu'il en soit, nous n'avons pas vraiment d'autre piste. Nous devrions au moins essayer de le rencontrer pour lui en parler. Comme ça, nous saurons de quelles informations l'Ordre et lui disposent.

— Tu as raison. Je vais voir si Catcher peut nous arranger un rendez-vous.

La foudre tomba non loin de nous, secouant la voiture. On observa tous les deux le ciel par la fenêtre. D'épais nuages le traversaient à toute vitesse.

— Si ceci est un symptôme, une sorte d'effet secondaire, peut-être pouvons-nous en trouver le cœur ? suggérai-je.

— Qu'est-ce que tu veux dire ?

— La rivière n'était touchée que jusqu'aux limites de la ville, non ? Il est donc peu probable que le ciel soit rouge partout. Et s'il existe des frontières, peut-être y a-t-il aussi un centre. Un point d'origine.

— Comme une tornade géante dont l'œil serait centré sur le Loop ?

— Espérons que ça n'y ressemble pas, mais c'est l'idée générale, oui. Si nous ne trouvons pas les responsables, essayons de découvrir d'où ils agissent. Nous pouvons parcourir plusieurs quartiers en voiture afin de chercher un éventuel foyer. En nous séparant, nous couvrirons un territoire plus étendu. Si nous avons du nouveau, retrouvons-nous ici, d'accord ?

— Ça me semble un bon plan, répondit Jonah.

Il ne paraissait toutefois pas vouloir descendre du véhicule. Attendait-il que je parle de ce qui s'était passé dans la tour ? que je le remercie… ou lui fasse des reproches ?

Je jurai en silence, me rappelant que l'essentiel, c'était qu'il m'ait protégée, et non pourquoi il avait décidé de le faire.

—Au fait, merci de m'avoir défendue.

—De rien. Les partenaires sont là pour ça.

—Nous ne sommes pas encore partenaires, objectai-je en pensant à la Garde Rouge.

—Ah non ?

Il se tourna vers moi, et il semblait évident qu'il avait quelque chose de bien plus basique que la GR en tête. Son regard changea. L'instant d'après, Jonah se penchait sur moi, une main glissée sur ma nuque, et m'attirait contre lui. Avant que j'aie pu l'arrêter, il écrasait mes lèvres sous les siennes.

Jonah m'embrassa avec la tendresse d'un amant et la détermination d'un prétendant au trône, me poussant à abaisser les barrières que j'avais érigées autour de moi.

Et, pendant un moment, je le laissai faire.

C'était si agréable de sentir de nouveau que quelqu'un avait besoin de moi, me voulait, me désirait. Ethan n'avait pas disparu depuis très longtemps, mais notre liaison amoureuse – si on pouvait qualifier ainsi notre relation – avait été éphémère.

Et ce baiser était… renversant. Jonah n'était pas novice en la matière et utilisait chaque partie de son corps à son avantage. Ses doigts caressaient ma joue, sa langue taquinait la mienne tandis qu'il se pressait de plus en plus contre moi, me laissant entrevoir tout ce qu'il pouvait m'offrir : l'affection, un contact réconfortant, une autre forme d'intimité.

Une subite bouffée de culpabilité me noua l'estomac. Je n'étais pas prête.

Je me reculai et détournai la tête, me couvrant la bouche d'une main. Ce n'était qu'un baiser, dont je n'avais même pas pris l'initiative, et je n'avais rompu aucune promesse. Mais j'avais les lèvres gonflées, les joues en feu, et je sentais la chaleur irradier au creux de mon ventre. Même si je n'avais pas prémédité ce baiser, j'avais le sentiment d'avoir trahi la mémoire d'Ethan ; peu importait depuis combien de temps il était parti.

— Tu n'es pas prête, dit doucement Jonah.

— Non. Je suis désolée.

Les mots qu'il prononça alors me surprirent presque autant que le baiser.

— Non. C'est moi qui suis désolé. Je n'aurais pas dû te presser. C'est juste que… je ne m'attendais pas à ce qu'il y ait cette étincelle entre nous.

Je posai de nouveau le regard sur lui. Mon cœur se mit à battre de manière effrénée sous l'effet de ses yeux pleins de désir et de la panique qui m'opprimait la poitrine.

— Je me sens flattée. Vraiment. Mais…

Il leva la main et sourit avec douceur.

— Tu n'as pas à t'excuser. J'ai mal choisi le moment pour tenter ma chance. Ce n'est pas grave. (Il se racla la gorge puis reprit son assurance.) Oublions cet instant d'humiliation et retournons au travail.

— Tu en es sûr ?

— Sûr et certain, affirma-t-il avec un hochement de tête avant de sortir son téléphone, un appareil doré extra-plat, avec lequel il appela Scott Grey.

Je l'imitai et envoyai un message à Kelley l'informant que nous n'avions rien découvert d'utile et que Claudia n'était apparemment même pas au courant du problème.

Sa réponse me glaça le sang: « 2 fois plus manifestants cause ciel. Tous vampires inquiets. Fées supplémentaires au portail. Garde nationale appelée. Humains croient apocalypse imminente. »

Je marmonnai un juron.

—Qu'est-ce qu'il y a? murmura Jonah.

Je me contentai de lever la main et renvoyai un texto à Kelley.

« Rentrer Maison ou continuer chercher ? », lui demandai-je.

« On gère crise », répondit-elle. « Continue chercher. »

Je pouvais toujours chercher, mais quant à trouver… Je rangeai mon téléphone et rapportai les dernières nouvelles à Jonah.

—Les humains pensent que la fin du monde est proche, lui annonçai-je. Le nombre de manifestants aux portes de Cadogan a doublé.

Une ombre d'angoisse passa dans son regard.

—Est-ce qu'il faut rentrer ?

—Kelley m'a dit qu'elle s'en occupait et préférait qu'on poursuive notre enquête. Tu crois que ce serait possible de demander à Scott d'envoyer quelques gardes en renfort à la Maison ?

Sans la moindre hésitation, il écrivit aussitôt un message.

—C'est fait, assura-t-il au bout d'un moment en glissant de nouveau son téléphone dans sa poche. Scott est au courant. C'est calme à la Maison Grey. Il va contacter Kelley pour lui proposer de l'aide.

Cadogan n'avait noué aucune alliance avec les autres Maisons de Chicago. Peut-être pourrions-nous en forger une avec Grey, en dépit des circonstances peu favorables.

— Je vais retourner au Loop, déclarai-je. Je chercherai quelque chose qui ressemble à un foyer en m'approchant de la rivière, au cas où il existerait un lien auquel nous n'avons pas pensé entre l'eau et le ciel. Et si tu parcourais ce quartier ? Tu pourrais te charger de l'autre partie de Gold Coast et de Jackson Park. Appelle-moi si tu as du nouveau.

— OK, dit-il avant de sortir de ma voiture pour monter dans la sienne.

Le quitter ainsi après ce baiser me rendait mal à l'aise, mais comment faire autrement ?

Une fille ne peut pas s'occuper de trente-six choses à la fois.

Dès que je me mis en route pour le Loop, je poussai le chauffage au maximum. Même si j'avais ressenti une sorte de claustrophobie à l'intérieur de la tour, je trouvais un étrange réconfort à être ainsi enfermée dans la chaleur de ma voiture par une nuit aussi froide. Du temps où j'étais étudiante, certains soirs, quand Mallory n'était pas encore rentrée du travail ou qu'elle avait rendez-vous avec un séduisant avocat ou un mignon petit comptable, il m'arrivait d'interrompre mes révisions, de monter dans ma voiture et de partir me promener en ville. Je connaissais les trajets me permettant d'éviter les feux et les rues les plus fréquentées, et profitais de ces instants pour me changer les idées, m'échapper, tout oublier à l'exception de la route devant moi.

De temps à autre, j'emportais un livre audio, le douzième ou treizième fascicule d'une longue série policière ou d'aventures que je ne pouvais m'empêcher d'acheter alors que les dernières parutions se résumaient à des copies des précédentes. Tout comme je venais de le faire pour le chauffage, je montais le son au maximum, et traversais

Chicago – parfois jusque dans l'Indiana, dans le Wisconsin ou la campagne de l'Illinois – afin de m'évader un moment.

Bien entendu, à présent, c'était différent. Je n'avais pas le temps de flâner, et le trajet n'avait rien de relaxant. La ville grouillait encore de gens regroupés sur les trottoirs ou sur les perrons qui observaient le ciel avec méfiance ou immortalisaient la scène à l'aide de leur appareil photo ou de leur téléphone portable.

J'étais certaine que les unes de tous les journaux du pays annonceraient «Crise à Chicago!», surtout si la Garde nationale s'en mêlait. Les humains rechercheraient les causes de ce qui arrivait à l'eau et au ciel, et, à mon grand regret, je n'aurais aucune explication à leur fournir.

Je traversai la rivière, scintillant ruban d'un noir d'encre, et me dirigeai de nouveau vers le Loop. Les pans de ciel que laissaient entrevoir les nombreux immeubles de ce quartier étaient rouges et déchirés par de fréquents éclairs. Exactement comme à Potter Park.

— Merde, marmonnai-je.

D'habitude, seuls les météorologues ou les chasseurs de tornades déplorent l'absence d'un tourbillon géant en zone habitée. Mais si j'en avais trouvé un, au moins, j'aurais obtenu une réponse, denrée qui se faisait rare, ces derniers temps.

Au lieu de quoi… je me posais une multitude de questions. Sur moi. Sur les sorciers. Sur la Maison et ses dirigeants. Sur la ville et la capacité de ses habitants à nous laisser vivre en paix sans que nous ayons à leur assurer sans cesse que nous ne leur souhaitions aucun mal.

Après avoir vu la reine des fées blesser volontairement ses propres gardes parce qu'ils avaient trop tardé à l'informer de la situation, je me disais que les humains n'avaient sans doute pas tout à fait tort. Peut-être ne méritions-nous pas leur confiance.

Bon sang, je commençais à me déprimer moi-même.

Ne sachant pas quoi faire d'autre, je me garai et éteignis le moteur. La ville était plutôt calme, mais un léger bourdonnement emplissait la nuit. Chicago vibrait d'énergie. Si «la ville qui ne dort jamais» est un titre déjà attribué, Chicago peut prétendre à celui de «la ville qui ne connaît pas le repos».

Jugeant que mon katana ressemblait un peu trop à un paratonnerre, je défis ma ceinture et laissai le sabre dans la voiture. Les humains nous craignaient déjà; inutile de les énerver davantage. Nous avions d'autres chats à fouetter.

Je décidai de me diriger vers State Street, à une centaine de mètres de là, en prenant soin de longer les immeubles tout en examinant les alentours en quête d'un élément anormal. Les rues étaient désertes à l'exception de noctambules occupés à faire la tournée des bars et de gens qui scrutaient le ciel dans l'espoir de repérer des météorites, des soucoupes volantes ou quoi que ce soit susceptible d'expliquer cette étrange couleur.

Je suivis State Street jusqu'à la rivière, où je ressentis l'inquiétant picotement provoqué par le trou noir magique dont la puissance ne cessait de croître. Je m'engageai sur le pont et m'arrêtai au milieu. Le cours d'eau s'étendait devant et derrière moi, serpentant à travers le centre-ville, telle une veine noire figée. Le ciel au-dessus, d'un rouge uniforme, était chargé de gros nuages, eux aussi teintés de rouge par… je ne savais quoi. Un sort qui aurait eu des effets secondaires inattendus? un charme ancien? une sorcière aigrie?

Malheureusement, je n'en avais aucune idée. S'il existait un foyer, je ne l'avais pas trouvé. Je n'avais rien remarqué de particulier dans les environs. Pas de sorcier lançant des sortilèges. Pas de dragon crachant des flammes. Et à ma connaissance, Tate ne s'était pas évadé dans le but de tous nous pétrifier avec ses étranges pouvoirs magiques.

Même si aucun de ces scénarios ne m'aurait ravie, notre affaire aurait connu une évolution. J'aurais eu un début de réponse.

En retournant vers ma voiture, je fis une pause à un arrêt de bus désert et m'assis sur le banc. La ville subissait une série de catastrophes naturelles inexplicables, et, apparemment, ces événements ne reflétaient que les symptômes d'un mal plus grave. Comment étais-je censée résoudre cette énigme? Les vampires étaient capables de sentir la magie, mais seulement à proximité immédiate. Tout cela dépassait mon champ de compétences. J'avais besoin d'un sourcier –un de ces devins qui recherchent de l'eau souterraine à l'aide d'une branche en forme de «Y»–, mais spécialisé en magie.

Je me raidis et sortis mon téléphone. Puisque c'était la personne de mon entourage qui ressemblait le plus à ce genre de sourcier, j'appelai Catcher.

— Tu es toujours vivante.

— La dernière fois que j'ai vérifié, je l'étais. J'ai une info à ajouter à ta base de données: le sang de fée rend les vampires complètement dingues.

Un grincement de chaise m'indiqua qu'il s'était redressé.

— Tu as fait couler du sang de fée?

— Pas moi. Claudia, la reine, s'est énervée contre ses gardes. Ils ne l'avaient pas mise au courant de l'état du ciel.

Catcher émit un petit sifflement.

— Étant donné qu'il est toujours rouge, je suppose que les fées n'y étaient pour rien.

—En effet. Troisième coup pour rien. Les surnats de l'eau n'ont pas touché à l'eau. Les surnats du ciel n'ont pas touché au ciel. D'après Claudia, nous avons affaire à une magie élémentaire qui n'est que le symptôme d'un problème plus grave.

Je l'entendis soupirer à l'autre bout du fil.

—De la magie élémentaire, répéta-t-il. J'aurais dû faire le rapprochement.

Mon cœur s'emballa. Allions-nous enfin avancer ? Avait-il une réponse ?

—Ça t'évoque quelque chose ? demandai-je.

—Ça donne le contexte magique. Le style utilisé.

—Ce style correspond-il à un groupe, une espèce ou une personne en particulier ?

—Pas vraiment, mais ça prouve que nous sommes confrontés à de la magie.

Sans blague. Comme si nous ne le savions pas déjà. En dépit de ce qu'avait suggéré Jonah, il paraissait peu probable que quelqu'un ait teint le ciel en rouge et déclenché des éclairs juste en appuyant sur un bouton.

Comme si le ciel avait été irrité par cette pensée, la foudre s'abattit sur une voiture garée un peu plus loin. L'alarme du véhicule se mit à hurler. Je me réfugiai aussitôt sous l'abri de bus, regrettant de ne pas avoir rejoint la sécurité de ma Volvo. Je détestais les orages.

—Tu n'aurais pas une idée de ce que Tate pourrait être, par hasard ? Claudia a parlé de magie ancienne, et ça m'a fait penser à lui.

—Ça ne m'étonnerait pas qu'il pratique une magie ancienne, déclara Catcher, mais ça ne correspond pas en soi à une classification. Le fait que ses pouvoirs semblent provenir d'une autre époque ne renseigne pas sur ce qu'il est ni qui il est.

Bien sûr. Ce serait trop facile.

—Alors, nous devons creuser cette piste pour en savoir davantage. Est-ce que tu peux m'organiser un nouveau rendez-vous avec lui?

Catcher siffla.

—Vu que notre organisation a été officiellement déman-telée, nous ne sommes plus vraiment les bienvenus dans la prison secrète où est enfermé notre ancien maire. Je peux essayer de faire jouer quelques relations, mais ça me prendra du temps.

—Fais de ton mieux. De toute façon, j'en suis au point mort.

Il restait toutefois un groupe sur lequel enquêter…

—Je sais que cette question ne va pas te faire plaisir, poursuivis-je, mais il faut tout de même que je te la pose: est-ce que tu as pensé à l'Ordre?

Je me mordis la lèvre, m'attendant à entendre fuser une réponse sarcastique, mais je fus surprise. Catcher avait changé d'attitude.

—Je me suis creusé la cervelle, dit-il d'une voix rauque trahissant son épuisement, mais je ne vois pas de quelle manière les membres de l'Ordre pourraient être impliqués. Je ne sais pas pour quelle raison ils feraient une chose pareille. Ils sont peut-être naïfs, mais pas diaboliques.

—Et Simon?

—Merit, j'ignore ce que Simon fait de ses journées, à part qu'il monopolise Mallory et toute son énergie mentale. Apparemment, il concentre toute son attention sur elle. De toute manière, il a une situation royale. Pourquoi ferait-il une chose pareille?

— C'est ce que je me suis demandé.

— Fais en sorte que les vampires restent calmes, et n'embête pas trop Simon. Il a beau avoir l'air sympa, c'est un membre aguerri de l'Ordre, et il n'appréciera pas vraiment que des vampires se mêlent de ses affaires. Laisse-moi creuser cette piste.

— J'attendrai, assurai-je, mais Frank s'impatiente, et tu imagines la pression qu'il met sur Malik. Les humains paniquent, et la Garde nationale est en route pour Cadogan. Qui que soient les responsables, nous devons les trouver, et vite.

— Je m'en occupe. Tu m'appelles d'où, au fait ?

Je décidai de ne pas lui avouer que je m'étais blottie sous un abri de bus de State Street tout simplement parce que je n'avais pas eu de meilleure idée.

— Je fais mon boulot de Sentinelle, lui répondis-je. Recontacte-moi si tu as du nouveau.

Catcher grogna son assentiment puis raccrocha. Je rangeai mon téléphone et scrutai les ténèbres alentour. Un bruit enflait, provenant d'une procession d'humains vêtus de blanc qui avançaient dans ma direction. Ils portaient des panneaux blancs sur lesquels ils annonçaient l'apocalypse et incitaient à réfléchir de toute urgence à certains passages de la Bible. Quelques gouttelettes marquaient le coin des lettres gribouillées à l'encre rouge sang. Ils avaient de toute évidence peint leurs écriteaux à la hâte, dans une tentative désespérée d'agir avant qu'il ne soit trop tard.

— Avant que les vampires ne détruisent le monde, marmonnai-je.

Peut-être les humains avaient-ils raison au sujet de l'apocalypse ; je ne disposais pas de ce genre d'information. Mais comme j'étais certaine que ces tragédiens grecs annonciateurs du chaos ne se contenteraient pas de me saluer s'ils me surprenaient là toute seule, je m'accroupis dans un coin et les regardai passer.

Quelques minutes plus tard, ils disparurent, et la rue se retrouva plongée dans le silence. Je me levai et m'étirai les jambes, mais, alors que je m'apprêtais à quitter l'abri de bus, un éclair aveuglant zébra le ciel et une pluie torrentielle se mit à tomber.

—Il ne manquait plus que ça, grommelai-je.

Je restai un moment sous l'abri dans l'espoir d'une accalmie. Tandis que la pluie éclaboussait mes bottes, je regrettai de nouveau qu'Ethan ne soit pas avec moi. Il aurait déjà élaboré un plan d'attaque.

Je savais que je devais assumer seule cette mission ; j'espérais juste avoir la force et l'intelligence nécessaires pour la mener à bien.

Aussi brutalement qu'elle avait commencé, la pluie diminua d'intensité puis cessa. Au moment où je quittais mon abri, une senteur de goudron mouillé et de soufre assaillit mes narines, mais je perçus également autre chose : une odeur suave de citron identique à celle qui entourait Tate.

Claudia pensait qu'une magie ancienne était à l'œuvre, et, à présent, la pluie dégageait le même parfum que Tate… Il ne pouvait s'agir d'une simple coïncidence.

L'aube approchait, mais je savais exactement où me rendre la nuit suivante. J'espérais que le nom de mon grand-père permettait encore d'ouvrir certaines portes et que j'aurais l'autorisation de rendre visite à Tate.

Toujours angoissée par la foudre, je courus jusqu'à ma voiture. L'électricité qui vibrait dans l'air me picotait la peau. À peine avais-je inséré la clé dans la serrure que je sentis le canon d'une arme contre ma joue.

—Bonjour, Merit! lança McKetrick d'un ton enjoué. Ça fait longtemps qu'on ne s'est pas vus.

12

HAPPINESS IS A WARM GUN[1]

J e baissai les yeux sur l'acier sombre et froid à présent dirigé sur ma poitrine. L'arme, plus longue et plus massive qu'un pistolet classique, ressemblait à un fusil muni d'un canon de large diamètre que l'on aurait scié.

Je levai le regard. McKetrick affichait un sourire suffisant. Avec ses cheveux noirs coupés court, ses pommettes sculptées, son corps athlétique et ses grands yeux en amande, c'était un homme séduisant, mais sa bouche se tordait en un rictus cruel, et une nouvelle cicatrice lui barrait la lèvre supérieure.

— Les mains en l'air, s'il vous plaît, m'intima-t-il d'un ton cordial.

Pour la deuxième fois cette nuit-là, je levai les mains en l'air. Ironique, non? J'avais laissé mon sabre dans la voiture pour ne pas effrayer les humains, et voilà que l'un d'eux braquait une arme sur moi.

— McKetrick, déclarai-je en guise de salutation. Pourriez-vous baisser ce pistolet, s'il vous plaît?

---

1. *Happiness Is a Warm Gun* est le titre d'une chanson des Beatles que l'on pourrait traduire par «le bonheur est un pistolet encore chaud». (*NdT*)

—Alors qu'il me permet de bénéficier de toute votre attention ? Je ne crois pas, non. Et au cas où vous envisageriez de prendre une balle pour la bonne cause, sachez que nous utilisons un nouveau genre de munitions. Avec un peu moins de métal et un peu plus de bois. Notre procédé novateur combine la puissance d'une balle à l'action chimique du tremble. Il s'est déjà avéré très efficace.

Un frisson me parcourut l'échine. S'il avait réussi à fabriquer des munitions contenant du bois de tremble – le seul matériau susceptible de nous réduire en cendres si nous le recevions en plein cœur – et affirmait qu'elles avaient démontré leur efficacité, combien de vampires avait-il déjà tués ?

—Est-ce de là que vient votre cicatrice ? lui demandai-je.

Il retroussa la lèvre supérieure.

—Ça ne vous regarde pas.

—Vous me menacez avec un pistolet, donc ça me regarde, répliquai-je.

Je réfléchis aux options qui s'offraient à moi. Je parviendrais peut-être à lui arracher son arme des mains avec un coup de pied bien placé, mais, en tant qu'ancien militaire, McKetrick maîtrisait très certainement le combat à mains nues. Par ailleurs, ce « peut-être » comportait un très grand risque : j'étais susceptible de recevoir un éclat de tremble en plein cœur au cours de la manœuvre, ce qui me tuerait. Il y avait également une forte probabilité pour que les sbires de McKetrick soient tapis dans l'ombre avec des pistolets similaires.

J'avais déjà trop côtoyé la mort ces derniers temps. Je décidai très vite que je n'avais pas envie de jouer les martyrs. Je préférais tenter de récolter le plus d'informations possible.

— Je suis surprise de vous rencontrer ce soir, lui dis-je. Ne devriez-vous pas être en train d'avertir les gens de l'imminence de l'apocalypse ? ou de discuter avec Mme Kowalczyk ? On vous a vu à la conférence de presse.

— C'est une femme qui a des projets pour cette ville.

— C'est une abrutie qui se laisse facilement manipuler.

Un sourire s'étira sur ses lèvres.

— C'est votre point de vue. Cela dit, elle s'est montrée très réceptive quand je lui ai fait part de ma position sur les vampires.

— C'est ce que j'ai pu constater. Je suppose que vous êtes à l'origine du projet de loi sur le fichage ?

— Cette loi ne me plaît pas plus que ça.

— Vraiment ? Je croyais pourtant que c'était votre truc, nous tenir à l'œil.

— Ce n'est pas assez ambitieux, Merit. Autoriser des aberrations surnaturelles à se déclarer aux autorités équivaut à tolérer leur existence. (Il secoua la tête, tel un pasteur délivrant son sermon.) Non merci. C'est un pas dans la mauvaise direction.

Je n'avais pas vraiment envie de savoir ce que McKetrick jugeait être la bonne direction, mais il ne m'accorda pas le privilège de son silence.

— Il n'existe qu'une solution pour cette ville : un nettoyage en profondeur. Se débarrasser des vampires résoudrait le problème de l'apocalypse. Et pour y parvenir, nous avons besoin d'un catalyseur. Éliminer un vampire connu du grand public nous permettra peut-être de faire quelques progrès.

Mon estomac se noua. McKetrick ne cherchait pas seulement à bannir les vampires. Il voulait les exterminer. En commençant par moi.

Le pistolet qu'il pointait sur moi ne me laissait pas une grande marge de manœuvre. Il m'était impossible de me servir de mon téléphone et, si je hurlais pour appeler des humains à l'aide, je les attirerais dans la ligne de tir. Je ne pouvais pas prendre ce risque. Grâce à ma force de vampire, je serais peut-être capable de battre McKetrick, mais il se déplaçait rarement seul. D'habitude, il était accompagné de types en uniforme noir tout aussi musclés que lui ; même si je ne les avais pas vus, j'imaginais qu'ils se cachaient quelque part, attendant l'occasion de se jeter sur moi.

J'optai donc pour ce que je savais faire le mieux : la tête de mule.

— Et me tuer vous apportera quoi, au juste ? Vous ne ferez qu'énerver les vampires et les humains de cette ville qui n'approuvent pas le meurtre.

McKetrick parut blessé par mon accusation.

— Voilà une vision bien naïve. C'est vrai, certains citoyens de Chicago ne se rendent peut-être pas compte de la gravité du problème vampire. Mais c'est justement ça l'important. Les gens ont besoin d'un élément rassembleur, Merit. Et vous serez cet élément.

— Mes cendres, plutôt. Vous savez que ce sera tout ce qui restera de moi, non ? Un petit tas de cendres, là, sur le trottoir. (Je désignai le goudron.) Ce ne sera pas vraiment comme si vous vous teniez fièrement à côté du cadavre d'un vampire. Croyez-moi. Je l'ai vu de mes propres yeux.

Je priai silencieusement Ethan de me pardonner pour ma rudesse, mais, remarquant que la mâchoire de McKetrick tressaillait un peu, je poursuivis :

— On aura davantage l'impression que vous aurez vidé un aspirateur plutôt que tué un vampire et, à la télévision, ça n'aura rien de spectaculaire. Vous n'êtes même pas en première ligne.

—Qu'est-ce que vous voulez dire?

—Je veux dire qu'il y a une foule d'humains en train de manifester contre nous aux portes de la Maison Cadogan, et l'armée est en route. Pourquoi ne vous trouvez-vous pas avec eux? Vous pourriez lier connaissance, recruter des acolytes. Oh! Je comprends. Vous n'aimez pas plus vos congénères que les vampires. Ce qui vous plaît, c'est jouer au héros. Du moins ce qui correspond à votre conception d'un héros. Personnellement, je ne considère pas le génocide comme un acte admirable.

Il me gifla si fort que mes oreilles bourdonnèrent. Un goût de sang emplit aussitôt ma bouche.

—Je ne laisserai pas une petite salope à crocs me détourner de ma mission! assena-t-il d'un air menaçant.

Ma colère, décuplée par la faim qui me dévorait, se mit à courir dans mes membres, générant un merveilleux courant de chaleur. La terreur qui me glaçait les os quelques secondes plus tôt s'évanouit.

—Votre mission? Ce que vous appelez «mission» est du meurtre pur et simple, McKetrick. Ne l'oubliez pas. Et à mon avis, vous ne savez rien de moi ni des vampires.

—Regardez le ciel, rétorqua-t-il en enfonçant le canon de son arme dans ma poitrine. Vous voudriez me faire croire que vous n'y êtes pour rien?

—Il se trouve que c'est la vérité, lui affirmai-je.

Toutefois, je ne m'étendis pas sur les autres groupes de surnaturels susceptibles d'en être responsables. Inutile d'attirer l'attention de McKetrick sur eux.

—Comment pourriez-vous n'y être pour rien? Qui d'autre aurait pu provoquer ça?

— Le réchauffement climatique ? suggérai-je. Est-ce que vous avez trié vos ordures, aujourd'hui ?

Sous le choc du coup de poing que je reçus dans l'estomac, je tombai à genoux sur le sol mouillé. Je toussai un peu, exagérant la douleur. Certes, il m'avait fait mal, mais pas tant que ça. J'avais l'impression qu'il avait retenu son bras au dernier moment. Peut-être que frapper une « salope à crocs » était plus difficile que lui flanquer une bonne gifle. Le fait que McKetrick me croie plus délicate que je ne l'étais me donnait un avantage.

— Espèce de sadique ! crachai-je.

— Non, répliqua-t-il très calmement. Je suis réaliste. Vous me rendez violent. Vous provoquez un affrontement qui n'a pas lieu d'être.

— C'est un peu trop facile de blâmer la victime, ripostai-je.

Alors que je m'attendais à encaisser un coup de pied, McKetrick s'accroupit, les sourcils froncés en une expression grave.

— Vous ne comprenez pas.

— Je comprends très bien. Vous êtes un égoïste persuadé de tout savoir mieux que personne à Chicago. Mais en réalité, McKetrick, vous n'êtes qu'un lâche et un ignorant. Vous vous battez pour qu'on nous prive de nos droits alors que nous faisons tout notre possible pour résoudre ce problème. Votre vanité vous rend aveugle. En fait, j'ai pitié de vous.

J'avais manifestement épuisé sa patience, car il se redressa, inséra deux doigts dans sa bouche et siffla. Deux hommes en treillis noir accoururent vers nous. L'un d'eux braqua sur moi une arme similaire à celle de McKetrick tandis que l'autre me relevait sans ménagement, maintenant mes bras derrière mon dos.

J'accablai de jurons le molosse qui m'immobilisait et lui enfonçai mon talon dans le pied, mais le canon du pistolet que McKetrick pointait sur ma mâchoire me dissuadait de faire preuve de davantage de violence.

— Balance-la dans la voiture, ordonna ce dernier. On va la ramener au QG.

Voir le « QG » m'aiderait certainement à mettre un terme aux activités de McKetrick, mais il était peu probable que je survive à cette petite visite. Monter dans ce véhicule signerait mon arrêt de mort. Je me débattis donc avec toute la force dont j'étais capable. Je me tortillai dans les bras de mon agresseur et, alors qu'il s'efforçait de me maîtriser, je transférai le poids de mon corps pour lancer un coup de pied dans le pistolet de McKetrick. L'arme vola dans les airs, et il tenta aussitôt de la récupérer.

Dans la confusion, le sous-fifre qui me tenait desserra son étreinte. D'un coup de talon dans ses bijoux de famille suivi d'un coup de pied circulaire dans les jambes, je le mis à terre.

— C'est une de mes bottes préférées, le narguai-je, repensant à une conversation que j'avais eue avec Ethan.

Je regrettais qu'il ne soit pas là pour combattre à mon côté.

— Attrapez-la ! cria McKetrick, qui avait ramassé son pistolet et avançait vers moi, bras écartés.

Je fis volte-face et fonçai droit sur le sous-fifre numéro deux. Je levai la tête vers lui, lui offris un petit sourire puis lui décochai un coup de pied sous la ceinture. Contrairement à son acolyte, il se montra assez malin pour anticiper mon mouvement. Il para mon attaque, mais ce n'était pas la première fois que ça m'arrivait. Je me baissai afin d'esquiver un coup droit et en profitai pour lui lancer mon poing dans le tibia. Alors qu'il sautillait sous l'effet de la douleur, je me redressai d'un bond et, d'un coup de pied en arc de cercle parfaitement exécuté, je l'envoyai au tapis.

J'avais terrassé deux de mes adversaires grâce à des coups de pied bien placés, mais je n'eus même pas le temps de savourer ma victoire : je reçus un violent choc dans le dos, et me retrouvai de nouveau au sol.

Je regardai derrière moi.

McKetrick brandissait son arme, tremblant de fureur.

— J'en ai plus qu'assez ! vociféra-t-il, prêt à appuyer sur la détente.

Lorsque Célina m'avait battue, par une autre nuit pluvieuse, je m'étais fait une promesse. Aussi, je me relevai et soutins le regard de McKetrick en m'efforçant de paraître calme, raidissant les jambes pour ne pas chanceler.

— Si vous avez l'intention de me tuer, vous le ferez en me regardant dans les yeux, le défiai-je.

Je me préparai à ressentir la piqûre des éclats de bois s'il manquait mon cœur, ou à sombrer dans le néant s'il atteignait sa cible. J'étais assez courageuse pour admettre que les deux issues étaient envisageables.

McKetrick dirigea son pistolet sur mon cœur.

Je tentai un dernier stratagème.

— Je devrais vous remercier, vous savez.

Il hésita, mais finit par poser la question que j'attendais :

— Pour quoi ?

— Pour ce que vous faites, répondis-je en avançant d'un tout petit pas de manière que le canon de son arme s'enfonce dans ma poitrine. Vous me transformez en martyre. Bien entendu, vous devrez inventer une histoire crédible afin de convaincre tout le monde que j'ai essayé de vous blesser et que je représentais un danger pour Chicago. (Je baissai un peu la voix.) Mais les surnaturels ne seront pas dupes,

McKetrick. Les vampires. Les métamorphes. Ce sont mes amis. Ils ne vous croiront pas. (Je me dressai sur la pointe des pieds et plongeai mon regard dans le sien.) Ils vous retrouveront.

Ce qui est étrange avec la colère, c'est qu'elle peut vous aider, mais aussi vous nuire. Parfois, elle vous fait perdre votre calme et vous fait cligner des yeux.

McKetrick cligna des yeux.

—Salope! cracha-t-il, les dents serrées. Je ne laisserai pas les vampires détruire cette ville.

La main de McKetrick trembla, et le pistolet vacilla légèrement. Je saisis cette occasion pour envoyer un coup de pied dans l'arme par en dessous. Elle vola dans les airs puis ricocha sur le bitume.

Il se mit aussitôt à courir pour la récupérer.

Je devais le reconnaître: McKetrick était plus musclé et plus fort que moi. Mais j'étais plus rapide.

Je le devançai, m'emparai du pistolet, m'écorchant les doigts contre l'asphalte au passage, et braquai l'arme sur lui avant qu'il ait eu le temps d'arriver sur moi.

Il écarquilla les yeux.

—Vous êtes en train de détruire cette ville, gronda-t-il.

—Je sais, vous l'avez déjà dit. J'aimerais tout de même vous faire remarquer que les vampires n'agressent pas leurs concitoyens au pistolet dans la rue.

Il gronda et lança quelques jurons, puis s'agenouilla.

—Est-ce que vous vous sentez plus puissante, maintenant que je suis à genoux devant vous comme un humain servile?

—Non. Et vous savez pourquoi? (Je lui assenai un coup de crosse sur la tempe, et il s'effondra sur le bitume, inconscient.) Parce que je ne suis pas comme vous.

Je fermai les yeux quelques instants – juste pour respirer – puis les rouvris quand j'entendis un crissement de pneus.

Je me retournai. Les deux sous-fifres avaient disparu et le 4 × 4 noir s'éloignait à pleins gaz.

— Pour la loyauté, on repassera, marmonnai-je.

Je regardai McKetrick, puis examinai les environs. L'arrêt de bus ne se trouvait qu'à quelques mètres de distance, mais l'aube pointait déjà à l'horizon. Je n'avais pas beaucoup de temps devant moi ; il me fallait des renforts.

Sous les flashs des éclairs, je traînai McKetrick jusque sous l'abri de bus et le hissai sur le banc, puis sortis mon téléphone.

— Qu'est-ce que tu veux, Merit ? me répondit Catcher.

Les habitants de la maison de Wicker Park me paraissaient bien irritables, cette semaine-là. J'arrivais à bout de patience avec le clan Carmichael-Bell, mais j'avais du boulot.

Je lui indiquai l'endroit où je me trouvais.

— Si tu ne tardes pas trop, tu découvriras McKetrick inconscient dans l'abri de bus.

— McKetrick ? répéta-t-il sur un ton soudain beaucoup moins sarcastique. Qu'est-ce qui s'est passé ?

— Il m'a surprise au Loop, accompagné de deux de ses acolytes. Il m'a sorti sa rengaine habituelle : il hait les vampires et voudrait les chasser de Chicago. Mais la nouveauté dérangeante, c'est qu'il a des balles de tremble, ou, du moins, c'est ce qu'il affirme. J'ai réussi à lui prendre son arme, mais ses hommes se sont enfuis avec les leurs. Il a aussi mentionné un QG. J'espère qu'il te fournira quelques détails.

— Ça nous aiderait. Est-ce que tu comptes porter plainte contre lui pour coups et blessures ?

—Seulement si c'est nécessaire pour le garder sous les verrous.

—Je pense qu'on peut s'en passer, avança Catcher. Si tu te rappelles bien, nous ne dépendons plus de la ville. J'aurai juste une petite conversation amicale avec lui, en privé. Marrant de constater que la Constitution ne nous pose plus de problèmes.

Peut-être, mais mon grand-père risquait tout de même de se retrouver dans le pétrin si on l'accusait d'enlèvement.

—C'est toi qui vois, mais je ne sais pas dans combien de temps il va revenir à lui, et comme la ville ne va pas tarder à se réveiller, tu devrais peut-être contacter l'inspecteur Jacobs. Mieux vaut éviter qu'un policier lambda trouve McKetrick avant toi.

Jacobs connaissait mon grand-père et m'avait interrogée quand le V, la drogue que Tate avait fabriquée à l'intention des vampires, avait transformé le bar de la Maison Cadogan en scène de pogo ultra-violent. Jacobs était consciencieux, prêtait attention aux détails et cherchait honnêtement à faire respecter la vérité et la justice. Ce genre de personne se faisait rare de nos jours ; je le considérais donc comme un allié.

—Je demanderai à Chuck ce qu'il en pense, déclara Catcher. Je sais qu'il veut rester en bons termes avec la police, mais il faut avouer que la nouvelle liberté que nous a offerte Kowalczyk est tentante. (J'entendis Catcher s'agiter à l'autre bout du fil.) On s'en va. Nous devrions arriver dans une vingtaine de minutes.

—L'aube approche, je rentre à la Maison. En parlant de votre nouvelle liberté, est-ce que tu as réussi à organiser une rencontre avec Tate ?

— J'y travaille. J'essaie de faire jouer nos relations politiques, mais les bureaucrates sont gourmands. Kowalczyk les rend nerveux. Je t'en dirai plus demain soir.

— Merci. Hé, tant que je t'ai au téléphone, est-ce que tu as déjà remarqué une odeur bizarre à proximité de Tate ?

— J'évite autant que possible de renifler les personnalités politiques ou les prisonniers.

— Je suis sérieuse. Chaque fois que je me trouve près de lui, je sens un parfum sucré aux arômes de citron. Et ce soir, juste après l'averse, j'ai senti la même odeur, comme si la pluie contenait une forme de magie similaire. Comme si Tate jouait un rôle, d'une certaine manière.

— Il a plu un peu ici aussi, mais je n'ai rien remarqué de spécial. À mon avis, il ne faut pas accorder beaucoup d'importance aux odeurs. En plus, Tate est derrière les barreaux. Que pourrait-il faire ?

Soit. Je savais que ce parfum devait avoir une signification, mais je n'insistai pas.

— Fais attention à toi, et sois gentil avec notre petit soldat, recommandai-je.

— Il ne mérite pas vraiment notre gentillesse, répliqua Catcher avant de raccrocher.

Comme le ciel se teintait à présent d'orange à l'horizon, je rangeai mon téléphone et quittai l'abri de bus, abandonnant McKetrick derrière moi. Avachi sur son banc, il ressemblait à un fêtard après une soirée trop arrosée.

Le veinard.

13

LE MEILLEUR MOYEN DE SE RÉVEILLER... C'EST DU GROUPE A AU PETIT DÉJEUNER

J'appelai Kelley en chemin afin de lui communiquer les derniers événements. J'arrivai à Hyde Park un peu trop tard à mon goût : l'aube approchait. Je courus de ma voiture à la Maison, si épuisée par la proximité du lever du soleil que je remarquai à peine que les manifestants s'étaient calmés. La vingtaine de militaires en treillis postés à intervalles réguliers autour de la grille n'y était sans doute pas étrangère.

Impatiente de m'effondrer sur mon lit, je montai immédiatement l'escalier, mais m'arrêtai sur le palier du premier étage et levai la tête. Avant que ma raison ait repris le dessus, je gravis les marches, à demi endormie. Je traversai ensuite le couloir du deuxième étage sur la pointe des pieds en direction de l'aile où se trouvait la suite de la consorte... et celle d'Ethan.

Je restai un moment devant la double porte de ses appartements, puis pressai la paume contre le battant et appuyai le front contre le bois frais.

Il me manquait tellement... Si le baiser de Jonah m'avait permis de tout oublier un bref instant, le retour à la réalité n'en était que plus difficile ; Ethan ne quittait plus mes pensées.

Soudain, la porte s'entrouvrit.

Je me redressai, le cœur battant. Je n'avais pas pénétré dans sa suite depuis sa mort. Quelques-uns de ses effets personnels avaient été rangés dans des cartons, mais les pièces étaient globalement demeurées intactes. Frank avait élu résidence ailleurs, et Malik et sa femme étaient restés chez eux. J'avais jusque-là soigneusement évité les appartements d'Ethan, estimant qu'il était préférable de souffrir de son absence plutôt que de devenir un fantôme et de hanter sa suite pour raviver son souvenir.

Mais, ce soir-là, après les éclairs, les fées, les baisers et les pistolets, j'avais besoin d'une autre forme d'oubli.

Je poussai la porte.

Je demeurai sur le seuil quelques instants, les yeux clos, me délectant de l'odeur familière. Le parfum vif et puissant de l'eau de Cologne d'Ethan commençait à s'évanouir au profit de celui de la cire et de la poussière, mais il flottait encore, frais et léger, comme les murmures d'un fantôme.

Je rouvris les yeux, fermai la porte derrière moi et parcourus la pièce du regard. Avec sa décoration raffinée et son luxueux mobilier en provenance d'Europe, elle ressemblait davantage à une suite d'un hôtel cinq étoiles qu'à un appartement de Maître vampire.

Je traversai le salon en direction de la seconde double porte, qui donnait sur la chambre d'Ethan. Alors que le soleil montait dans le ciel, je pénétrai à l'intérieur. Là aussi planaient encore de légers effluves de son parfum. Avant que je ne me rende compte de ce que je faisais, j'avais ôté ma veste et mes chaussures et m'étais allongée sur son lit. Lorsque j'éprouvai la sensation familière des draps imprégnés de son odeur sur ma peau, des larmes roulèrent sur mes joues.

Je pensai à la nuit où nous avions fait l'amour, moment éphémère et heureux, et me remémorai le petit sourire taquin qu'il affichait quand j'avais fait – ou qu'il m'avait fait – quelque chose qui lui avait plu. Je me rappelai ses yeux d'un incroyable vert étincelant, ses lèvres parfaites et son corps aussi finement sculpté qu'une statue de marbre.

Enveloppée par son parfum, je savourai ces souvenirs, le sourire aux lèvres. Là, dans le lit de sa chambre plongée dans le noir, je m'endormis.

Nous nous trouvions dans un casino, entourés de flashs lumineux et d'une cacophonie de bruits électroniques, bousculés par le va-et-vient incessant de serveuses souriantes portant des plateaux chargés de cocktails. J'étais assise devant une machine à sous dont les rouleaux tournaient à une vitesse aléatoire. Ils ralentirent, puis s'arrêtèrent chacun sur une image. Un pieu. Une goutte de pluie. Une flamme.

Ethan, debout à côté de moi, tenait entre le pouce et l'index une pièce d'or qu'il faisait doucement tournoyer. Chaque face reflétait tour à tour la lumière, lançant des éclairs dorés.

— Les deux côtés de la pièce, déclara-t-il. Pile et face. Le vrai et le faux. Le bien et le mal. (Il posa son regard sur moi.) Nous avons tous le choix, non ?

— Le choix ?

— Entre le courage et la lâcheté. L'ambition ou le contentement.

— Je suppose.

— Que choisiras-tu, Merit ?

Je savais qu'il faisait allusion à quelque chose d'important, quelque chose de grave, mais j'ignorais de quoi il s'agissait.

—Quel choix ai-je à faire?

D'une chiquenaude, il envoya la pièce en l'air. Le plafond sembla s'élever en même temps qu'elle, donnant l'impression que, si la gravité n'opérait pas son étrange magie, la pièce ne cesserait de monter, sans jamais rencontrer d'obstacle. Elle tournoyait encore et encore, face, pile puis de nouveau face, captant la lumière.

—Disparais, dit Ethan.

J'observai la pièce, qui devenait de plus en plus petite à mesure qu'elle s'éloignait.

—Elle ne disparaît pas, lui fis-je remarquer. Elle est toujours là. Elle tourne encore.

—Pas la pièce. Moi.

À son ton effrayé, je reposai les yeux sur lui. Il avait le regard rivé sur ses mains, paumes vers lui. Ethan commençait à s'effacer. L'extrémité de ses doigts se dissolvait, se transformant en cendres qui tombaient sur le tapis aux motifs psychédéliques.

—Qu'est-ce qui t'arrive?

Je ne pouvais rien faire d'autre que regarder ses doigts disparaître, millimètre après millimètre. Au lieu de hurler ou d'essayer d'intervenir, je me contentai d'observer avec une froide fascination mon amant s'évaporer peu à peu.

—J'ai fait mon choix, déclara-t-il. Je t'ai choisie, toi.

Tandis que la peur me tordait l'estomac, je secouai la tête de manière frénétique.

—Comment arrêter ça? demandai-je.

—Je crois qu'on n'y peut rien. C'est naturel, non? Nous nous transformons tous en cendres. Nous redevenons poussière, et retournons au néant.

Quelque chose sembla soudain attirer son attention, car il détourna la tête et écarquilla les yeux.

—Ethan?

Il braqua de nouveau le regard sur moi.

— *C'est trop dangereux. Ne les laisse pas faire, Merit.*

— *Faire quoi ?*

— *Ils vont en profiter. Je crois qu'ils sont en train d'essayer.* (*Il regarda ses mains, dont il ne restait plus que la moitié.*) *C'est sans doute là que je vais.*

— *Ethan ? Je ne comprends pas.*

— *Je ne suis que cendres, dit-il.*

Il reporta son regard sur moi, et une bouffée de panique m'envahit devant ses yeux emplis de terreur.

— *Ethan…*

Soudain, la désintégration s'accéléra, et il finit par disparaître en criant mon nom.

— *Merit !*

Je me réveillai en sursaut, couverte d'une sueur froide, entortillée dans les draps d'Ethan, l'estomac noué par une peur panique. Il me fallut quelques instants pour me rendre compte que j'étais éveillée et que tout cela n'était qu'un rêve. Que l'horreur n'était pas réelle, mais qu'Ethan n'était plus là.

Je faisais de plus en plus de cauchemars ; sans doute le résultat du stress que je subissais. Je n'avais toujours pas résolu le problème qui accablait Chicago alors qu'il restait deux éléments susceptibles de représenter un danger, et peut-être le danger le plus grave : la terre et le feu.

J'espérais trouver une solution avant de voir la ville dévorée par les flammes.

Quand les battements de mon cœur se furent apaisés, je m'extirpai des couvertures et m'approchai de la fenêtre de la chambre. Les volets automatiques qui l'obstruaient pendant la journée s'étaient déjà relevés, révélant un magnifique ciel noir ponctué de quelques étoiles.

Je fermai les yeux, soulagée. Le ciel était redevenu normal, ce qui signifiait que le lac et la rivière avaient dû eux aussi reprendre leur aspect initial.

Si Claudia et Catcher avaient raison et que nous avions affaire à une magie élémentaire qui opérait selon un processus déterminé, le répit ne serait que temporaire. L'air et l'eau avaient déjà été touchés. La terre et le feu ne tarderaient pas à l'être à leur tour. Cela dit, le moindre répit, même bref, restait le bienvenu.

Je regagnai ma chambre. J'avais reçu un message de Catcher confirmant mon rendez-vous avec Tate. Je n'allais pas voir l'ancien maire pour affaires ; je devais résoudre un problème surnaturel. Aussi, après m'être douchée, je revêtis ma tenue de cuir, prenant soin de glisser l'amulette dans ma poche.

Je n'avais en revanche aucune nouvelle de Jonah, ce qui m'inquiétait un peu. J'espérais qu'il n'essayait pas de m'éviter parce que je l'avais repoussé. Nous ne faisions pas équipe depuis très longtemps, mais notre duo s'avérait efficace. Et, même si je commençais à me rendre compte que j'étais capable de remplir mon rôle de Sentinelle toute seule, je préférais travailler avec un partenaire à mon côté.

En quête de réconfort, je composai le numéro de Mallory. Lorsqu'elle décrocha enfin, au bout de cinq sonneries, elle me laissa clairement entendre que je l'avais dérangée.

— Je n'ai pas vraiment le temps de te parler.

— La prochaine fois, ne réponds pas au téléphone, alors, ironisai-je, toutefois un peu vexée par son accueil.

— Désolée, s'excusa-t-elle avec une apparente sincérité. C'est juste que… mes examens deviennent de plus en plus difficiles, tu comprends ? Je suis sur les rotules, et je ne vais pas tarder à être vraiment au bout du rouleau. J'ai simplement envie que tout ça se termine. Je m'en fous de réussir ou pas, je veux juste en finir.

Le ton de sa voix et la rapidité de son débit de parole trahissaient son épuisement. Je n'aurais pas été surprise d'apprendre qu'elle s'était dopée aux boissons énergisantes.

— Je comprends, assurai-je. J'ai quelque chose de prévu en début de soirée, mais ça te dirait de faire une pause un peu plus tard ?

— Je commence mon prochain examen dans quelques minutes.

— C'est nul.

— Ne m'en parle pas. Et pour couronner le tout, Catcher est super chiant, en ce moment. Je crois qu'il ne se rend vraiment pas compte du stress que je subis.

Elle semblait énervée, et je me demandai si quelqu'un parmi nous avait pris la réelle mesure de ce qu'elle traversait. Enfin, hormis Simon, qui était responsable de son état.

D'ailleurs, tant que j'avais Mallory au téléphone…

— Dis donc, je sais que tu es pressée, mais tu aurais une idée de ce qui arrive au ciel et au lac ? À ce que j'ai compris, c'est dû à une magie liée aux quatre éléments : l'eau, l'air, la terre et le feu. Est-ce que tu aurais appris quelque chose là-dessus ?

Sa réponse fusa.

— Bon sang, Merit ! s'exclama-t-elle d'un ton rageur. Combien de fois tu t'es demandé si les problèmes de la ville étaient provoqués par les sorciers ? C'était la même chose avec la drogue.

— Je me pose beaucoup de questions, répliquai-je, gardant à l'esprit le stress qu'elle subissait. C'est mon boulot d'envisager toutes les éventualités pour essayer de découvrir la vérité.

— Oh, alors comme ça, nous sommes une éventualité ?

Je ne savais même pas pourquoi nous étions en train de nous disputer. Je ne l'avais pas accusée de quoi que ce soit. S'énervait-elle contre moi parce qu'elle nourrissait elle aussi des soupçons, ou juste parce qu'elle était tendue ?

— Contrairement à ce que tu crois, je n'ai pas le temps de m'amuser à faire des conneries de ce genre, enchaîna-t-elle avant que j'aie pu reprendre la parole. Ni de mener des recherches sur je ne sais quelle magie dont on se contrefout. Je suis en train de passer des examens, Merit.

Comment pouvait-elle parler ainsi du traumatisme que vivait la ville ? En dépit de son commentaire déplacé, je m'efforçai de garder mon calme.

— Je sais que tu es occupée. Je ne t'accuse de rien, mais il y a une sorte de magie à l'œuvre que je ne comprends pas. Je pensais juste que toi, tu comprendrais.

— Tu veux que je te dise ce que je comprends, Merit ? Je comprends les sigils, les invocations, les algorithmes magiques et les transferts d'auras. Voilà ce que je comprends.

— Bon, tu sais quoi ? rétorquai-je en réprimant ma colère. Je vais te laisser réviser, d'accord ?

— C'est peut-être une bonne idée. Et tu devrais t'abstenir de me téléphoner et de m'accuser jusqu'à la fin de mes examens.

Elle raccrocha, me laissant sidérée, furieuse et sans voix.

Lindsey choisit ce moment pour passer la tête par la porte.

— Petit déjeuner ?

Je lui montrai le téléphone.

—Mallory vient de me raccrocher au nez!

Lindsey fronça les sourcils, entra dans ma chambre et referma la porte derrière elle.

—Qu'est-ce que tu as fait?

—Rien. Enfin, je lui ai demandé si elle savait ce qui arrivait au lac et au ciel, mais c'est tout.

Lindsey émit un sifflement.

—Chapeau pour la diplomatie.

—Ma question était légitime, et elle est l'une des trois personnes en ville susceptibles de me renseigner.

—C'est vrai. Après tout, ce ne sont pas mes oignons, mais ça me fait plaisir de voir que je ne suis pas la seule à avoir des problèmes relationnels.

Ce commentaire sous-entendait qu'elle allait me fournir des détails que je n'avais pas envie d'entendre, mais résonnait aussi comme un appel à l'aide.

—Qu'est-ce qui s'est passé?

Elle ne tourna pas autour du pot.

—En résumé: la vie de couple n'est vraiment pas facile, je ne me bats pas à la loyale et je suis la personne la plus bordélique qu'il connaisse.

Je grimaçai… mais je ne pouvais contredire ni le premier ni le dernier point. La chambre de Lindsey croulait sous un tas de bazar, et pas vraiment le genre de bazar soigneusement rangé sur des étagères dans de jolis petits paniers en osier identiques.

—Comment ça, tu ne te bats pas à la loyale?

Ses épaules s'affaissèrent.

—Il arrive que je mentionne la possibilité d'une rupture quand on se dispute, souffla-t-elle.

—Oups.

— Comme tu dis. C'est juste que… je n'ai encore jamais vécu ça, tu comprends ? Je n'ai jamais eu de relation aussi sérieuse. Parfois, j'ai l'impression que toute ma peur s'accumule, et je dois bien évacuer cette pression d'une manière ou d'une autre. Alors je me persuade que ça ne va pas durer.

— Il t'aime.

— Je sais. Mais peut-être qu'un jour, il ne m'aimera plus. Et quand il sera parti, qu'est-ce que je deviendrai ? Je me serai tellement accrochée à lui que je ne m'en remettrai pas. (Elle s'effondra sur le lit.) Je suis fatiguée, surmenée, sous-alimentée, stressée et j'ai un petit ami – un petit ami, Merit, un vrai – qui a ses propres soucis. Et la seule chose dont j'ai envie, c'est de me gaver de crème glacée. Mais il faut regarder la réalité en face, ça ne résoudra aucun de mes problèmes. Si au moins je pouvais dire « oh, mon pantalon est trop large ! », mais ce n'est même pas le cas.

Elle se leva et gonfla son petit ventre tout plat.

— Sans blague ? lançai-je d'un ton sec.

— Le truc, c'est que je ne me reconnais plus. Avant, j'étais Lindsey, garde de la Maison Cadogan, super nana. Ma photo a fait la couverture du *Chicago Voice Weekly*, bon sang ! Je savais que j'étais belle. Et maintenant, je me demande sans arrêt si je suis bien coiffée ou si mon jean est vraiment si classe que ça.

— Il est vraiment classe.

— J'espère bien, je l'ai payé deux cents dollars.

— Deux cents dollars ? Un jean ?

— Il galbe les fesses.

En guise de démonstration, elle se tourna et prit une pose de pin-up.

Je restai dubitative.

—Ce n'est qu'un jean. Il est fait avec la même matière que tous les autres, et n'est ni plus ni moins galbant.

—Si j'avais acheté des Puma, tu n'aurais rien trouvé à redire sur le prix.

Elle marquait un point.

—D'accord, continue, proposai-je, magnanime.

—Bref, je ne m'angoissais pas pour ce genre de choses, avant. J'y faisais attention, c'est tout. Je ne m'inquiétais pas de savoir ce que ce mec allait penser de moi, parce que je m'en foutais, tu comprends ? Alors que maintenant…

Elle secoua la tête, comme si elle se dégoûtait elle-même.

—Alors que maintenant, tu t'intéresses à quelqu'un d'autre que ta petite personne ?

J'eus tout juste le temps de la voir plisser les yeux avant de recevoir un coup d'oreiller dans la figure.

—Aïe ! criai-je par réflexe en portant la main à ma joue. Même si je le méritais, ça fait mal.

—Tu comprends ce que je veux dire ?

—Je comprends. Mais peut-être que ce n'est pas une mauvaise chose. Enfin…, ce n'est pas comme si tu devenais totalement névrosée ou un truc comme ça. Tu aimes Luc, et tu as envie qu'il t'aime aussi. Tu cherches son approbation.

—Peut-être.

—Concentre-toi sur Luc, plutôt que sur toi-même. Il réagit probablement de la même façon. Il se demande sans doute si ses bottes sont assez bien cirées ou je ne sais quel autre détail dont se préoccupent les vampires au look de cow-boy.

—Les chaps. Comme je te l'ai déjà dit, il se pose beaucoup de questions sur les chaps.

Je pressai mes doigts sur mes paupières.

— Tu sais, j'ai quitté la maison de Mallory justement pour éviter ce genre de conversation.

— Non. Tu as quitté la maison de Mallory pour éviter de voir Catcher en caleçon, ce que je trouve complètement dingue. Ce mec est hyper craquant.

— Je l'ai plus souvent vu à poil qu'en caleçon. Et il a beau être mignon, j'avais parfois envie de manger tranquillement mes restes de chinois dans la cuisine sans avoir ses fesses sous le nez.

Lindsey gloussa et se rassit.

— Alors, en fait, c'était un problème d'hygiène.

— Exactement.

On garda le silence quelques instants.

— Est-ce qu'il vaut le coup ? demandai-je finalement.

— Qu'est-ce que tu veux dire ?

Je me remémorai la nuit où j'étais allée trouver Ethan, enfin convaincue qu'il était prêt à m'accepter telle que j'étais et que je pouvais faire de même pour lui. À ce moment-là, je ne doutais plus, je n'avais plus peur. Je consentais simplement à prendre un risque, certaine qu'Ethan en valait le coup.

Que nous en valions le coup.

Il avait fallu du temps pour que j'en arrive là et pour qu'Ethan envisage de s'engager dans une relation. Si nous avions franchi le pas plus tôt, peut-être aurions-nous pu en profiter davantage. Mais il ne servait à rien de ressasser ces pensées. Ethan ne vivait plus que dans mes rêves, et ceux-ci devenaient si traumatisants que je préférais éviter de m'en souvenir.

— Je crois qu'arrive un moment où tu as envie de courir le risque, répondis-je. À ce moment-là, même si tu sais qu'il est possible que tu souffres un jour, tu juges que le jeu en vaut la chandelle.

—Et si ce moment n'arrive jamais?

—Alors tu devras te montrer honnête avec Luc. Mais ne laisse pas ta peur décider à ta place. Décide en fonction de qui il est et de qui tu es quand tu te trouves avec lui. De qui il t'aide à être.

Elle hocha la tête, les larmes aux yeux. J'eus soudain la conviction qu'elle prendrait sa décision plus facilement et plus vite qu'elle ne le pensait.

—Ça ira, lui assurai-je en la serrant dans mes bras. Il t'aime, tu l'aimes, et un jour, si on a de la chance, la situation redeviendra normale par ici.

Elle croisa les jambes.

—Et comment ce sera, alors?

—À toi de me le dire, répondis-je. Je suppose que la vie ressemblera à ce qu'elle était avant que Célina révèle l'existence des Maisons.

—Ah oui. Ces jours heureux… Pff, maintenant que j'y pense, on s'ennuyait à mourir.

—On n'est jamais contents.

—Eh oui, on croit toujours que l'herbe est plus verte ailleurs, reconnut-elle avant de me jeter un regard en coin. Maintenant que nous avons abordé mes petits problèmes sentimentaux, est-ce que tu te sens prête à parler de Jonah?

Je n'avais aucune envie d'avoir cette conversation.

—Je n'ai rien à raconter.

—Écoute, poursuivit-elle avec douceur, je ne suis pas en train de te dire que c'est le moment de te trouver un partenaire pour l'éternité, mais peut-être qu'il est temps que tu envisages d'être avec quelqu'un. Un ami. Un compagnon. Un amant. (Elle me tapota l'épaule avec espièglerie.) Jonah est… Enfin, Merit, bon sang. Il est beau comme un dieu, intelligent, toute sa Maison lui fait confiance, et tu lui plais.

—Il n'est pas Ethan.

—Ce n'est pas juste. Avant, il n'y avait pas d'Ethan, et il n'y en aura plus. Ethan est parti. Je ne te demande pas d'oublier qu'il a existé, mais je dis juste que l'éternité, c'est long, et que tu devrais peut-être considérer le fait que d'autres personnes pourraient faire partie de ta vie si tu le voulais.

On resta assises en silence un moment.

—Il m'a embrassée.

Lindsey émit un piaillement de volatile.

—Je savais qu'il le ferait. Comment c'était ?

—Le baiser ? Génial. Mes remords après coup ? Beaucoup moins bien.

—Oh. Qu'est-ce que tu as fait ?

—Je l'ai plus ou moins envoyé sur les roses ?

Je pensais que le point d'interrogation rendrait ma phrase moins dure à entendre. De manière peu surprenante, ce ne fut pas très efficace.

—Mauvaise tactique, Sentinelle. Mauvaise tactique. Vous vous parlez encore ?

—Il se pourrait que non, mais ça va changer. Ça doit changer, puisqu'il est le seul partenaire que j'ai en ce moment.

—Pas faux. On traverse une période difficile, les gardes et les partenaires se font rares, et les humains pleurnichent comme des bébés. Non mais, on est là depuis aussi longtemps qu'eux. Tu veux parier que le taux de criminalité est plus élevé chez les humains que chez les vampires ? Ce n'est pas nous les responsables des problèmes de cette ville.

Elle se leva et baissa lentement les mains devant elle tout en expirant.

—Je suis calme. Je suis calme. Tu es prête pour le petit déjeuner ?

Je secouai la tête.

—Je n'ai pas le temps. Je vais voir le maire.

Elle siffla.

—Encore ? Tu es en manque de mec à ce point-là ?

—Très drôle. Je pense qu'il est susceptible de nous renseigner sur ce qui se passe.

Je lui fis part de ma théorie relative aux odeurs de citron et de sucre. Contrairement à Catcher, elle trouva mon idée intéressante. Elle n'en resta pas moins focalisée sur son objectif.

—Quoi qu'il en soit, même les vampires ont besoin de manger. (Elle se tapota le crâne du doigt.) L'empathie, tu te souviens ? Je sens à quel point tu es affamée. Et si tu comptes essayer de découvrir ce qui se passe, il faut que tu sois en forme. Tu ne peux pas sauter des repas juste parce que tu es fatiguée. Tu ne vas réussir qu'à t'affaiblir davantage.

Elle n'avait pas tout à fait tort, mais j'avais envie d'en finir au plus vite avec cette histoire. D'un autre côté, j'avais toujours eu tendance à travailler jusqu'à épuisement. Je m'en rendais malade et terminais clouée au lit pendant huit jours avec un virus qui achevait de me mettre sur les rotules. Une semaine sans dormir, à manger des cochonneries sur le pouce et à stresser en permanence peut avoir cet effet sur une fille.

Je n'étais pas certaine que les vampires puissent contracter la grippe, mais ce n'était pas le moment de le vérifier.

Je descendis l'escalier avec Lindsey et m'insérai dans la queue à la cafétéria. Malheureusement, Juliet et Margot avaient vu juste au sujet des choix nutritionnels de Frank : œufs de poules élevées en plein air, bacon de dinde, salade de fruits biologiques et un épais gruau de céréales qui semblait sorti de l'orphelinat d'Oliver Twist.

—Beurk ! m'exclamai-je.

Je me servis néanmoins des œufs et de la salade de fruits, puis m'emparai d'une brique de sang.

On posa nos plateaux sur une table où nous rejoignirent Margot et Katherine, une Novice dotée d'un sens de l'humour mordant et d'une voix magnifique.

— Cette semaine a vraiment été horrible. Comment tu t'en sors ? demanda Margot en plongeant sa fourchette dans sa salade de fruits.

— J'ai arpenté les rues de la ville, mais je ne crois pas avoir beaucoup progressé.

— Tu ne peux pas faire plus, me consola Margot en pointant sur moi sa fourchette chargée de melon. D'ailleurs, la situation est redevenue normale. Peut-être que ça va rester comme ça.

J'en doutais, mais je hochai la tête.

Margot m'adressa un regard appuyé.

— J'ai entendu dire que tu travaillais avec Jonah, le Capitaine de la Garde de la Maison Grey. Tu voudrais nous donner quelques détails ?

Je sentis mes joues s'enflammer.

— Pas vraiment, me dérobai-je, espérant que Lindsey n'allait pas vendre la mèche au sujet du baiser.

Elle me remplit de fierté : elle continua à mâcher consciencieusement son muffin en silence.

— On travaille ensemble, c'est tout, ajoutai-je.

— Qu'est-ce que tu as de prévu, aujourd'hui ? s'enquit Katherine.

— J'ai rendez-vous avec le maire. Enfin, l'ancien maire.

— Tu crois que c'est lui qui a modifié le ciel et la rivière ? demanda Margot.

— Je ne sais pas, mais tous les indices convergent dans sa direction.

— Est-ce que tu as parlé à Cabot, récemment ? m'interrogea Lindsey.

Mon estomac gargouilla douloureusement à l'évocation de Frank.

— Pas depuis qu'il nous a envoyés voir les fées.

— Il s'est sans doute dit qu'un féicide lui permettrait de se débarrasser de toi plus facilement, grommela Katherine.

— Ça ne m'étonnerait pas, convins-je. Qu'est-ce qu'il a encore fait ?

— Maintenant, il fait une fixation sur nos capacités. Il nous a annoncé qu'il revoyait nos dossiers pour s'assurer que nous avions été notés de manière appropriée en Strat, Physique et Psy.

— Il évalue le danger que nous représentons, marmonnai-je. Et c'est certainement ma faute. Pendant notre entretien, je lui ai dit que j'étais forte en Physique. Il n'a sans doute pas aimé que je lui rappelle que nous étions compétents, à la Maison Cadogan.

— C'est un emmerdeur, reconnut Margot. Et on voudrait l'oublier quelques heures. (Elle pointa de nouveau sa fourchette sur moi.) Est-ce que tu es libre, ce soir ? On pensait regarder *Evil Dead* et *L'Armée des ténèbres*.

Je clignai des yeux.

— Les films avec Bruce Campbell ?

Elles me dévisagèrent toutes en silence.

— Un peu de respect, Merit, se renfrogna Lindsey, visiblement vexée. Tu ne t'es jamais fait poursuivre par un zombie ?

Je jetai un regard circulaire à toutes les personnes assises autour de la table, essayant de déterminer si Lindsey se moquait de moi ou si j'avais affaire à une sorte de secte vouant un culte à Bruce Campbell.

—Pas au cours de ces dernières heures.

—Eh bien, sache que c'est plutôt flippant. Avec leurs yeux exorbités et leurs membres qui s'agitent dans tous les sens…

Elle frissonna, et, honnêtement, j'étais incapable de dire si elle plaisantait ou non.

—Tu n'es pas sérieuse, si ? demandai-je prudemment. Enfin, je pense que tu ne l'es pas, mais il se passe des choses vraiment étranges à Chicago, et je n'ai pas encore lu l'intégralité du *Canon*, alors il est possible que j'aie manqué le chapitre qui parle des zombies.

Elle se retint quinze bonnes secondes de plus avant de laisser échapper un hennissement.

—Non non, je rigole, mais j'ai failli craquer avant. Bon, trêve de plaisanterie, j'adore ces films. Ça te dit ?

Je m'avançai pour lui donner quelques petits coups de poing sur le bras tandis que les autres filles s'esclaffaient.

—Je te tiens au courant, répondis-je.

—D'accord. Oh ! s'exclama-t-elle soudain. Je crois que Frank est très en colère.

Elle se tapota de nouveau le front, signe qui devait vouloir dire, en langage universel, « j'ai des pouvoirs télépathiques et je sais m'en servir. »

—Au cas où il chercherait un bouc émissaire sur lequel se défouler, reprit-elle, je te conseille de partir avec ton petit déjeuner. Le bruit court qu'il a fait pleurer trois Novices, hier.

Elle n'eut pas à me le dire deux fois. Je hochai la tête, m'emparai de ma brique de sang, et me levai d'un bond.

—S'il organise une réunion pour annoncer qu'il quitte Chicago, gardez-moi une place.

—Tu seras la première personne qu'on préviendra, promit Lindsey.

Je lui faisais confiance.

14

LES PRIVILÈGES DU MAIRE

Une fois rassasiée, habillée et équipée de mon katana, je redescendis au rez-de-chaussée. Je me dirigeais vers le bureau de Malik dans le but de lui faire un rapport quand des cris me parvinrent.

Je n'aimais pas vraiment entendre hurler à proximité de mon Maître. La main sur mon sabre, je traversai le hall en courant, et trouvai Luc et Malik dans le bureau de ce dernier. La porte était ouverte, et ils se tenaient au milieu de la pièce, les bras croisés. Visages fermés, ils écoutaient les informations diffusées par une chaîne hi-fi dernier cri. Ils levèrent tous deux le regard vers moi et me saluèrent d'un hochement de tête.

« *Cet homme,* déclara une femme que je devinai être Diane Kowalczyk, *cet ami, s'est fait agresser par des vampires en pleine rue. Et ensuite, la police lui a fait subir un interrogatoire, comme si c'était lui, le coupable. Où va-t-on si les rues de cette ville deviennent le théâtre de ce genre d'embuscade ?* »

McKetrick. Je fermai les yeux, atterrée. Pas seulement parce qu'il avait été libéré – mon plan était tombé à l'eau –, mais parce que j'avais servi ses intérêts sans le vouloir. Bien sûr, la seule chose que j'avais à me reprocher, c'était d'avoir marché dans la rue et de m'être défendue, mais il avait des amis haut placés et sa version des faits fournissait des gros titres racoleurs à souhait.

Kowalczyk poursuivit : « *Toutefois, je suis très heureuse de vous annoncer que, d'ici ce soir, la loi sur le fichage des surnaturels sera ratifiée. Cette nuit, nous aurons l'autorité de localiser les surnaturels de cette ville. Ils ne pourront plus attaquer les citoyens en pleine rue.* »

L'air écœuré, Malik éteignit la radio.

— Quelle grognasse ! cracha Luc. Pour qui se prend-elle ? Et comment peut-elle avoir la bêtise de croire McKetrick ? (Il poussa un soupir et croisa les mains au-dessus de sa tête.) Ce n'est qu'une fasciste prête à tout pour devenir présidente. Elle ne s'arrêtera pas là.

— En tout cas, elle ne s'arrêtera pas tant qu'elle aura la possibilité de faire la une des médias, assura Malik avant de se tourner vers moi. Kelley m'a raconté ce qui s'est passé. Elle m'a dit que tu t'étais arrangée avec Catcher pour qu'il vienne chercher McKetrick. J'espère qu'il a au moins réussi à obtenir quelques informations utiles avant de devoir le remettre en liberté.

— Je retourne voir Tate. Je devrais retrouver Catcher à la prison, je lui demanderai des détails.

— Tu crois que Tate joue un rôle dans cette histoire ? s'enquit Luc.

— Je crois en tout cas qu'il sait ce qui se passe.

Je leur parlai de la magie ancienne qu'avait évoquée Claudia et des odeurs sucrées aux arômes de citron que Catcher n'avait pas jugées déterminantes.

Le manque d'enthousiasme de ce dernier vis-à-vis de ma théorie ne parut pas dérouter Malik.

— Tu n'es pas Sentinelle de cette Maison pour rien, Merit. Ethan te faisait confiance. Luc et moi te faisons confiance. Tu as du flair. Suis ton instinct. Quelles que soient les conséquences, nous te soutiendrons.

Malik avait beau avoir pris les rênes de la Maison en de regrettables circonstances, cela ne faisait aucun doute : il avait la stature d'un Maître.

Ma deuxième expédition vers la prison de Tate se déroula à peu de chose près comme la première, sauf que je dus cette fois contourner prudemment les hommes armés de lourds fusils postés devant la Maison. Les soldats de la Garde nationale semblaient tout à fait capables de contenir les manifestants. Cependant, si McKetrick avait réussi à convaincre le maire de la troisième plus grande ville du pays que les vampires étaient malfaisants, ces militaires ne pouvaient-ils, eux aussi, être influencés ?

Je conduisis en direction du lac et retrouvai Catcher devant le portail de l'usine désaffectée. Il avait l'air exténué, et je me demandai s'il devait ses yeux injectés de sang aux problèmes de cette ville ou à ceux de sa sorcière.

— J'ai appris que McKetrick avait été remis en liberté.

— J'ai entendu les infos, grommela-t-il. Nous n'avions aucun endroit sécurisé où le garder. Nous avons contacté Jacobs, qui l'a emmené. Il lui a posé des questions toute la nuit et nous a autorisés à assister à l'interrogatoire. (*Ce qui explique son état de fatigue*, pensai-je.) Du moins jusqu'à ce que Kowalczyk appelle. Jacobs a dû laisser partir McKetrick. Je suppose que notre ancien militaire a ensuite couru droit dans le bureau de Mme le maire pour mettre au point leur petite histoire.

— Est-ce que tu as réussi à lui soutirer des informations utiles ?

— Pas vraiment, mais je ne suis pas sûr qu'il ait grand-chose à cacher. McKetrick a une position très claire sur les vampires. Parler de génocide peut sembler exagéré, mais je ne l'en crois pas incapable.

— Espérons que Kowalczyk se montrera assez intelligente pour ne pas tomber dans le panneau. J'imagine qu'il n'a pas révélé l'adresse de son QG ?

— Non, mais on lui a pris les empreintes digitales et un échantillon d'ADN. On en a aussi prélevé sur son fusil. S'il commence à nous causer des ennuis, ça nous permettra de le confondre.

— Je suppose que c'est déjà un progrès, convins-je, me demandant toutefois si cette avancée compensait les répercussions auxquelles nous pouvions nous attendre.

McKetrick devait être hors de lui, et cet épisode avait dû contribuer à resserrer les liens qui l'unissaient à Kowalczyk. Elle avait volé à son secours, ce qu'aucun d'eux ne serait sans doute près d'oublier.

Catcher s'arrêta devant le bâtiment, qui n'était à présent plus gardé par des fées, mais par des officiers en uniforme.

— C'est une mauvaise idée, dis-je à voix basse en observant les policiers, qui avaient l'air à peine sortis de l'école.

Ces jeunes recrues se montreraient certainement incapables de se défendre contre les mystérieux pouvoirs magiques de Tate.

— C'est grâce à eux que nous avons le droit d'entrer, répliqua Catcher. Chuck a travaillé avec le grand-père de l'un d'entre eux et a demandé une faveur. Les hommes en bleu sont solidaires.

—Peut-être, mais ces gamins ne font pas le poids contre Tate. Il a réussi à manipuler Célina, alors que dans le genre tête de mule récalcitrante, on ne fait pas mieux.

—Nous n'avons pas le choix, objecta-t-il. Chuck a dû se battre pour que Tate soit isolé des autres prisonniers. Franchement, je regrette presque que Tate ne soit plus maire. Il avait démarré son mandat en force en créant l'Agence de médiation. Il a été un réel soutien pour Chuck.

—Jusqu'à ce qu'il se mette à fabriquer de la drogue et tente de contrôler les vampires ?

—Pas faux, concéda Catcher. Je ne dis pas que j'approuve ces actions mais, à mon avis, ce ne sont que des anomalies dans l'ensemble de son projet.

Je ne pouvais nier que ce changement de comportement paraissait étrange, mais je croyais quant à moi qu'il révélait la véritable personnalité que Tate avait jusque-là dissimulée.

« Projet » est un mot-clé, pensai-je.

Je sautai hors de la voiturette et confiai mes armes à Catcher.

—Tu restes là ?

Il avait déjà sorti un livre, qu'il feuilletait.

—Je t'attends ici. Je fouille dans les annales de l'Ordre pour savoir si de tels événements se sont déjà produits par le passé et si Tate pourrait y être impliqué. (Les sourcils froncés, il se gratta distraitement la tête.) Je me dis que si je trouve une réponse à ces questions, je découvrirai quelle forme de magie est à l'œuvre.

En raison de son épuisement manifeste et des efforts considérables qu'il déployait, je me retins de faire une plaisanterie puérile au sujet des « annales » d'une organisation ayant pour acronyme « CULS ».

—Ça me semble une très bonne idée.

—On verra, marmonna-t-il, déjà plongé dans sa lecture.

Je me dirigeai vers l'entrée. Le gamin en uniforme me salua d'un geste puis m'ouvrit. Un deuxième officier montait la garde devant la porte blindée du bureau.

—Madame. Soyez prudente à l'intérieur, me conseilla-t-il.

Quand je lui eus assuré que je suivrais ses recommandations, il ouvrit et me laissa passer.

La porte claqua aussitôt derrière moi.

Je tressaillis, écorchant l'image de la femme courageuse que j'espérais donner lors de ce rendez-vous.

—Je ne mords pas, ballerine, ironisa Tate.

Comme la fois précédente, il était assis à la table en aluminium, vêtu de sa combinaison orange. Étant donné qu'il n'avait manifestement aucune intention de m'appeler par mon nom, je ne pris pas la peine de le corriger. Je jugeais inutile de prendre des gants avec un menteur ; je m'installai donc en face de lui et allai droit au but.

—Est-ce que c'est vous qui manipulez la ville ?

Il soutint mon regard, la tête légèrement inclinée, une expression indéchiffrable sur le visage.

—Je ne vois pas de quoi vous parlez.

Le ton de sa voix ne laissait transparaître aucune émotion. J'étais incapable de dire si Tate se montrait sarcastique ou s'il était véritablement surpris par ma question.

Je décidai de prendre le risque de dévoiler toutes mes cartes. Après tout, Chicago était en jeu.

—Le lac est comme mort. Le ciel est devenu rouge. Apparemment, nous observons les effets d'une magie élémentaire, des symptômes qui indiqueraient que la ville a perdu son équilibre. Jusqu'à présent, l'eau et l'air ont été touchés. Ensuite, ce devrait être le tour du feu et de la terre.

—Et ?

Je marquai une pause afin de réfléchir à la meilleure attitude à adopter pour présenter ma théorie. La condescendance d'Ethan me parut particulièrement adaptée.

— C'est bizarre, Tate. Quand je suis près de vous, je sens une odeur de citron et de sucre. Comme des cookies en train de cuire.

Il ne broncha pas, mais ses pupilles s'étaient très légèrement contractées. Je tenais une piste.

— Hier, alors que le ciel était rouge, il a plu, poursuivis-je. Et j'ai remarqué la même odeur. (Les mains jointes sur la table, je me penchai en avant.) Je sais que c'est vous qui faites ça. Et vous allez me dire comment y mettre un terme, ou alors nous réglerons ça à la manière forte. Ici et maintenant.

D'accord, vu que je n'étais pas armée et que j'ignorais de quels pouvoirs Tate disposait au juste, j'avais peut-être poussé le bouchon un peu loin sur la fin. Mais il ne tint pas compte de ma provocation.

— Si c'est moi le responsable de ces événements, pouvez-vous m'expliquer comment j'ai bien pu procéder depuis mon humble demeure ?

— Je n'en suis pas encore là.

Il émit un grognement dédaigneux.

— Vous n'en êtes nulle part. Vous vous trompez lourdement, ce qui est vraiment de mauvais augure pour la ville. Ce type de magie n'est pas dans ma nature.

— Qu'êtes-vous ? lui demandai-je.

— Quelle importance, si cette magie n'est pas la mienne ?

— Comment pourrait-ce ne pas être important ?

Tate fronça les sourcils et s'agita sur sa chaise.

— Les humains ont une fâcheuse tendance à classer leurs congénères en catégories, puis à donner un nom à ces catégories, de sorte que, par définition, « ils » sont différents.

« Ils » ne sont pas pareils que « nous ». Franchement, je trouve cette habitude fatigante. Je suis ce que je suis, tout comme vous êtes ce que vous êtes.

J'aurais aimé que Tate me révèle son identité magique ou avoue sa responsabilité dans les phénomènes qui touchaient le ciel et l'eau, mais je savais quand insister, et quand écouter. Même s'il n'était pas prêt à se livrer à une confession, il semblait comprendre ce qui arrivait. Le jeu en valait la chandelle.

— Si vous n'y êtes pour rien, dites-moi qui est responsable. Expliquez-moi ce qui se passe.

Un sourire s'étira lentement sur ses lèvres.

— Voilà qui est intéressant. Vous me demandez une information. Une faveur, en fait.

— Étant donné que j'essaie de sauver une ville que vous avez prêté serment de protéger, je n'appellerais pas ça une faveur.

— On attribue trop de valeur aux serments. Vous vous étiez vous-même engagée à protéger votre Maison, il me semble, non ?

— En effet, et j'ai respecté mes engagements, grondai-je.

Même s'il ne l'avait pas formulé de manière explicite, il m'accusait d'avoir brisé mes serments en échouant à protéger Ethan.

— Soit, répliqua-t-il d'un ton évasif. Si je vous donnais cette information, qu'obtiendrais-je en échange ? Quelle serait ma récompense ? mon paiement ?

— Le bien public ?

Il éclata de rire.

— Vous m'amusez beaucoup, ballerine. Vraiment. Même si j'aime Chicago, il y a bien d'autres villes sur cette planète.

Sauver celle-ci ne vaut même pas le genre d'information que vous me demandez.

Le fait qu'il ne veuille pas divulguer ce qu'il savait sans contrepartie ne m'étonnait pas outre mesure, mais j'avais bien l'intention de négocier.

— Je ne vous dois rien, décrétai-je. C'est plutôt vous qui avez une dette envers moi. Vous êtes responsable de la mort de mon Maître.

— Et de celle de votre ennemie, fit-il remarquer.

Il se pencha en avant, les paumes à plat sur la table, et me dévisagea, comme s'il me soumettait à une sorte d'expérience psychologique. Ce qui devait être le cas.

— Éprouvez-vous des remords d'avoir tué ? d'avoir anéanti une vie de votre propre main ?

Ne mords pas à l'hameçon, me dis-je.

— Éprouvez-vous des remords d'avoir été la véritable cause de la mort de Célina ? rétorquai-je.

— Ne rentrons pas dans un débat philosophique sur la causalité.

— Alors, admettez que vous avez une dette envers moi, et dites-moi ce que vous savez.

— Votre tactique est intéressante, mais la réponse est non.

Connaissant son sens de l'éthique douteux, j'aurais dû prévoir qu'il ne m'aiderait pas si facilement.

— Qu'est-ce que vous voulez ?

— Qu'est-ce que vous me proposez ?

Je réfléchis. Honnêtement, je n'avais pas grand-chose à lui offrir. J'avais laissé mon poignard et mon sabre à Catcher. Je ne possédais aucun objet de valeur à l'exception des perles de l'héritage familial que je conservais dans ma chambre et de la balle de base-ball qu'Ethan m'avait donnée, et il était hors de question que je m'en sépare.

Tandis que je considérais sa demande, je touchai distraitement le médaillon Cadogan que je portais autour du cou. Tate écarquilla les yeux.

— Ce serait une récompense intéressante.

Je refermai instinctivement les doigts sur ma médaille. Tate gardait une certaine réserve, mais je ne doutais pas de sa sincérité. J'ignorais ses motivations exactes, mais, à mon avis, contrairement aux fées, l'or ne l'intéressait pas. Le médaillon possédait-il certaines propriétés magiques ? Je n'avais jamais pensé à le demander. Quoi qu'il en soit, j'y tenais beaucoup.

— Vous pouvez toujours rêver.

— Alors nous n'avons plus rien à nous dire.

Je me rappelai la première fois que j'avais conclu un marché avec une créature surnaturelle.

— Et si je vous accordais une faveur ? un service ?

Cette offre avait fonctionné avec Morgan Greer, l'actuel Maître de la Maison Navarre, mais elle ne sembla pas impressionner Tate.

— Vous êtes une vampire. Vous reviendriez sur votre parole.

— Je ne ferais jamais une chose pareille, affirmai-je.

Toutefois, étant donné que j'ignorais quel genre de service Tate était susceptible d'exiger, je devais admettre qu'il était possible que je ne tienne pas mes promesses.

Tate se cala contre le dossier de sa chaise.

— Vous pouvez vous en aller. Élucidez ce problème toute seule. Peut-être que l'un de vos amis pourrait vous aider. Ils sont sorciers, non ? Ils devraient être en mesure de vous expliquer.

Ils devraient, mais ils sont perdus, pensai-je.

Je touchai de nouveau mon pendentif et effleurai du doigt les lettres qui y étaient gravées. Je possédais ce médaillon depuis ma Recommandation, la cérémonie qui m'avait fait passer du rang d'Initiée à celui de Novice, et au cours de laquelle j'avais été nommée Sentinelle.

Ethan me l'avait attaché autour du cou. Depuis sa mort, je le gardais presque en permanence sur moi. Cependant, les problèmes que rencontraient Chicago et ses surnaturels étaient plus importants que moi, Ethan ou quelques grammes d'or. Alors, je cédai.

Sans un mot, tandis que Tate savourait sa victoire, je défis le fermoir et recueillis le médaillon dans ma paume.

Lorsque Tate tendit la main pour s'en emparer, je secouai la tête.

— L'information d'abord, décrétai-je. La récompense ensuite.

— Je ne vous croyais pas si… tenace.

— J'ai eu un excellent professeur, répliquai-je avec un sourire mélancolique. Allez-y, parlez.

Tate considéra notre accord quelques instants puis acquiesça d'un hochement de tête.

— Bien. Marché conclu. Mais comme vous devez vous en douter, je ne reçois pas beaucoup de visiteurs. Je compte prendre mon temps. De plus, il est évident que vous manquez cruellement de connaissances sur le monde surnaturel.

Je ne pus réprimer un soupir. Écouter Tate me débiter une interminable leçon d'histoire ne faisait pas partie de ma liste de priorités. Par contre, « sauver la ville » figurait en tête. D'un autre côté, il avait sans doute raison : je ne connaissais pas grand-chose au monde surnaturel.

Il avait beau avoir prévu de prendre son temps, dès qu'il eut adopté une position confortable sur sa chaise, il commença à dispenser son savoir.

— Lorsque les vampires sont apparus, la magie était déjà présente depuis des millénaires, dans cette dimension et ailleurs, déclara-t-il. Le bien et le mal avaient alors une relation un peu plus… symbiotique qu'à présent. Partenaires égaux, ils coexistaient en paix. Une certaine justice régnait sur le monde. La magie était unifiée. Magie noire et magie blanche, le bien et le mal : ces distinctions n'existaient pas. La magie était, tout simplement. Ni morale ni immorale, mais amorale, comme elle devait l'être. Puis, un jour maudit, les humains ont décrété que le mal ne constituait plus seulement l'une des deux faces de la pièce, mais que c'était mauvais. Non pas le complémentaire du bien, mais son contraire. Son extrême opposé. (Tate dessina un carré sur la table du bout du doigt.) Depuis ce jour, le mal a été jugé comme une contamination. On l'a retiré du bien, on l'a isolé.

Mallory m'avait un jour expliqué que la magie noire pouvait être représentée sous la forme d'un cercle partagé en quadrants, superposé à celui qui contenait les quatre Clés. Apparemment, elle ne s'était pas trompée.

— Comment a-t-on divisé la magie ? demandai-je.

— Avec prudence, répondit-il. Il y a eu de nombreuses étapes. Les dieux ont été séparés en deux groupes, l'un moral, l'autre immoral. Chacun a choisi son camp, les bons anges d'un côté, les anges déchus de l'autre. Certains affirmeraient que le plus important, c'est que le mal a été enfermé dans un réceptacle dont l'existence n'a été révélée qu'à quelques élus désireux de s'en servir.

— Quel est ce réceptacle ?

— On l'appelle *Maleficium*.

— En quoi cela concerne-t-il la ville ? On m'a dit que les phénomènes qui touchaient le lac et le ciel résultaient du déséquilibre des quatre éléments.

— Comme je l'ai déjà souligné, créer des catégories pour expliquer le monde et imputer ce qui n'est pas familier à une perturbation de ces catégories est une habitude typiquement humaine. Les catégories ne permettent pas d'expliquer le monde ; elles le décrivent. Vous avez entendu parler du mythe des quatre Clés ?

— Les divisions de la magie ? Oui, mais c'est la première fois que j'entends quelqu'un les qualifier de mythe.

Tate leva les yeux au ciel.

— C'est parce que les sorciers ne sont pas honnêtes avec eux-mêmes. Chaque classification de la magie – en Clés, en éléments, en signes astrologiques, etc. – ne représente qu'un moyen d'ordonner l'univers dans un but pratique. Chaque culte crée ses propres divisions et y attribue des propriétés magiques, mais les divisions en tant que telles importent peu.

Je trouvais cette révélation extrêmement décevante. Je venais d'apprendre que la philosophie de la magie que Catcher m'avait transmise au cours des mois précédents ne correspondait pas à la réalité, ou, du moins, ne constituait que l'une des nombreuses réalités possibles.

— Ce que je veux dire, Merit, ce n'est pas que les systèmes magiques sont incorrects, mais qu'ils ne sont tout simplement pas importants.

— Alors qu'est-ce qui l'est ?

— La distinction entre lumière et ténèbres. (Il posa une main à plat sur la table.) Supposez que cette main représente tout l'univers de la magie. (Il écarta les doigts.)

Appelez chaque doigt une Clé, un élément, un tiroir, ce que vous voulez. Le nom n'a pas d'importance. L'essentiel, c'est que, quelle que soit la manière dont vous décrivez ces catégories, elles appartiennent à un seul système.

— D'accord, acquiesçai-je.

— Maintenant, imaginez ce système déchiré en deux par les personnes qui ont décidé que le mal et le bien étaient antinomiques. (Il positionna sa main droite paume vers le bas, quelques centimètres au-dessus de sa main gauche posée à plat sur la table.) Chacune de mes mains représente la moitié de la magie qui existe. Le monde continue à fonctionner tel que nous le connaissons tant que ces deux couches restent en équilibre.

Mes pensées cessèrent de tourbillonner et se mirent en ordre.

— Ce qui explique que le lac soit devenu anormalement calme et que le ciel ait pris une couleur rouge. Les lois de la nature sont perturbées.

— Je ne dirais pas «perturbées», mais plutôt «en voie de réorganisation».

— Donc les nymphes, la sirène et les fées n'ont vraiment rien à voir avec tout ça?

— Ce ne sont que des figurants, rien de plus.

Je soupirai. Après m'être ressaisie, je poursuivis:

— Pourquoi ce déséquilibre?

— Parce que la magie noire et la magie blanche sont en train de fusionner. Les frontières qui les séparaient ont été transgressées. Je suppose que diverses raisons justifient l'emploi de la magie noire. Le meurtre. L'asservissement. La création d'un familier. L'accès à des prophéties pour ceux qui n'en possèdent pas le don. L'invocation de démons. La communication avec des créatures de l'autre monde.

—Qui peut bien faire une chose pareille ? Et comment réparer ?

—Réparer ? répéta Tate avant d'éclater d'un rire tonitruant. Ça ne se «répare» pas. Ce n'est pas comme une vis que l'on peut resserrer. C'est un état de fait, tout simplement. Certains diraient que c'est un retour au monde originel. Le Premier Monde. Celui qui a existé et devrait renaître un jour.

L'étincelle qui brillait dans ses yeux suggérait qu'il attendait ce jour avec impatience. De toute évidence, il pensait que le monde était prêt à changer.

—Ce retour ne provoquerait-il pas une guerre ? une sorte d'Armageddon ?

Il fit claquer sa langue.

—Vous vous montrez bien naïve. Le bien et le mal ont coexisté durant des millénaires avant que les humains – ou les vampires, d'ailleurs – apparaissent. Ne critiquez pas ce que vous ne comprenez pas.

Je ne tins pas compte de son sarcasme.

—Et le *Maleficium*, où se trouve-t-il ?

Tate se cala dans sa chaise et passa un bras autour du dossier.

—Allons, allons, ballerine. Vous ne croyez tout de même pas que je vais vous dévoiler tous mes secrets ?

—Est-ce que vous utilisez le *Maleficium* à des fins personnelles ? dans l'espoir de provoquer ce nouvel ordre mondial, peut-être ?

Il me sourit, les yeux mi-clos.

—M'en croyez-vous capable ?

—Oui. Comme je vous crois capable de le nier.

Il inclina la tête d'un air inquisiteur.

—Après tout ce que je viens de vous révéler, vous m'accusez de malhonnêteté ?

—Vous avez menti toute votre vie. Vous avez affirmé que vous aviez les intérêts de cette ville à cœur, que vous essayiez d'aider les vampires, que vous étiez humain.

—Oui, bon, l'amoralité était plus facile quand on ne lui attribuait pas des intentions maléfiques.

Je levai les yeux au ciel.

—Si vous n'y êtes pour rien, pourquoi les fées pensent-elles qu'une magie ancienne est impliquée ? Et pourquoi la ville dégageait-elle cette odeur sucrée de citron après la pluie ?

—Le fait que je ne sois pas à l'origine de cette magie ne m'interdit pas de l'apprécier. Le *Maleficium* est de la magie ancienne. La recombinaison du bien et du mal laisse sa marque sur le monde naturel, sur l'eau et le ciel. Elle la laisse également sur le vent. Sur la magie latente dans l'air. On ne peut pas m'accuser d'avoir envie d'y goûter, si ?

—Comment pouvez-vous goûter la magie portée par le vent à l'autre bout de la ville ?

—Il y a plus de choses dans l'univers, Horatio, que ce que vous voyez ou croyez être la réalité.

—Je sais, répliquai-je d'un ton sec.

—Ce que je veux dire, c'est que la magie n'a pas besoin d'autoroute.

—Si vous n'avez pas le *Maleficium*, où est-il ?

—C'est l'Ordre qui l'a en sa possession. Qui le garde, si vous préférez.

Mon estomac se contracta de manière désagréable. Je devrais retourner voir Catcher et lui annoncer que je suspectais un sorcier d'utiliser le *Maleficium* à des fins obscures. Bien sûr... Comme si Mallory s'amusait à perturber l'ordre naturel du monde pendant son quart d'heure de temps libre quotidien.

302

Même si la réponse de Tate ne me plaisait pas, je devais reconnaître qu'il avait tenu parole. Je posai la médaille sur la table et la fis glisser vers lui. Sans lui adresser un regard, je me levai et me dirigeai vers la porte.

— Merci pour la récompense, lança Tate. Et revenez me rendre visite.

Franchement, si je devais ne jamais le revoir, je ne m'en porterais pas plus mal. Mais je n'aurais sans doute pas cette chance.

15

Blackbird

C atcher m'attendait dans la voiturette. Dès que je m'assis à côté de lui, il démarra et prit la direction du portail.

— Où est passé ton médaillon ?

— Je l'ai échangé contre quelques renseignements, répondis-je d'un ton grincheux.

Il émit un petit sifflement.

— J'espère que ces renseignements valaient le coup.

— Je n'en sais encore rien. D'après Tate, les phénomènes qui affectent l'eau et le ciel sont dus à un déséquilibre magique. En résumé, quelqu'un d'un peu trop audacieux joue avec le bien et le mal. Tate a plutôt tendance à dire que ce n'est pas une mauvaise idée. Il a parlé du *Maleficium*. Est-ce que tu sais quelque chose à ce sujet ? Est-ce que Tate aurait pu l'obtenir d'une manière ou d'une autre ?

Catcher fronça les sourcils puis secoua la tête.

— C'est l'Ordre qui a le *Maleficium*, assura-t-il. Ils le gardent en lieu sûr, dans un silo perdu dans la campagne du Nebraska, dix mètres sous terre.

— Pardon… Tu as bien dit un silo ?

— Un silo à missile abandonné. Le Nebraska est au centre du pays ; il est criblé d'armes de défense stratégique qui datent de la guerre froide. C'est assez loin des côtes pour y stocker tous les trucs importants.

— Ah bon. C'est un endroit sûr ?

— J'aurais bien des choses à dire sur l'Ordre – dont quelques mots bien sentis, crois-moi –, mais ils ne laisseraient jamais le *Maleficium* sortir du silo. Tate s'est juste amusé à te faire peur. Ce type est un vrai sadique.

— Eh bien, il a réussi, soupirai-je. Si ce n'est pas lui qui a le *Maleficium*, peut-être qu'il agit par l'intermédiaire de quelqu'un. Est-ce qu'il a eu des visites ?

— Tu es la seule personne qui a été autorisée à entrer.

Ma théorie tombait à l'eau.

— Bon, alors résumons. Il affirme qu'il n'est pour rien dans cette histoire, et j'ai tendance à le croire. La dernière fois que nous en avons parlé, tu étais toi aussi de cet avis. (Je m'armai de courage.) Si ce n'est pas Tate, que le *Maleficium* est impliqué et qu'il est en la possession de l'Ordre…

Je le laissai deviner la suite de ma phrase.

— Ce n'est pas moi ni Mallory.

— Je sais. Il ne nous reste donc qu'un suspect. Simon est la seule personne à Chicago officiellement affiliée à l'Ordre. Est-ce que ça ne ferait pas de lui la seule personne à Chicago susceptible d'avoir accès au *Maleficium* ? (Catcher ne me répondit pas.) Que s'est-il passé au juste entre vous deux ?

Catcher pila devant le portail dans une gerbe de gravier.

— Le passé n'a rien à voir là-dedans, gronda-t-il.

— Au point où nous en sommes, on peut oublier les règlements de comptes.

— Je n'ai aucun compte à régler, bordel ! hurla-t-il en donnant un coup de poing dans le tableau de bord en plastique. Je voulais la protéger de tout ce cirque, lui éviter d'avoir affaire à ces imbéciles de l'Ordre, avec leurs conneries et leur politique. Elle est en train de péter les plombs, on est tous les deux complètement crevés et il est là en bas avec elle tous les jours. Qui sait ce qu'il peut bien lui bourrer dans le crâne ?

— Mallory ne te tromperait jamais, dis-je avec douceur.

— Ça, non, reconnut-il. Mais il existe plusieurs façons de monter les gens les uns contre les autres, Merit. Si la personne que tu aimais subissait un lavage de cerveau, qu'est-ce que tu ferais ?

— Un lavage de cerveau ? C'est un peu exagéré, non ?

— Tu ne trouves pas qu'elle a changé ?

En fait, depuis qu'elle avait rencontré Simon, je ne la reconnaissais plus, ce qui renforçait encore mes soupçons concernant ce dernier.

— D'une manière ou d'une autre, tout tourne autour de Simon, affirmai-je. Si tu ne le supportes vraiment pas, organise-moi un rendez-vous avec lui.

— Simon ne recevra pas un membre de la Maison Cadogan. L'Ordre ne l'y autorisera pas. Il faut respecter toute une procédure rien que pour en faire la demande, et elle n'a aucune chance d'aboutir.

— Je lui ai déjà parlé.

— Pas de manière officielle. Là, tu envisages de le faire répondre de ses actes devant des vampires. C'est différent.

Je commençais vraiment à perdre patience avec les sorciers, Catcher inclus. Je descendis de la voiturette, puis me retournai.

— Si je ne peux pas lui parler, alors c'est à toi de le faire.

La mâchoire de Catcher se crispa. Il tapota le volant des doigts, de toute évidence pressé de me voir partir.

Je fus ravie de lui accorder cette faveur.

Étant donné que je n'aurais sans doute pas la possibilité d'interroger Simon sans le soutien de Catcher, je me trouvais de nouveau bloquée dans mon enquête. Je décidai donc d'appeler Kelley pour l'informer de mes dernières découvertes. Je lui parlai du *Maleficium* et de la théorie suggérant que la réunification du bien et du mal constituait la source des problèmes de la ville.

Je téléphonai également à Lindsey, qui me confirma que la séance Bruce Campbell avait commencé. Je n'avais pas vraiment le temps de regarder un film, mais j'étais nerveuse, fatiguée et j'avais besoin d'un vrai repas. Après tout, pourquoi ne pas manger devant la télévision ? En rentrant à Hyde Park, je fis un arrêt pour acheter des tacos à une camionnette. Je pris juste de quoi remplir un sac, espérant ainsi que Frank se montrerait plus magnanime s'il me surprenait en train d'introduire des cochonneries dans la Maison.

Après m'être garée, je dus passer devant des manifestants qui criaient des slogans haineux puis des hommes et des femmes stoïques en uniforme avant de gagner l'entrée. Le hall était plongé dans le silence lorsque je franchis le seuil. Seuls quelques vampires traînaient dans les pièces du rez-de-chaussée. Une sorte de solennité régnait dans la Maison depuis que Malik en avait pris la direction. J'ignorais si c'était parce que sa gravité personnelle se répercutait sur l'ambiance générale, parce que les vampires portaient encore le deuil d'Ethan ou parce que nous étions toujours sous l'occupation du PG.

Sans doute un mélange des trois.

Sans ma médaille, mais avec de la marchandise de contrebande à la main, je me dépêchai de gravir l'escalier en direction de la chambre de Lindsey, au deuxième étage. Sans prendre la peine de frapper, j'ouvris la porte avec précaution. En général, il y avait des vampires dans tous les coins et recoins de la pièce, de sorte que, si on ne se montrait pas prudent, on finissait inévitablement par heurter quelqu'un.

Comme d'habitude, la petite chambre sombre était bondée et envahie par le bruit qui s'échappait de la minuscule télévision. Lindsey, Margot et Katherine étaient installées sur le lit, et un groupe de vampires que je ne connaissais que de vue avaient investi toute la surface au sol. Peut-être étaient-ils une quinzaine au total ? En tout cas, cette soirée télé constituait sans aucun doute une violation de la loi interdisant les rassemblements de plus de dix personnes que Frank avait édictée.

Vive la révolution !

Je me frayai un chemin entre les Novices, distribuant des tacos au passage comme un Père Noël, puis finis par m'asseoir dans un petit coin libre à l'autre bout de la pièce. Avec un sourire, ma voisine m'offrit l'un de ses oreillers, que j'acceptai en chuchotant « merci ».

Un film d'horreur aux effets spéciaux délirants plus tard, je tirai deux conclusions :

Un : j'adorais mes amis.

Deux : je ne comprenais pas pourquoi.

Une fois les vampires partis, j'aidai à ramasser les emballages de tacos qui encombraient la chambre. À peine avions-nous fini que mon bipeur et celui de Lindsey se mirent à vibrer.

Je m'emparai du mien et consultai l'écran, qui affichait « Salle d'entraînement. Tenue de sport. »

Je levai les yeux vers Lindsey.

— Qu'est-ce que ça veut dire ?

— Je suis sûre que notre Saucisse de Francfort a encore une leçon essentielle à nous apprendre.

— Malheureusement, la Saucisse de Francfort ne nous demande pas notre avis, ajoutai-je. J'adore ce surnom, au fait.

— Je savais que ça te plairait, jubila-t-elle en se dirigeant vers la salle de bains, sans doute dans le but d'enfiler le pantalon de yoga qu'on nous imposait. Il pourrait apprendre beaucoup de choses de deux vampires citadines et branchées.

— Tu viens de lancer ton propre sitcom ?

— Je crois bien, oui. Encore quelques dialogues pimentés et un double épisode, et je décroche un *Emmy Award*. Tu sais, au cas où je perdrais mon boulot de garde.

Je grognai mon assentiment et m'avançai vers la porte afin d'aller me changer.

— Avec Frank dans les parages, il y a de fortes chances que nous perdions notre boulot toutes les deux.

Elle ne me contredit pas, ce qui en disait long.

Une fois habillée d'une brassière de sport et d'un pantalon de yoga noirs, je rejoignis Lindsey, Juliet et Kelley dans la salle d'entraînement.

On resta pieds nus au bord du tapis, attendant le signal de prendre les armes, si c'était bien ce que Frank avait en tête. Ce dernier se tenait au milieu de la pièce — plus précisément au milieu du tatami —, en costume et chaussures de ville.

Lindsey fit discrètement claquer sa langue.

— Luc ne va pas être content de voir Frank en chaussures sur son tatami.

— C'est sûr, ça ne va pas lui plaire, chuchotai-je. Mais il ne peut pas y faire grand-chose.

Des courants de magie chargés de colère émanaient de l'endroit d'où Malik et Luc observaient la scène. Les vampires se regroupaient sur le balcon surplombant la salle, leurs visages exprimant des sentiments partagés entre la curiosité et l'inquiétude. Visiblement, ils ne faisaient pas plus confiance que nous à Frank.

Quand le balcon fut bondé, Frank se racla ostensiblement la gorge et fusilla les spectateurs du regard jusqu'à ce qu'ils soient tous assis. Puis il reporta le regard sur nous.

— J'ai décidé qu'il était dans l'intérêt de la Maison de procéder à votre examen semestriel de Physique ce soir.

Un silence stupéfait s'abattit sur la salle, bientôt rompu par des chuchotements incrédules. Les commentaires que les Novices s'échangeaient à voix basse reflétaient mes pensées : ce n'était pas le moment de détourner les gardes de leur mission pour leur faire subir une évaluation. Et en cas d'échec, qui nous remplacerait ?

Tout semblait indiquer que Frank cherchait à démontrer notre incompétence ; ou mon inaptitude au poste de Sentinelle.

Luc fut le premier à prendre la parole.

— Vous voulez leur faire passer un test ? C'est ridicule. Elles doivent défendre la Maison, pas perdre leur temps avec des absurdités administratives.

— Il se trouve que je ne vous ai pas demandé votre avis et n'en ai pas besoin, répliqua Frank. Comme le PG a maintes fois essayé de vous le faire comprendre, cette Maison et son fonctionnement doivent rester vos seules et uniques préoccupations. Les petits soucis que peuvent connaître les humains ne vous concernent pas.

—Comme le PG et vous-même le savez pertinemment, cracha Luc, la ville est en train de se désagréger petit à petit, et vous considérez que nous ne devrions pas nous en inquiéter ? Vous croyez que nous ne devrions pas sortir de la Maison pour nous en occuper ?

—Luc, intervint Malik en lui posant une main sur le bras. Pas maintenant.

Il lui suggérait, par ses paroles, de faire preuve de respect envers Frank mais, de toute évidence, lui-même bouillait intérieurement. Ses sourcils froncés, son attitude tendue et les ondes de magie rageuses qu'il dégageait trahissaient ses émotions.

Malik se trouvait face à un dilemme : prendre la défense de ses gardes et de son bras droit, ou se plier à la volonté du conseil chargé de la protection de ses vampires, conseil auquel la Maison devait son existence.

Il faut parfois perdre une bataille pour gagner la guerre.

—Monsieur Cabot, déclara Malik, brisant le lourd silence, continuez.

Frank esquissa un hochement de tête pompeux et les spectateurs, obéissant scrupuleusement à leur Maître, se turent aussitôt.

—Comme je le disais, nous allons évaluer votre forme physique et votre endurance grâce à une série de tests. Si vous refusez d'y participer ou si vous échouez, vous serez démises de vos fonctions.

Un silence de mort s'ensuivit. Nous étions tous abasourdis. Frank braqua les yeux sur moi.

—Vous êtes toutes considérées comme très fortes en Physique. Nous verrons si ces notes reflètent la réalité. (Il consulta sa montre.) Nous allons commencer...

— Vous n'êtes pas sérieux, plaida Kelley, aussitôt interrompue par un regard noir du tyran.

— … maintenant, annonça Frank.

Évaluer la puissance et l'endurance des vampires s'avérait difficile, surtout si les vampires en question étaient gardes de l'une des plus anciennes Maisons du pays. Nous étions toutes les quatre fortes, rapides et souples. Nous étions entraînées au combat, avec et sans sabre, et avions couru notre comptant de kilomètres. Nous avions effectué des milliers d'abdominaux, de flexions, de pompes et de tractions. Nous aurions sans doute pu enchaîner une infinité d'exercices. Mais Frank avait d'autres projets.

Il voulait voir ce dont nous étions capables avec une ration de sang réduite de moitié, selon un procédé d'évaluation qui devait dater des années 1950. Pour tester notre force, il organisa une épreuve de lancer de poids – plus précisément d'énormes boules de fer – dans les jardins de Cadogan. En dépit d'une fenêtre cassée – il était vraiment difficile de viser avec ce genre de projectiles –, on réussit à dépasser ses objectifs arbitraires.

Afin de juger notre souplesse et notre rapidité, il fit installer des cordes auxquelles on dut monter à de nombreuses reprises, de plus en plus vite. Il nous obligea à ramper dans l'herbe, à retourner de gigantesques pneus de camions qu'il avait fait remorquer pour l'occasion, et à exécuter tant d'allers et retours en courant qu'à la fin, nous avions l'impression d'avoir deux poids morts à la place des jambes. Il nous ordonna de plonger dans la piscine, glaciale par ce mois de novembre, et nous obligea à enchaîner les longueurs à la nage jusqu'à ce que notre peau devienne aussi blanche que du lait et que nous claquions des dents.

Quand on sortit de l'eau, les vêtements et les cheveux trempés, le corps dégageant un nuage de vapeur, nous éprouvions pour Frank une haine féroce.

Ce dernier, armé d'un bloc-notes, griffonnait ses observations, le regard méprisant, comme si nous étions loin d'atteindre les critères aléatoires qu'il avait établis.

Ce qui ne me surprenait pas vraiment. Il ne pouvait honnêtement pas penser que c'était un moment opportun pour tester les trois gardes Cadogan et demi qui restaient. Le calme régnait autour de la Maison uniquement parce que nous avions engagé les hommes de main de Claudia pour nous protéger. De toute manière, nous gâchions notre temps à essayer de démontrer des qualités qu'il ne serait jamais prêt à accepter. Que nous réussissions ou pas... nous ne ferions qu'échouer.

Cela dit, même si les exercices qu'il nous imposait étaient épuisants, nous avions l'habitude de l'effort. C'était douloureux, bien sûr. Fatigant aussi. Mais dans tout entraînement venait un moment où on se coulait dans le rythme. Nous étions des vampires, et non des plus faibles, en dépit de toutes les critiques de Frank.

Et nous n'étions pas les seules à le penser. La rumeur de nos examens se répandit dans la Maison. Lentement mais sûrement, les vampires se regroupèrent dans le jardin. Ils formèrent un cercle protecteur autour de nous, nous offrant de temps en temps des briques de sang ou des bouteilles d'eau, comme des supporters au cours d'un marathon.

Nous rampions de nouveau dans l'herbe quand Margot et Katherine émergèrent de la foule.

— Nous avons un petit cadeau pour vous, chuchota Margot en cherchant Frank du regard.

Lindsey, les cheveux encore mouillés et emmêlés après la séance de natation, le visage strié de traces de poussière et de transpiration, leva la tête.

— Il est en pleine conversation téléphonique avec Darius, déclara-t-elle. Si votre cadeau transgresse l'une de ses nombreuses règles, sautez sur l'occasion.

— C'est parti, lança Katherine, aussitôt rejointe par des vampires qui formèrent un arc de cercle en face de nous. Nous avons pensé qu'un petit concert nocturne vous donnerait du courage.

Katherine chanta une note afin de tester le ton de sa voix, aussi parfait que le son d'un magnifique piano bien accordé. Elle nous adressa un clin d'œil et, sans plus de cérémonie, accompagnée par les membres de sa chorale, elle entonna *Blackbird* des Beatles.

Tout le monde se tut, respectant un silence absolu tandis que la voix claire et puissante de Katherine s'élevait dans la nuit.

Les semaines passées à subir le comportement abusif de Frank nous avaient tous marqués. Quand Ethan en était le Maître, la Maison Cadogan représentait plus qu'une organisation ; c'était un véritable foyer. J'espérais que Malik aurait le pouvoir de rétablir cette situation, mais Frank le montrait clairement : il avait pour objectif de détruire la Maison, brique par brique, vampire par vampire.

Cependant, alors que je rampais à plat ventre dans l'herbe froide et humide de rosée, je me sentis plus proche que jamais de mes camarades. Des larmes se mirent à rouler sur mes joues. Je n'étais pas la seule à être émue : les traces sur le visage de Lindsey indiquaient qu'elle avait pleuré, et Kelley se mordait la lèvre pour ne pas craquer.

Quand le chœur entonna le refrain, la centaine de vampires présents se joignirent à lui, unissant leurs voix en un hymne contre la bêtise. Ils chantaient pour la Maison, pour nous, et pour tout ce qu'Ethan avait contribué à créer. Pour la famille qu'il espérait nous voir former.

La magie s'éleva dans l'air, me donnant la chair de poule, et j'envoyai dans l'univers un « merci » silencieux. Frank avait beau être un enfoiré, il avait réussi à tous nous réunir alors même que la mort d'Ethan nous avait séparés.

Le chœur venait à peine de terminer la chanson que Frank réapparut. Les vampires échangèrent des chuchotements nerveux tandis que notre curateur, les mains dans les poches, nous toisait avec un dédain manifeste.

— Je ne suis pas sûr que ce genre de concert respecte l'esprit du règlement. Ceci est une procédure d'évaluation, pas une fête de quartier.

Malik, qui se tenait également à la lisière de la foule, se tourna vers lui, les mains dans le dos.

— Si ce n'est pas dans l'esprit des règles, ça n'en transgresse aucune, objecta-t-il. Et comme vous nous l'avez rappelé, ce qui importe, c'est le respect des lois.

Frank dévisagea Malik quelques instants… mais ne le contredit pas. Peut-être savait-il reconnaître une défaite, finalement.

Malheureusement, j'avais tort, encore une fois. Après avoir testé notre agilité, notre force et notre endurance, Frank décida de recommencer.

Il nous mena dans le coin le plus éloigné du domaine, où quatre piquets de bois de la grosseur de poteaux téléphoniques avaient été enfoncés dans la terre. Ils mesuraient un mètre vingt de hauteur et environ vingt-cinq centimètres de diamètre.

— Juliet, Kelley, Lindsey, Merit, dit-il en désignant successivement les quatre piquets. Debout, chacune sur le vôtre.

On le dévisagea une seconde, l'esprit sans doute traversé par la même pensée : *Pardon, j'ai dû mal entendre. Vous voulez que je tienne debout sur un bout de bois ?*

— C'est un ordre, ajouta-t-il avec le ton acerbe d'un chef si incompétent qu'il en était réduit à menacer pour se faire obéir.

On échangea un regard mais, confrontées à l'alternative de nous soumettre ou perdre nos postes au sein de la Maison, on s'exécuta.

Je sautai sur le piquet et fis des tourniquets avec les bras pour me stabiliser. Les pieds et les genoux tremblants, les bras tendus, je me redressai lentement puis jetai un coup d'œil en biais à Frank.

— Cette épreuve permet de tester votre endurance, votre force et votre équilibre, annonça-t-il.

— Que doit-on faire au juste ? demanda Juliet.

— Rester là jusqu'à ce que vous tombiez, répondit Frank.

— Il va bientôt faire jour, fit remarquer Lindsey.

— Et vous resterez là jusqu'à ce que vous tombiez, répéta Frank.

Je cherchai Malik du regard. Il m'adressa un hochement de tête, signe qu'il comprenait la gravité de la situation et se tenait prêt à intervenir en cas de besoin. Je fermai les yeux à la perspective du drame qui allait se jouer, et priai pour avoir la force de surmonter cette épreuve.

C'est ainsi que je me retrouvai en équilibre sur un piquet en plein milieu de Hyde Park, à attendre que le soleil se lève.

Utilisées comme des pions dans un jeu politique qui ne nous concernait en rien, on garda cette position pendant presque trois heures. Frank se montrait injuste envers nous, bien entendu, mais ce n'était certainement ni la première ni la dernière fois qu'un individu manipulait ses semblables dans le but de réaliser ses ambitions politiques. L'histoire ne démontre-t-elle pas que les dictateurs et les démagogues ont toujours fonctionné ainsi ? N'ont-ils pas l'habitude de se servir des gens pour atteindre un objectif politique jugé de la plus haute importance ?

Nous n'étions à présent plus que deux. Kelley avait cédé à l'épuisement lorsque l'aube avait commencé à éclaircir les ténèbres ; elle avait chancelé et était tombée. Lindsey, fatiguée et déshydratée, s'était effondrée au sol sous l'effet d'une crampe.

Il ne restait plus que Juliet et moi en lice, quel que soit le but de cette compétition.

On s'efforçait de tenir debout en silence, elle avec sa délicate silhouette d'elfe, moi avec le sens de l'équilibre d'une ancienne danseuse, même si j'étais raide et percluse de courbatures. Juliet portait encore la paire de tennis qu'elle avait enfilée avant l'épreuve de course de vitesse, mais j'étais pieds nus. J'avais des fourmis dans les pieds, les crampes ayant depuis longtemps anéanti toute sensibilité. Chaque muscle de mon corps était douloureux à force de lutter pour garder l'équilibre, et je savais que, lorsque ce serait terminé, j'aurais mal partout.

À l'est, le ciel commençait à se teinter de nuances orangées. Les vampires qui étaient restés dehors avec nous cherchèrent quelques coins d'ombre afin de s'abriter du soleil.

Nous n'avions pas cette possibilité.

Frank traversa le jardin dans notre direction, une tasse d'une prétentieuse délicatesse à la main. Il n'avait cessé d'entrer et sortir de la Maison pour venir nous voir, sans doute afin de vérifier que nous n'étions pas tombées ou que nous ne prenions pas de repos, ce qui nous aurait disqualifiées.

Je n'éprouvais aucun respect pour un examinateur montrant si peu de rigueur à surveiller des tests qu'il avait décrétés d'une importance capitale.

Malik, lui, se tenait devant nous, le dos tourné au soleil, les bras croisés. En dépit de son air exténué et de ses yeux gonflés de fatigue, il était resté avec nous. Il avait veillé sur nous comme un père sur ses enfants, nous assurant par sa présence que, s'il ne pouvait subir les épreuves à notre place, il nous soutenait de manière inconditionnelle.

Aucun doute, cet homme était un Maître.

Il observa Frank s'approcher avec suspicion.

—Le soleil se lève, déclara Malik. Si ce test a un objectif, il est temps de l'atteindre.

—Bien sûr qu'il a un objectif, rétorqua Frank. C'est un test d'endurance. Tenir debout sur le poteau ne représente pas de grandes difficultés. L'épreuve consiste à le faire sous le soleil.

J'échangeai un regard nerveux avec Juliet.

—Mais ça va nous tuer ! plaida-t-elle.

Cet endroit du jardin se trouvait en partie abrité par les arbres mais, à mesure que le soleil monterait, ses rayons se rapprocheraient peu à peu de nous... et ils atteindraient Juliet en premier.

— C'est ridicule, protestai-je, une pointe d'hystérie dans la voix. Elle est plus près du soleil que moi. Elle se fera brûler avant même que les rayons soient arrivés jusqu'à moi.

— C'est le hasard du tirage au sort, répliqua Frank. C'est ce qui a déterminé sa place. Personne d'autre n'en est responsable.

Ce n'était pas vrai. C'était Frank qui nous avait attribué nos piquets.

— J'ai du mal à croire que le PG tolère qu'on fasse subir une telle épreuve à des vampires, lança Malik. Des vampires qui ont prêté serment, qui ont juré de servir leur Maison.

Frank considéra Malik, la tête inclinée.

— Vous ne pensez pas qu'il est important pour un vampire de résister au soleil ? C'est une situation qu'ils sont susceptibles de rencontrer, vous ne croyez pas ?

— Je pensais que, s'ils devaient affronter ce danger un jour, ce serait aux mains d'un ennemi, et non d'une organisation censée les protéger, riposta Malik en étrécissant les yeux.

Voilà qui résumait parfaitement mon opinion du Présidium. Celui-ci avait beau avoir été fondé bien des années auparavant dans le but d'assurer la préservation des vampires, de créer les Maisons et de faire respecter l'ordre, après avoir vu Darius West et ce monstre à l'œuvre, j'avais la conviction que le PG cherchait uniquement à prouver son poids politique.

Peut-être était-il temps de reconsidérer l'offre de la Garde Rouge. À présent qu'Ethan était parti et que Malik avait un pistolet pointé sur la tempe, peut-être devais-je réfléchir à m'engager à protéger tous les vampires, et pas seulement les membres de ma Maison.

Le soleil apparut à l'horizon. Plus le jour se déployait sur le jardin, plus j'avais envie de rejoindre la GR.

Les rayons lumineux gagnèrent en intensité et s'étendirent. Ils finirent par atteindre le piquet de Juliet et en caresser le flanc, de plus en plus haut. Horrifiée, je regardai la lueur rouge éclairer la pointe de ses tennis.

—Juliet, ça va ?

Des larmes se mirent à ruisseler sur ses joues, mais elle serra la mâchoire et garda sa position dans un silence stoïque. Elle devait subir un véritable supplice et pourtant, elle restait sur son piquet, refusant de s'avouer vaincue.

Elle commençait aussi visiblement à souffrir de la faim : ses yeux avaient viré à l'argenté et ses crocs étaient descendus. La douleur, le manque de sang et l'épuisement avaient réveillé la prédatrice en elle.

Je tournai le regard vers Frank, qui sirotait le contenu de sa tasse, de toute évidence totalement insensible à l'agonie de Juliet.

—Vous devez arrêter ça. Vous ne voyez donc pas qu'elle a mal ? (Il se contenta d'arquer un sourcil avec arrogance.) Très bien. Si vous ne le faites pas, c'est moi qui vais le faire. J'abandonne.

Je m'apprêtais à sauter au sol, mais les paroles de Frank me pétrifièrent :

—Restez où vous êtes, Merit. Si vous descendez de ce piquet, vous serez immédiatement démise de vos fonctions de Sentinelle. Et c'est valable aussi pour Juliet. Si vous êtes incapables de placer le bien commun au-delà de vos intérêts individuels, vous ne méritez votre poste ni l'une ni l'autre.

J'entendis Juliet échapper un sanglot tandis que je dévisageais Frank, bouche bée.

— Vous ne pouvez pas me destituer. C'est Ethan qui m'a nommée Sentinelle. Seul Malik peut prendre cette décision.

— Oh, détrompez-vous, répliqua Frank. Il est de ma responsabilité de remettre de l'ordre à Cadogan. Un vampire qui choisit de se retirer de l'épreuve, qui refuse de se soumettre à l'évaluation de ses frères et sœurs, ne place pas les intérêts de sa Maison avant tout.

Je jetai un regard en biais à Juliet, qui sanglotait et tremblait de tous ses membres tant elle avait mal, les bras enroulés autour de sa taille.

— Juliet, descends !

— Je ne p-p-peux pas ! balbutia-t-elle. Je veux rester garde. Je n'ai jamais rien fait d'autre. Cette Maison est toute ma vie.

Sa vie serait très bientôt compromise si je n'agissais pas. Je serais punie de manière injuste, mais il était encore plus injuste que Juliet écope d'une double peine en étant brûlée par le soleil et en perdant son poste.

Mon travail consistait à protéger la Maison et ses vampires, et je continuerais à le faire tant que j'en avais la possibilité, même si je devais pour cela sacrifier ma place. De toute manière, je ne me montrerais pas digne de ma position de Sentinelle si j'étais prête à mettre ainsi la vie de Juliet en danger.

Je n'eus aucun mal à prendre ma décision, ce qui ne voulait pas dire que je ne souffrirais pas des conséquences. Ethan m'avait nommée Sentinelle lors de la Recommandation. Même si j'avais eu quelques difficultés à accepter ce titre, à l'époque, il faisait désormais partie de moi. J'y tenais beaucoup.

Pourtant je devais y renoncer, comme j'avais renoncé à mon médaillon Cadogan.

Je cherchai le visage de Malik dans la foule. Lorsqu'il m'adressa un hochement de tête, je levai les mains en l'air.

— J'abandonne, annonçai-je. Je déclare forfait. C'est Juliet qui gagne. Faites-la descendre !

Ce fut aussitôt la ruée vers le piquet de Juliet. Luc tendit les bras, l'attrapa et la porta à l'intérieur de la Maison, suivi par une file de vampires pressés de s'abriter du jour. Alors que le soleil montait dans le ciel, toutes mes forces me quittèrent. Je tremblais d'épuisement, mais je parvins néanmoins à sauter à terre en évitant le rayon lumineux tout proche, et me retrouvai face à Frank, qui jubilait.

— Il y aurait eu des moyens plus simples de me pousser à démissionner, lui lançai-je.

J'eus le plaisir de voir son sourire s'évanouir. Il avait fait en sorte de m'attribuer la place la plus protégée, s'assurant ainsi que j'abandonnerais pour que les autres ne se fassent pas brûler. Je suppose que j'aurais dû me sentir flattée : il était persuadé que j'allais me sacrifier… et me croyait assez dangereuse pour préférer priver la Maison de sa Sentinelle plutôt que me laisser à ce poste.

— Je ne vois pas de quoi vous parlez.

— J'en doute, répliquai-je, mais c'est entre vous et votre conscience.

Je me hâtai de regagner l'entrée de la Maison, où Malik vérifiait que tout le monde rentrait se mettre en sécurité.

Frank pénétra à l'intérieur en dernier, juste au moment où le soleil inondait le jardin de lumière. Heureusement, les volets de la Maison étaient déjà tous fermés.

Je demeurai un moment dans la cuisine, les yeux fermés, savourant la fraîcheur et le calme de l'obscurité.

Quand je rouvris les yeux, je trouvai Malik. Tous les autres étaient partis.

—Je suis désolée, m'excusai-je. Démissionner n'était peut-être pas la meilleure décision à prendre pour la Maison, mais je ne pouvais pas rester là et forcer Juliet à le faire à ma place.

—Tu as fait le bon choix, m'assura-t-il. Cela dit, tant que Cabot est là…

Il n'avait pas besoin de terminer sa phrase. Tant que Frank – et le PG – contrôlerait la Maison, je ne serais plus Sentinelle.

Oh, les choses avaient bien changé ! En l'espace d'à peine quelques mois, Ethan avait perdu la vie et un nouveau Maître avait été nommé. Et aussitôt remplacé. L'Agence de médiation avait été démantelée. J'avais été privée de mon titre de Sentinelle.

Cependant, tout comme je n'avais pas eu le choix quelques mois auparavant, quand Ethan m'avait assigné cette position, je n'avais pas d'autre choix à présent que d'accepter cette situation et la gérer le plus dignement possible.

Même si je devais le faire seule, j'agirais avec courage. Je resterais Sentinelle dans l'âme et dans le cœur, sauf que je n'aurais plus de statut officiel.

Je hochai la tête.

—Je comprends.

—Ethan aurait été fier de toi, aujourd'hui, Merit. En tout cas, je le suis, comme tous les autres vampires de cette Maison. Tu as joué le jeu de Cabot de l'unique manière respectable possible, même si l'issue de la partie était prédéterminée.

—Ce qui ne change pas le résultat, malheureusement. La Maison n'a plus de Sentinelle.

Malik m'adressa un sourire entendu.

— Cette décision ne s'applique qu'à ton poste actuel. Tu ne peux plus être Sentinelle, du moins pour l'instant, mais rien ne t'empêche de servir comme garde. Il n'a imposé aucune restriction à ce sujet.

En dépit de mon état d'épuisement, je réussis à sourire.

— Vous êtes très imaginatif, Sire.

— Ça m'arrive.

Je me dirigeai en titubant vers le premier étage, déjà à demi assommée par le soleil, puis rejoignis l'obscurité rassurante de ma chambre, où je me glissai entre les draps propres et frais. La fatigue ne m'empêcha pas de fondre en larmes quand je posai la tête sur l'oreiller. Je laissai libre cours à la colère, à la frustration et à l'abattement que j'avais réprimés jusque-là.

J'éprouvais une grande tristesse car, en l'espace d'une nuit, j'avais perdu ce qui me liait à Ethan et à la Maison : mon titre de Sentinelle et le médaillon que je portais en signe d'allégeance.

Je resterais cependant garde de Cadogan, un rôle dont je ne niais pas l'importance. Mais j'avais l'impression qu'on m'avait encore une fois arraché Ethan.

Et c'était ce qui me faisait le plus mal.

16

UNE MAISON DIVISÉE

J e me réveillai d'humeur aussi maussade que lorsque j'avais sombré dans l'inconscience quelques heures plus tôt, même si je n'avais fait cette fois aucun cauchemar. L'idée de rester sous les couvertures toute la journée et de me prétendre malade m'effleura l'esprit, mais cette stratégie ne contribuerait à résoudre ni mes problèmes ni ceux de la ville.

Après m'être levée et douchée, j'hésitai à appeler Mallory. Je savais que ses examens la rendaient nerveuse, mais je n'étais pas persuadée que la laisser étudier en ermite constitue la meilleure solution. D'un autre côté, elle m'avait explicitement demandé de ne pas la déranger jusqu'à ce qu'elle ait terminé.

Je ne l'avais toujours pas digéré.

Bien entendu, ce n'était pas la première fois que nous avions des divergences d'opinions. Elle était sortie avec un garçon que je trouvais odieux, et je me montrais moins indulgente qu'elle envers mes parents. Ma transformation en vampire et mes difficultés à accepter ma nouvelle existence nous avaient éloignées, et son apprentissage à Schaumburg l'avait ensuite accaparée.

Mais nous avions toujours réussi à surmonter ces épreuves. Je ne pouvais qu'espérer qu'il en serait de même cette fois, qu'en dépit de la magie et des examens nous parviendrions à nous retrouver.

Après avoir fait sauter mon téléphone d'une main à l'autre pendant quelques minutes, je renonçai à l'appeler. Si elle avait vraiment besoin de solitude, je devais le respecter. Elle aurait fait la même chose pour moi.

Toutefois, si Mallory pouvait m'éviter, ce n'était pas le cas de Catcher. Je composai son numéro.

— Je suis en route pour la maison de ton grand-père, m'annonça-t-il.

— Vous agissez toujours officieusement ?

— À moins que la municipalité ne change d'avis, ce qui semble très peu probable, nous resterons dans le domaine officieux. Malheureusement, ajouta-t-il par-dessus un bruit de Klaxon, il y a beaucoup plus de circulation sur cette route que sur celle du bureau. Je mets deux fois plus de temps.

— Il n'y a pas un arrêt de métro, près de chez mon grand-père ?

— Je préfère prendre ma voiture, répliqua-t-il d'un ton catégorique. Quoi de neuf à la Maison Cadogan ?

— Eh bien, à la suite de malencontreux événements, je ne suis plus Sentinelle.

Je lui fis part de la procédure d'évaluation de Frank et de ma démission forcée.

— Élégant, déclara-t-il. Darius West aurait presque l'air d'un ange en comparaison.

— Je n'irais pas si loin, mais tu n'as pas tout à fait tort. Est-ce que tu as eu l'occasion de parler à Simon ?

— Oui. Il est aussi confus que nous. Il affirme n'avoir reçu aucune nouvelle alarmante au sujet du *Maleficium* et assure qu'il est toujours soigneusement enfermé au

Nebraska. Par mesure de précaution, l'Ordre a envoyé un comité chargé de vérifier. Simon pense également que Tate bluffe, et il accorde du crédit à ta théorie sur l'odeur de sucre et de citron. D'après lui, la nouvelle « magie légale » se sert d'éléments comme les parfums pour retracer les utilisations de la magie.

Le ton caustique de Catcher indiquait clairement qu'il restait sceptique, mais je décelai aussi une pointe d'envie dans sa voix. Catcher ne faisait plus partie de l'Ordre depuis un certain temps ; il ne devait donc pas être au courant des dernières avancées technologiques. De plus, il nourrissait de toute évidence une vieille rancœur à l'égard de l'organisation des sorciers. Le fait qu'il se montre si contrarié de voir Simon enseigner la magie à Mallory cachait peut-être un brin de jalousie.

— Dans combien de temps Mallory aura-t-elle terminé ses examens ?

— Dans deux ou trois jours, mais aucune date n'est vraiment fixée. Apparemment, Simon essaie de la maintenir sous pression. Écoute, j'arrive chez ton grand-père. Je te rappelle s'il y a du nouveau.

— Merci, dis-je.

Je raccrochai. J'étais certaine qu'il me recontacterait bientôt. Si j'avais appris une chose au cours de ma brève existence de vampire, c'était bien que les ennuis n'en finissaient jamais.

Je trouvai devant ma porte une nouvelle pile de livres provenant de la bibliothèque, tous traitant d'événements historiques demeurés inexpliqués. Le bibliothécaire semblait croire que la disparition d'Amelia Earhart et le triangle des Bermudes étaient liés aux problèmes qui touchaient actuellement l'eau et le ciel. J'étais assise par terre, plongée dans les théories de complots magiques, quand mon téléphone sonna.

Sauvée par le gong, pensai-je.

Lorsque je vis le numéro de Jonah s'afficher sur l'écran, je décrochai.

—Bonjour, dis-je prudemment.

Étant donné que nous ne nous étions pas reparlé depuis le baiser, j'ignorais de quelle humeur il pouvait être. De plus, je redoutais qu'il appelle pour m'annoncer une nouvelle crise. J'avais bien besoin d'une pause.

—Qu'est-ce que tu fais ? me demanda-t-il.

—Je lis. Et toi ?

—Je suis au *Benson's*. Amène tes fesses par ici et offre-moi un verre.

Le *Benson's* était le bar de la Maison Grey, situé en face de Wrigley Field.

—Je n'ai pas l'intention de t'offrir un verre.

—Je crois me souvenir que tu m'en dois un. Je le mérite, vu que tu m'as envoyé paître quand je t'ai fait ma déclaration.

Je ne pus réprimer un sourire, reconnaissante qu'il ait brisé la glace.

—Je n'ai pas l'impression que ça se soit passé comme ça.

—Eh bien, tu te trompes.

—Je suis sûre que tu déformes la réalité, répliquai-je.

En même temps, je baissai les yeux sur mes livres et décidai que j'avais lu assez de théories farfelues pour la soirée. J'avais besoin de changer d'air, même si cela signifiait que je devrais payer une tournée à mon partenaire pour me faire pardonner.

—J'arrive dans cinq minutes, lui assurai-je.

Après avoir raccroché, je glissai de nouveau mon téléphone dans ma poche puis attrapai ma veste, avertis Kelley que je partais et me dirigeai vers la sortie.

Le bâtiment étroit abritant le *Benson's* se trouvait derrière Wrigley Field. Des gradins avaient été installés sur le toit de manière à permettre aux fans des Cubs d'assister aux matches sans avoir à acheter de billet. Les propriétaires avaient entassé autant de tables que possible dans le bar aux dimensions minuscules. Après tout, c'était le quartier des Cubs, et les inconditionnels qui n'avaient pas réussi à obtenir une place à Wrigley voulaient quand même être au plus près de l'action. Les jours de match, l'établissement était souvent bondé, mais, franchement, ça valait le coup de se retrouver avec ses amis – et de parfaits étrangers –, serrés comme des sardines pour encourager les Cubbies. Le *Benson's* avait même créé une boisson spéciale en l'honneur de l'équipe de base-ball : un cocktail constitué de couches d'alcool bleu et rouge. Ça ressemblait à du sirop pour la toux, mais on le buvait pour sa couleur, non pour son goût.

Les murs du bar étaient couverts d'objets évoquant les Cubs. Même si la saison de base-ball était terminée depuis quelque temps, la salle était pleine à craquer quand j'arrivai. Y avait-il meilleur endroit où attendre la fin du monde qu'au *Benson's*, en compagnie de ses plus proches amis et de sa boisson préférée ? Comme les humains ne savaient pas que le bar était lié à la Maison Grey ni aux vampires en général, la clientèle était composée d'un mélange d'humains, de vampires et sans doute de quelques surnaturels dont j'ignorais l'existence.

Je me frayai un chemin dans la foule jusqu'à ce que j'aperçoive Jonah, debout dans un coin au fond de la salle.

Il portait un tee-shirt à manches courtes au col en V, un jean et arborait une barbe de plusieurs jours. J'aurais menti en affirmant ne pas le trouver séduisant et, quand il leva le regard sur moi, je me surpris à imaginer que, dans une autre vie, j'aurais pu le retrouver pour une raison bien différente.

—Salut, lança-t-il quand je le rejoignis. Tu ne t'es toujours pas fait prendre en otage par des manifestants, à ce que je vois. Bien joué.

Ses yeux pétillaient – de manière trop attirante à mon goût –, mais comme il avait bien réagi à cette histoire de baiser, je décidai de ne pas entamer sa bonne humeur.

—Très drôle, répliquai-je. En effet, je leur ai échappé.

Jonah désigna son voisin, un vampire un peu plus petit que lui aux cheveux courts blond platine.

—Merit, je te présente Jack. Il fait partie de la Garde de la Maison. Nous sommes amis depuis des années. Jack, je te présente Merit.

Jack me détailla de ses yeux bleu clair soulignés d'un trait de khôl.

—Tu es… exactement comme je l'imaginais, déclara-t-il avec un léger accent du Sud.

J'esquissai un sourire hésitant.

—Euh…, merci ?

—C'est un compliment. Tu es très mignonne, et j'adore ta frange.

Jack avait quelque chose de totalement désarmant. Il avait un grand sourire aux lèvres et donnait l'impression d'être quelqu'un qui ne s'embarrassait pas de politesses inutiles, ce qui rendait son compliment d'autant plus flatteur.

Mais j'ignorais que penser du fait qu'il savait à quoi je ressemblais. Jonah avait-il parlé de moi ?

— Merci, répétai-je. J'espère que je n'interromps pas votre conversation.

— Nous étions en train de discuter de sabre double, annonça Jonah avant de plonger la main dans la poche arrière de son jean pour s'emparer de son portefeuille. Tu veux boire quelque chose ?

— Pas maintenant, merci. Qu'est-ce que tu appelles sabre double ?

— L'utilisation simultanée de deux katanas, expliqua Jack. Je crois que c'est une technique de cirque. Pas fonctionnelle du tout, juste bonne pour le spectacle et l'intimidation.

— Notre ami Jack ici présent raconte n'importe quoi, déclara Jonah. Le combat au katana double sera la prochaine grande tendance dans les arts martiaux.

— Tu es une vraie tête de mule, lança Jack en levant les yeux au ciel. Quand est-ce que tu t'es battu pour la dernière fois avec deux sabres ?

— Si c'était courant, je le ferais.

— C'est exactement ce que je dis, insista Jack en m'adressant un clin d'œil auquel je répondis par un sourire.

— Écoute, rétorqua Jonah, je parle de technique. Et sur le champ de bataille, tout est possible.

— Y compris le katana double ? demandai-je.

— Y compris le katana double, mon amie à un seul katana.

Jack émit un grognement dubitatif, mais choqua néanmoins sa bouteille de bière contre celle de Jonah avec bonne humeur.

— Je suppose que si tout le reste a échoué, on peut oublier le combat à deux ou trois sabres et passer directement à quatre.

— Ouaaaaah ! rugirent-ils à l'unisson en trinquant de nouveau.

Les mecs représentaient vraiment un mystère pour moi. Je les dévisageai avec scepticisme.

—Ne me dis pas que tu n'as jamais entendu l'histoire des quatre sabres ? s'insurgea Jonah. (Je secouai la tête.) Je peux te traiter d'inculte ?

—Je ne préfère pas. Tu as le droit de m'instruire, mais seulement si tu peux t'abstenir de commentaires éditoriaux.

Jack afficha un large sourire.

—Je savais que j'allais t'adorer. Je le savais.

—Il était une fois, dans un royaume fort lointain, un samouraï qui se croyait destiné à parcourir le monde et aider son prochain, commença Jonah. Il voyageait équipé de quatre sabres, chacun d'eux représentant l'un des quatre éléments de l'univers : l'air, le feu, la terre et l'eau. (*Tiens donc, c'est un thème récurrent, ces derniers temps*, me dis-je.) Parti dans le but d'initier ses pairs au maniement du sabre, le samouraï arriva en Europe.

—C'est lui qui a appris aux vampires à se battre avec un katana, devinai-je, ruinant l'effet de surprise.

—En effet, confirma Jonah. Mais est-ce que tu sais que c'est Scott qui a rencontré ce samouraï et a ensuite enseigné la technique à tous les autres vampires ? et que ces quatre sabres sont à présent exposés à la Maison Grey ?

Mon regard passa de Jonah à Jack.

—C'est vrai ?

Jack me toucha le bras.

—C'est vrai, mais ne le crois pas s'il te raconte qu'il a sauvé tous les orphelins de Kansas City le jour où Godzilla a dévasté la ville.

—C'était une résidence pour personnes âgées et un puma qui s'était échappé, le corrigea Jonah.

S'il ne mentait pas, son histoire devait déjà être bien assez mouvementée.

Jack balaya la remarque de Jonah d'un geste de la main et consulta sa montre.

— Il faut que je file. Si la fin du monde est proche, je préfère être dans les bras d'un être cher quand ça arrivera. Ou du moins ceux de Paul, ajouta-t-il en marmonnant.

— La fin du monde résoudrait ton problème avec Paul, avança Jonah. Rompre avec lui aussi.

Jack émit un grognement dubitatif.

— Il a déjà promis qu'il me poursuivrait en enfer si nous devions mourir. Et ce serait encore pire si je rompais avec lui.

— Agis ou ferme-la, Jack.

— Je vais te faire mal, riposta Jack en enfonçant un doigt menaçant dans la joue de Jonah avant de reprendre une expression neutre. À demain soir, patron. Tu trouveras mon rapport trimestriel sur ton bureau.

— Merci, dit Jonah.

Jack tendit les bras et me serra contre lui.

— Enchanté de t'avoir rencontrée, Merit. Prends soin de notre Capitaine, me murmura-t-il.

Je sentis aussitôt mes joues s'enflammer.

— Il a des problèmes sentimentaux ? demandai-je en observant Jack s'éloigner dans la foule, espérant que Jonah n'avait pas entendu son dernier commentaire.

— C'est toute une histoire, répondit Jonah. Comme tu l'as peut-être constaté, je n'aime pas vraiment les drames. Jack est bien plus tolérant. Malheureusement, Paul l'est encore plus.

— Quoi qu'il en soit, Jack a l'air de quelqu'un de bien.

— Il est la loyauté incarnée, assura Jonah. J'apprécie la loyauté.

— C'est une grande qualité.

— J'ai l'impression que tu es nostalgique.

Il faisait preuve d'une incroyable perspicacité, ce qui m'effrayait un peu.

— Je ne suis plus Sentinelle.

Il se pétrifia.

— Quoi ?

Je lui parlai de Frank, des tests et de tout ce qui s'était passé la nuit précédente.

— Je suis une garde, maintenant, admis-je avant de froncer les sourcils. En tout cas, je me comporte comme telle. Je n'ai pas été officiellement nommée à cette fonction, en fait. Et pour être honnête, j'ai le sentiment d'avoir été rétrogradée.

— Je m'en doutais, reprit-il avant d'afficher un petit sourire suffisant qui ne me disait rien qui vaille. Étant donné que je suis Capitaine, ça fait de moi ton supérieur, non ?

— Certainement pas, affirmai-je en lui enfonçant un doigt dans la poitrine. J'ai déjà bien assez de patrons au-dessus de moi, merci bien.

— C'était juste pour vérifier. Je suis désolé que Cadogan ait à subir toutes ces conneries. Si ce n'était pas tombé sur vous, ça nous serait arrivé à nous, ou à Navarre. Le PG est… bref, tu sais ce que j'en pense.

J'ouvris la bouche, puis me ravisai, hésitant sur la manière d'exprimer ce que j'avais à dire. Je finis par me lancer.

— Est-ce que je peux te parler ?

— C'est au sujet de ma personnalité fougueuse ?

— C'est au sujet de la GR.

Il haussa les sourcils, visiblement intéressé.

— Toi, tu sais comment attirer l'attention d'un homme.

Je détournai les yeux, puis regardai de nouveau Jonah.

— Je crois qu'il est temps que je prenne les mesures nécessaires pour protéger la Maison. Le PG met mes collègues, mes amis en danger. Ce n'est pas juste, et si je peux faire quelque chose pour y remédier, je le ferai. J'aimerais rejoindre la Garde Rouge.

Jonah garda le silence quelques instants.

— C'est l'unique raison pour laquelle tu dois accepter notre offre. Si tu avais avancé d'autres motifs, j'aurais refusé.

Je le considérai.

— Vraiment?

— Quand tu entres dans la GR, tu t'engages pour vingt ans. C'est sérieux. Nous ne voulons pas des candidats qui sont mus par un désir de vengeance ou qui rejettent l'autorité. Nous avons besoin de protecteurs. De gardiens. De gens qui reconnaissent les injustices du système et souhaitent y mettre un terme.

— Je comprends.

— Et maintenant, je sais que tes motivations sont similaires. Je devrai passer un coup de fil et prévenir mes supérieurs, mais considère que tu es l'une des nôtres.

Il m'adressa un sourire et, cette fois, je décelai une sorte de gravité dans son regard. Pas la gravité d'un amant ni celle d'un ami. Celle d'un partenaire.

— Nous travaillerons ensemble, ajouta-t-il. C'est une relation étroite, qui doit être basée sur la confiance. Me fais-tu confiance?

Je l'observai quelques instants. Je n'avais pas envie de répondre à sa question sans y avoir mûrement réfléchi. Je considérai ce que je savais de Jonah et repensai aux moments où il m'avait déjà soutenue. À la rave de Streeterville, où il m'avait aidée à sauver une jeune humaine. À notre visite chez Claudia, où il était intervenu pour me protéger.

Il avait beau avoir douté de moi au départ, il avait toujours été là quand il le fallait.

—Je te fais confiance, affirmai-je.

Il hocha la tête et me tendit la main.

—Alors, j'ai l'immense honneur de t'accueillir au sein de la Garde Rouge, Merit.

—C'est tout ?

D'accord, je n'espérais pas une écharpe et une parade, mais l'occasion valait au moins une cérémonie, la remise d'un insigne ou un truc du genre.

—Nous organiserons une intronisation plus formelle quand j'aurai averti Noah. Ça nécessitera un peu de temps. En attendant…

Il agita les doigts en signe d'invitation.

Je lui serrai la main, scellant ma promesse. Ce faisant, je renonçais à la loyauté que je devais au PG. Frank avait eu l'intention de réduire mon influence au sein de la Maison, mais il n'avait réussi qu'à me rapprocher de mes camarades Novices et me donner envie de me battre pour eux avec encore plus d'énergie.

—Comme c'est mignon.

Je me retournai, pour me retrouver nez à nez avec un grand vampire aux cheveux bruns qui nous regardait avec une malveillance à peine dissimulée, les bras croisés.

—Salut, Morgan, lançai-je, certaine que Paul aurait apprécié son sens du drame.

Morgan Greer, Maître de la Maison Navarre, était incontestablement séduisant. Sorte de play-boy au charme ténébreux, il était doté d'un sens de l'humour à la hauteur de son physique avantageux, mais son immaturité gâchait l'ensemble, à mon avis. Il avait tout ce qu'un Maître pouvait désirer : la santé, la beauté, l'argent et le pouvoir. Mais il se comportait comme un adolescent susceptible et capricieux.

Ce soir-là, il portait une chemise, un jean et des bottes. Ses cheveux ondulés lui arrivaient aux épaules, et il semblait ne pas s'être rasé depuis quelques semaines. Ses pommettes sculptées et ses joues émaciées de mannequin ajoutaient une touche de sévérité à son charme.

Je ne lui avais pas parlé depuis qu'Ethan et Célina étaient morts. D'ailleurs, j'ignorais ce qu'il pouvait ressentir, même si je supposais qu'il éprouvait au mieux des sentiments contradictoires. Je le découvrais à présent tel que je ne l'avais jamais vu : en galante compagnie.

La fille à son côté était grande et mince, avec de longs cheveux noirs et un visage aux traits exotiques. Elle était vêtue de leggings noires et d'une tunique ample – certainement achetée dans une boutique de haute couture –, le tout assorti à des talons aiguilles vertigineux et des boucles d'oreilles pendantes. Elle ressemblait à un top-modèle apprêté pour une séance de photos, et je ressentis un pincement de jalousie avant de me souvenir que je m'en fichais royalement.

Morgan me balaya du regard, fit de même avec Jonah, puis reporta les yeux sur moi avec une moue dégoûtée.

— Tu ne perds pas de temps, on dirait.

Jonah dut sentir l'éclair de magie que je laissai échapper, car il me mit en garde en me saisissant le bras. Je lui tapotai la main afin de le rassurer.

— On travaille, répliquai-je, m'efforçant de garder mon calme et de ne pas piquer une crise de nerfs à cause d'un vampire souffrant d'un retard émotionnel.

— Tiens donc. Sur quoi ?

Son ton était si acerbe que je me demandai s'il essayait de me harceler ou s'il n'avait vraiment aucune idée de ce qui se passait à Chicago.

— Tu as certainement entendu parler du lac qui est devenu noir et du ciel rouge ?

— Ça n'a rien à voir avec nous.

Ah, il avait donc décidé de se mettre des œillères. Il connaissait les faits mais, en parfait petit soldat du PG, prétendait que ceux-ci ne concernaient pas les vampires.

— Ce n'est pas parce que nous n'avons pas causé ces problèmes que nous ne devons pas essayer de les résoudre, lançai-je.

— Et pourquoi devrions-nous les résoudre ? Il vaut mieux nous occuper d'abord de nos propres Maisons, non ?

Visiblement fière de la réponse de Morgan, sa compagne haussa un sourcil arrogant à mon intention.

— Parce que si la ville finit par tomber, les Maisons tomberont en même temps, intervint Jonah.

— Chicago ne va pas tomber, rétorqua Morgan.

— Parce que les autres Maisons l'en empêcheront, le provoqua Jonah.

Le sous-entendu était clair : Navarre ne faisait pas son travail.

Les joues de Morgan s'empourprèrent.

— Tu n'as aucune idée de ce que ma Maison fait ou ne fait pas pour cette ville.

— C'est précisément ce que je dis, insista Jonah. Nous n'en avons aucune idée, même si ça se résume certainement à pas grand-chose pour le moment.

— Souviens-toi de ton rang, vampire ! aboya Morgan.

Un jour, Morgan avait reçu exactement le même avertissement de la part d'Ethan après l'avoir provoqué. Morgan se montrait toutefois bien moins convaincant.

—Avec tout le respect que je vous dois, monsieur Greer, j'ai prêté allégeance à la Maison Grey et à Scott, rétorqua Jonah. Si vous avez des remarques à faire sur mon comportement, parlez-en avec lui.

Morgan, visiblement furibond, laissait échapper des panaches de magie crépitante de colère dans les airs. Je décelai cependant autre chose sous l'irritation. De la peur, peut-être? Voilà qui nécessiterait une analyse un peu plus approfondie… mais plus tard. Une crise à la fois.

Ayant apparemment décidé que notre petite réunion était terminée, Morgan tourna les talons et s'éloigna. Avant de le suivre, sa compagne me jaugea d'un regard peu flatteur.

—Au cas où tu ne l'aurais pas compris, je te conseille de ne pas y toucher, persifla-t-elle.

—À Morgan? m'exclamai-je. (Elle releva le menton d'un air de défi.) Je peux t'assurer que je ne m'intéresse pas du tout à lui, mais je te souhaite bon courage.

Tu en auras bien besoin quand il piquera sa première crise de jalousie ou se mettra à bouder pour je ne sais quel prétexte, me dis-je.

Ce n'était pas que je jugeais Morgan mauvais garçon, mais il adorait faire des scènes.

La fille marmonna quelques mots désobligeants. Je décidai de me montrer plus adulte qu'elle et me contentai de lui renvoyer un sourire. Ce qui ne m'empêcha pas de prendre plaisir à imaginer que je la jetais au sol et appuyais un doigt sur l'un de ses points vitaux jusqu'à ce qu'elle se confonde en excuses.

Peut-être qu'Ethan avait raison et que les vampires finiraient par m'arracher ma part d'humanité.

Après m'avoir fusillée du regard pendant quelques secondes supplémentaires, elle fit volte-face. Je l'observai s'éloigner puis disparaître dans la foule. Cette fois, au lieu d'attendre l'attaque de Jonah, je lançai l'offensive.

— Nous ne sommes sortis ensemble que quelques semaines.

Il esquissa un petit sourire.

— Je suis au courant du marché, déclara-t-il. Noah et Scott assistaient à la réunion.

J'avais oublié ce détail. Noah et Scott étaient présents au moment où Morgan, fou furieux, avait fait irruption dans la Maison, affirmant qu'un vampire Cadogan avait menacé Célina. J'avais calmé ses ardeurs en pointant mon sabre sur lui, ma première intervention en qualité de Sentinelle. Il avait finalement accepté de se soumettre, à la condition que je l'autorise à me faire la cour.

J'avais cédé mais, même si Morgan pouvait se montrer incroyablement charmant, il était bien trop immature pour moi.

— Comment va Noah ? demandai-je.

Noah faisait également partie de la GR, mais, comme Jonah était devenu mon principal contact, je n'avais pas eu de ses nouvelles depuis longtemps. Les Solitaires de Chicago – les vampires indépendants – le reconnaissaient comme leur chef.

— Il est très occupé. Les Solitaires sont toujours nerveux quand les Maisons ont des ennuis. Ils craignent les représailles du PG, ou la prison, si ça doit en arriver là.

— Quatrième bonne raison de rejoindre la GR, marmonnai-je.

Jonah m'observa, une lueur amusée dans les yeux.

— Quelles sont les trois premières ?

— Aider les Maisons, avoir avec un partenaire sur qui je peux compter, et ces super tee-shirts « Université de minuit ». Est-ce qu'on m'en donnera un ?

— Bien sûr. Il faudra juste que tu le gardes en lieu sûr.

Je n'avais pas pensé au fait que la GR me procurerait du matériel ou des documents que je devrais conserver à l'abri des regards, même dans ma propre chambre. Je devrais réfléchir à une cachette.

Jonah se frotta les mains.

— Ça te dit de boire un verre, maintenant ?

— Oui, pourquoi pas ? répondis-je.

Avant d'avoir eu le temps de passer commande, j'éprouvai une sensation désagréable. L'immeuble avait tremblé un peu. Juste un instant, mais j'étais prête à le jurer.

— Tu as senti ?

— Senti quoi ? s'étonna Jonah.

Je restai immobile et, au bout d'un moment, me demandai si je n'avais pas tout imaginé. Mon regard se porta par hasard sur un verre d'eau posé sur la table d'à côté. Le verre frémit, puis des ondulations se propagèrent à la surface du liquide.

— Jonah…

— J'ai vu, dit-il avant de marquer une pause. Peut-être qu'il s'agit juste de très gros dinosaures.

— Ou d'une magie très puissante, ajoutai-je. Je crois que nous devrions aller voir dehors.

Je compris à son expression sceptique qu'il ne consentait à jeter un coup d'œil à l'extérieur que par sens du devoir.

Jonah sur les talons, je me faufilai entre les tables et les clients – les humains comme les vampires demeurant apparemment insensibles aux vibrations –, puis sortis dans l'air frais de ce mois de novembre… et ne vis rien du tout.

Des fêtards déambulaient sur le trottoir. Quelques rares véhicules passaient de temps en temps.

— Je suis sûre d'avoir senti quelque chose, affirmai-je en scrutant la rue.

Je fis un pas en avant et fermai les yeux, puis abaissai une partie des défenses que j'avais pour habitude d'ériger afin que mon cerveau de vampire ne soit pas inondé par un flot d'informations. Je ne remarquai rien de particulier. Juste les odeurs et les sons ordinaires d'une nuit d'automne à Chicago. Je percevais les parfums des gens, les senteurs de nourriture et de graisse. La poussière du terrain de base-ball. Les gaz d'échappement des voitures.

Les yeux clos, la tête penchée, je ressentis une nouvelle vibration et le sol se mit à trembler sous mes pieds.

— Merit ! hurla Jonah.

Je rouvris les yeux. Au même moment, Jonah m'attrapa par la taille et me tira en arrière.

Une faille apparut dans le goudron, et un amas de terre d'au moins six mètres de large émergea au milieu de la rue, juste devant nous.

17

I Feel the Earth Move[1]

— C'est quoi, ce truc ? demanda Jonah tandis que nous regardions cette nouvelle montagne s'élever au milieu de Wrigleyville.

Elle fendait et déplaçait l'asphalte autour d'elle, bloquant la circulation et renversant les voitures sur le bas-côté de la route. Le chaos se répandit bientôt dans toute la rue, accompagné par un concert d'alarmes et de klaxons, tandis que les gens sortaient des bars en hurlant, paniqués à la vue de ce gigantesque amas de terre.

Frappée de stupeur, j'assistai à la scène, immobile sur le trottoir, le bras de Jonah toujours autour de ma taille. Je risquai un coup d'œil en l'air et vis exactement ce que je craignais.

Le ciel, de nouveau d'un rouge flamboyant, s'éclairait par intermittence, illuminé par les éclairs au-dessus des nuages. Et j'étais prête à parier que le lac et la rivière étaient redevenus noirs et aspiraient la magie.

---

1. *I Feel the Earth Move* est le titre d'une chanson de Carole King datant de 1971 que l'on pourrait traduire par « je sens la terre trembler ». (*NdT*)

— C'est la terre, déclarai-je, le ventre noué par un sinistre pressentiment. J'ai parlé à Tate. Quelqu'un utilise une magie qui transgresse les frontières entre le bien et le mal, ce qui perturbe l'équilibre des éléments. C'est de là que viennent ces problèmes.

— Passons sur le fait que tu es retournée voir Tate toute seule, me reprocha Jonah avec sévérité. Pour l'instant. Plus important : l'individu ou la créature responsable est en train de recommencer.

Avant que je puisse lui répondre, je sentis de nouveau la terre trembler.

— Jonah…, l'avertis-je.

Il me lâcha et parcourut la rue des yeux dans le but de repérer la prochaine éruption.

— Je le sens aussi, confirma-t-il.

Horrifiés, on regarda une autre montagne percer le trottoir devant une agence immobilière, un peu plus loin. Nous n'avions pas eu le temps de réagir qu'une troisième émergea dans la même rue, à une centaine de mètres de distance.

— Ça continue.

— Et ça se dirige vers la Maison Grey ! s'écria Jonah, effaré. (Il sortit son téléphone, composa un numéro puis échappa un juron.) Je n'ai pas de réseau.

— Vas-y, lui intimai-je. Rentre à la Maison Grey. Demande à tes vampires de venir avec toi pour t'aider s'il le faut.

Quand il baissa le regard sur moi, pour la première fois, je décelai de la peur dans ses yeux.

— Nous allons finir enterrés, Merit.

Comme le démontrait le nœud qui me tordait l'estomac, je partageais son avis, mais ce n'était pas ce qu'il avait besoin d'entendre à cet instant.

—Essaie de gérer cette crise, lui conseillai-je. C'est la seule chose que tu puisses faire. Ne t'inquiète pas de la suivante tant que celle-ci n'est pas terminée. (Je lui pressai le bras.) Ça va empirer. Considère que c'est inévitable, mais sache que je serai là pour t'aider si nécessaire.

Il ferma les yeux une seconde, visiblement soulagé. Peut-être attendait-il depuis longtemps un partenaire, quelqu'un à qui faire confiance.

—Je vais à la Maison. Dès que je serai certain que nous maîtrisons la situation, je reviendrai.

J'acquiesçai. Tandis qu'il courait rassembler ses troupes au *Benson's*, je reportai mon attention sur la scène de désastre que j'avais sous les yeux, ne sachant pas vraiment quoi faire.

—Oh, mon Dieu! hurla quelqu'un. Il y a une femme, là-haut!

Je tournai aussitôt la tête dans la direction des cris. La troisième éruption s'était produite pile en dessous d'une berline. Son occupante – une femme qui devait avoir une petite trentaine d'années – s'était extirpée du véhicule et était à présent perchée au sommet de la montagne de terre et de goudron, à environ douze mètres du sol. La hauteur d'un immeuble de trois étages.

Soudain, son pied glissa, et elle se retrouva suspendue à un morceau d'asphalte au-dessus du vide.

Je me mis à courir.

—J'arrive! criai-je tandis que les humains s'amassaient en bas en se couvrant la bouche, doigts pointés vers le ciel. Tenez bon!

Sous les grondements de tonnerre et les flashs des éclairs, j'escaladai à la manière traditionnelle, une main après l'autre. Et ce n'était pas facile. La montagne était constituée de terre meuble, de rochers et de morceaux d'asphalte qui formaient un terrain très glissant. À chaque pas, je m'enfonçais et reculais un peu, et je perdais sans cesse l'équilibre.

La femme hurla de nouveau, manifestement terrifiée. Tâchant de planter mes doigts et mes pieds dans la pente, je gardai les yeux rivés devant moi et continuai à monter lentement, jusqu'à ce que j'accède enfin au sommet.

Une fois certaine de la stabilité du plateau de goudron, j'avançai à quatre pattes en direction de la femme. Je voyais ses doigts – sales, les ongles ensanglantés – cramponnés au bord de l'asphalte.

— Je suis là, la rassurai-je. Je suis là.

Je rampai jusqu'à elle et jetai un coup d'œil en contrebas. Nous nous trouvions à douze mètres du sol. En supposant que je me rappelle comment sauter, la chute ne me serait pas fatale. Mais l'humaine, elle, n'aurait pas cette chance.

Je lui agrippai le poignet droit.

Elle sanglota et relâcha sa prise sur le goudron, ce qui me permit de la hisser plus facilement mais me faisait supporter tout son poids. Elle avait beau être menue et légère, nous étions toutes les deux en équilibre instable, uniquement reliées l'une à l'autre par de la peau sale et moite.

— Ne lâchez pas, lui ordonnai-je.

Le visage rougi par l'effort, elle m'adressa un faible hochement de tête. J'avais la force de la soulever, mais elle était couverte de sueur, et mes doigts glissaient. Je n'y arriverais pas.

— Comment vous appelez-vous ?

— Miss… Missy, balbutia-t-elle. Missy.

— Missy, j'ai besoin de votre aide, d'accord ?

J'enroulai mon autre main autour de son poignet. La jeune femme descendit d'un centimètre alors qu'un nouvel éclair illuminait le ciel.

Elle hurla, les yeux emplis de terreur.

—Oh, non. Oh, non. Oh, non.

—Missy, écoutez-moi. Missy. Missy! (Je répétai son nom jusqu'à ce qu'elle me regarde de nouveau.) Je peux vous sortir de là, mais j'ai besoin que vous m'aidiez, d'accord? Il faut que vous me donniez votre main gauche.

Elle jeta un coup d'œil affolé à ses doigts écorchés qui ne tenaient plus qu'à peine le rebord du goudron.

—Je ne peux pas.

—Si, vous le pouvez, lui affirmai-je. J'en suis certaine. Et je suis assez forte pour vous rattraper et vous tirer jusqu'en haut, mais j'ai besoin de vous.

Elle glissa encore d'un centimètre. La foule en bas poussa un cri, et je réprimai la panique qui commençait à m'envahir.

—À « trois », je veux que vous me tendiez la main gauche, lui ordonnai-je. Vous en êtes capable, je le sais. D'accord?

Elle secoua la tête.

—Je n'en ai pas la force. Je n'en ai pas la force.

J'ignore si elle avait glissé ou si elle avait lâché prise, mais je la rattrapai par la main juste au moment où elle allait tomber. Dans un dernier effort, je la hissai par-dessus le rebord en la tirant par les deux poignets.

Elle me prit aussitôt dans ses bras.

—Oh, mon Dieu, merci. Merci.

—De rien, dis-je en l'aidant à s'asseoir sur la bande de goudron.

Tout en me serrant contre elle, elle donna libre cours à ses larmes, et je la laissai pleurer jusqu'à ce qu'elle se soit suffisamment calmée pour relâcher son étreinte.

—Vous vous êtes très bien débrouillée, lui assurai-je.

—Je dois encore descendre, s'inquiéta-t-elle en reniflant. J'étais sortie acheter du lait au magasin. Juste du lait. Ce sont les vampires qui ont fait ça, non ?

Je ressentis une bouffée de colère, mais me retins de la contredire. Ce n'était ni l'endroit ni le moment.

Je jetai un coup d'œil en bas. Des pompiers transportaient des échelles vers la base de la montagne. Lorsqu'ils croisèrent mon regard, ils m'indiquèrent par signes qu'ils s'apprêtaient à monter.

J'observai ce qui restait de Wrigleyville. Le quartier était dévasté : des dunes de terre et d'asphalte avaient percé la route de part en part, des voitures accidentées gisaient sur le bas-côté, et j'apercevais des gens en sang au milieu de nuages de fumée et de poussière.

Je me tournai de nouveau vers Missy.

—Deux pompiers sont en train de monter, annonçai-je en les lui montrant. Ils vont vous faire descendre. Est-ce que ça ira si vous les attendez ici toute seule ? Il faut que je retourne en bas. D'autres personnes sont susceptibles d'avoir besoin d'aide.

—Bien sûr. Encore merci. Merci.

—De rien, dis-je avant de me relever avec précaution. Je suis une vampire. Nous ne sommes pas responsables de ce qui arrive, mais nous essayons d'arranger la situation. (Je lui souris gentiment.) D'accord ?

Son visage blêmit, mais elle hocha la tête.

—D'accord, d'accord. Merci.

Après un dernier sourire, je sautai. L'horrible terreur du premier pas laissa aussitôt place à une génialissime sensation de chute puis, comme la fois précédente, j'atterris les genoux pliés, une main au sol. Lorsque je levai les yeux, je croisai le regard de Morgan. Il se trouvait en bordure de la foule, dans son impeccable tenue de soirée. Apparemment, il n'avait pas jugé utile d'intervenir.

Je secouai la tête, atterrée, espérant qu'il se sentait gêné par sa passivité. Et si son attitude ne s'expliquait pas uniquement par le refus de salir ses vêtements de marque, cela méritait une petite enquête. Je devrais découvrir ce qui pouvait bien se passer du côté de la Maison Navarre. Mais, encore une fois, ce serait pour plus tard.

Je me redressai et jetai un regard circulaire alentour. Peut-être que Morgan préférait rester les bras croisés, mais Ethan ne m'avait pas appris à être inactive. Même si je devais agir seule, je ne laisserais pas quelqu'un d'autre faire mon boulot à ma place.

Je contournai la montagne et me remis au travail.

Le sol avait cessé de trembler, mais des dizaines de véhicules avaient été renversés ou abandonnés, et des tonnes de terre se retrouvaient en plein milieu de Wrigleyville. Même si les constructions n'avaient pas subi de dommages majeurs, les routes et les trottoirs d'une partie du quartier avaient été détruits. Wrigleyville n'avait pas été le seul secteur touché ; plusieurs autres zones de la ville avaient été ravagées.

Heureusement, il n'y avait apparemment eu aucun mort, mais les passants blessés, les voitures, routes et propriétés abîmées nous causaient déjà assez d'ennuis. J'étais sale, j'avais froid et, quand je me rendis compte de l'étendue des dégâts – et des graves répercussions potentielles sur les vampires –, je me sentis très lasse.

Ce n'était pas notre faute. Rien ne prouvait que nous ayons provoqué les événements qui venaient de frapper

Wrigleyville. Mais je n'avais pas été capable d'empêcher la catastrophe, et ce constat pesait lourdement sur mes épaules et sur ma conscience. J'avais enquêté, interrogé, supposé, soupçonné... tout cela en vain. Tate en savait trop pour que je sois convaincue de son innocence, même si j'ignorais quel rôle il pouvait jouer au juste. Et, alors que j'étais persuadée que Simon était lié au *Maleficium*, je ne pouvais pas l'approcher d'assez près pour le confirmer.

Il fallait que ça change.

J'avais besoin d'un peu de calme. Je longeai donc la rue pour m'éloigner du chaos jusqu'à ce que les bruits et les odeurs de terre fraîchement retournée s'affaiblissent.

J'atteignis les barricades que la police avait dressées en bordure de la zone dévastée, regrettant que mon grand-père n'ait plus la possibilité d'intervenir de manière officielle dans de telles circonstances. Soudain, je me figeai.

Mon père se tenait sur le trottoir, sous un réverbère, quelques mètres plus loin, vêtu d'un pantalon de costume, d'une chemise et d'un coupe-vent Merit Properties. Il supervisait le travail de deux hommes en train de décharger des packs de bouteilles d'eau qu'une femme, que je reconnus comme étant l'une des secrétaires de l'agence immobilière de mon père, distribuait ensuite.

Je m'approchai et attendis d'être seule avec mon père pour lui adresser la parole.

— Qu'est-ce que tu fais ici ?

— De l'assistance publique, me répondit-il. Le bureau est tout près, et il se trouve que nous avions un camion plein de matériel en vue d'une conférence organisée à Naperville. Nous nous sommes dit qu'il serait plus utile ici, et nous nous sommes dépêchés de revenir.

Ses raisons semblaient valables, mais je doutais néanmoins de sa sincérité. Je ne pouvais pas m'en empêcher ; il faisait ressortir le pire de ma personnalité. Je ne m'étais jamais sentie proche de ma famille, et le marché que mon père avait essayé de conclure avec Ethan n'avait rien arrangé. Il avait certes pensé me faire une faveur en m'offrant l'immortalité – alors que je n'avais rien demandé –, mais je considérais qu'il avait violé mes droits.

Il m'invita d'un geste à regarder derrière moi. Des hommes et des femmes couverts d'égratignures et de poussière buvaient de l'eau, debout ou assis au bord du trottoir.

—L'intention est louable, dis-je, mais tu ne peux pas revenir en arrière.

Il coupa le plastique qui entourait un pack de bouteilles à l'aide d'un cutter puis m'en tendit une.

—C'est ce qui fait la différence entre toi et moi : je crois que rien n'est jamais définitif. Chaque instant est une opportunité nouvelle.

J'acceptai la bouteille d'eau, considérant que mon geste faisait office de remerciement. Je traversai la rue et m'assis sur le trottoir, percluse de courbatures après tous ces efforts.

À peine avais-je avalé une gorgée que Jonah s'installa à côté de moi. Des traînées de boue et de poussière maculaient son jean et son tee-shirt.

—Tout va bien à la Maison Grey ? demandai-je.

—Oui. Le tremblement de terre n'a pas eu de répercussions jusque-là. (Il parcourut la rue du regard et plissa les yeux en remarquant le camion.) Ton père serait-il soudain devenu charitable ?

—Pas sans motivations douteuses. Tu veux un conseil ?

Jonah me prit la bouteille des mains et avala une grande gorgée d'eau.

—Quoi donc?

—Puisque tu dois surveiller mes arrières, maintenant, sache que les membres de ma famille sont susceptibles d'essayer de me poignarder dans le dos.

—Je suis ton partenaire, c'est mon rôle de te protéger, assura-t-il. Et aussi de te tirer d'affaire quand ça devient trop risqué.

Il désigna un groupe d'humains de l'autre côté de la rue qui commençaient à nous regarder de travers. Peut-être nous avaient-ils identifiés comme des vampires, peut-être pas. D'une manière ou d'une autre, ils étaient mécontents de voir leur quartier détruit et cherchaient visiblement des responsables.

—Allons à la Maison Grey, proposa Jonah en me tenant par le coude pour m'aider à me relever. Là-bas, on discutera de tout ça, on élaborera un plan et on résoudra ce mystère.

—Tu crois vraiment que ce sera aussi simple?

—Pas du tout. Mais c'est la règle numéro un de la GR : élaborer un plan.

Un plan valait sans doute mieux que rien.

Les vampires Grey se relayaient pour porter assistance à ceux qui avaient souffert de la catastrophe. Scott avait fait installer un point de ravitaillement dans le vaste atrium de la Maison afin d'accueillir tous les vampires ayant besoin de repos. Il me montra également un endroit discret d'où je pus appeler Catcher.

—Comment ça va, au nord? demanda ce dernier.

— Plutôt mal, admis-je avant d'évoquer les récentes modifications du relief. On dirait que Claudia avait raison : nous avons sans doute affaire à une magie élémentaire. L'eau. L'air…

— Et maintenant, la terre, termina Catcher.

— Oui. Rien ne me fait penser que Tate puisse être impliqué cette fois-ci, mais sa théorie sur un déséquilibre magique paraît de plus en plus plausible. Et s'il dit vrai, ça signifie que quelqu'un est en possession du *Maleficium*. Il faut que je parle à Simon.

— Et comment espères-tu amadouer les teignes de l'Ordre ?

— En leur rappelant qu'il est possible que le monde coure à sa perte ? Dis-leur que nous croyons que quelqu'un utilise le *Maleficium*. Demande à mon grand-père de leur téléphoner ou dis-leur que l'ancien maire – que l'on soupçonne d'être une sorte de créature magique d'un autre temps – est peut-être en train de préparer le retour du mal. Raconte-leur ce que tu veux, mais fais-leur comprendre que c'est urgent.

Il marmonna quelque chose au sujet des femmes et des hormones mais, quand il raccrocha, j'avais l'impression qu'il avait saisi mon point de vue.

Jonah apparut dans l'encadrement de la porte.

— Tu as découvert quelque chose ?

— Que ces fichues administrations vont avoir ma peau. J'ai demandé à Catcher de m'organiser un rendez-vous avec Simon, et il freine des quatre fers.

— On pourrait aussi retourner voir Tate.

Je n'en avais aucune envie, mais j'arrivais à court d'idées.

Je venais de passer quelques minutes à donner des nouvelles à Kelley et Malik quand je reçus un message : « Simon. Dans une heure. Jenkins supply. »

— Jenkins supply ? s'étonna Jonah quand je lui montrai le texto. Qu'est-ce que c'est ?

— Aucune idée, répondis-je en glissant de nouveau mon téléphone dans ma poche. Allons voir.

Il s'avéra que *Jenkins supply* était le nom d'un magasin de bricolage situé dans les environs de Hyde Park. Je restai un moment à l'extérieur avec Jonah pour observer le bâtiment. Il s'agissait d'une boutique familiale dont la porte était surmontée d'une enseigne démodée aux lettres cursives rouges. Il n'y avait pas beaucoup de voitures sur le parking, mais, comme les lumières étaient encore allumées, je m'avançai vers l'entrée, Jonah sur les talons.

À l'instar de la plupart des magasins de ce genre, l'intérieur sentait le caoutchouc, la peinture et le bois. Un vieil homme aux cheveux blancs qui portait des lunettes à verres carrés nettoyait le comptoir à côté de la caisse. Il me salua d'un hochement de tête quand je franchis le seuil.

Après lui avoir adressé un sourire, je le dépassai pour pénétrer dans un secteur dédié au matériel hivernal tel que pelles, sel de déneigement, gants et souffleuses à neige. Bref, tous les produits indispensables pour passer la saison froide à Chicago.

Simon n'était visible nulle part, mais une traînée de magie flottait dans l'air. Je fis signe à Jonah et suivis la piste à la manière d'un chien de chasse.

Je trouvai Simon et Mallory dans un rayon consacré au petit outillage : marteaux, tournevis, ce genre de choses. Ils choisissaient des articles qu'ils déposaient dans un panier.

J'échangeai un regard avec Jonah, puis on se dirigea vers eux.

Simon leva les yeux à notre approche. Il portait un polo et un jean, et paraissait totalement inoffensif. Cependant, son visage exprimait clairement l'inquiétude. Était-il préoccupé par ce qui se passait, ou craignait-il de s'être fait démasquer ?

Mallory n'avait pas non plus l'air en forme ; ses tests devaient la mettre à rude épreuve. Elle semblait épuisée, et donnait l'impression de flotter dans son tee-shirt et son jean moulant. J'avais toujours pris du poids en période d'examens, en raison d'une fâcheuse tendance à abuser des pizzas et des crèmes glacées. Mallory m'adressa un faible sourire puis croisa les bras de manière à cacher ses mains, le regard fuyant.

Son attitude me mit les nerfs à vif. Peut-être que Simon savait quelque chose sur le *Maleficium* et lui avait interdit d'en parler.

— Comment ça va, dehors ? demanda Simon.

— Mal, répondis-je. Le déblaiement va prendre du temps.

— Il n'y a eu aucun mort, si ?

— Aucun mort, mais des blessés légers et de gros dégâts matériels, précisa Jonah. Qu'est-ce que vous faites ici ?

— On achète des fournitures, annonça-t-il avant de désigner Mallory. Si elle échoue à ses examens, elle devra les repasser dans leur intégralité. L'Ordre considérera toute interruption comme un échec. Mais nous nous sommes dit que nous pourrions mettre à profit la dernière épreuve pour aider à nettoyer. Nous avons prévu de déplacer des montagnes, en fait.

Curieuse, je jetai un coup d'œil dans le panier de Mallory. Il contenait des bougies, du sel et quelques crayons de menuisier. Rien de dangereux, du moins à première vue, et tous ces articles ressemblaient bien à des accessoires de sorcellerie ; tout à fait le genre d'objets qu'on utilise pour lancer un sort trouvé sur Internet.

— Nous croyons que les événements touchent chacun des éléments tour à tour, déclara Jonah. L'eau, l'air, maintenant la terre. Est-ce que tu aurais une idée de ce qui pourrait provoquer ça ?

— J'ai mené des recherches, répondit Simon, et je sais que Catcher a fouillé de son côté, mais je n'ai rien trouvé qui explique ces problèmes.

— Qu'en pense l'Ordre ?

Simon et Mallory échangèrent un regard, puis Simon jeta un coup d'œil nerveux alentour, comme s'il s'attendait à ce que quelqu'un fasse irruption pour l'empêcher de parler.

— Les membres de l'Ordre ont pris une position tranchée, déclara Simon en se penchant en avant d'un air de conspirateur, une ombre de peur dans les yeux. Ils pensent que de la magie ancienne est impliquée, une magie qui existait avant même que l'Ordre soit créé. Ce n'est pas leur domaine, et ils ne veulent pas être mêlés à cette histoire.

Génial. Si l'organisation des sorciers refusait de regarder la réalité en face, elle ne nous serait pas d'un grand secours. Je décidai d'insister tout de même, au mépris des conséquences.

— Et le *Maleficium* ?

— Pas si fort, chuchota Simon. C'est dangereux. Les membres de l'Ordre péteraient les plombs s'ils nous entendaient mentionner ce nom.

— D'accord, appelle-le comme tu veux, soupirai-je. Est-ce que quelqu'un pourrait s'en servir pour faire de la magie ici, à Chicago ?

— Il est sous clé, assura Simon. C'est impossible.

Jonah fronça les sourcils.

—Alors comment expliques-tu ce qui se passe ?

—Le coupable n'est pas un sorcier, affirma lentement Simon. Donc, ça ne peut être que Tate.

Je devais admettre que nous commencions à manquer de pistes. Je n'étais toutefois pas convaincue de l'innocence de Simon. Si j'avais retenu une leçon au cours des mois précédents, c'était qu'en général les choses ne s'avéraient pas aussi simples qu'elles le paraissaient. Simon répondait trop vite, de manière trop catégorique. Le monde surnaturel était rarement tout noir ou tout blanc.

Mais s'il ne connaissait pas encore ce principe et qu'il disait la vérité, il n'y avait plus rien à tirer de lui pour l'instant. Je lui adressai donc un vague sourire puis me tournai vers Mallory. Elle accepta enfin de me regarder, mais avec provocation, comme si elle me mettait au défi de l'accuser de quoi que ce soit. Peut-être qu'elle ne cachait rien et qu'elle m'en voulait toujours d'avoir interrompu ses révisions pour lui annoncer que je soupçonnais les sorciers.

Son attention se reporta sur un point derrière moi, et je me retournai.

Catcher s'approchait avec détermination, une expression hostile sur le visage. Il décocha à Simon un regard noir dont il me gratifia ensuite. J'ignorais s'il était furieux ou s'il se montrait juste particulièrement protecteur.

—Qu'est-ce que tu fais là ? demanda Mallory, visiblement confuse.

—J'ai pensé que je pourrais te ramener à la maison, déclara Catcher. Tu as terminé pour ce soir, non ?

L'insistance avec laquelle il dévisageait Simon ne laissait pas planer le moindre doute sur la méfiance que ce dernier lui inspirait.

—Elle est libre, répondit Simon. À demain soir, Mallory.

— D'accord, dit-elle avec ce qui ressemblait à un sourire forcé.

Cette conclusion n'empêcha pas Catcher de laisser échapper une sorte de grondement féroce. Il prit le panier de Mallory dans une main, posa l'autre dans son dos, puis il s'empressa de l'éloigner de Simon.

— Je crois qu'ils sont tous les deux stressés, fit remarquer Simon.

— Tu as sans doute raison, convins-je.

— Bon, j'ai quelques préparatifs à faire pour l'examen de Mallory demain. Appelez-nous si vous pensez que nous pouvons vous être utiles.

— Nous n'y manquerons pas, répondit Jonah.

Je le regardai partir.

— Il est vraiment naïf à ce point ? demandai-je.

— Je ne sais pas. Et je rêve ou Catcher vient de faire une scène de jalousie ?

— Il doit lutter contre certains démons du passé, en ce moment.

On garda le silence quelques instants.

— Si c'est Tate, nous devrons le coincer seuls, affirma Jonah.

Mon estomac gargouilla.

— Est-ce qu'on pourrait manger un hot-dog avant de sauver le monde ?

— Bien sûr, affirma Jonah en se dirigeant vers la sortie. Si c'est toi qui paies.

Je le suivis.

— Et en quel honneur ?

Il ouvrit la porte et me laissa passer.

— Parce que tu es ma nouvelle partenaire. C'est la tradition.

— Je propose une nouvelle tradition, lançai-je une fois à l'extérieur. Ce sont les mecs qui paient.

— Nous en reparlerons dans la voiture.

En fait, l'ambiance apocalyptique nous fit totalement oublier les hot-dogs. Mais je me fis la promesse qu'il m'en offrirait un le moment venu.

Jonah me ramena à la Maison. J'avais laissé ma Volvo à Wrigleyville et ne comptais pas aller la rechercher dans l'immédiat. Le quartier devait toujours être en proie au chaos, et je n'avais le temps d'affronter ni la police ni les embouteillages.

Je trouvai Kelley, Juliet et Lindsey autour de la table de réunion de la salle des opérations, les yeux rivés sur l'écran géant. Le journal télévisé diffusait des images de la catastrophe de Wrigleyville accompagnées d'un commentaire qui en rejetait l'entière responsabilité sur nous. Pas vraiment surprenant, mais tout de même blessant. Nous avions été les premiers à intervenir ; nous avions sauvé des humains. En dépit de tout cela, la loi sur le fichage des surnaturels avait été adoptée et nous étions considérés comme des indésirables dans notre propre pays.

Kelley éteignit la vidéo puis se tourna vers moi. Toujours couverte de boue et de poussière, je devais faire peur à voir.

— Que t'a appris Simon ?

— L'Ordre pense que ces problèmes sont liés à Tate. D'après notre dernière conversation, Tate, lui, pense qu'ils sont liés au *Maleficium*. Simon est convaincu que le *Maleficium* se trouve en lieu sûr, et Mallory ne peut pas interrompre ses examens parce que l'Ordre ne tolère aucune exception à la règle. (Je m'assis à côté de Lindsey.) En d'autres termes, je piétine.

— Mais non, affirma Lindsey en posant une main sur mon bras. Tu crois que tu piétines, mais la clé est là, quelque part. Pour l'instant, tu ne vois pas la forêt parce que tu te focalises sur l'arbre qui la cache.

— Très bien, alors intéressons-nous à la forêt, répliquai-je.

Un jour, Catcher avait utilisé un tableau blanc pour essayer de dégager une tendance générale dans les raves – des orgies de sang organisées par les vampires – qui se multipliaient en ville. Étant donné que nous disposions de l'équivalent informatique, j'attrapai un stylet et branchai l'entrée de l'écran à une tablette numérique qui était posée sur la table.

— D'accord, dis-je en commençant à placer les informations que nous possédions sur une frise chronologique projetée sur l'écran géant. Jusqu'à présent, trois des quatre éléments ont été touchés : l'eau, l'air et la terre.

— Ce qui signifie que le prochain est certainement le feu, poursuivit Lindsey.

J'ajoutai « feu » et l'entourai.

— Tate affirme que ces événements sont causés par une modification de l'équilibre entre le bien et le mal. Cet équilibre étant rompu, les lois du monde naturel sont bousculées.

— Et l'équilibre est rompu parce que quelqu'un utilise le *Maleficium* ? demanda Kelley.

— C'est la théorie avancée par Tate, répondis-je avant de continuer à écrire. Le bien et le mal ont été séparés. Le mal a été enfermé dans le *Maleficium*. Le bien est resté à l'extérieur.

— Est-ce que Tate pourrait être celui qui se sert du *Maleficium* ? m'interrogea Juliet.

— Je ne vois pas comment ce serait possible, étant donné l'endroit où Tate se trouve. Il est sous bonne garde. Et sa chambre est vide. Catcher m'a montré une photo.

— A-t-on d'autres indices qui permettraient de le relier à cette magie ? intervint Lindsey. Est-ce qu'il se passe d'autres phénomènes étranges, en ce moment ?

— Je fais d'affreux cauchemars, répondis-je d'un ton sarcastique.

Puis j'y réfléchis plus sérieusement…

— Merit ? demanda doucement Lindsey au bout de quelques instants.

Le cœur battant, je me tournai vers elle.

— Je vois Ethan en rêve. Ça a commencé il y a quelques semaines, mais, rien que ces derniers jours, c'est arrivé plusieurs fois.

— Il n'y a rien de mal à rêver d'Ethan, vu ce qui s'est passé, tenta de me rassurer Juliet.

Je secouai la tête.

— Ce n'est pas ce genre de rêves. Ils sont très réalistes. (Je fus soudain frappée par l'évidence.) Et ils comportent toujours l'un des éléments. Il y a eu une tempête, une éclipse, puis Ethan s'est transformé en cendres.

— L'eau, le ciel, la terre, dit Juliet en pâlissant un peu. Tu rêves de ce qui se passe en ville.

Je fis appel à ma mémoire et reportai mes cauchemars sur la frise chronologique. Tous les regards étaient rivés sur l'écran.

— Tu as rêvé des événements avant qu'ils se produisent, souffla Lindsey. Qu'est-ce que ça signifie ? que tu es un peu médium ? Après tout, je suppose que c'est possible. J'ai moi-même un don incroyable, quand on y pense.

Je fronçai les sourcils. L'explication semblait plausible, mais je n'étais pas convaincue.

Juliet éleva prudemment la voix pour poser une question :

— Indépendamment de son auteur et de ce qu'il tente d'accomplir, est-ce que la magie pourrait t'affecter de manière personnelle ? Par l'intermédiaire des rêves, je veux dire.

Silence.

— Sans vouloir paraître cruelle, Ethan est mort, déclara Lindsey. Le pieu, les cendres… Tu l'as vu recevoir le pieu en plein cœur, et tu étais là quand on a placé ses cendres dans le caveau de la Maison.

Elle avait raison. Je hochai la tête.

— Je sais.

— Attendez, intervint Kelley. Ne brûlons pas les étapes. Nous pensons que le *Maleficium* est lié aux éléments. Mais qu'est-ce que c'est, exactement ?

— Tate a parlé d'un réceptacle contenant le mal, répondis-je. C'est tout ce que je sais.

Kelley fronça les sourcils.

— Quel genre de réceptacle ? une sorte d'urne ? un vase ? Tu te rappelles avoir vu ce type d'objet quelque part ? Peut-être à Creeley Creek ?

Je me creusai les méninges, tâchant de me remémorer l'ancien bureau de Tate, mais rien de spécial ne me revint à l'esprit.

Je connaissais cependant une personne susceptible de nous aider. Je me penchai vers le téléphone de conférence au milieu de la table et composai son numéro.

— Le bibliothécaire.

— C'est Merit. J'ai une question pour toi. Que sais-tu sur le *Maleficium* ?

Il marqua un long silence. Lorsqu'il reprit la parole, sa voix était étonnamment grave.

— Qui t'a parlé du *Maleficium* ?

Je levai les yeux vers Kelley, qui haussa les épaules.

— Le maire, Seth Tate. Je sais que c'est un objet qui contient le mal, patati et patata. Est-ce que tu as d'autres informations ? C'est gros ? petit ? C'est une boîte ? une urne ?

— Rien de tout ça, déclara-t-il. Le *Maleficium* est un livre. Un grimoire. Dont nous sommes les actuels gardiens.

Mes mains se mirent à trembler sous l'effet de l'excitation.

— Qu'est-ce que tu entends par « nous » ?

— La Maison Cadogan. Ethan était chargé d'en assurer la garde.

— Mais tous les sorciers croient que c'est l'Ordre qui le détient. Catcher a parlé du Nebraska. Comment pourraient-ils ignorer que le *Maleficium* se trouve à Cadogan ?

Le bibliothécaire poussa un soupir dédaigneux.

— Si tu possédais un livre qui contenait tout le mal de la terre et expliquait comment l'utiliser, est-ce que tu révélerais sa cachette aux sorciers ? Est-ce que tu le confierais à l'Ordre, alors que ses membres sont les premières personnes susceptibles d'essayer de s'en servir ? Ils participent au choix des gardiens, mais ne doivent jamais entrer en possession du *Maleficium*.

Pas bête. Donc, pour résumer, l'Ordre n'avait pas le *Maleficium*. Celui-ci était en sécurité à la Maison Cadogan.

Ou, du moins, devait l'être.

Cependant, si quelqu'un à Chicago utilisait une magie réunissant le bien et le mal, peut-être que le *Maleficium* n'était plus vraiment en lieu sûr…

— Puisque nous en sommes les gardiens, commençai-je doucement, où a-t-on enfermé le *Maleficium* ?

— Je ne devrais pas te le dire, tu sais. Mais avec tout ce qui se passe…

Le bibliothécaire s'interrompit, et, l'espace d'un instant, je crus qu'il refuserait de me répondre. Puis il prononça les mots fatidiques :

— Le *Maleficium* est dans le caveau.

Après avoir appris ce nouvel élément, Kelley demanda à Malik et Luc de nous rejoindre dans la salle des opérations. Frank, malheureusement, décida de les suivre. Quand tout le monde fut rassemblé, Lindsey ferma la porte.

— Kelley ? interrogea Malik. Que se passe-t-il ?

Elle se tourna vers moi.

— Merit va vous expliquer, annonça-t-elle, me laissant la parole.

Lorsqu'elle m'adressa un hochement de tête, je me lançai.

— Nous avons appris que la Maison Cadogan était l'actuel gardien du *Maleficium*, le livre qui contient le mal.

Tout le monde se tut.

Frank pesta un peu contre les sorciers et leurs mystères, mais mon attention restait concentrée sur Malik… qui se décida à nous dire la vérité.

— C'est nous qui l'avons, en effet, reconnut-il en levant la main pour réduire Frank au silence. Les gardiens se le sont toujours transmis en secret. C'est la Maison McDonald qui l'a eu en dernier. À présent, il se trouve chez nous.

— Et il est entreposé dans le caveau ? demandai-je.

Après un instant d'hésitation, Malik acquiesça.

— Je crois que nous devrions aller y jeter un coup d'œil.

— Pourquoi ? s'étonna Malik.

— D'après ce que j'ai compris, les événements auxquels nous assistons reflètent un déséquilibre entre le bien et le mal, expliquai-je. Ils étaient auparavant unis. Le monde tel que nous le connaissons n'existe que parce qu'ils ont été séparés. Tant qu'ils restent en équilibre, deux antagonistes de force égale, la nature conserve ses lois.

— Et lorsque cet équilibre est brisé, la nature se détraque, déduisit Luc. La terre. L'air. L'eau.

— Exactement, confirmai-je avec un hochement de tête. Le *Maleficium* traite de la division du bien et du mal, et contient des incantations magiques qui transgressent les frontières entre les deux. Des incantations qui nécessitent de mélanger magie noire et magie blanche.

— Donc, tu penses que ces catastrophes sont provoquées par quelqu'un qui utilise le *Maleficium*, résuma Luc. C'est une théorie intéressante, Merit, mais personne n'est entré dans la Maison depuis que Tate en a interdit l'accès aux humains, à l'exception de M. Cabot et des vampires Cadogan. Et aucun d'entre nous ne serait capable de se servir de ce livre, à part comme presse-papiers.

L'espace d'un instant, je pensai qu'il avait raison, mais, soudain, la peur me noua l'estomac et j'eus le souffle coupé. Luc se trompait.

— Merit ? demanda-t-il. Est-ce que ça va ?

Je détournai le regard ; les hypothèses que j'échafaudais me donnaient le vertige.

— Quelqu'un d'autre est entré dans la Maison.

Tous les yeux se braquèrent sur moi.

— Merit ? encouragea Malik.

Les mots eurent du mal à franchir la barrière de mes lèvres.

— La semaine qui a suivi la mort d'Ethan, Mallory est venue. Elle a eu la permission de rester dans ma chambre avec moi.

Nouveau silence.

— Merit, intervint Luc, Mallory ne volerait jamais quoi que ce soit dans la Maison.

Était-ce si sûr ?

Je repensai aux conversations que nous avions échangées les jours précédents, à ce que j'avais vu et ce dont nous avions parlé. À ses mains tremblantes et abîmées. À son regard fuyant. À sa susceptibilité et son acceptation de la magie noire.

Comment avais-je pu me montrer aussi stupide ? aussi naïve ?

J'ouvris la bouche puis marquai une pause pour considérer les implications de ce que je m'apprêtais à dire. Si j'avais raison, ma relation avec Mallory ne serait plus jamais la même.

Mais si j'avais raison, ma relation avec elle n'était déjà plus la même depuis deux mois.

— Je crois que la magie l'a transformée. J'ignore ce qu'elle a dû faire exactement pour ses examens et son apprentissage, mais ça l'a changée.

Je leur présentai les indices dont je disposais, laissant le plus accablant pour la fin.

— Quand je lui ai rendu visite en début de semaine, elle consultait un grimoire.

— Une sorcière consultant un grimoire ? répéta Frank d'un ton sec. Comme c'est étonnant.

Cette fois, Malik ne prit pas la peine de masquer son exaspération.

— À quoi ressemblait ce grimoire ? demanda-t-il.

— Il était épais. (Je fermai les yeux, m'imaginant à côté de la table dans la cave de Mallory.) En cuir rouge, avec un symbole doré sur la couverture.

Comme si je venais de confirmer sa pire crainte, Malik se frotta les tempes puis plongea la main sous le col de sa chemise, d'où il tira une clé de forme carrée attachée à une chaîne en métal.

—J'espère sincèrement que tu te trompes, soupira-t-il, mais ce n'est pas l'espoir qui nous permettra de survivre. Nous devons affronter nos problèmes. Allons dans le caveau.

—C'est une décision sans précédent et totalement inappropriée, décréta Frank. Le caveau contient les cendres d'un Maître vampire. Je vous interdis de l'ouvrir.

Malik le fusilla du regard.

—Vous êtes un représentant du PG et un invité dans cette Maison, mais vous n'êtes pas un Maître, et certainement pas celui de Cadogan. Vous avez le droit de contrôler nos protocoles et nos dossiers, ou de faire passer des tests que le PG juge utiles à mes vampires, mais rien ne vous autorise à me donner des ordres. Vous n'êtes pas mon Maître, monsieur Cabot, et je vous conseille de ne pas l'oublier.

Sur ces paroles, Malik tourna les talons et se dirigea vers la porte.

On le suivit, un par un.

On traversa le sous-sol jusqu'au caveau avec la gravité d'une procession funéraire. Le sanctuaire de la Maison avait peut-être été violé, et qui plus est par une femme que je considérais comme ma meilleure amie – et ma sœur – depuis des années.

Malik glissa la clé dans la serrure du caveau et la fit pivoter d'un quart de tour. Le verrou s'ouvrit avec un «clac». Malik tendit la main, mais suspendit son geste pour prendre le temps de se calmer. Quelques instants plus tard, il poussait la porte.

Il resta debout dans l'encadrement, nous obstruant la vue, puis s'écarta, les yeux rivés sur moi.

Le cœur battant, je regardai à l'intérieur du caveau.

L'espoir et la peur m'envahirent en même temps.

Le *Maleficium* avait disparu, mais ce n'était pas l'unique élément manquant.

Le caveau était vide.

18

Ma sorcière bien-aimée

Dix minutes plus tard, nous avions regagné la salle des opérations, à l'exception de Frank, qui était remonté, sans doute pour téléphoner au PG. Un silence grave régnait entre nous.

Le *Maleficium* avait disparu.

Les cendres avaient disparu. Les cendres d'Ethan.

— Comment a-t-elle pu faire une chose pareille ? souffla Luc. Non seulement voler le *Maleficium*, mais aussi les cendres ? Je n'arrive pas à y croire. C'est un péché. Un sacrilège.

— Peut-être, mais, aussi effroyable que soit ce crime, nous ne devrions pas accuser Mallory sans preuves, déclara Malik. Rien ne démontre que ce soit elle la coupable. Le plus important, c'est : pourquoi ? Pourquoi une jeune sorcière ferait-elle une chose pareille ?

— Ça, je ne sais pas, intervint Lindsey en se détournant de son ordinateur, le visage anormalement pâle, mais je peux vous confirmer qu'elle l'a fait.

Tout le monde se rapprocha de l'écran, où Lindsey avait affiché deux enregistrements de la caméra de vidéosurveillance.

—Vu que la caméra est placée juste à côté de la salle des opérations, nous ne contrôlons pas régulièrement les vidéos du sous-sol, expliqua-t-elle, mais nous enregistrons tout de même. Comme le déclenchement est commandé par des capteurs de mouvement, il ne m'a pas fallu longtemps pour trouver ce que nous cherchions.

En dépit de la qualité médiocre des images en noir et blanc, on voyait très bien Mallory Delancey Carmichael, cadre de pub devenue sorcière, dérober le *Maleficium*.

—Comment a-t-elle réussi à ouvrir le caveau? m'étonnai-je à voix haute.

—Grâce à la magie, répondit Lindsey. J'ai passé cette partie en accéléré. Ça me fout la trouille.

—Elle n'a que le grimoire, fit remarquer Malik.

Lindsey secoua la tête.

—Cette fois-ci, oui. Elle est revenue chercher les cendres quatre jours plus tard. Elle a procédé de la même façon : en utilisant la magie.

—Pourquoi attendre si longtemps? demanda Malik. Pourquoi prendre un tel risque? Elle aurait pu voler le livre et les cendres en même temps.

Durant le moment de silence qui suivit, j'essayai de rassembler les éléments que j'avais appris lors de mes dernières rencontres avec Mallory et Tate ; ce que Tate m'avait expliqué sur la magie, et ce qui m'avait paru étrange chez Mallory.

La conclusion de ma réflexion ne me plaisait pas du tout.

—Elle ne savait pas qu'elle avait besoin des cendres, dis-je doucement avant de me tourner vers Malik. C'est sans doute Simon qui lui a révélé l'existence du *Maleficium*. Elle avait déjà utilisé la magie noire. Peut-être que ses premières expériences ont éveillé sa curiosité.

—Ça expliquerait le grimoire, mais pas les cendres, objecta Luc.

Je secouai la tête.

—Quand j'ai rendu visite à Tate, il m'a cité quelques-uns des sorts exigeant d'avoir recours à une magie mêlant le bien et le mal. L'un d'eux vise à créer un familier.

—Un familier ? répéta Luc.

—Un genre d'assistant, expliquai-je. Les familiers aident les sorciers à canaliser la magie. Ils leur fournissent davantage de capacité, un peu comme un disque dur externe surnaturel.

—Ça me donne la chair de poule, fit remarquer Luc. Mais je n'ai pas bien compris… Tu penses que Tate essaie de créer un familier ?

—Pas Tate, répondis-je, l'estomac noué. Mallory. Elle connaît la magie noire et a déjà créé un familier. Un chat. Mais ce n'est pas bien… c'est malsain. Elle s'est justifiée, mais maintenant… je ne sais plus. Et elle m'a dit qu'elle aurait aimé en avoir d'autres pour l'aider dans ses travaux de magie.

Chacun réfléchit en silence à ce que je venais de révéler. Je poursuivis :

—Une sorcière passe des examens cette semaine. Une sorcière qui sait comment créer un familier, du moins à petite échelle, et qui a volé un grimoire grâce auquel elle est susceptible de faire plus que simplement bricoler avec la magie noire. Les cendres d'Ethan ont disparu, et la ville sombre dans le chaos parce que quelqu'un transgresse les frontières entre le bien et le mal.

—Essayer de ressusciter un vampire pour en faire un familier, c'est un peu tiré par les cheveux, déclara Kelley.

—Malheureusement, pas tant que ça, reprit Malik avant de poser les yeux sur moi. Est-ce que tu sais pourquoi il n'y a pas de sorciers à Chicago, Merit ? (Je fis « non » de la tête.) Cette décision date d'une époque où les relations entre vampires et sorciers étaient plus tendues qu'elles ne le sont aujourd'hui. Si les événements se sont déroulés comme tu le décris, c'est la deuxième fois que les sorciers tentent de créer un familier. (Tout le monde braqua le regard sur Malik, le souffle coupé.) Un tel sort nécessite d'appliquer sur l'animal – ou l'individu – choisi une magie puissante que peu de sorciers peuvent produire. La capacité du familier obtenu dépend de ses aptitudes initiales.

—Ainsi, un vampire a plus de pouvoirs qu'un chat, avançai-je.

Malik hocha la tête.

—Et un Maître a plus de pouvoirs qu'un jeune Initié. La dernière fois que quelqu'un a tenté de créer un familier, une vampire Navarre a été enlevée. Quand on l'a retrouvée dans l'antre de la sorcière, elle n'était plus qu'une loque apathique. (Je frémis.) Le sorcier contrôle son familier, qui devient une sorte de bête de somme, incapable de volonté ou de réflexion.

Même si je ne pouvais m'empêcher d'espérer qu'Ethan revienne, l'idée que Mallory était en train d'essayer de le transformer en zombie manipulable à loisir me faisait froid dans le dos. J'éprouvai soudain beaucoup moins de compassion pour elle. Et beaucoup plus pour le chat.

—La sorcière a été identifiée et remise aux mains de la Maison Navarre. Après cette mésaventure, les vampires ont interdit toute présence de l'Ordre à Chicago.

Voilà qui expliquait pourquoi l'organisation des sorciers avait voulu empêcher Catcher de s'installer à Chicago, et pourquoi ce dernier avait été expulsé lorsqu'il avait insisté. Le fait qu'Ethan ait accepté d'accueillir Catcher en dépit de tout ce qui s'était passé en disait long sur sa personnalité.

— Si une sorcière a déjà essayé, il aurait dû se produire une catastrophe naturelle, à l'époque. Pourquoi n'y en a-t-il pas eu ?

— Il y en a eu, assura calmement Malik. Rappelle-toi le Grand Incendie. (Le feu avait détruit de nombreux quartiers de la ville en 1871.) L'Ordre s'est défendu en affirmant qu'il s'agissait d'une coïncidence, mais ce que nous avons vu cette semaine tend à prouver qu'ils refusaient déjà alors de reconnaître leur responsabilité.

— Cette sorcière avait créé un familier à partir d'un vampire vivant, mais Ethan a disparu, dit Luc doucement. Il ne reste que ses cendres. Comment pourrait-elle en faire quoi que ce soit ?

— S'il était humain, ce serait sans doute impossible, répondit Malik. Mais les vampires sont différents, d'un point de vue génétique et physiologique. Les liens qui unissent l'âme et le corps ne sont pas les mêmes, c'est pourquoi nous nous transformons en cendres.

— Tout cela est bien réel, souffla Luc après un moment de silence.

Il fit un signe de croix, geste étrange pour un vampire, mais sa sincérité ne faisait aucun doute.

Malik se leva et repoussa sa chaise.

— Je vais avertir l'Ordre que nous soupçonnons une sorcière de tenter de créer un familier en utilisant les cendres d'un Maître vampire. Je les préviendrai également qu'il est probable qu'elle se serve du *Maleficium* et qu'elle risque de totalement bousculer les lois naturelles. Est-ce que j'ai bien résumé ?

Sentant le poids de la culpabilité peser sur mes épaules, j'acquiesçai.

Il dirigea son regard sur moi.

— Je sais que tu considères Mallory comme un membre de ta famille, mais le PG ne tolérera pas que son crime reste impuni.

Je hochai la tête, espérant ne pas devenir l'instrument de sa destruction.

Je faisais les cent pas dans la cafétéria plongée dans la pénombre. Je n'avais pas réussi à joindre Jonah ni Catcher, et leur avais laissé des messages affolés.

Et à présent… j'attendais.

Bien entendu, je devais arrêter Mallory afin de l'empêcher de terminer l'obscure tâche qu'elle s'était fixée. Il fallait assurer la sécurité de la ville, et j'étais certaine qu'Ethan n'aurait jamais voulu d'une vie de familier soumis au contrôle de Mallory. Il avait un caractère trop indépendant pour servir d'esclave à qui que ce soit, encore moins à une femme tellement aveuglée par ses objectifs magiques qu'elle était prête à détruire Chicago pour les atteindre.

Comment Catcher avait-il pu ne rien remarquer ? Pourquoi n'avait-il pas vu ce qu'elle faisait, ce qu'elle devenait ? Pourquoi ne l'avait-il pas arrêtée avant qu'elle aille si loin… avant que je sois obligée d'intervenir ?

Je posai les coudes sur la table et me pris la tête entre les mains, accablée. Je me trouvais dans une situation inextricable. Quelles qu'en soient les conséquences, il fallait que j'agisse. Je n'avais pas le choix.

Soudain, la sonnerie de mon téléphone retentit. Je consultai l'écran.

Ce n'était ni Jonah ni Catcher.

C'était Mallory.

Le cœur battant, je décrochai.

— Oui ?

— Je suis derrière la Maison. Viens me retrouver. Seule.

Je raccrochai mais, avant de glisser mon téléphone dans ma poche, j'envoyai un message à Jonah l'informant de la tournure des événements. Je sortis, puis me dirigeai vers une trouée dans la haie et escaladai la grille. Je réussis cette fois un atterrissage gracieux. Dommage que mon public se réduise à une sorcière furax et à demi folle.

Mallory était appuyée contre la voiture de Catcher, une berline dernier cri. Ses cheveux bleus semblaient avoir encore pâli depuis notre dernière rencontre ; elle était à présent presque blonde. Avec ses yeux injectés de sang et ses mains tremblantes, elle ressemblait à une droguée en manque.

Peut-être était-ce le cas.

De plus en plus nerveuse, j'essayai de me convaincre qu'elle restait la même, avec ou sans ses cheveux bleus, magie noire ou pas.

Elle s'écarta de la voiture et s'avança vers moi, dégageant un courant de magie huileuse. Je ne me laissai pas décontenancer. Je m'attendais à ressentir de la peur ou des regrets, mais aucun de ces sentiments n'égala la colère que je ressentis à ce moment-là. J'étais furieuse qu'elle ait profané ma Maison et dérobé des objets précieux afin d'assouvir ses ambitions égoïstes.

— Qu'est-ce que tu as fait ? lançai-je.

— Tu m'accuses, vampire ?

— Je te faisais confiance. Je t'avais demandé de rester avec moi après la mort d'Ethan parce que j'avais besoin de toi. Tu as trahi cette confiance deux fois pendant que tu étais à la Maison.

— Je ne vois pas de quoi tu parles.

— Mon cul, oui. Tu nous as volés, Mallory. Tu m'as volée. Qu'est-ce que tu as fait du *Maleficium* et des cendres d'Ethan ?

—Je ne les ai plus.

Mes genoux tremblaient tant que je dus raidir les jambes pour ne pas chanceler.

—Tu les as utilisés pour faire de lui un familier ?

Elle détourna le regard. J'eus alors la conviction que c'était vraiment le but qu'elle voulait atteindre, et qu'elle savait parfaitement ce qu'elle faisait.

—Nous nous sommes trompées sur la magie noire, déclara-t-elle.

—Inutile de te fatiguer à inventer des excuses.

—Ce n'est pas ma faute ! cria-t-elle. Tu trouves normal qu'il existe tout un potentiel de magie que je n'ai pas le droit d'utiliser ? auquel je n'ai pas accès ? Est-ce que tu sais comment je me sens, Merit ? Mal ! Je me sens mal de canaliser une magie incomplète. Une magie inachevée. Le bien et le mal devraient être réunis. Et si c'est une façon d'y arriver, je le ferai, crois-moi. Je ne peux pas vivre comme ça.

—Tu le peux très bien, bon sang, comme tous les autres sorciers avant toi ! Tu as volé un grimoire maléfique dans ma propre Maison et tu as profané les cendres de mon Maître pour essayer d'en faire ton serviteur. Rien ne justifie ça !

—Tu le retrouverais.

Je me pétrifiai, et dus me mordre la lèvre pour retenir mes larmes.

—Je ne veux pas qu'il revienne. Pas comme ça. Ce ne serait plus le même. Et je n'ai pas envie de te perdre pour ça, Mallory. Je te considère comme ma sœur.

Elle grogna.

—Tu m'as abandonnée pour lui, et tu le sais.

—De la même façon que tu m'as abandonnée pour Catcher, répliquai-je avant de me radoucir. Aucune de nous deux n'a abandonné l'autre. Nous avons évolué et nous aimons d'autres personnes. Mais je ne veux pas qu'il revienne comme ça. Il ne le voudrait pas non plus.

J'observai un moment Mallory en me demandant si c'était vraiment cette raison qui avait motivé ses actes. Même si j'avais beaucoup d'affection pour elle, j'en doutais.

— Tu n'as pas fait ça pour moi, affirmai-je.

— N'importe quoi, lança-t-elle d'un ton qui manquait de conviction.

Ethan ne représentait rien de plus qu'un pion dans son jeu, un prétexte pour s'adonner à la magie noire. Peut-être Simon était-il stupide et naïf au point de ne pas s'être rendu compte de ce que faisait Mallory. Peut-être ignorait-il qu'il avait rendu sa brillante élève accro à la magie noire et que, comme une droguée qui avait besoin de sa dose, elle était prête à tout pour en avoir un peu plus, au mépris des conséquences.

— Tu l'as fait pour toi. (Je me rappelai ce qu'elle m'avait dit sur le fait que les gens ne comprenaient pas la magie noire.) Tu as goûté à la magie noire, et tu as aimé. Peut-être pas au début, mais tu as fini par aimer. Tu as beau faire miroiter le retour d'Ethan, ce n'est qu'un prétexte. Un prétexte pour détruire la ville.

— Qu'est-ce que tu en sais ? As-tu la moindre idée des forces que je sens en moi ? Je connais les mythes originels, Merit. La magie a été déchirée. Le bien et le mal ont été séparés, comme des jumeaux qu'on aurait arrachés l'un à l'autre. (Elle tritura son tee-shirt.) Je les sens, Merit, et ils ont besoin d'être réunis.

Elle ferma les yeux et leva les mains. Aussitôt, la magie forma un cercle autour de nous et se mit à tournoyer avec une vitesse telle que je me sentis attirée vers l'extérieur.

— Mallory, j'ignore ce que tu es en train de faire, mais arrête. Tu vas détruire Chicago.

— Le mal n'est que temporaire, décréta-t-elle.

En la regardant produire cette magie huileuse, désagréable, maléfique, j'étais persuadée que les répercussions seraient tout sauf temporaires.

— Je vais tout arranger, affirma-t-elle.

— Tu vas tout anéantir, la corrigeai-je.

Alors que la magie autour de nous se rapprochait sans cesse en spirale, la force centrifuge expulsant l'air de mes poumons, Mallory secoua la tête.

— Je suis fatiguée de tenir compte de ce que tout le monde veut. Toi, Catcher, Simon. Je ne suis pas responsable de la séparation du bien et du mal, mais je vais rétablir l'ordre des choses. Ne sois pas si bornée, bon sang.

Je tentai une dernière stratégie.

— Mallory, j'ai rêvé d'Ethan. Tu l'as fait souffrir. Si tu termines ce sort, si tu livres la ville aux flammes, ce seront les autres Maisons et moi qui en paierons le prix.

Un sourire un peu triste se dessina sur ses lèvres.

— Merit, quand ça arrivera, je serai partie depuis longtemps.

Elle leva les bras. La spirale magique se resserra jusqu'à former un nœud. Ma vue se brouilla, puis tout devint noir.

Pour la deuxième fois cette année-là, ma meilleure amie me mit KO.

Lorsque je revins à moi, Jonah accourait dans ma direction. Je me frottai l'arrière du crâne, que je m'étais cogné en tombant. Je ressentis un certain soulagement : si Jonah arrivait seulement, je ne devais pas être restée inconsciente très longtemps.

Ce qui signifiait que j'avais peut-être encore une chance.

Il s'agenouilla devant moi, l'air inquiet.

— Qu'est-ce qui s'est passé ?

— Elle a avoué. Elle a volé le *Maleficium* et les cendres d'Ethan pour essayer de le ramener à la vie et d'en faire un familier. Elle croit que c'est ce que je veux, mais surtout, elle est obsédée par la magie noire. Elle y est accro, et elle pense que ce sortilège rétablira les forces du bien et du mal. (Jonah m'aida à me relever.) Elle a utilisé ses pouvoirs pour me mettre KO. Elle est décidée à mener à bien ce qu'elle a commencé. Nous devons la retrouver et l'arrêter. Si elle réussit…

Je laissai ma phrase en suspens ; exprimer mes craintes ne nous faciliterait pas la tâche.

— Est-ce que tu sais où elle pourrait être allée ?

Je réfléchis quelques instants, mais rien ne me vint à l'esprit. Sa maison de Wicker Park et le magasin de bricolage étaient les seuls endroits où je l'avais vue. Elle s'était entraînée quelque part à Schaumburg et au gymnase de Catcher, dans le quartier de River North, mais il était peu probable qu'elle ait choisi l'un de ces lieux pour s'adonner à une magie puissante.

Toutefois, si je ne pouvais pas trouver Mallory, peut-être pourrais-je trouver le livre…

Je sortis mon téléphone et composai le numéro du bibliothécaire.

— Le *Maleficium* a disparu, lui annonçai-je d'emblée. Mallory Carmichael l'a volé dans le caveau la semaine où elle est restée avec moi à la Maison. Existerait-il un moyen de le retrouver, par hasard ?

Mallory n'aurait pas été ravie d'entendre le flot d'injures que le bibliothécaire hurla à l'autre bout du fil, ni ses commentaires peu flatteurs sur l'éthique des sorcières. Après s'être défoulé, il en revint à nos affaires.

— On ne garde pas le *Maleficium* sans avoir un plan de secours sous la main, déclara-t-il.

Je poussai un soupir de soulagement.

— Il y a un sort qui permet de le pister, ou quelque chose comme ça ? demandai-je tandis que je l'entendais s'agiter.

— Presque. J'ai glissé une puce dans la tranche afin de pouvoir le localiser. Je n'ai pas mentionné ce détail à l'Ordre, bien sûr, sinon ils m'auraient tué pour avoir endommagé le grimoire. Mais là n'est pas la question. Attends, je vais regarder où il se trouve.

Tandis qu'il s'occupait des détails techniques, je levai les yeux. Le ciel, bleu nuit jusqu'à présent, se teintait de rouge. J'étais persuadée que l'eau était devenue noire et que des montagnes perçaient le sol quelque part en ville.

Elle avait déjà commencé.

— Je l'ai ! lança-t-il. Il ne bouge pas, et n'est pas loin.

— Chicago est une grande ville, lui fis-je remarquer. « Pas loin » ne signifie pas grand-chose.

— Attends, je restreins la zone de recherche, poursuivit-il avant de marquer une pause. Le Midway ! s'exclama-t-il enfin. Il est au Midway !

Je le remerciai, raccrochai et pointai cette direction du doigt.

— Elle est au Midway. J'y vais. Trouve Luc, Malik et Catcher, et dis-leur ce qui se passe.

— Je n'ai pas envie que tu l'affrontes seule, objecta Jonah.

Je lui jetai un regard par-dessus mon épaule et lui adressai un sourire triste.

— Soixante-septième règle de la Garde Rouge : faire confiance à son partenaire.

—En fait, c'est la règle numéro deux.

—Encore mieux, répliquai-je avec une gaieté feinte.

Jonah crispa la mâchoire, mais finit par céder.

—Alors trouve-la et arrête-la. Par n'importe quel moyen.

C'était exactement ce qui me faisait peur.

Je courus sur quelques centaines de mètres puis me figeai, bouche bée.

Le Midway Plaisance était en flammes. Sauf qu'au lieu d'être jaune orangé, ces flammes étaient d'un bleu translucide et s'élevaient en formant des volutes semblables à des serres acérées. En dépit de leur aspect, elles provoquaient les mêmes effets qu'un feu normal : les arbres qui bordaient le parc crépitaient et lançaient des étincelles sous l'action de la chaleur.

Le ciel avait pris à présent une teinte écarlate, un rouge sang agressif qui le faisait ressembler à une plaie à vif. Je n'avais jamais rien vu de tel. Il était sans cesse déchiré par des éclairs qui me donnaient la chair de poule.

Je sentis le sol trembler légèrement sous mes pieds. Des montagnes devaient surgir quelque part. Tandis que Mallory accomplissait sa magie, les éléments se déchaînaient.

Des camions de pompiers arrivaient, toutes sirènes hurlantes. Ils se garèrent en lisière du Midway et dirigèrent aussitôt leurs lances à incendie sur le brasier. En vain : les flammes rugissaient à la manière d'une tornade, propageant dans tout le parc des ondes de chaleur de plus en plus brûlantes et violentes à mesure que le feu gagnait en intensité.

Je trouvai Mallory devant la statue de Masaryk, toutes sortes d'ustensiles et une pile de livres à ses pieds. Le plus volumineux d'entre eux – le *Maleficium* – était ouvert. Ses pages rougeoyaient, et le texte qui y était inscrit tourbillonnait. Les cheveux blonds de Mallory volaient autour de son visage, balayés par le vent chaud produit par l'incendie.

Elle semblait si indifférente au danger qui l'entourait que j'étais convaincue qu'elle finirait par détruire la ville. J'ignorais toutefois comment intervenir. Je n'avais apporté ni mon épée ni mon poignard. Si je m'avançais suffisamment, je parviendrais peut-être à l'assommer, ou du moins à l'interrompre. Je doutais qu'elle me laisse approcher, mais, tant que les renforts n'étaient pas arrivés, je devais essayer.

Comme je n'avais aucune envie de me retrouver piégée entre Mallory et les flammes, je contournai le monument en courant de manière à la surprendre par-derrière. Lorsque je me trouvai assez près pour distinguer les écailles du vernis bleu de ses ongles, je l'appelai.

Elle me jeta un coup d'œil d'un air absent tout en continuant à marmonner ses incantations magiques.

— Je suis occupée, là, Merit.

— Mallory, arrête! hurlai-je par-dessus le ronflement des flammes. (La terre tremblait tellement sous mes pieds à présent que je trébuchai en avant.) Tu ne vois donc pas ce que tu fais subir à la ville ?

Un tronc éclata dans un craquement avant de tomber. Il fut aussitôt englouti par le brasier. Quand les arbres qui bordaient le parc auraient brûlé, ce qui n'allait pas tarder, le feu se répandrait dans les rues.

— Tu vas tous nous tuer !

— Non, attends que ce soit terminé! cria-t-elle. Tu verras. Le monde se portera vraiment mieux une fois que le bien et le mal auront été réunis. Il sera de nouveau entier.

Elle plongea ses mains tremblantes dans des bocaux de poudre dont elle déversa le contenu au-dessus du *Maleficium*. J'examinai les ingrédients qu'elle avait utilisés, mais ne vis nulle part l'urne qui avait renfermé les cendres d'Ethan.

Mallory s'en était sans doute servie pour initier l'une des phases précédentes du sort. Une fois que nous aurions interrompu le processus magique – si nous y parvenions –, je ne pourrais même plus me recueillir sur la dépouille de mon Maître.

— S'il te plaît, Mallory, arrête.

Elle continua sans me prêter la moindre attention. À ce moment-là, le son d'une autre voix me glaça le sang.

— Je savais que c'était les vampires !

Je me retournai. McKetrick s'approchait, un gros fusil pointé sur moi dans les mains.

— Je vous conseille de vous éloigner de cette femme, Merit.

— Elle est en train de détruire la ville, l'avertis-je.

Il se contenta de lever les yeux au ciel. Mallory était aveuglée par son addiction à la magie noire. McKetrick, lui, était aveuglé par son ignorance, par la conviction inébranlable que les vampires constituaient la cause de tous les maux de Chicago.

— J'ai plutôt l'impression qu'elle essaie d'intervenir, objecta-t-il.

— Vous avez tort, répliquai-je. Vous n'êtes qu'un imbécile.

— J'ai réussi à faire adopter la loi sur le fichage des surnaturels.

— En mentant et en oubliant de mentionner le fait que vous m'avez agressée en pleine rue. Vous combattez des individus qui ne vous veulent aucun mal et ne voyez pas les réelles menaces.

La foudre s'abattit sur un arbre de l'autre côté du parc. Le tronc se fendit en deux puis s'effondra avant de disparaître dans les flammes.

Mallory prononçait toujours ses incantations à voix basse, et le feu ne cessait d'enfler.

Certes, McKetrick pouvait très bien décider de se servir de son arme, et un bout de tremble dans le cœur me tuerait sans doute, mais il commençait à me fatiguer, et je n'avais pas de temps à perdre à jouer au chat et à la souris avec lui.

— Vous êtes en train de l'aider, déclarai-je.

Je me fichais de dévoiler l'existence des sorciers ; ils me tapaient vraiment sur les nerfs, eux aussi.

— Menteuse, grommela-t-il.

La main tremblante de colère, il pressa la détente.

Le fusil explosa, projetant une pluie de morceaux de bois et de fragments métalliques dans les airs. Je me baissai aussitôt, mais ressentis un éclair de douleur quand je reçus un éclat de métal dans le dos.

Toutefois, j'étais encore en vie.

Je levai les yeux. McKetrick avait survécu, lui aussi, mais n'avait pas été aussi chanceux que moi. Son visage, qui avait été frappé de nombreux débris, était constellé de taches de sang, et sa main droite n'était plus qu'un amas sanguinolent de chair et d'os. Le choc l'avait projeté au sol. Allongé sur le dos, il clignait des yeux en regardant le ciel écarlate, le bras pressé contre sa poitrine.

Le fait que je ne réussisse pas à le plaindre révélait sans doute un aspect peu flatteur de ma personnalité, mais McKetrick m'accuserait certainement de l'avoir attaqué, de toute façon.

La foudre frappa un poteau électrique à proximité, me rappelant le drame magique qui était en train de se dénouer. Les flammes, à présent plus hautes que les arbres, tendaient leurs griffes vers le ciel rouge sang qui disparaissait derrière un écran de fumée bleue.

— Mallory ! criai-je en avançant vers la statue. Tu dois arrêter ça.

Elle leva les mains, et je sentis de nouveau la magie tourbillonner.

— Pourquoi ? Pour que tu puisses te vanter d'avoir coincé la petite sorcière timbrée ? Non merci.

— Il ne s'agit pas de toi et moi ! m'époumonai-je par-dessus les crépitements du feu et le rugissement du vent. Il s'agit de Chicago, et de ta nouvelle obsession de la magie noire.

— Tu ne sais rien, Merit. Reste dans ta jolie petite chambre de vampire. Ce n'est pas ma faute si tu n'as aucune conscience du monde qui t'entoure, de l'énergie et de la magie.

Catcher apparut à travers la fumée, de l'autre côté de la statue.

— Mallory ! cria-t-il. Arrête !

— Non ! hurla-t-elle. Ne m'interromps pas !

— Je suis désolé, mais je ne peux pas te laisser faire ça, insista-t-il.

— Si tu m'obliges à arrêter maintenant, tu vas tuer Ethan. (Elle pointa un doigt sur moi.) Dis-le-lui, Catcher. Dis-lui que tu vas m'empêcher de le ramener.

Il continuait à s'avancer vers elle.

— Si tu le ramènes, il ne sera plus le même. Ce sera un zombie, Mallory, et tu le sais. Je comprends pourquoi tu fais ça. Je sais le bien et le mal que ça fait en même temps. Mais tu peux apprendre à contrôler ce pouvoir, je te le jure.

—Je n'ai pas envie de le contrôler, répliqua-t-elle. J'ai envie de le posséder, de tout posséder. Je veux me sentir mieux.

Catcher persévéra.

—Simon était un très mauvais tuteur. Je regrette de ne pas m'en être rendu compte plus tôt. Je suis désolé de ne pas avoir vu à quel point sa bêtise pouvait être dangereuse. Je m'en veux plus que ce que tu peux imaginer. J'ignorais ce que tu étais en train de traverser. Je pensais juste que tu me repoussais. Je croyais qu'il t'éloignait de moi. C'est ma faute, Mallory. (Des larmes ruisselaient sur ses joues.) C'est ma faute.

—Tu ne sais rien du tout! cracha-t-elle avant de lui montrer le *Maleficium*. Personne ne comprend à quel point c'est important.

—Ce n'est pas si important que ça, dit Catcher d'un ton calme. C'est juste que tu es accro. Au pouvoir. Au potentiel. Mais tout cela est faux, Mallory. Ce que tu ressens, là? (Il se frappa la poitrine avec le poing.) C'est faux. Faire le mal n'améliorera pas l'état du monde et n'enlèvera pas ce sentiment. Ça ne fera que le renforcer et finira par te faire perdre tous ceux que tu aimes.

Il leva la main, et je sentis la magie vibrer alors qu'il se préparait à envoyer quelque chose en direction de Mallory.

—Tu ne peux pas m'arrêter, gronda-t-elle d'un air mauvais. Tu ne peux pas agir sur ma magie.

—Non, confirma-t-il d'un ton résigné. Mais je peux agir sur toi.

La magie se mit à luire et tourbillonner au-dessus de sa paume.

Lorsque Mallory se rendit compte qu'il ne renoncerait pas, elle adopta une autre stratégie.

— Tu vas me faire mal, gémit-elle avec une petite voix enfantine qui fit presque oublier qu'elle avait vingt-huit ans. S'il te plaît, ne fais pas ça.

— Si tu dis la vérité, j'espère que tu n'auras pas mal très longtemps, déclara-t-il.

Il lança un éclat lumineux en forme de diamant. Celui-ci grossit en vol jusqu'à former une énorme boule bleue qui passa devant moi, comme au ralenti, puis continua sa course en direction de Mallory. Cette dernière laissa tomber le livre et dévia le projectile, qui percuta la statue dans une explosion de pierre et de lumière, brisant un morceau de l'épaule du chevalier.

— Je te hais ! hurla-t-elle.

Même si j'étais convaincue qu'elle parlait sous l'effet de la magie et de l'épuisement, Catcher parut sincèrement peiné.

— Tu t'en remettras, répliqua-t-il en lançant une nouvelle boule, qui atteignit cette fois Mallory en pleine poitrine.

Elle fut projetée en arrière et s'effondra au sol.

Toute la magie qu'elle avait créée, toute l'énergie qu'elle avait concentrée, furent aussitôt libérées. Le globe de Catcher explosa, provoquant un souffle glacial, puis s'aplatit et s'étendit, se transformant en un plan bleu lumineux qui traversa le Midway avec le fracas d'un 747, éteignant les flammes sur son passage.

Mettant fin au sort.

Et à l'espoir.

Le silence s'installa. De la fumée s'élevait au-dessus du Midway, provenant de l'herbe carbonisée et des arbres grillés, et des étincelles de magie résiduelle crépitaient çà et là à la manière de feux d'artifice miniatures. Le ciel perdit peu à peu sa teinte écarlate, et quelques étoiles percèrent la brume qui commençait à se dissiper. Des braises rougeoyaient encore en lisière du parc, mais les pompiers seraient capables de s'en occuper, à présent.

C'était terminé.

Mallory gisait au sol, inconsciente, après avoir réalisé sa prophétie. Catcher l'avait battue, écartant le danger qui avait menacé la Ville blanche.

Et Ethan avait disparu à tout jamais.

Je secouai la tête afin de réprimer mes larmes, refusant de céder au chagrin. Mallory aurait créé un monstre ; il était inutile de regretter ce qui n'aurait jamais dû exister de toute façon. Je préférais la souffrance et les souvenirs à une perversion de l'homme qu'il avait été. Je devais simplement retourner à la vie que j'avais fini par accepter.

—J'en suis capable, murmurai-je tandis que les larmes roulaient sur mes joues.

Je me redressai. Catcher enroulait des bandes lumineuses de magie autour du corps inanimé de Mallory, comme pour la ligoter. Il s'agissait peut-être de chaînes magiques. J'ignorais quel sort l'Ordre réserverait à Mallory après cela, mais j'imaginais que ce ne serait pas agréable.

Lorsque je sentis une pression sur mon coude, je me retournai, et découvris Jonah. Il examina mon visage.

—Tu saignes de nouveau.

—Ce n'est rien. Juste un éclat de métal. Le fusil de McKetrick a explosé. Il est là-bas.

Jonah hocha la tête.

—Je vais faire en sorte que la police s'occupe de lui. Est-ce que ça va ? Je veux dire, hormis ta blessure ?

— Je crois…, commençai-je, soudain interrompue par un puissant craquement provoqué par une accumulation d'énergie résiduelle.

Je me baissai un peu tandis qu'un éclair lumineux traversait le parc avant de s'évanouir, laissant une traînée de magie grésillante dans son sillage.

— Merit, chuchota Jonah. Regarde.

Je levai les yeux.

Une silhouette avançait dans la nappe de brouillard bleu qui recouvrait le Midway, se dirigeant vers nous. Un frisson me parcourut l'échine.

— Reculez, nous intima Catcher en nous rejoignant. Cette chose est malfaisante. Le sort a été interrompu. La magie est inachevée.

Je tendis la main.

— Attendez.

À peine ce mot avait-il franchi la barrière de mes lèvres que je me mis à marcher vers la silhouette.

Quelque chose me forçait à avancer. Sans que je puisse l'expliquer, chaque cellule de mon corps me commandait d'aller à la rencontre de la créature qui était en train d'émerger du nuage de cendres en suspension. Je risquais peut-être la mort, mais je m'en moquais. Je continuai à marcher. Et, lorsque le brouillard se dissipa, je croisai un regard d'un vert étincelant.

Les larmes me montèrent aux yeux.

Les jambes tremblantes, je courus vers lui.

19

LE RETOUR DU PHÉNIX

Il portait la même tenue que la nuit où il avait été tué : un pantalon de costume, son médaillon Cadogan et une chemise blanche. Celle-ci était déchirée au niveau du cœur. Les yeux écarquillés, Ethan ne me quittait pas du regard.

Lorsque je le rejoignis, on s'observa un moment, tous les deux effrayés, sans doute, par ce qui nous attendait, et éprouvés par ce que nous avions traversé.

— J'ai vu le pieu, commença Ethan. J'ai vu Célina le lancer, et je l'ai senti me transpercer.

— Elle t'a tué, déclarai-je. Mallory... Elle a fait appel à la magie pour faire de toi un familier. Catcher a interrompu le sort. Il pensait que Mallory créerait un monstre, mais tu... tu ne ressembles pas à un monstre.

— Je n'ai pas l'impression d'en être un, dit-il doucement. J'ai rêvé de toi. Souvent. Il y a eu une tempête. Une éclipse.

— Et tu t'es transformé en cendres, ajoutai-je. (Ses yeux s'agrandirent de stupeur.) J'ai fait les mêmes rêves.

Les sourcils froncés, il me toucha le visage, comme pour s'assurer que j'étais bien réelle.

— Est-ce encore un rêve ?

— Je ne crois pas.

Un petit sourire se dessina sur ses lèvres, et mon cœur fit un bond dans ma poitrine. Cela faisait si longtemps que je n'avais pas vu ce sourire espiègle. Je ne pus réprimer un nouvel accès de larmes et laissai échapper un sanglot.

Il était là. Vivant. Et, surtout, il semblait être lui-même et non pas une sorte de serviteur apathique issu de la magie maléfique de Mallory. J'ignorais ce que j'avais fait pour mériter cela, mais Ethan était de retour. La gratitude – et le choc – me submergeait.

— Je ne sais pas quoi dire, balbutiai-je.

— Alors, ne dis rien, répondit-il en me prenant dans ses bras. Calme-toi.

Tandis qu'un courant de vent frais traversait le Midway, je fermai les yeux, juste un instant, et, suivant son conseil, tentai d'apaiser les battements effrénés de mon cœur. Là, serrée contre Ethan, j'eus la conviction de sentir un parfum suave de citron flotter dans l'air.

Puis Ethan se mit à trembler. Je rouvris les yeux et constatai qu'il avait le regard voilé et la peau blême.

— Merit, souffla-t-il en s'agrippant à moi pour se soutenir.

Ses jambes ne le portaient plus. Je passai un bras autour de sa taille.

— Ethan, ça va ?

Avant d'avoir eu le temps de répondre, il s'évanouit.

Luc et Kelley vinrent au Midway évaluer l'étendue des dégâts, la joie de revoir Ethan contrebalancée par la crainte que leur inspirait sa faiblesse. J'avais tout aussi peur qu'eux. Une fois assurés que quelqu'un prenait Mallory en charge, que le *Maleficium* avait été remis en mains sûres et que Jonah s'occupait de McKetrick, on ramena Ethan à Cadogan.

Escorter mon amant et Maître, de toute évidence ressuscité, dans sa Maison, me paraissait irréel. Luc nous fit franchir la grille par un petit portail dont j'ignorais l'existence puis, après avoir traversé le jardin en hâte, on entra dans la Maison par-derrière pour monter l'escalier et gagner les appartements d'Ethan.

Luc l'allongea sur le lit et s'écarta pour laisser la place à Kelley. Cette dernière, qui avait vraisemblablement suivi une formation médicale dans une vie antérieure, l'examina.

Ayant sans doute lu la peur et l'épuisement sur mon visage, Luc s'approcha de moi.

—Ça va ?

Je haussai les épaules.

—Je ne sais pas. Est-ce qu'il va s'en sortir ?

—Bon sang, Merit, je ne suis même pas sûr de ce qu'il est ni pourquoi il est ici. Qu'est-ce qui s'est passé, là-bas ?

Je lui rapportai les manifestations de magie auxquelles j'avais assisté en présence de Mallory et Catcher.

—Est-ce qu'Ethan est son familier ? Sera-t-elle en mesure de le contrôler ?

—Je ne sais pas, répondit Luc doucement. Étant donné que Catcher a interrompu le sort, Ethan ne devrait même pas être ici.

—J'ai fait des rêves depuis qu'elle a volé ses cendres. Des rêves prémonitoires sur lui et la magie élémentaire. Peut-être qu'il était déjà en train de revenir, peu à peu.

—Alors, la magie de Catcher aurait achevé la résurrection tout en lui permettant de garder sa volonté propre ? C'est sans doute possible, mais je ne suis pas expert en la matière. Je ne sais même pas si Catcher pourrait nous le dire.

Il se pouvait qu'Ethan soit devenu l'esclave d'une fille tellement accro à la magie noire qu'elle n'hésitait pas à trahir ses amis et sa ville. L'incertitude et l'angoisse finirent par me pousser à bout. Envahie par une peur panique, je détournai le regard, et mes larmes se mirent à couler.

Je m'assis sur la chaise la plus proche, puis me couvris le visage des mains, secouée de sanglots, bouleversée par la succession d'émotions fortes des heures précédentes. Je redoutais d'avoir perdu Mallory… et craignais de perdre Ethan encore une fois.

J'ignore depuis combien de temps je pleurais quand j'entendis un bruissement, léger mais bien réel, provenant de l'autre bout de la pièce. Je baissai lentement les mains et levai le regard. Ethan s'était légèrement redressé sur son lit. De toute évidence très faible, il ouvrait à peine les yeux. Comme dans mes rêves, il prononça mon nom. Mais ce n'était pas un rêve.

J'essuyai mes larmes et me précipitai au pied du lit à côté de Kelley.

— Ça va?

— Oui, mais je suis fatigué, murmura-t-il avant de déglutir. Je crois que j'ai besoin de sang.

Je me tournai vers Kelley.

— Est-ce que c'est un effet de ce qu'il a traversé?

— Possible. Luc, est-ce que tu peux aller voir dans la cuisine du premier étage s'il y a du sang?

Luc sortit aussitôt des appartements d'Ethan, mais reparut deux minutes plus tard, les mains vides, en marmonnant quelques injures de son cru à l'intention de Frank. Il n'y avait plus de sang au premier étage, apparemment. Ni au deuxième ni au rez-de-chaussée.

— C'est une longue histoire, mais, en bref, c'est la pénurie, patron, en ce moment.

Ethan se redressa encore un peu.

— Pardon ? Il n'y a plus de sang dans la Maison ? Pourquoi Malik n'a-t-il pas réagi avant ?

— J'avais bien dit que c'était une longue histoire, répondit Luc. Il se trouve que les lois de la Maison Cadogan interdisent également de boire le sang d'autres vampires, mais nous plaiderons ta cause. (Il arqua les sourcils.) Tu devras tout de même certainement imposer à un ou une Novice de te nourrir.

Si mes joues s'enflammèrent à la perspective de cette intimité – à la possibilité que mon Maître ait besoin que je lui donne mon sang –, Ethan, lui, ne parut pas le moins du monde décontenancé.

Luc et Kelley s'éclipsèrent discrètement.

Soudain aussi anxieuse qu'une adolescente à son premier rendez-vous, je m'assis au bord du lit. C'était si étrange. Il avait disparu. Et à présent, il était là. Même si le bonheur de le retrouver menaçait de me faire éclater la poitrine, j'avais toujours l'impression de rêver.

— Tu es nerveuse, Sentinelle ?

Je confirmai.

Ethan inclina la tête, étalant ses cheveux blonds sur l'oreiller derrière lui.

— Il n'y a aucune raison. C'est la chose la plus naturelle au monde pour un vampire.

Il me prit la main et contempla mon poignet, puis fit glisser son pouce sur la veine qui palpitait sous ma peau. Des ondes de chaleur me traversèrent à son contact, mais elles n'étaient pas uniquement provoquées par le désir. Ethan observait mon poignet d'un regard pénétrant, comme s'il voyait le sang et la vie qui couraient à l'intérieur. Ses yeux virèrent à l'argenté, trahissant sa faim.

Je n'avais encore jamais offert mon sang. J'avais bu celui d'Ethan, mais mon expérience s'arrêtait là. Aurais-je imaginé, huit mois auparavant, que ma première fois se déroulerait ainsi ? que je me trouverais là, dans les appartements d'Ethan, et lui donnerais mon poignet ?

Lorsqu'il pressa ses lèvres contre mon pouls, je fermai les yeux de plaisir et laissai échapper un grondement satisfait de prédateur. Mes crocs descendirent.

— *Ethan.*

Il gémit, et je frémis quand il m'embrassa de nouveau le poignet.

— Ne bouge pas, intima-t-il, sa bouche contre ma peau. Ne bouge pas.

Cette nuit-là, je versai des larmes. Pour avoir perdu une amie – seulement de façon temporaire, je l'espérais – devenue accro à la magie noire. Pour avoir retrouvé Ethan. Toutefois, mes émotions n'étaient rien en comparaison de celles qui bouleversèrent Malik face à son ancien Maître.

Après qu'Ethan eut bu mon sang, j'avertis Luc. Peu après, Malik arriva au deuxième étage, les yeux écarquillés. Tandis qu'il essayait de déterminer à quel genre de sorcellerie il assistait, son regard ébahi passait de moi à Ethan. Ce dernier était toujours allongé dans son lit, mais avait bien meilleure mine. Il fallut à Malik plusieurs minutes avant de pouvoir articuler le moindre mot.

Ils se connaissaient depuis un siècle. Bien sûr qu'ils étaient émus de se revoir.

Après leurs effusions, ils ne tardèrent pas à parler de politique, comme si rien ne s'était passé.

— Le PG a envoyé un curateur, annonça Malik.

—Ils n'ont pas perdu de temps, marmonna Ethan. Qui ont-ils nommé ?

—Franklin Cabot.

—De la Maison Cabot ? Seigneur. (Ethan grimaça.) Ce type est une ordure. S'il recevait un pieu en plein cœur, Victor ne s'en porterait que mieux. Qu'est-ce qu'il a fait ?

Malik me glissa un regard en coin, attendant apparemment mon approbation avant d'accabler Ethan de mauvaises nouvelles. Le connaissant, je savais qu'il n'aurait pas voulu qu'on le ménage. Je hochai la tête.

—Je vais me contenter du principal, commença Malik. Il a rationné le sang et a interdit aux vampires de boire à la veine. Il a limité leur droit de rassemblement. Il a démis Merit de ses fonctions de Sentinelle après l'avoir envoyée chez Claudia, et il a testé la résistance au soleil des gardes.

Ethan agrandit les yeux, incrédule.

—Je n'y comprends rien.

—Il est incompétent, ajouta Malik. Par respect pour la Maison et le PG, je l'ai laissé mener son évaluation, mais il est allé trop loin. (Il se racla la gorge.) Il y a quelques heures, je l'ai entendu dire à Darius au téléphone que les vampires Cadogan s'étaient ligués avec une sorcière pour détruire la ville. J'avais prévu d'en discuter avec lui, mais les événements du Midway m'en ont empêché. Et maintenant que tu es là…

Ethan réfléchit en silence. J'attendis sa réponse avec anxiété, prête à une explosion de colère ou à une démonstration de fureur soigneusement contenue.

—Qu'ils aillent se faire foutre, lâcha finalement Ethan.

Il me fallut un moment pour me remettre du choc puis, pour la deuxième fois de la soirée, un grand sourire s'étira sur mes lèvres. Malik ne fut pas en reste.

—Je suis désolée, m'étonnai-je, est-ce que tu viens vraiment de dire « qu'ils aillent se faire foutre » ?

Ethan acquiesça, l'air grave.

—Aujourd'hui est un jour nouveau, pour ainsi dire. Je n'ai pas beaucoup d'estime pour les membres du PG, mais ils sont assez intelligents pour repérer l'incompétence. (Il considéra Malik.) Si ce n'est pas le cas, le PG n'a pas lieu d'être.

Même si Ethan n'avait pas prononcé le mot « révolution », il laissait entrevoir la possibilité que la Maison Cadogan existe indépendamment du PG.

Peut-être que le fait que j'intègre la Garde Rouge ne le ferait pas tiquer autant que je le pensais.

Non que j'aie l'intention de le lui dire.

—Tu sembles… un peu différent, fit remarquer Malik avec prudence.

—J'entame ma troisième vie, répliqua Ethan. Dans celle-ci, il se pourrait que je serve d'esclave à une sorcière droguée à la magie noire. Ça tend à mettre l'irrationalité du PG en perspective.

—Et au sujet de la direction de la Maison ? s'enquit Malik.

—Les membres du Présidium ne me permettront jamais de reprendre ma place tant qu'ils ne seront pas assurés que Mallory ne me contrôle pas. Même si je comprends très bien que la Maison n'apprécie pas vraiment le PG en ce moment, je suis du même avis. C'est trop risqué. Tu es un bon Maître, et Cadogan devrait rester entre tes mains jusqu'à ce que tu sois certain que je n'obéis qu'à ma propre volonté.

Mon bipeur vibra : une réunion avait lieu dans la salle de bal. De toute évidence, ce n'était pas notre Maître qui l'avait organisée ; ou aucun de nos Maîtres, puisque Malik et Ethan se trouvaient tous les deux dans cette pièce. Piquée par la curiosité – et n'ayant aucune envie d'écouter leur conversation sur les cas historiques relatifs à l'application des règles de succession –, je m'excusai poliment et descendis au premier étage en direction de la salle de bal.

Les portes étaient ouvertes. Je suivis la foule de vampires à l'intérieur et pris place à côté de Lindsey et Kelley, qui s'étaient installées au fond.

Frank, debout sur la scène, dissertait sur les fautes de la Maison Cadogan et le manque de retenue de ses vampires.

— Votre conduite est intolérable, déclama-t-il. Vous vous mêlez des affaires des humains. Vous essayez de résoudre des problèmes qui dépassent les compétences et l'autorité de votre Maison. Ce genre de comportement n'est pas acceptable, et je ne peux de bonne foi recommander au Présidium de maintenir le *statu quo*.

Il marqua une pause théâtrale tandis que les vampires se jetaient des coups d'œil angoissés et qu'un crépitement de magie s'élevait dans la salle, reflétant la tension ambiante. L'assistance s'agita avec nervosité dans l'attente du verdict de Frank.

— Nous avons trop de doutes sur cette Maison. Sur son obéissance au Présidium. Sur sa loyauté. Vous avez juré de servir votre Maison. Malheureusement, vos Maîtres ont dévoyé vos serments d'allégeance. C'est pourquoi chacun de vous prêtera de nouveau serment ce soir. Afin de vous rappeler que vous existez grâce à notre générosité, vous jurerez fidélité au Présidium de Greenwich.

Tout le monde se tut, et la magie s'amplifia, créant une étincelle assez puissante pour illuminer la salle.

—Il n'est pas sérieux, ce n'est pas possible, murmura Lindsey, atterrée, les yeux rivés sur le podium.

—Il me semble approprié de demander à la Capitaine de la Garde, qui a la mission de protéger la Maison contre ses ennemis, morts ou vivants, de prêter serment en premier, poursuivit Frank.

Tous les vampires reportèrent leur attention sur Kelley et s'écartèrent, la laissant dans la ligne de mire de Frank. Ce dernier l'invita à avancer d'un geste de la main.

—Kelley, Capitaine de cette Maison, venez jurer fidélité au Présidium.

Elle posa sur moi un regard hésitant, doutant manifestement de la conduite à tenir. Je compatis. Si elle refusait d'obéir, elle se ferait sévèrement sanctionner. Malik et Ethan avaient beau se trouver dans la Maison, ils étaient à l'étage supérieur, et elle était entourée de vampires qui seraient contraints par l'honneur à suivre tous les diktats de Frank.

D'un autre côté... Jurer fidélité au PG ? Ce type était fou, ou quoi ?

Aucune des options qui se présentaient n'était satisfaisante. Il ne restait plus qu'à créer le moins de remous possible. Aussi, je pressai la main de Kelley et l'encourageai d'un hochement de tête confiant, comme Malik l'avait fait avec moi dans le jardin.

Au bout de quelques instants, elle se ressaisit, puis avança lentement dans l'allée formée par les vampires. Certains l'observaient avec une sympathie évidente ; d'autres semblaient lui reprocher de se soumettre aux ordres d'un pantin du PG.

Lorsqu'elle atteignit l'estrade, Frank reprit sa tirade.

—Kelley, Capitaine de cette Maison, prêtez serment au Présidium de Greenwich.

—J'ai juré fidélité à la Maison Cadogan, déclara-t-elle d'une voix claire qui portait dans toute la salle. Je suis déjà liée par ces serments.

Je sentis une bouffée de soulagement parcourir la foule, mais l'éclair de magie qui jaillit du podium n'avait, lui, rien d'amical.

—Alors, rompez vos engagements envers la Maison Cadogan.

—Je refuse, décréta Kelley. Je ne les ai pas prononcés à la légère, et je n'ai pas l'intention de les rompre dans le seul but de vous aider à vous faire bien voir du PG.

Sous l'effet de la rage, une veine se mit à palpiter sur le cou de Frank.

—Jurez fidélité au PG, lança-t-il, les dents serrées, ou vous le regretterez pour l'éternité.

Soudain, les portes s'ouvrirent.

—Dans vos rêves.

Toutes les têtes se tournèrent vers l'entrée. Malik se tenait sur le seuil, un éclat de fureur dans les yeux, un bras passé autour de la taille d'Ethan afin de le soutenir. Un silence total s'abattit sur la salle, juste avant que la foule cède à une clameur assourdissante et verse des larmes de joie. Les vampires se ruèrent vers la porte, et Malik leur laissa le temps de fêter le retour de leur héros.

Je profitai de l'occasion pour jeter un coup d'œil à Frank, et me délectai de l'expression de choc empreinte sur son visage. Son air abasourdi valait presque la peine d'avoir enduré le calvaire qu'il nous avait fait vivre.

Puis Malik rétablit l'ordre.

—Silence, intima-t-il, et tout le monde lui obéit aussitôt. Sachez, monsieur Cabot, que les membres de Cadogan jurent allégeance à la Maison et à ses vampires, pas au PG.

Après avoir repris contenance, Frank le toisa avec arrogance.

— Quelle est l'autorité qui vous permet de défier la mienne ?

— L'autorité conférée à la Maison Cadogan et à son Maître par le Présidium de Greenwich, assena Malik d'un ton péremptoire.

Le regard de Frank passa de Malik à Ethan.

— Quel Maître ? La situation semble plutôt confuse.

Ethan se racla la gorge.

— Malik Washington est le Maître de cette Maison. Le PG l'a investi de cette mission dans les règles après ma mort. Il conservera cette position jusqu'à ce que je reprenne mes fonctions.

En d'autres termes, Ethan ne remettait pas en question l'autorité de Malik.

Un chuchotement s'éleva dans l'assistance.

— Les vampires de cette Maison, y compris la Capitaine de la Garde, n'ont cessé de démontrer leur valeur, poursuivit Malik. Ce soir, nous avons constaté qu'ils n'hésitaient pas à se lancer dans la bataille et à braver le danger afin de protéger les leurs. Ils sont courageux et ont le sens de l'honneur. Et vous osez les accuser de manquer de loyauté et leur demander de prêter de nouveaux serments ? Je doute sincèrement que le PG approuve de telles mesures. En conséquence, je vous ordonne de quitter cette Maison, monsieur Cabot.

— Vous n'avez pas le pouvoir de m'imposer de partir.

Adoptant une expression chère à Ethan, Malik arqua un sourcil impérieux.

— Avec l'accord d'Ethan, j'ai le pouvoir d'éliminer les éléments indésirables de cette Maison. Vous faites indéniablement partie de cette catégorie. Vous avez dix minutes pour rassembler vos affaires.

— Je ferai un rapport sur vous au PG.

— Je n'en doute pas, répliqua Malik. Vous leur ferez savoir que notre Maison est en ordre, qu'elle abrite des vampires sincères et courageux, et… oh, vous pourrez aussi leur annoncer que Merit a repris ses fonctions de Sentinelle.

Un sourire un tantinet diabolique apparut sur le visage de Malik, et je dus me pincer les lèvres pour ne pas sourire à mon tour.

— Racontez tout cela au PG, monsieur Cabot. Et en cas de besoin, n'hésitez pas à leur dire d'aller se faire foutre.

Une fois que Frank eut débarrassé le plancher, les vampires entourèrent Ethan afin de célébrer joyeusement son retour. Comme si leur affection lui redonnait de l'énergie, il réussit de nouveau à se tenir debout.

Lorsque les vampires se calmèrent, Malik lui posa une main sur l'épaule.

— Cette Maison t'appartient. Elle est ta chair, ton sang, et tu y es toujours le bienvenu.

Ethan m'avait déjà tenu des propos similaires, m'assurant que je faisais partie de cette Maison, « de chair et de sang ». Peut-être s'agissait-il d'une expression courante chez les vampires, d'une part du vocabulaire collectif, de la mémoire commune d'un peuple dont les membres étaient liés par le besoin d'intégration.

— Quand le moment sera venu, poursuivit Malik, je te retransmettrai le flambeau. Entre-temps, la ville ne manquera pas de nous poser des questions. Je pense que le maire ne tardera pas à frapper à notre porte.

—C'est probable, dit Ethan avant de me prendre la main et d'adresser un sourire à Malik. Mais si ça ne te dérange pas, j'ai l'intention de profiter au maximum de ce que m'offre cette soirée.

Je sentis mes joues s'empourprer, mais j'avais de la compagnie : même Luc avait rougi.

Après que Malik eut assuré à Ethan qu'il était toujours chez lui dans ses appartements, on retourna dans sa suite, main dans la main.

À peine avions-nous fermé la porte qu'il s'empara de mes lèvres pour m'embrasser avec voracité et insistance. La passion nous enflamma, tourbillonnant autour de nous avec la puissance d'une magie ancienne.

Je ne discutai pas. Je lui rendis son baiser avec toute la fougue dont je pouvais faire preuve, le dévorai avec chacun des outils de mon arsenal, l'embrassai et le caressai tandis que le désir nous embrasait.

Au bout de quelques instants, il recula, haletant, ouvrit les yeux et prit mon visage entre ses mains.

—Je me rappelle très bien où nous en étions restés, Sentinelle, et je n'ai pas l'intention de l'oublier.

—Tu as été absent longtemps.

—Je n'ai pas cette impression. Je ne me souviens que d'une vague obscurité… et de ta voix de temps à autre. C'est grâce à toi que j'ai gardé espoir, et je t'ai appelée afin de faire de même pour toi.

Je suis certaine que je pâlis en entendant cette confession. Le retrouver provoquait une émotion nouvelle, brute, inconnue. J'avais beau me réjouir de son retour, j'avais peur d'y croire.

Il me souleva le menton pour me forcer à le regarder dans les yeux.

—Est-ce que tu as quelqu'un d'autre ?

—Non, mais pendant deux mois, je ne t'ai pas eu, toi.

Il sonda mon regard quelques instants en silence.

—À une certaine époque, j'aurais tenu compte de tes réserves et t'aurais laissé le temps de prendre ta décision, dit-il finalement.

Il inclina de nouveau ma tête en arrière et fit glisser ses doigts sur ma nuque, me donnant des frissons. Puis il approcha ses lèvres de mon oreille.

—Cette époque est révolue, Merit.

La seconde d'après, il pressait sa bouche contre la mienne, m'emportant dans un nouveau tourbillon. Il m'embrassa avec l'ardeur d'un homme qui n'avait qu'une envie : me toucher et me goûter.

Avec l'ardeur d'un homme revenu à la vie.

—On m'a donné droit à une troisième existence, même si les circonstances sont quelque peu troublantes. Tu es mienne, et nous le savons tous les deux.

Il m'embrassa de nouveau et, alors que je commençais à croire à la réalité de son retour, je me sentis soudain mue par un sentiment de possessivité, une émotion plus forte que tout ce que j'avais ressenti jusque-là. J'étais certaine jusqu'au tréfonds de mon être qu'Ethan était mien. Et, quoi que l'avenir nous réserve, j'avais bien l'intention de le garder.

Au bout d'un long moment, il s'écarta et me prit dans ses bras.

Lorsque le soleil se leva, nous étions blottis l'un contre l'autre, savourant la chaleur de nos corps enlacés et de notre amour, éperdus de gratitude pour des miracles qui n'auraient sans doute pas dû se produire.

Jamais je ne dormis aussi bien.

ÉPILOGUE

Je fus réveillée par la sonnerie du téléphone. Je m'étirai au-dessus du corps nu d'Ethan pour atteindre la table de chevet, et décrochai.

— Oui?

— Elle est revenue à elle, annonça Catcher d'une voix fébrile. Elle s'est débarrassée des gardes et elle est partie.

Je m'assis et secouai Ethan.

— Attends… Tu veux dire qu'elle a échappé à l'Ordre?

Ethan se redressa, une ombre d'inquiétude dans les yeux, les jambes enveloppées dans le drap. Il écarta les cheveux de son visage.

— Ils ont détaché ses liens pour voir comment elle allait. Elle a réussi à les convaincre qu'elle se sentait mieux et qu'elle regrettait ce qu'elle avait fait. Dès qu'ils sont sortis, elle a mis le garde KO. Il est dans un sale état. Elle en a envoyé deux autres au tapis avant de s'enfuir. Ils m'ont appelé il y a quelques minutes.

— Est-ce que tu sais où elle est allée?

— Un gardien temporaire est parti ce matin pour transporter le *Maleficium* jusqu'au Nebraska. Quelques pièces du silo sont imperméables à la magie. Les membres de l'Ordre ont l'intention de conserver le grimoire là-bas en attendant la nomination d'un gardien permanent.

— L'Ordre est censé assurer la protection de ce livre maléfique? C'est une très mauvaise idée.

—L'Ordre se contente de mettre le silo à disposition. C'est le gardien temporaire qui a la charge du *Maleficium* jusqu'à ce qu'il soit en lieu sûr.

—Elle va aller là-bas pour finir ce qu'elle a commencé, soufflai-je. Elle va essayer de réunir le bien et le mal. Elle croit que c'est nécessaire, que ça améliorera l'état du monde.

—Ils m'interdisent de partir à sa recherche, grogna Catcher. Les membres de l'Ordre veulent que je reste en dehors de cette affaire. Et comme Mallory utilise la magie noire, ils n'osent pas envoyer les sorciers, de peur qu'ils ne soient tentés. (Franchement, je trouvais que c'était une sage décision.) J'ai envisagé de la cacher quelque part, avoua-t-il.

—Elle ne peut pas fuir, répliquai-je. Si elle est devenue accro à la magie noire, elle doit affronter son problème, et non pas prétendre que tout va bien.

—C'est ma faute. J'aurais dû m'en rendre compte. Je pensais… Je croyais que Simon essayait de la monter contre moi à cause de l'Ordre et que c'était pour ça qu'elle se comportait de manière aussi étrange. J'ai été aveugle. Aveuglé par mes propres peurs.

—Tu as su en même temps que nous. C'est toi qui as sauvé Mallory, et c'est grâce à toi que la ville n'a pas été détruite, hier soir. Ne l'oublie pas.

Catcher garda le silence quelques instants.

—Tu te souviens du jour où je t'ai dit que tu avais quelque chose qui m'appartenait, quelque chose que tu devrais protéger ?

Les larmes me montèrent aussitôt aux yeux.

—Je m'en souviens, affirmai-je.

—C'est le moment. Il faut que tu la protèges.

—Je le ferai. Je la trouverai, Catcher, et je te la ramènerai, saine et sauve.

Sur cette promesse, je raccrochai et tournai le regard vers Ethan, la gorge nouée par l'angoisse.

— Alors, dit-il en glissant une mèche derrière mon oreille, quand partons-nous ?

Une heure plus tard, je le retrouvai dans l'entrée de la Maison Cadogan. Nous étions tous deux équipés d'un sac de sport, le sabre à la ceinture. Helen avait remplacé mon médaillon Cadogan, et quelqu'un d'attentionné avait récupéré ma voiture à Wrigleyville. Ce qui n'empêcha pas Ethan d'insister pour prendre sa Mercedes décapotable. Et franchement, pourquoi discuter ?

Ethan avait noué ses cheveux en queue-de-cheval et portait le tee-shirt « Sauvons notre nom » – un hommage à Wrigley Field – qu'il m'avait déjà prêté une fois.

— On y va ? demanda-t-il.

J'acquiesçai.

Les vampires, à présent dispensés de suivre les règles édictées par Frank, affluèrent dans le hall, Malik en tête. Ce dernier nous rejoignit et serra la main d'Ethan, puis la mienne.

Luc, Lindsey et Juliet arrivèrent ensuite. Le regard d'Ethan passa de l'un à l'autre, puis s'arrêta sur Malik.

— Tu as assez de gardes pour protéger la Maison ?

Malik acquiesça.

— Kelley est en train de confirmer des postes temporaires. Entre-temps, nous sommes là si tu as besoin de nous. Et nous serons là à ton retour.

— Merci, dit Ethan.

Plusieurs étreintes et quelques larmes plus tard, sans savoir quand nous franchirions de nouveau ce seuil, je sortis de Cadogan avec Ethan, munie d'une carte.

À peine avais-je fait trois pas que je m'arrêtai net.

Jonah se tenait devant le portail, les mains dans les poches. Ses traits ne laissaient transparaître aucune émotion, à l'exception de son regard grave, qu'il posa sur moi, puis sur Ethan. Mon cœur eut un raté, et l'angoisse s'empara de moi. Je me demandais pourquoi il était là… et ce qu'il allait dire.

On le rejoignit. Ethan nous observa tour à tour.

—Au nom de la Maison Grey, nous te souhaitons un bon retour à Chicago, déclara Jonah. Vous partez à la recherche de Mallory, je suppose.

—En effet, confirmai-je.

Un silence gêné s'installa entre nous. Il était temps de voir à quel point Ethan me faisait confiance.

—Ethan, tu pourrais nous excuser un moment, s'il te plaît ?

—Bien sûr, affirma-t-il.

Il porta toutefois ma main à ses lèvres pour y déposer un baiser avant de s'éloigner en direction de la Mercedes.

—Tu as retrouvé ton partenaire, on dirait, constata Jonah.

—J'ai accepté de rejoindre la GR, lui rappelai-je doucement. Et je ne prends pas cet engagement à la légère.

Jonah m'observa pendant un long moment. Je devinai ce qu'il se demandait : « Ses promesses tiennent-elles toujours, maintenant qu'Ethan est de retour ? »

Il dut apprécier mon honnêteté, car il finit par hocher la tête. Puis il déclama son discours :

—Nos vies sont déjà entremêlées. Nos chemins se sont croisés à deux reprises. La première fois, tu étais encore humaine. C'est un bon début pour une relation.

Je levai les yeux au ciel.

—Et Ethan te démolirait pour l'avoir suggéré.

Un sourire naquit sur ses lèvres.

—Ethan apprécierait un homme sûr de ce qu'il veut, tant que je ne m'immisce pas entre vous, ce que je n'ai pas l'intention de faire. Toi et moi sommes partenaires. Je sais où se situent les limites, Merit, et je suis capable de les respecter. Je ne compte pas jouer les briseurs de couple.

Je lui dis au revoir, puis rejoignis Ethan, qui chargeait nos sacs dans la voiture. Je m'attendais à une remarque suspicieuse ou acerbe, mais certainement pas au sourire affiché sur son visage.

—C'était ton partenaire, pendant mon absence ?

J'acquiesçai, me demandant comment réagir.

—Détends-toi, déclara-t-il avec un sourire espiègle avant de me pincer le menton. Je te fais confiance.

Il jeta ensuite un objet en l'air. Par réflexe, je tendis le bras pour l'attraper, puis ouvris la main… et regardai Ethan.

Il esquissa un nouveau sourire taquin.

—La route est longue jusqu'à Omaha. Conduis la première.

Sur ces paroles, il ouvrit la portière passager et s'installa sur le siège.

J'allais devoir réapprendre à connaître cet homme.

Je suppose que tous les voyages nécessitent un premier pas… ou alors une Mercedes décapotable à 80 000 dollars. J'espérais que ce bijou nous permettrait d'aller assez vite pour retrouver Mallory à temps.

Aux origines de la bit-lit, une héroïne s'est dressée contre les démons...

BUFFY REVIENT CHEZ

SORTIE DU PREMIER VOLUME
LE 28 SEPTEMBRE 2012

Achevé d'imprimer en juin 2012 par Hérissey à Évreux (Eure)
N° d'impression : 118857 - Dépôt légal : juillet 2012
Imprimé en France
81120800-1